Willkommen im kleinen Ostseehotel

Sommerträume

Evelyn Kühne

Impressum

© 2023 Evelyn Kühne

ISBN: 9783757934163

EK Books

Elbweg 3
01612 Nünchritz

Mail: evelyn-kuehne@mail.de

Lektorat/Korrektorat: Thalea Klein

Covergestaltung: Constanze Kramer, www.coverboutique.de

Bildnachweise: ©reichdernatur, ©Galyna,
©OLIVER stockphoto – stock.adobe.com
©Pawel Kazmierczak – shutterstock.com
envatoelements.com, unsplash.com

Herstellung und Druck über tolino media GmbH & Co. KG, Albrechtstr. 14, 80636 München. Printed in Germany.
Fragen zu Produktsicherheit an: gpsr@tolino.media.

Willkommen im kleinen Ostseehotel Sommerträume

Evelyn Kühne

Die Autorin:

Evelyn Kühne wurde 1970 in Radebeul bei Dresden geboren.
 Schon immer galt ihre ganze Liebe den Büchern und dem Lesen. Doch bis sie selbst zur Autorin wurde, sollte eine gewisse Zeit vergehen.
 Nach einer Krebserkrankung wurde das Schreiben für sie die beste Strategie zur Krankheitsbewältigung. Schnell schrieb sie sich mit ihren Romanen in die Herzen ihrer LeserInnen.
 Ihr Schreibmotto lautet: Schokolade in Buchform. Oder Wasser in die Badewanne, dazu ein Tee oder Glas Rotwein und für eine Buchlänge entführen lassen.
 Sie lebt heute mit ihrem Mann, Hund und Katze in der Nähe von Meißen.
 Näheres unter: www.evelyn-kuehne.de

Kapitel 1

Hektisch kurvte Kathi, die schmale Auffahrt des Parkhauses empor. Dabei sah sie sich wie ein gehetztes Tier um, immer auf der Suche nach einer freien Parklücke. Doch es war wie verhext. Die draußen angezeigten, dreißig angeblich noch vorhandenen Parkplätze schienen wie vom Erdboden verschwunden zu sein. Inzwischen klebte ihre weiße Bluse an der schweißnassen Rückenpartie. Deswegen lehnte Kathi sich ein Stück nach vorn, wie Fahranfänger oder ältere Leute, die die Fahrbahn nicht mehr richtig erkennen konnten. Zusätzlich ließ sie sämtliche Scheiben nach unten surren, damit ein leichter Luftzug im Inneren des Autos entstand. Der Fahrtwind verwirbelte ihre Frisur, doch die gewünschte Abkühlung verschaffte er ihr nicht.

Immer wieder schweifte ihr Blick zur Uhr. Gleich zehn. Mit einem solchen Verkehr hatte sie nicht gerechnet, dabei hätte sie besser wissen müssen, wie es in Berlin zuging. Und nun bekam sie die Quittung. Ausgerechnet jetzt, ausgerechnet heute. Fluchend schlug sie auf das Lenkrad. Denn in diesem Moment erreichte sie die oberste Ebene des Parkhauses. Hinter einer gläsernen Scheibe folgte nur noch der weite Himmel Berlins.

„Komm schon, bleib ruhig", murmelte sie und begann auf der schmalen Fläche zu wenden. Konzentriert manövrierte sie vor und zurück und machte sich dann auf den Weg nach unten. Dabei fielen ihr zahlreiche Fahrzeuge auf, die zwei Lücken blockierten. „Dilettanten", murmelte sie leise. „Haben ihren Führerschein vermutlich im Lotto gewonnen."

Doch plötzlich machte ihr klopfendes Herz, einen kleinen Satz. Unverkennbar war dort hinten eine Lücke, direkt gegenüber der Auffahrt der unteren Etage.

Kathi fuhr eine leichte Kurve, als von unten ein dunkler Schatten gehuscht kam. Ein Auto schoss heran und quetschte sich nur Millisekunden vor ihr in die freie Parklücke. Geistesgegenwärtig trat sie auf die Bremse, der Wagen machte einen kleinen Satz, kam aber sofort zum Stehen. Wütend stieg sie aus, knallte die Tür hinter sich zu und näherte sich dem anderen Auto.

Aus diesem stieg ein hochgewachsener Mann im dunklen Anzug, öffnete die hintere Tür und entnahm eine Mappe. Dabei drehte er Kathi demonstrativ den Rücken zu.

„Hören Sie mal", herrschte Kathi den Typen von hinten an. „Haben Sie nicht gesehen, dass ich gerade hier einparken wollte?"

Der Mann wandte ihr das Gesicht zu und musterte sie von oben bis unten. Seine Augen zwinkerten belustigt. Dann schüttelte er verneinend den Kopf. „Nein, sollte ich?"

„Ja, ich hatte bereits den Blinker gesetzt und ..."

„Tut mir leid, ich würde ja gern weiter mit Ihnen plaudern. Aber ich habe einen Termin." Er öffnete noch einmal den Mund, sagte dann aber nichts, sondern drehte sich einfach um und ging mit lockeren Schritten Richtung Treppenhaus.

Kathi starrte ihm nach. „Arsch", schrie sie und konnte sich gerade noch beherrschen, mit dem Fuß aufzustampfen. Das hatte sie als kleines Mädchen schon immer gemacht, wenn sie nicht ihren Willen bekommen hatte. Doch inzwischen war sie fünfunddreißig und sollte sich eigentlich besser unter Kontrolle haben.

Der Mann reagierte nur kurz auf ihren kleinen Ausbruch, indem er seine rechte Hand hob und winkte. Dann fiel die schwere Metalltür hinter ihm ins Schloss und es herrschte Stille.

Kathi rang nach Luft. „Reiß dich zusammen", sagte sie sich leise, stieg wieder ein und rollte im Parkhaus abwärts. Und endlich, kurz bevor sie den Ausgang erreichte, war der Parkgott ihr wohlgesonnen.

Eilig ergriff sie ihre Unterlagen von der Rückbank und stürmte Richtung Ausgang. Ihr Ziel, ein Bürogebäude, lag zum Glück gleich auf der anderen Straßenseite. Kathi ignorierte todesmutig die rote Ampel und huschte zwischen zwei Fahrzeugen hindurch. Damit handelte sie sich ein wütendes Hupkonzert und einige derbe Zurufe ein. Aber sie war drüben, ohne einen Auffahrunfall verursacht zu haben.

Erleichtert stieg sie die Treppe nach oben und riss die Tür zu einem kleinen Büro in der zweiten Etage auf. Diesen winzigen Raum teilte sie sich mit ihrer Kollegin Ebba. Da beide als freie Journalisten viel unterwegs waren, stellte die Raumgröße kein Problem dar. Es gab Platz für zwei Schreibtische, einen flachen Schrank, auf dem die Kaffeemaschine stand und eine Grünpflanze in der Ecke, die definitiv schon bessere Tage gesehen hatte.

Ebba saß an ihrem Schreibtisch und hämmerte verbissen auf der Tastatur ihres Laptops herum. Bei Kathis Eintreten schaute sie kurz hoch und musterte die Wanduhr zwischen den beiden Fenstern.

„Du bist spät dran", sagte sie statt einer Begrüßung. „Der Alte hat schon zweimal angerufen und nach dir gefragt."

„Hab keinen Parkplatz gefunden", erwiderte Kathi hektisch und suchte mit fliegenden Fingern weitere Notizen zusammen.

Ebba schüttelte leicht den Kopf. Ihr konnte so etwas natürlich nie im Leben passieren. Sie fuhr immer eine Stunde eher los und war auch ansonsten überaus korrekt. Eigentlich das komplette Gegenteil von Kathi. Vielleicht verstanden sie sich deswegen so gut.

„Du solltest dich jedenfalls beeilen. Bergers Zündschnur ist in letzter Zeit um einiges geschrumpft." Ebba zwinkerte ihr kurz zu.

Jo Berger, ihr gemeinsamer Chef war ein Choleriker durch und durch. Außerdem war er impulsiv, grantig und an den meisten Tagen unausstehlich. Dennoch konnte Kathi sich keinen besseren Vorgesetzten vorstellen. Jo Berger hatte ein Gespür für besondere Geschichten und verstand es, diese Gabe auch an seine Mitarbeiter weiterzugeben. Mit sachlich vorgebrachter Kritik schaffte er es, das Beste aus ihnen herauszuholen. Und Kathi war sicher, noch nie so viel gelernt zu haben, wie hier bei dieser Zeitschrift. Obwohl Berger vor einigen Jahren die Abteilung gewechselt hatte und nicht mehr tagtäglich spannende Geschichten an die Leser liefern musste, füllte er seine neue Aufgabe bei einer Monatsillustrierten mit viel Herzblut aus.

Endlich hatte sie alles beisammen. „Drück mir die Daumen", bat Kathi ihre Kollegin.

Ebba hob schweigend die Daumen und nickte ihr zu.

Sie rannte den Gang entlang, wuschelte sich noch einmal durch die praktische Kurzhaarfrisur und wischte die schweißnassen Hände an ihrer Jeans ab. Dann atmete sie tief durch und klopfte schließlich an die letzte Tür auf der rechten Seite. Ein barsches „Herein" erklang und Kathi trat ein.

Wie oft war sie schon in diesen Raum beordert worden und immer noch ging ihr Puls nach oben. Das lag vielleicht an dem einschüchternden Schreibtisch aus massivem dunklem Holz und den vielen Bücherregalen, die reihum alle Wände zierten. Irgendwie fühlte Kathi sich, als würde sie in der Schule zum Direktor gerufen werden, weil sie irgendwas ausgefressen hatte. Oder es lag an dem leichten Duft nach Zigarette, der immer in der Luft hing. Obwohl es eigentlich streng verboten war, in den Büros zu rauchen. Oder an der massigen Gestalt ihres Chefs, der wie ein Bulle hinter seinem Schreibtisch thronte. Auf seiner Nasenspitze saß stets eine winzig wirkende Brille, der schmale noch verbliebene Haarkranz stand an einer Kopfseite ein wenig ab. Berger trug wie immer eine ausgebeulte Jeans mit einem karierten Hemd und das, ob Sommer war oder kalte Winterwinde wehten. Manche machten sich über ihn lustig, unterschätzten ihn, doch das konnte ein Fehler sein. Denn der so behäbig wirkende Mann war schnell und traf knallharte Entscheidungen, wenn es die Situation erforderte.

Kathi wusste das und hatte sich darauf eingestellt. Doch heute blieb sie eine Sekunde wie angewurzelt stehen und musterte den Gast, der auf einem der Besucherstühle hockte. Unverkennbar saß dort der Typ, der ihr gerade den letzten Parkplatz weggeschnappt hatte. Ohne Zweifel erkannte der Mann sie ebenfalls. Denn seine Augen verengten sich einen Moment, bis schließlich ein schmales Lächeln seinen Mund umspielte.

„Na endlich, Frau Siegel. Ich wollte schon eine Vermisstenmeldung aufgeben", polterte Jo Berger los. „Hatten Sie Probleme, die exakte Uhrzeit zu erkennen, oder was war diesmal das Problem?"

Kathi suchte nach eventuellen Ausreden, beschloss aber stattdessen, zu schweigen, und nahm Platz. Dabei rutschte ihr eine der Mappen aus den Händen und knallte auf den Boden. Zettel breiteten sich aus und wurden aufgrund, der durch das offenstehende Fenster wehenden Zugluft, im Raum verteilt.

Sofort bückte sich der Mann und half, die fliegenden Blätter zusammenzusuchen. Halb unter Bergers Schreibtisch verborgen berührten sich kurz ihre Finger.

„Na, doch noch einen Parkplatz gefunden", raunte der Typ leise.

Sie warf ihm einen wütenden Blick zu und schwieg.

„Soll ich runterkommen oder wird es heute noch was", ertönte der tiefe Bass Jo Bergers. Endlich saß Kathi auf ihrem Stuhl und presste die Unterlagen, so fest es nur ging an ihre Brust. „Haben wir es?", fragte ihr Chef und sie nickte. „Schön, dann würden wir nun endlich beginnen. Verspätung haben wir ja schon genug." Berger sortierte die vor ihm liegenden Zettel und schaute ihr dann mit einem Ruck ins Gesicht. „Darf ich vorstellen, Ingo Sartor."

Ingo Sartor – bei diesem Namen regte sich etwas in ihr. Sie hatte ihn schon einmal gehört, nur wann oder wo wollte ihr beim besten Willen nicht einfallen.

„Ich nehme an, Sie haben die Konzeption für die neue Artikelreihe mitgebracht?" Kathi nickte erneut und wollte gerade zu sprechen beginnen, als ihr Chef die Hand hob. „Die Reihe ist gestorben, tut mir leid. Es gab eine kleine Planänderung. Deswegen habe ich Herrn Sartor dazu gebeten."

Planänderung? Das klang alles andere als gut. Auch wenn Kathi Jo Berger als ihren Chef bezeichnete, war dies nur die halbe Wahrheit. Denn sie war Freiberuflerin, eine Festanstellung als Journalistin zu bekommen, war nicht einfach. Im Gegenteil, sie war wie ein Sechser im Lotto, der bis jetzt um sie einen großen Bogen gemacht hatte. Sie war darauf angewiesen, dass die Themen, die sie vorschlug, bei ihrem Gegenüber Anklang fanden. Kathi hoffte jedes Mal, die Leser der Zeitschrift würde genau dies interessieren, und sie den richtigen Nerv der Zeit treffen. Bis jetzt war das fast immer so gewesen. Diesmal schien sich das Blatt gewendet zu haben. Sie versuchte, ruhig zu atmen, fragte sich aber, warum Ingo Sartor anwesend war.

Unsicher schielte sie zu ihm. Sartor hatte seine Beine übereinandergeschlagen und wippte lässig mit dem Fuß. Sein dunkler Anzug war modern körperbetont geschnitten und zeigte einen ziemlich definierten Body. Die graumelierten

Haare wirkten leicht feucht, vermutlich benutzte er Gel. Dazu kam ein angenehmer Duft, der ihn umgab und der in Kathis Nase wehte. Kein Zweifel Ingo Sartor war ein attraktiver Mann.

„... wir Ihnen einen Vorschlag unterbreiten. Natürlich nur, wenn Sie damit einverstanden sind."

Stille.

Noch immer starrte Kathi ihren Sitznachbarn an. Der drehte sich auf dem Stuhl eine Winzigkeit und sah ihr in die Augen. Dabei hob er seine rechte Augenbraue einen Hauch an. Erst jetzt wurde ihr die Stille bewusst. Verdammt, was hatte ihr Chef noch einmal gesagt?

„Ähm", stammelte sie und verstummte unsicher.

Jo Berger seufzte. „Ich deute Ihr Gebrabbel als Zustimmung, nun gut. Herr Sartor hat sich vor Kurzem mit einer Anfrage an mich gewandt. Er sucht eine Journalistin für einen ganz bestimmten Auftrag. Ich bin kurz in mich gegangen und habe mich dann entschieden, dass Sie liebe Kathi, genau die richtige Person für dieses Projekt sind."

Sie schluckte. „Ach tatsächlich? Und um was für einen Auftrag ..."

Ingo Sartor öffnete den Reißverschluss seiner Aktenmappe und entnahm ihr einen dünnen Ordner. Diesen schlug er auf und sah Jo Berger fragend an. Der nickte zustimmend.

„Ich würde das Wort einfach mal an den Kollegen Sartor übergeben." Berger lehnte sich zurück und diese Körperbewegung deutete an, dass er ab sofort aus der Nummer raus war.

„Gut", begann Ingo Sartor und wandte sich mit einer leichten Beugung seines Oberkörpers Kathi zu. „Vorgestellt wurden wir ja einander schon. Ich betreibe zusammen mit einem alten Schulfreund einen Reiseblog namens *Urlaubsträume*. Für diesen recherchieren wir immer wieder an den schönsten Plätzen der ganzen Welt und wollen in den Menschen, die Lust am Reisen wecken und daran, fremde Welten und Kulturen zu entdecken. Unsere Zugriffszahlen steigen permanent an, wir konnten gerade in den letzten Monaten einige sehr solvente Werbepartner gewinnen. Ein Glücksfall für uns und alles andere als selbstverständlich. Doch eine solche Plattform ist Veränderungen unterworfen. Wir müssen eine Trendwende feststellen. Zog es die Menschen vor einigen Jahren in immer exotischere Länder, hat inzwischen ein Umdenken eingesetzt. Man will in Deutschland bleiben, die eigene Heimat entdecken. Verstehen Sie?" Sartors Blicke fixierten Kathi.

„Ja, ich glaube schon", erwiderte sie. „Ich habe vor einiger Zeit einen Artikel geschrieben, der sich um ein ähnliches Thema drehte."

Sartor nickte zustimmend. „Urlaub im eigenen Land – trendy oder oldschool. Ich habe ihn gelesen und fand ihn sehr gut."

Seltsamerweise hatte Kathi den Eindruck, dass er die Wahrheit sagte und ihr keinen Honig ums Maul schmierte.

„Wir, also unsere Plattform, wollen uns genau in diese Richtung entwickeln. Nur nicht als einmaligen Beitrag, sondern als ganze Reihe. Wir suchen jemanden, der in eine bestimmte Gegend reist, entweder von uns vorgegeben oder nach eigenen Vorschlägen. Die erste Station geben wir vor. Wir erwarten einen Bericht, der von Herzen kommt, geschrieben von jemanden, der mindestens vier Wochen an diesem Ort verbracht hat. Wie ticken die Menschen dort, wie denken sie, wie leben sie, was für Probleme haben sie? Was erwartet mich an diesem Ort? Was muss ich mir anschauen, vor allem fernab aller üblich begangenen Pfade? Ich will keine nullachtfünfzehn Berichte, wie es sie tausendfach im Internet gibt und wie wir sie bisher auch veröffentlicht haben. Ich will etwas anderes. Und dafür brauche ich einen Journalisten, der anders tickt, der sein ganzes Herzblut in jedes einzelne Wort packt. Einen

Journalisten, der anders schreibt, als die Leute, die bisher für uns tätig waren."

„Und der soll ich sein?" Ungläubig schielte Kathi zu Jo Berger. Der verdrehte die Augen ganz leicht und legte seine Fingerspitzen aneinander. Bei ihm immer ein Zeichen höchster Ungeduld.

„Nun zumindest versprach Ihr Artikel ein gewisses Gespür für die Menschen und Feinheiten einer Region", erwiderte Ingo Sartor. „Sie haben Talent, großes Talent. Dazu kam Ihr Chef, der Sie in den höchsten Tönen gelobt hat. Normalerweise werde ich bei solchen Lobhudeleien ziemlich skeptisch. Doch Jo kann ich vertrauen. Wenn er sagt, Sie sind für eine solche Nummer geeignet, dann sind Sie für eine solche Nummer geeignet. Außerdem wäre der erste Ort, an den wir Sie schicken wollen, so etwas wie ein Heimspiel für Sie."

Erneut wippte der Fuß von Ingo Sartor. Doch Kathi registrierte es nur am Rande. Bei dem Begriff Heimspiel begannen alle Alarmglocken in ihrem Inneren zu läuten.

„Wie meinen Sie das – Heimspiel?", fragte sie vorsichtig. Eine dunkle Vorahnung stieg in ihr empor. Sie wusste die Antwort auf ihre Frage schon jetzt. „Wo soll es denn hingehen?"

„Nun, wir würden Sie zuerst an die Ostsee schicken."

Sie leckte sich mit ihrer Zunge blitzschnell über die Lippen. „Ostsee, das ist ein dehnbarer Begriff. Die Ostsee ist groß ..."

„Auf den Darß, genauer gesagt, nach Ahrenshoop", ergänzte Sartor.

Augenblicklich versteifte Kathi sich auf ihrem Stuhl. „Und da sind Sie ausgerechnet auf mich gekommen. Was für ein Zufall."

„Kein Zufall, eine Empfehlung Ihres Chefs. Wie ich schon sagte." Sartor langte in seine Tasche und holte eine Visitenkarte hervor. Er legte sie direkt vor ihr auf die Kante von Jo Bergers

Schreibtisch. „Leider habe ich in einer halben Stunde den nächsten Termin. Sollten Sie sich entscheiden, den Auftrag anzunehmen, oder noch weitere Fragen haben, melden Sie sich bei mir. Hier in dieser Mappe habe ich ein Exposé mit allen wichtigen Eckpunkten." Er nickte ihr kurz zu, erhob sich und verließ ohne ein weiteres Wort den Raum.

Kathi brauchte einen Moment, um sich zu sammeln, dann sah sie Jo Berger an. Der lehnte sich in seinem Stuhl zurück und begann zu federn. Dabei spannten sich die Hosenträger über seinem Bauch und wirkten so, als würden sie bei der nächsten Bewegung reißen.

„Also liebe Kathi, haben wir noch Fragen?"

„Mehr als genug. Warum ich und warum zum Teufel noch mal ausgerechnet Ahrenshoop", stieß sie hervor.

„Warum Sie? Nun, die Frage ist leicht zu beantworten. Sie sind eine hervorragende Journalistin und ich fühle mich dazu verpflichtet, Sie …" Berger verstummte einen Moment. „Sagen wir, Sie liegen mir am Herzen, mehr als so manch anderer hier. Ich entdecke in dem, was Sie schreiben viel von dem, was ich auch gerne geschrieben hätte oder einst geschrieben habe. Sie haben Talent und dies sollte gefördert werden." Sie starrte aus dem Fenster. Der Blick fiel auf die gegenüberliegende Fassade. Kathi sah Menschen an ihren Schreibtischen sitzen. Eine Frau goss die Blumen auf dem Fenstersims und zwickte welke Blüten ab. „Nehmen Sie diesen Auftrag an. Verlassen Sie das sinkende Schiff."

Fragend sah Kathi ihren Chef an. „Wie meinen Sie das?"

Berger beugte sich ein Stück in ihre Richtung. „Ganz einfach, Ende des Jahres ist Schluss. Die Zeitschrift wird eingestellt. Ich habe es vor einigen Wochen erfahren." Er wischte sich über das Gesicht. „Das Internet ist unsere Zukunft. Es läuft den gedruckten Medien mehr und mehr den Rang ab. Unsere Tipps für ein besseres Leben finden sich zigmal online. Ich muss dafür nicht das Haus verlassen und zu einem Kiosk latschen. Mit einem Klick ist alles erreichbar."

„Die Zeitschrift wird eingestellt? Aber die Zahlen waren doch ...", entfuhr es ihr ungläubig.

„Zuletzt eine Katastrophe", vollendete Berger ihren Satz. „Unrentabel, unmodern, nicht mehr zeitgemäß – so in etwa drückte sich der große Boss aus. Die ersten Ratten verlassen bereits das sinkende Schiff. Ich werde keine Klimmzüge mehr in diese Richtung unternehmen. Ich gehe einfach in Rente, werde mich endlich mehr um meinen Garten und meine Frau kümmern können. Aber Sie ... Nehmen Sie dieses verdammte Jobangebot an, auch wenn Ahrenshoop für Sie nicht nur mit den besten Erinnerungen verbunden ist."

Kathi starrte erneut aus dem Fenster, ohne eigentlich richtig wahrzunehmen, was dort draußen geschah. Ahrenshoop, der Ort, an dem sie vor vielen Jahren geboren worden war. Ihre Heimat, mit der sie viele schöne Kindheitserinnerungen verband und die sie eines Tages doch verlassen hatte. Ihre Eltern hatten ihn nie verstanden, diesen Drang nach Weite und die Welt sehen zu wollen. Sie waren immer zufrieden gewesen in dem kleinen Haus, das sich in den Schatten der Dünen duckte. Für Kathi hatte sich Zufriedenheit wie Stillstand angefühlt, wie eine Schwäche, der sie sich nicht hatte hingeben wollen. Einzig ihr Opa hatte sie verstanden. Großvater Fritz war auch ein Weltenbummler gewesen, bis es ihn nach dem Krieg nach Ahrenshoop verschlagen hatte. Er hatte schwere Zeiten erlebt, körperlich und seelisch. Die Ruhe am Meer, das scheinbar geordnete Leben, waren wie Balsam für ihn gewesen. Nur in stillen Momenten loderte das alte Feuer wieder auf und er erzählte der kleinen Kathi von der Welt da draußen und wie das Gefühl war, sich auszuprobieren, Herausforderungen anzunehmen und die lähmende Zufriedenheit immer wieder abzuschütteln.

Sie hatte diese Geschichten atemlos aufgesogen und irgendwann während ihrer Schulzeit den Entschluss gefasst, zu gehen, später, wenn sie groß war. Kathi hatte all die Jahre daran festgehalten, sich allein eine Ausbildungsstelle in Berlin besorgt und ihre Eltern vor vollendete Tatsachen gestellt. Nach ihren letzten großen Ferien war sie aufgebrochen und nur selten zu Besuch gekommen. Jede dieser Reisen in ihre Heimat hatte im Streit geendet. Erst recht ab dem Moment, als ihr Großvater gestorben war. Mit ihm war der letzte Mensch gegangen, der einen Funken Verständnis für ihr Leben empfunden hatte.

Nach Opa Fritz Beerdigung war Kathi Ahrenshoop ferngeblieben, es war besser so gewesen. Zumindest redete sie sich das ein, wenn am Weihnachtstag die Sehnsucht nach dem Kartoffelsalat ihrer Mutter übermächtig wurde. Oder wenn sie an einem anderen Strand war, die Wellen an Land rauschten und sie plötzlich glaubte, einen Hauch dieses ganz besonderen Geruchs zu spüren, der in Ahrenshoop immer in ihre Nase gestiegen war. Doch diese Wehmut dauerte immer nur kurz. Sie ließ nicht zu, dass sie länger dauerte.

Und dann war ja noch diese eine Geschichte ... Auf der Stelle war er wieder da, der Kloß in ihrem Hals. Hastig strich sie sich über das Gesicht und die Erinnerung verflog.

„Muss es denn unbedingt Ahrenshoop sein?", hakte Kathi nach. „Ich meine Rügen, Usedom, Fehmarn – es gibt so viele schöne Orte am Meer."

Berger trommelte einen Marsch auf die Tischplatte. „Sartor will Ahrenshoop und wird seine Gründe haben. Ich rate Ihnen, nicht mit ihm zu diskutieren, er ist der Boss. Und Sie haben nun zwei Varianten, Sie gehen mit unserer Zeitschrift unter oder Sie nehmen sein Angebot an. Was sind schon vier Wochen auf dem Darß, wenn am Ende eine feste Rubrik dabei rausspringt. Gute Jobs, oder sagen wir eher anständig bezahlte Jobs, die vor allem auf Dauer ausgerichtet sind, liegen nicht auf der Straße." Ihr Chef klappte seinen Laptop auf, was einem Rausschmiss glich.

Kathi kaute auf ihrer Unterlippe. Dann klemmte sie ihre Dokumente unter den Arm und ging Richtung Tür.

„Rufen Sie Sartor an, je eher, desto besser. Nicht, dass er es sich am Ende noch einmal anders überlegt. Sie wissen, wie unser Geschäft ist. Dort sterben Projekte mitunter schneller, als man bis drei zählen kann."

Sie nickte und zog die Tür hinter sich zu. Kathi schlich zu ihrem Büro und plumpste auf den durchgesessenen Stuhl hinter ihrem Schreibtisch.

„Schlechte Nachrichten?", fragte Ebba und spähte an ihrem Monitor vorbei. „Lass mich raten, er hat verkündet, dass die Zeitschrift eingestellt wird." Ihre Kollegin schob die Hornbrille ein Stück höher und das oberlehrerhafte Aussehen, was Ebba umgab, wurde ein wenig schwächer.

„Du weißt davon?", fragte Kathi überrascht.

„Na sagen wir mal so, ich habe drei und drei zusammengezählt. Die Zeichen der letzten Tage waren mehr als eindeutig."

Kathi stützte die Ellenbogen auf den Tisch und bettete ihr Kinn auf die Hände. „Und was machen wir nun?"

Ebba lachte auf. „Ich weiß nicht, was du tust. Ich habe schon mal meine Fühler ausgestreckt."

„Mit welchem Resultat?"

Ebba winkte ab. „Tja, die Jobs wachsen nicht auf Bäumen. Ich habe eventuell was in Aussicht, aber ..." Sie verstummte.

„Warum hast du mir denn nichts gesagt? Du weißt doch, dass ich immer nichts mitkriege."

Ihre Kollegin hob die Schultern. „Na ja, es waren Gerüchte und ich wollte die Pferde nicht scheu machen. Außerdem scheint sich bei dir eine Tür zu öffnen. So erzählt man sich zumindest im Flurfunk." Ebba schürzte die Lippen.

„Was erzählt man denn?"

„Ingo Sartor wäre an dir dran."

Kathi stieß pfeifend die Luft aus. „Da scheinen die lieben Kollegen ja mehr zu wissen als ich."

„Stimmt es nicht?", fragte Ebba.

„Doch, es stimmt", gestand Kathi. „Aber er will mich nach Ahrenshoop schicken. Ausgerechnet. Und überhaupt, dieses ganze Projekt – online, du weißt, ich bin eine Frau, die Papier liebt. Ich will eine Zeitschrift in den Händen halten oder ein gutes Taschenbuch. Meine Arbeit, nur am Bildschirm zu sehen, widerstrebt mir jetzt schon."

Ebba erhob sich, umkreiste ihren Schreibtisch und goss sich dann einen Kaffee ein. Anschließend nippte sie an ihrer Tasse und musterte Kathi prüfend. „Hast du jetzt vollkommen den Verstand verloren? Man serviert dir etwas auf einem silbernen Tablett und du verstrickst dich in dämlichen Ausreden? Jeder Einzelne auf dieser Etage würde sich die Finger lecken und du ..." Ebba plusterte die Wangen auf. „Ich verstehe dich nicht. Willst du wieder Klinken putzen gehen, so wie vor einigen Jahren? Denkst du im Ernst, du kannst es mit Mitte dreißig mit diesen Heerscharen an Praktikanten aufnehmen, die praktisch jeden Job annehmen, ohne einen Pfennig dafür haben zu wollen? Und zu deinem Ahrenshoop-Trauma: Wenn dieser Ort wirklich keine Rolle mehr spielt, du glücklich warst, ihm endlich entflohen zu sein und du die ganzen Geschichten mit deiner Vergangenheit hinter dir gelassen hast, dann kannst du dort auch hinfahren. Und zwar stolz und mit hoch erhobenem Haupt."

Kapitel 2

Missmutig legte Elsa die Zeitung zusammen und warf sie vor sich auf den Tisch. Seit Wochen studierte sie nun schon die Wohnungsanzeigen, doch nie war etwas Passendes dabei gewesen. Wobei es durchaus schöne Wohnungen gab, aber die lagen weit über ihrem Budget, befanden sich am Arsch der Welt oder die Anzahl der Bewerber überstieg ihre kühnsten Vorstellungen.

Noch lebte Elsa in der kleinen Ferienwohnung, die Veronika Gutter, die Inhaberin des *Hotel Godewinds*, ihr damals für die Zeit der Bewerbung überlassen hatte. Irgendwann wollte diese natürlich ihre Wohnung wieder regulär vermieten. Und somit tickte für Elsa eine Uhr und mit jedem Tag, der verging, tickte sie lauter. Inzwischen hatte sie sich sogar hilfesuchend an Familie Gutter gewandt, obwohl Elsa am liebsten selbst die Dinge in die Hand nahm. Doch auch auf diesem Weg hatte sich bisher nichts ergeben. Obwohl Gutters auf dem Darß praktisch jeden kannten und viele Menschen ihnen einen Gefallen schuldeten, war es ihnen bislang nicht gelungen, ihr eine Wohnung zu besorgen. Das lag vielleicht auch daran, dass sich Veronika seit mehreren Wochen auf einer Kur, weit weg von hier befand. Elsa sah sich schon in einem Strandkorb nächtigen oder jeden Morgen einen Anfahrtsweg von zwei Stunden auf sich nehmen. Am meisten vermisste sie ihre Katze, die bisher in Stuttgart verblieben war. Ben, ihr Nachbar kümmerte sich rührend um das Tier. Doch Elsa war ohne ihre Minnie nur ein halber Mensch. Immer wieder betrachtete sie am Abend Bens Schnappschüsse und versuchte, dessen Beteuerungen zu glauben, dass es Minnie auch ohne sie fantastisch ging.

In diesem Moment leuchtete das Display ihres Handys auf und sie erkannte die Nummer von Fiete Oltkamps, dem Mann, an den Elsa in Ahrenshoop ihr Herz verloren hatte.

Sehen wir uns heute Abend? Ich habe eine Überraschung für dich.

Unbedingt, du könntest mir damit meinen Tag retten.

Wunderbar, dann komme ich dich, um Punkt sechs abholen. Und Elsa, ich liebe dich.

Ich liebe dich auch.

Elsa ließ das Handy sinken und schloss einen Moment die Augen. Eigentlich war sie nur nach Ahrenshoop gekommen, um sich auf eine Stelle zu bewerben, nämlich die der Chefin im *Hotel Godewind*. Dabei war sie mit ihrem alten Job durchaus glücklich und zufrieden gewesen. Doch eine Asthmaerkrankung hatte dafür gesorgt, dass ihr die Luft in ihrer alten Heimat Stuttgart zuletzt immer knapper geworden war. Kurzentschlossen hatte ihr bester Freund Ben die Initiative übernommen und für sie eine Bewerbung ans Meer geschickt. Aus Elsas Sicht ein absoluter Fehler. Hatte es sich doch dabei um den Posten der Hotelchefin im *Godewind* gehandelt. Eine Stelle, für die sie sich nicht qualifiziert genug gesehen hatte. War sie doch bisher nur die Leiterin der Rezeption gewesen. Noch nie hatte sie ein ganzes Haus geführt. Doch die Bewerbung war gut angekommen und man hatte Elsa eine Einladung zu einem Vorstellungsgespräch geschickt. Mit weichen Knien und ganz viel Selbstzweifeln im Gepäck war sie ans Meer gefahren und hatte sich auf der Stelle in Ahrenshoop, die Menschen und das Hotel verliebt. Am Ende, nach einigen Irrungen und Wirrungen, hatte sie tatsächlich den Job bekommen. Sie war jetzt Chefin im *Hotel Godewind* und diese Aufgabe machte sie jeden Tag so glücklich, wie sie es sich hätte niemals vorstellen können.

Und ganz nebenbei hatte Elsa eine neue Liebe gefunden, Fiete Oltkamps, einen typischen Fischkopp, der ihr Herz im Sturm erobert hatte. Dabei war sie nicht mal auf der Suche nach einem Partner gewesen. Doch das Leben hatte manchmal andere Pläne als man selbst. Fiete war ihr Fels in der Brandung und unerschütterlich positiv. Und das, obwohl sein Leben bisher alles andere als leicht gewesen war. Hatte er doch vor sechs Jahren bei einem tragischen Verkehrsunfall seine große Liebe Marit verloren. Für ihn war es unvorstellbar gewesen, sein Herz noch einmal zu öffnen und jemandem seine Liebe zu schenken. Doch die Zeit heilte viele Wunden und ließ Erinnerungen verblassen. Das Schicksal wob seine Fäden und manchen von ihnen konnte man sich nicht entziehen, so sehr man es auch wollte.

Nun waren Elsa und Fiete ein Paar und manchmal kam es ihr so vor, als wäre er ihr vom Himmel geschickt worden. Sie hatte früher einige Beziehungen gehabt. Die waren nie von langer Dauer gewesen und nicht mal annähernd so intensiv, wie das, was sie mit Fiete erlebte.

„Und, wieder nichts dabei", erklang da die Stimme von Sophie, einem der Zimmermädchen aus dem *Godewind*. Diese saß ihr gegenüber, studierte ebenfalls einen Teil der Zeitung und trank dazu einen fruchtigen Tee.

Elsa schüttelte den Kopf. „Nichts."

„Es wird schon werden", erwiderte Sophie aufmunternd und lächelte. „Zur Not ziehen Sie einfach in unser kleines

Gästezimmer. Oder ich frage Gundel, meine Nachbarin. Die lebt allein in einem großen Haus."

Peter, der Rezeptionist, der wie immer auf seinem Stammplatz am Kopfende des Tisches saß, schüttelte missbilligend den Kopf. „Das ist doch keine Lösung. Frau Torberg braucht eine richtige Wohnung. Schade, dass Familie Gutter bis jetzt nichts hat ausrichten können."

„Vermutlich sind ihre Möglichkeiten auch begrenzt", gab Elsa zu bedenken. „Ich traue mich, schon gar nicht mehr nachzufragen. Vor allem jetzt, wo Frau Gutter in Kur gegangen ist."

„Ja", stimmte Peter ihr zu. „Es ist besser, sie damit nicht zu behelligen. Immerhin soll sie Kraft schöpfen und wieder gesund werden." Energisch faltete er seinen Teil der Zeitung zusammen und legte sie korrekt in der Mitte des Tisches ab.

Elsa und Sophie wechselten einen kurzen Blick.

Trampelnde Schritte rissen sie aus ihren Grübeleien. Da betraten auch schon Hausmeister Ralf und der alte Hans das Hotel durch den Personaleingang und schoben sich in den Pausenraum. Wie immer nahmen die beiden gleich vorn auf den bereitstehenden Stühlen Platz, damit sie mit ihren schmutzigen Schuhen nicht durch den ganzen Raum mussten. „Moin."

„Moin", antworteten sie alle im Chor und inzwischen ging Elsa der norddeutsche Gruß ganz einfach über die Lippen. So, als hätte sie schon immer hier gelebt.

„Kaffee oder Tee?", fragte sie die beiden Männer, wie jeden Morgen. Und wie jeden Morgen wehrten beide mit ihren Händen ab.

Dann musterte sie die Wanduhr, griff nach einer schmalen Mappe und schlug sie auf. „Nun aber genug über meine nicht vorhandene Wohnung gesprochen. Gehen wir den Plan für den heutigen Tag durch."

Seit Elsa vor einigen Wochen die Leitung des Hotels übernommen hatte, war dieses kleine Ritual eingeführt worden. Alle Mitarbeiter, die abkömmlich waren, fanden sich jeden Morgen im Pausenraum ein, tranken gemeinsam Tee oder Kaffee und sprachen den vor ihnen liegenden Tag durch. Peter hatte dies anfänglich für unnötig befunden. Doch selbst er genoss inzwischen den kleinen Austausch, bei dem alles auf den Tisch gepackt werden konnte. Außerdem stärkte dieses Ritual das Miteinander der Mitarbeiter. So empfand Elsa es zumindest.

Sie überflog den vor ihr liegenden Zettel. „Wir haben heute vier Abreisen und ebenso viele Anreisen."

Peter, der den gleichen Ausdruck vor sich hatte, nickte zustimmend. „Ich möchte ganz besonders auf den letzten Gast der Liste verweisen, Ramona Ahlenburg. Sie steigt in einer unserer Suiten ab. Das Zimmer wurde von ihrem Management gebucht."

„Hört, hört", sagte Sophie und lehnte sich zurück. „Management, was macht sie denn?"

„Ich habe mich kundig gemacht", erwiderte Elsa. „Sie ist eine sehr erfolgreiche Drehbuchautorin und möchte sich von der Gegend hier inspirieren lassen. Viele ihrer Filme sind schon im Fernsehen gelaufen. Wie man mir mitteilte, müssen wir mit Presse und Journalisten rechnen, obwohl Frau Ahlenburg inoffiziell hier ist. Gibt es Sonderwünsche?"

Peter checkte seine Notizen und schüttelte dann den Kopf. „Bis jetzt nicht. Sie will eine Suite und würde das Frühstück gerne auf ihrem Zimmer einnehmen. Das stellt für uns kein Problem dar. Übrigens munkelt man, ihre erste Zimmeranfrage hätte dem *Muscheltraum* von Herrn Rudloff gegolten", sagte der Rezeptionist mit gedehnter Stimme. „Aber die Lage war ihr wohl nicht ruhig genug."

Elsa und Sophie wechselten einen kurzen Blick. Stefan Rudloff, ein anderer Hotelbesitzer hier aus Ahrenshoop, hatte vor einigen Wochen für große Unruhe gesorgt. Hatte er doch eine Mitarbeiterin des *Godewinds*, das Zimmermädchen Babsi dazu angestiftet, die Abläufe im Hotel zu stören. Nachdem man ihm auf die Schliche gekommen war, hatte Veronika Gutter mit ihm ein Gespräch unter vier Augen geführt. Was darin besprochen worden war, blieb ihr Geheimnis. Sie hatte ihnen jedoch mehrfach versichert, dass von Rudloff zukünftig keine Gefahr mehr ausgehen und dieser seine Füße stillhalten würde. Wie sie dies geschafft hatte, war ihnen allen ein Rätsel. Doch übereinstimmend hatte man beschlossen, die Sache als abgehakt zu betrachten. Babsi war entlassen worden, hatte aber aufgrund ihrer langen Zugehörigkeit zum *Godewind* schnell eine neue Arbeit gefunden.

„Frau Ahlenburg hat sich für unser Haus entschieden", sagte Elsa entschlossen. „Die Umstände, wie es dazu gekommen ist, stehen nicht zur Debatte. Herr Rudloff ist in die Schranken gewiesen worden und scheint dies akzeptiert zu haben. Ich glaube, er ist froh, dass Veronika ihn nicht vor Gericht gezerrt hat."

„Dennoch bleibt er ein Stänkerer. Vor einigen Tagen wurde schon wieder das Hinweisschild zum *Godewind* vorn an der Straße entfernt", sagte Hans und schüttelte verärgert den Kopf. „Er ist ein Rindvieh und wird es immer bleiben. Wir sollten auch weiterhin die Augen offenhalten."

„Daran mag etwas Wahres sein. Und dennoch", schränkte Elsa ein. „Wir wissen nicht, ob wirklich Herr Rudloff hinter dem verschwundenen Schild steckt. Der Rest ist pure Spekulation und Spekulationen kosten nur Kraft und Nerven, die wir für andere Dinge besser gebrauchen können." Sie sprach sich mit diesen Worten selbst Mut zu. Dachte sie doch an ihre erste Begegnung mit Stefan Rudloff vor einigen Tagen.

Beide waren zu einem Empfang von Tourismusbetrieben auf dem Darß geladen worden.

Rudloff hatte sich Elsa nach kurzer Zeit vorgestellt. In seinem dunklen Anzug und mit den markanten Gesichtszügen hatte er wie ein Raubvogel gewirkt, der im Hintergrund auf die nächste Beute lauerte. Sie hatten nur wenige Worte gewechselt, doch diese hatten ihr vollends gereicht. Erleichtert hatte sie sich anderen Gesprächspartnern zugewandt, die sie aus der unangenehmen Situation erlöst hatten.

Denn die Vorfälle im *Godewind* waren ein offenes Geheimnis in Ahrenshoop, auch wenn nur Bruchstücke nach außen gedrungen waren. Allen hier war klar, dass die Mannschaft des *Godewinds* und Stefan Rudloff niemals Freunde werden würden. Sie würden auch nie dieses von Achtung und Respekt geprägte Miteinander, wie zu den anderen Gastgebern erreichen. Für Elsa war ein Waffenstillstand schon genug und sie hoffte, dass dieser halten würde.

„Dann hätten wir noch einen letzten Programmpunkt. Heute fängt unser neues Zimmermädchen an."

Sophie lächelte leicht.

„Es wäre schön, liebe Sophie, wenn Sie die neue Kollegin, genauso wunderbar in alles einführen würden, wie Sie es damals bei mir gemacht haben. Ich habe Frau Kleinert deswegen Ihnen zugewiesen."

„Hab ich mir schon gedacht", sagte Sophie. „Ich bin bereit."

Elsa lachte. „Wir haben zwei Wochen, um Frau Kleinert einzuarbeiten. Dann verlässt uns unsere Aushilfe. Aber ich denke, das müsste zu schaffen sein. Obwohl Frau Kleinert noch nie in einem Hotel gearbeitet hat, war sie ziemlich aufnahmefähig und fleißig."

„Beim Probearbeiten war sie sehr flink", erwiderte Sophie. „Ich bin also guter Dinge."

Peter verschränkte missmutig seine Arme. „Wird sie ihr ganzes, ich meine ..." Er deutete auf seine Ohren und verstummte.

„Sie meinen, ob sie ihre ganzen Piercings behalten wird?", half Elsa dem Rezeptionisten auf die Sprünge. „Solange sie der täglichen Arbeit nicht abträglich sind, wird es wohl so sein." Sie machte eine kurze Pause. „Lieber Peter, es gibt nun einmal Menschen, die eine vollkommen andere Vorstellung davon haben, wie sie ihren Körper schmücken möchten. Ich wünsche mir, dass wir alle, Frau Kleinert mit offenen Armen empfangen. Verstanden?"

Anfangs hätte Elsa sich nicht getraut, solch klare Worte auszusprechen. Doch inzwischen wusste sie, auch durch viele gute Ratschläge, die ihr Frau Gutter gegeben hatte, dass ein wenig Klartext niemanden schadete und schon gar nicht Peter, der innerlich manchmal in den guten alten Zeiten feststeckte.

„Gut, dann lasst uns mit unserer täglichen Arbeit beginnen, damit sich alle Gäste so wohlfühlen, dass sie mit zwei weinenden Augen nach Hause reisen. Und uns alle und das *Godewind* unsäglich vermissen werden."

Eine halbe Stunde später, trat Peter in das kleine Büro, das direkt hinter der Rezeption lag und räusperte sich. „Ähm, Frau Kleinert wäre jetzt da."

Elsa gab noch einige Daten ein, speicherte dann das Formular und erhob sich. „Danke, Peter."

Sie umrundete den Tresen und ging auf die junge Frau zu, die ein wenig verloren mitten in der Eingangshalle stand. „Herzlich willkommen, Frau Kleinert."

Ein kräftiger Händedruck ließ Elsa beinahe zu Boden gehen. Doreen Kleinert war Anfang dreißig, wirkte aber auf den ersten Blick jünger. Sie hatte rabenschwarze kurze Haare und trug diese in einer etwas wilden Frisur, nach allen Seiten verstrubbelt. Ihre Arme zierten zahlreiche Tattoos. Normalerweise blinkten silberne Ringe in ihren Ohren und ein besonders prägnanter Ring in ihrer Nase. Letzteren hatte sie entfernt und auch der Ohrschmuck schien etwas reduziert worden zu sein. Elsa wertete das als erstes Zugeständnis an ihre neue Arbeit.

„Schön, dass Sie da sind."

„Bin ich zu spät?"

Elsa sah auf ihre Uhr. „Aber nein, im Gegenteil. Sie sind etwas zu früh."

„Puuh, zum Glück." Doreen Kleinert blies ihre Wangen auf. „Ich wusste ehrlich gesagt nicht mehr, ob wir uns um acht oder um neun verabredet hatten."

Peter machte hinter ihnen ein Geräusch, was undeutbar war, aber am ehesten einer abfälligen Reaktion glich. Elsa drehte sich kurz um und warf ihm einen knappen Blick zu. Peter wandte sich augenblicklich seinem Bildschirm zu und vermittelte den Eindruck, konzentrierter Arbeit.

„Na, dann folgen Sie mir." Elsa öffnete die Schwingtür, die nach unten führte und stieg die knarrende Holztreppe ins Kellergeschoss. „Morgen kommen Sie bitte durch den Seiteneingang. Das Foyer ist für unsere Gäste vorgesehen." Sie trat in einen kleinen Raum, in dem zahlreiche schmale Schränke standen. „Hier wäre ihr Schrank, in dem Sie alle Ihre Sachen ablegen können. Kleid und Schürze hat Ihnen Sophie schon dort drüben hingehangen. Sie kleiden sich einfach um und ich warte nebenan."

Doreen Kleinert nickte und schlüpfte hinter den Vorhang. Minuten später kam sie wieder heraus, strich die Schürze mit beiden Händen glatt und betrachtete sich kurz im Spiegel.

„Und?", fragte Elsa.

„Ungewohnt", erwiderte das neue Zimmermädchen. „Ich hätte mir niemals träumen lassen, dass ich mal solche Kleidung trage."

„Sie haben Kunst studiert, nicht wahr?"

Doreen Kleinert nickte. „Ja, brotlose Kunst, wie meine Eltern sich immer ausdrücken. Irgendwann muss man sich eingestehen, dass sich manche Träume in Luft auflösen. Manchmal mit einem Knall, manchmal langsam und kaum wahrnehmbar."

„Sie stammen aus Gera nicht wahr?"

Doreen Kleinert nickte. „Studiert habe ich in Berlin."

„Und warum nun Ahrenshoop? Ich weiß, das hatte ich Sie beim Bewerbungsgespräch schon gefragt. Doch wenn ich mich recht erinnere, sind Sie mir reichlich geschickt ausgewichen."

„Erwischt." Gespielt wischte sie sich den Schweiß von der Stirn. „Ahrenshoop, das Künstlerdorf am Meer. Hier hat es mich einfach hingezogen. Und außerdem ..." Sie zögerte kurz. „Einer meiner Professoren hat sich hier ein Haus gekauft. Er gibt ab und zu Kurse und manchmal sucht er dafür eine Assistentin."

„Also haben Sie die Kunst noch nicht so ganz aufgegeben."

„Wer kann das schon? Wenn einen einmal eine Leidenschaft gepackt hat, dann wird man die sein ganzes Leben lang nicht mehr los. Aber Sie brauchen keine Angst zu haben, ich werde nur in meiner Freizeit zeichnen." Mit offenem Blick schaute Doreen Kleinert sie an. Und obwohl sie nicht im Geringsten dem klassischen Bild eines Zimmermädchens entsprach, wusste Elsa, dass diese Personalwahl unter einem guten Stern stand. Ihr Bauchgefühl sagte es ihr einfach.

„Und dann hat sie sich einfach einen Lappen geschnappt und mit Sophie zusammen die Bibliothek gereinigt", erzählte Elsa Fiete, während sie nebeneinander auf dem schmalen Weg fuhren, der sich am Bodden entlangzog. „Heute Nachmittag kam Sophie sichtlich zufrieden nach unten. Ich glaube, wir haben endlich einen wunderbaren Ersatz für Babsi gefunden."

„Also wird es endlich ruhiger werden im *Godewind* und du musst dir keine Sorgen machen, auf alle Ewigkeit im Zimmerservice aushelfen zu müssen."

Elsa strich eine Strähne hinter ihr Ohr. „Wenigstens eine Sorge weniger."

Forschend sah Fiete sie an. „Du hast Sorgen, welche Sorgen?"

„Das leidige Wohnungsthema", antwortete Elsa. „Aber lass uns heute nicht über irgendwelche Probleme reden, sondern verrate mir lieber, welche Überraschung du für mich hast."

Fiete lachte auf. „Das wird noch nicht verraten."

Sie fuhren Richtung Hafen, dahin wo Fietes Boot lag. Sicher hatte er wieder an Deck herumgewerkelt und wollte ihr seine Fortschritte zeigen. Denn in den letzten Tagen hatte er sich rar gemacht und als Grund reichlich Arbeit genannt. Auch für ihn herrschte jetzt im Juni Hochsaison. Fiete war als Hausmeister in einem großen Hotel tätig und verwaltete zusätzlich einige Ferienwohnungen. Da gab es immer etwas zu tun. Und dann war da das Boot *Marit*, seine ganze Freude. Die Arbeit daran schenkte ihm Kraft und half wohl auch dabei, den Kummer der Vergangenheit mehr und mehr loszulassen. Selbst wenn Elsa von den meisten Dingen nicht viel verstand, so freute sie sich doch über Fietes Freude, wenn die *Marit* allmählich wieder in dem Glanz erstrahlte, den sie einst besessen hatte.

Kurz bevor sie den Hafen erreichten, bog er jedoch in einen schmalen Weg ein. Unsicher schaute Elsa nach vorn. Hier lag das Atelier, das Fietes Frau einst als Malerin genutzt hatte. Seit sie sich kannten, war er nur einmal mit ihr in dem verwunschenen Reetdachhaus gewesen. Sie selbst hatte das Thema einige Male auf das Atelier am Bodden gelenkt. Warum hätte Elsa selbst nicht sagen können. Vielleicht lag es daran, dass viele Ahrenshooper immer wieder erwähnten, was für ein perfektes Paar Fiete und Marit gewesen waren und welch tiefe Liebe sie verbunden hatte. Oder welches unglaubliche Talent Marit als Malerin besessen hatte. Sie machte das nachdenklich und sie stellte sich manchmal die Frage, ob sie jemals die Lücke füllen konnte, die seine verstorbene Frau hinterlassen hatte.

An einem Frühlingstag war Fiete dann mit ihr ins Atelier gefahren, beinahe widerwillig. So war es ihr zumindest vorgekommen. Elsa hatte sich in der Werkstatt umgeschaut, viele mit Tüchern abgehängte Bilder gesehen und dann den Schmerz auf seinem Gesicht erkannt. Obwohl ihre Neugierde riesig gewesen war, hatte sie ihn zu einem schnellen Aufbruch gedrängt. Und Fiete hatte ihrer Bitte nur zu gern Folge geleistet. Beinahe schon fluchtartig hatte er Haus und Grundstück verlassen und seitdem kein Wort mehr darüber verloren. Dieses Haus gehörte in seine Vergangenheit und Elsa konnte nur hoffen, dass er eines Tages wieder mit ihr zurückkehren und über Marit und ihre Bilder sprechen würde.

Dass es heute soweit sein würde, hatte sie sich allerdings nicht träumen lassen. Denn Fiete steuerte tatsächlich das kleine windschiefe Holztor an und öffnete es. Dann lehnte er sein Fahrrad an einen knorrigen Birnenbaum und sie tat es ihm gleich. Mit einem Lächeln auf dem Gesicht sah er sie an.

„Ich hatte dir ja eine Überraschung versprochen, nun hier ist sie."

Elsa nickte und musterte unsicher das Haus, das in den letzten Strahlen der untergehenden Sonne lag. Das Atelierschild war verschwunden, fiel ihr als Erstes auf. Und weiter hinten lagen Baumaterialien unter einer Plane, die bei ihrem letzten Besuch noch nicht dagewesen waren.

„Komm mit", sagte Fiete und streckte seine Hand aus. Dann steuerte er eine steile Treppe an, die am Giebel des

Hauses lag und zu einer Tür in der oberen Etage führte. Ihre Schritte hallten auf den mit Gittern versehenen Stufen. Oben angekommen, griff er in seine Tasche und holte einen Schlüssel heraus, an dem ein Anhänger in Muschelform hing. Er legte ihn auf Elsas Hand und sah sie auffordernd an. „Du darfst aufschließen."

Ganz leicht zitterten ihre Finger, als sie den Schlüssel ins Schloss steckte und ihn umdrehte. Ein schwacher Lichtschein, der aus einem weiter hinten liegenden Zimmer zu kommen schien, erhellte einen winzigen Flur.

„Willkommen in deinem eigenen kleinen Reich. Also natürlich nur, wenn du es willst."

Elsa holte tief Luft und trat ein. Sie umfing der Geruch nach abgeschliffenem Holz und frischer Farbe, vermischt mit dem unvergleichlichen Duft des Reets auf dem Dach. All dies paarte sich mit einem Gefühl, das sich nur schwer in Worte fassen ließ. Doch nie hatte sie es stärker gespürt als jetzt gerade in diesem Augenblick. Es war das Gefühl des Heimkommens, das ihren ganzen Körper durchflutete, und ein tiefer Frieden, der ihre Seele einhüllte.

Kapitel 3

Nervös sah Kathi auf ihre Uhr. Diesmal war sie eine Stunde eher daheim losgefahren und dementsprechend zeitig zu ihrer Verabredung erschienen. Vor allem hatte sie auf der Stelle einen Parkplatz gefunden, trotzdem es Freitag war und die Stadt voller Menschen.

Nach einer schlaflosen Nacht mit unendlich vielen Grübeleien hatte sie sich entschieden, Sartor anzurufen. Immer wieder hatte sie das Gespräch mit ihrem Chef Revue passieren lassen. Dass ihm so viel an ihr lag, hatte Kathi berührt. Umso wichtiger war es ihr erschienen, seinem Rat zu folgen und sich zumindest ein weiteres Mal mit Sartor zu treffen. Das klang logisch, das klang vernünftig.

Doch gegen ein Uhr nachts war dieser Entschluss mächtig ins Wanken geraten. Sie war nach oben geschreckt aus einem Traum, der sie mal wieder ans Meer, genauer nach Ahrenshoop geführt hatte. Es waren die immer gleichen Bilder, die sie im Schlaf heimsuchten. Manchmal verschwanden sie für einige Wochen und Kathi hoffte, sie würden nun für immer wegbleiben. Doch dann, genügte ein Wort oder eine Erinnerung und sie waren wieder da.

Sie hatte sich von einer Seite auf die andere gewälzt und war schließlich aufgestanden. Ganz oben auf dem Regalbrett, in die hinterste Reihe verbannt, damit sie es nicht immer sehen musste, stand ein rotes Fotoalbum. Es enthielt Erinnerungen an ihr Leben. Erinnerungen, die sie am liebsten für immer verdrängt hätte. Nun musste sie sich ihnen stellen oder sich einen neuen Job suchen.

Mit angehaltenem Atem hatte Kathi das Album aufgeschlagen und sich in den bequemen Lesesessel gekuschelt, der direkt neben dem bodentiefen Fenster stand. Der Blick von dort fiel auf die schlafende Stadt, die ihr in den letzten Jahren ein Zuhause geworden war. Die ersten Bilder zeigten sie als Baby auf dem Schoss ihrer stolzen Eltern oder zusammen mit ihrem geliebten Großvater, der sie immer auf seinen Schultern getragen hatte. Mit jeder weiteren Seite wurde Kathi größer und älter. Auf einmal, abrupt endeten die eingeklebten Bilder. Die letzte Aufnahme war von einem Ausflug, den sie zusammen mit ihrer besten Freundin Grit gemacht hatte. Die beiden Mädchen schauten in die Kamera und lachten. Kathi schwarzhaarig und die blonde Grit, ein Dreamteam, unzertrennlich. Danach kamen nur noch leere Seiten. Sie glaubte, sich dunkel an einen Umschlag zu erinnern, den ihre Mutter ihr bei einem ihrer letzten Besuche am Meer in die Hand gedrückt hatte. Kathi ahnte, dass sie damals nicht mal hineingesehen hatte. Nun begann sie zu suchen, öffnete Schranktüren und Schieber, kapitulierte aber gegen drei. Der Umschlag mit den letzten Bildern blieb verschwunden und vielleicht war das auch besser so. Noch einmal schlug sie die letzte Seite auf und strich zart über das Gesicht ihrer Freundin. Grit – wie es ihr wohl gehen würde? Mit angezogenen Beinen kauerte sie in ihrem Sessel und starrte aus dem Fenster. Gegen vier hielt sie es nicht mehr aus, griff zu ihrem Handy und schrieb Sartor eine Nachricht. Es waren nur wenige Worte, doch die Antwort kam postwendend. Anscheinend war er auch ein Mensch, der nicht schlafen konnte. Sartor schlug ihr ein Treffen vor, schon in wenigen Stunden.

Das, was zunächst überstürzt klang, entpuppte sich als perfekte Lösung. Weil ihr so, nur wenig Zeit zum Nachdenken blieb.

Nun, saß Kathi in einem kleinen Straßencafé und nippte an einem frischen Cappuccino, der schmeckte, als wäre er von einem waschechten Italiener zubereitet worden. Der Milchschaum war locker und mit genau der richtigen Menge Schokoladenpulver bestreut worden. Was die Wahl ihres Treffpunktes betraf, hatte Ingo Sartor also schon einmal ein glückliches Händchen bewiesen.

Draußen auf dem Gehsteig flanierten Menschen und genossen die ersten warmen Sommertage. Es herrschte die übliche Hektik Berlins, in der ein einzelner Mensch sich verlieren konnte. Kathi hatte sich in dieser Stadt immer wohlgefühlt. Der Kontrast zum beschaulichen Ahrenshoop hätte nicht größer sein können. In Berlin war sie eine von vielen, lebte anonym, wenn sie es wollte. In Ahrenshoop war man niemals allein. Neuheiten verbreiteten sich rasend schnell, die Leute achteten aufeinander. Manchmal mehr, als es eigentlich nötig war. Es gab den sogenannten Buschfunk, dem praktisch nichts verborgen blieb.

In diesen Moment öffnete sich die Tür und ihre Verabredung betrat das Café. Sartor wurde von dem Mann hinter der Bar mit offenem Armen begrüßt, wie ein Stammgast oder ein Freund der Familie, der hier ein und auszugehen schien. Suchend sah er sich um und kam dann mit einem Lächeln auf sie zu. Er wirkte heute anders, was vermutlich daran lag, dass er seinen Businessanzug im Schrank gelassen und sich stattdessen für eine legere Hose mit einem bedruckten Shirt entschieden hatte.

Vertraulich beugte er sich zu ihr nach unten und der Duft nach seinem verwirrend gut riechenden Aftershave stieg in Kathis Nase. „Schön, dass du gekommen bist", sagte er zur Begrüßung, drückte ihr einen Kuss auf die Wange und setzte sich in den ihr gegenüberstehenden Sessel. „Ich hoffe, du hast nichts gegen ein vertrauliches Du, aber ich finde, unter Kollegen ist das immer die beste Lösung."

Kathi nickte zögernd.

„Wenn ich ehrlich bin, hatte ich nicht so schnell mit deinem Anruf gerechnet. Jo meinte, du wärst eine harte Nuss."

„Ach tatsächlich?", fragte sie. „Nun, so kann man sich täuschen."

„In diesem Fall habe ich mich sehr gern getäuscht." Der Kellner servierte Sartor einen Espresso und stellte ein Glas Wasser daneben. „Also, hast du dir unser Projekt angesehen? Was hältst du davon?"

Kathi hatte es sich angesehen, und zwar unmittelbar, nachdem sie das Bürogebäude verlassen und das Parkhaus erreicht hatte. Da vor dem Ticketautomaten eine kleine Schlange gestanden hatte, war die Wartezeit von ihr optimal genutzt worden, um die einzelnen Seiten zu überfliegen. Später, daheim angekommen, war sie zu einem gründlicheren Studium übergegangen und mit jeder weiteren Seite, die sie gelesen hatte, war ihre Begeisterung für dieses Projekt gewachsen. Das wollte sie natürlich Ingo Sartor nicht so direkt vermitteln. Es war immer gut, cool zu reagieren und nicht zu überschwänglich zu sein. Deswegen nahm sie einen Schluck Cappuccino und meinte: „Keine schlechten Ideen, das muss ich sagen. Ich könnte mir vorstellen, dass viele Leser genau auf solche Berichte mit viel Herz und Insiderwissen stehen. Und die Heimat, als lohnendes Reiseland darzustellen, dürfte für alle Seiten ein Gewinn sein."

Sartor hob seinen Zeigefinger und deutete in ihre Richtung. „Genau meine Worte. Doch wir müssen uns abheben, einzigartig sein. Es gibt viele, die momentan Projekte mit ähnlichen Hintergründen entwickeln. Auch wir machen ja schon Reisereportagen mit ganz gutem Erfolg. Aber Mittelfeld ist nichts für uns, wir wollen an die Spitze. Deswegen brauchen wir eine geniale Journalistin mit einem tollen Schreibstil und ganz viel Herz. Dich!"

Kathi spürte, wie ihre Wangen rot wurden. Das lag zum einen an dem überschwänglichen Lob ihres Gegenübers, aber auch an der sehr intensiven Art, mit der er sie musterte. „Danke für die Lorbeeren. Dennoch möchte ich einen Einwand machen. Warum der Darß, vor allem, warum als ersten Beitrag? Wir könnten genauso gut, eine andere Gegend am Meer wählen. Zum Beispiel Rügen, Usedom, Fehmarn, oder die Flensburger Förde."

„Oder den Darß, speziell Ahrenshoop. Kunst und Landschaft treffen dort einzigartig aufeinander. Nenn mir einen Ort, wo dies so ausgeprägt ist, wie in der Ahrenshooper Künstlerkolonie." Prüfend sah er sie an. „Schon wieder hatte Jo recht. Er meinte, falls du dich überhaupt mit mir auf ein Gespräch treffen würdest, so gäbe es einen Knackpunkt, nämlich den Ort, den wir ausgewählt haben. Jo erwähnte etwas von Dämonen der Vergangenheit und Ängsten, dich ihnen zu stellen."

Kathi stellte ihre Tasse mit einem leichten Klirren auf den Teller. „Was hat er gesagt? Welche Dämonen denn?" Mit hochgezogenen Brauen versuchte sie, seinen Blick zu erwidern und ihm nicht auszuweichen.

„Nun, wenn man sich so weigert, in den Ort zurückzukehren, an dem man seine Kindheit und Jugend verbracht hat, müssen Dämonen dort begraben liegen."

Er ließ sie nicht aus den Augen und Kathi fühlte sich, wie auf einem Berg heißer Kohlen. Seine Worte holten Wahrheiten nach oben, die er abgesehen von Jo Berger, nicht wissen konnte. Mit aller Macht musste sie dem Drang widerstehen, den leichten Schweißfilm abzuwischen, der sich auf ihrer Oberlippe gebildet hatte.

„Keine Dämonen, nur schlechte Erinnerungen", erwiderte sie ausweichend.

„Also doch Dämonen." Sartor schlug ein Bein über das andere und lehnte sich zurück. „Damit kenne ich mich übrigens bestens aus. Viele Jahre meines Lebens habe ich mit meinem Vater kein Wort gesprochen. Heute haben wir wieder ein gutes Verhältnis und ich bedauere die lange Zeit, die ich mit meiner Sturheit vertrödelt habe."

„Ich spreche mit meinem Vater. Keine Ahnung, was Jo dir über mich erzählt hat." Kathi schürzte ihre Lippen und rührte in ihrer nur noch mit Milchschaum gefüllten Tasse herum.

„Na dann, ist ja alles in Ordnung. An welchem Punkt hapert es? Oder gibt es gar keinen und du willst mir auf der Stelle eine Zusage geben?"

Sie schwieg.

„Also keine Zusage." Er lächelte und strich sich über das Gesicht. „Du musst einmal in deine Vergangenheit reisen, nicht mal richtig, nur ein bisschen, so wie eine Touristin. Wir buchen für dich ein tolles Hotel, lassen dir freie Hand und dann, machst du die Vorschläge und wir folgen deinen Empfehlungen. Für mich klingt das wie ein Jackpot."

Für mich klingt es wie eine Hand, die mir langsam die Luft abschnürt, hätte Kathi am liebsten gesagt.

„Du wirkst nicht begeistert", meinte Ingo Sartor nachdenklich. „Ich würde mich wirklich freuen, dich in unserem Team begrüßen zu dürfen. Aber natürlich will ich dich zu nichts zwingen. Wir werden einen Ersatz finden, vielleicht keinen vollwertigen, aber einen Ersatz."

Sie schaute aus dem Fenster, dann räusperte sie sich. „Also gut. Ich bin einverstanden. Wann soll es losgehen?"

Er zögerte einen Moment. Wie als müsste er ihre Worte erst einmal erfassen. Dann schlug er sich auf die Oberschenkel und grinste. „Am besten morgen, pack einfach deine Sachen und dann gib uns dein Go." *Morgen schon, so schnell.* Doch ob nun morgen oder in einer Woche, an dem Fakt, dass sie nach Ahrenshoop reisen musste, würde sich nichts ändern. „Meine Assistentin kümmert sich um ein Hotel und die Reise kann beginnen. Alle Spesenabrechnungen gehen selbstverständlich auf uns."

„Davon gehe ich aus", erwiderte Kathi trocken. Seufzend löffelte sie ihre Cappuccinotasse leer. „Wann erwartet ihr den fertigen Bericht?"

„Dir bleiben vier Wochen. Im Juli, passend zur Ferienzeit, soll unsere neue Rubrik an den Start gehen."

„Ich verstehe."

„Immer noch einverstanden oder spüre ich weiterhin leise Zweifel?"

Sie ging nicht auf seine letzte Bemerkung ein. „Mal abgesehen von dem Termin habe ich freie Hand?"

Sartor legte die Zeigefinger an den Mund. Wieder ließ er seine Blicke über sie wandern. Sie hielt ihnen stand. Ja, sie erwiderte sie beinahe schon trotzig. „Solange dein Artikel unsere Erwartungen erfüllt und die unserer Partner. Verrückt, doch du hast tatsächlich freie Hand. Ich hätte nicht damit gerechnet, dass ich das mal zu jemanden sagen würde. Du kennst unsere Rahmenbedingungen und der Rest bleibt dir überlassen."

„Und die kommenden Ziele bestimme ich."

„Ja, ich hoffe dennoch, du räumst uns ein kleines Mitspracherecht ein. Wie gesagt, wir haben Werbepartner und müssen am Puls der Zeit bleiben."

„Das ist verständlich", erwiderte Kathi. „Verbleiben wir einfach so, dass wir die kommenden Ziele gemeinsam festlegen."

„Guter Vorschlag. Ich lasse noch heute deinen Vertrag fertigmachen. Wir engagieren dich für die kommenden zwölf

Monate." Sartor griff in seine Tasche, holte eine Visitenkarte heraus und kritzelte etwas auf die Rückseite. Dann legte er sie in die Mitte des Tisches und schob sie ein Stück zu ihr. „Unser finanzielles Angebot."

Kathi ergriff die Karte und drehte sie um. Dann musterte sie die Zahlen und musste sich beherrschen, nicht nach Luft zu ringen. Die gebotene Summe lag weit über ihren Erwartungen.

Kurz überlegte sie, ob sie verhandeln sollte, einfach, weil man das nun einmal so machte, ließ es dann aber doch bleiben. „Gut, ich bin einverstanden."

„Wunderbar, du siehst also, dass uns allen daran gelegen ist, dass wir eine dauerhafte Zusammenarbeit erreichen."

Kathi erhob sich und streifte ihre leichte Strickjacke über. Auf einmal war ihr kalt. Obwohl draußen die Sonne schien und das Thermometer gefühlt stündlich ein Stück höher kletterte. Ideale Voraussetzungen für eine Reise an die Ostsee. Tausende Menschen würden sie vermutlich beneiden.

„Also dann." Ingo Sartor streckte seine Hand aus. „Willkommen im Team, liebe Kathi. Möge sich eine wunderbare Zusammenarbeit ergeben und noch viele tolle Projekte, die vor uns liegen. Meine Assistentin meldet sich im Laufe des Tages mit allen weiteren Einzelheiten. Und diese schnelle Abreise ist auch wirklich nicht zu viel für dich?"

„Als Journalistin sitzt man doch meist auf gepackten Koffern. Ich bin bei einem Portal registriert, wo ich meine Wohnung vorübergehend vermieten kann. Es gibt also jemanden, der die Blumen gießt. Du weißt ja, Wohnraum ist knapp in Berlin."

„Wunderbar, dann ist alles geklärt. Grüß mir das Meer." Er zwinkerte ihr zu, warf einen Geldschein auf den Tresen und verschwand.

***

Wie angewurzelt blieb Elsa stehen und schaute ins Innere der Wohnung.

„Nun, du solltest hineingehen", sagte Fiete zu ihr und gab ihr einen sanften Schubs.

Endlich gehorchten Elsas Beine wieder. Sie lief durch den langen Flur, der sich direkt unterhalb der Dachschräge befand. Auf der anderen Seite lagen die Zimmer. Sie erkannte insgesamt vier Türen. Die erste führte in ein kleines Badezimmer. Es gab eine Toilette, eine Dusche und ein Waschbecken. Ein winziges Fenster zeigte Richtung Bodden. Es folgte die Küche, die so klein war, dass sich praktisch nur eine Person darin aufhalten konnte. Doch alles, was man so brauchte, war darin vorhanden. Es gab sogar einen Essplatz mit einem Hocker, der unter der Tischplatte stand. Das anschließende Schlafzimmer bot Platz für ein Bett, von dem aus man ebenfalls Richtung Bodden schauen konnte. Das Fenster hatte die für hier typische Augenform, in die Elsa sich beim ersten Betrachten schon verliebt hatte. Unter die Dachschräge hatte Fiete Fächer und Ablagen eingebaut. Es waren nicht viele, aber für sie würde es reichen. Und ganz vorn war noch Platz für einen schmalen Schrank.

Ganz am Ende gab es nur noch eine Tür, die direkt gegenüber dem Eingang lag. Sie führte in ein Wohnzimmer. Die Couch schmiegte sich unter die schräge Wand. Es gab einen etwas größeren Tisch mit zwei Stühlen und mehrere flache Schränke, auf denen unter anderem ein Fernseher stand. Es war eine winzige Wohnung, doch Elsa liebte sie vom ersten Moment an. Ein wenig erinnerte sie sie an ihr bisheriges Domizil in Veronikas Ferienhaus.

„Einfach wunderbar", sagte sie und drehte sich zu Fiete um. Der lehnte in der Türfüllung und schaute Elsa beim Erforschen ihres neuen Reiches zu. „Wann hast du das alles hergerichtet?"

Er hob die Schultern. „In den letzten Tagen. Außerdem war gar nicht so viel zu tun und ich hatte Hilfe von Ralf."

„Ralf aus dem *Godewind*?"

Er nickte. „Genau der. Natürlich nach Feierabend, keine Angst."

„Das heißt, Ralf wusste über diese Wohnung Bescheid?"

Fiete grinste verschmitzt. „Alle wussten darüber Bescheid, sogar Veronika und Sophie. Sie mussten mir schwören, zu schweigen und nichts zu verraten."

Elsa schüttelte den Kopf, trat ans Fenster und schaute hinaus. „Ihr seid mir vielleicht welche."

„Gefällt es dir?", fragte er leise.

„Sehr sogar."

„Ich weiß, sie ist klein, sehr klein und im Sommer kann es ziemlich heiß werden, aber ..."

Elsa machte einen Schritt auf ihn zu und legte ihm einen Finger auf die Lippen. „Es ist perfekt und wenn es warm wird, öffne ich einfach ein Fenster."

„Ich hatte es gehofft, weil ..." Er schwieg kurz und holte dann Luft. „Ich habe die Wände in zarten Farben gestrichen, aber wir können alles umändern, wenn du magst. Einige der Möbel sind nur geborgt. Ich denke, du möchtest einige persönliche Sachen aus Stuttgart mitbringen. Wegen des Umzuges habe ich mich schon erkundigt. Ich habe einen guten Kumpel, der uns da helfen könnte. Du wirst nicht alles unterbringen, aber es gibt auch die Möglichkeit einer Einlagerung, bis du, also wir etwas Größeres ..."

„Pscht", flüsterte Elsa. „Wegen Stuttgart muss ich mir erstmal keine Gedanken machen. Wir wissen nicht, wann Veronika zurückkommt, um mich zu vertreten. Vielleicht lasse ich meine Möbel sogar dort und gebe die Wohnung möbliert weiter. Auf jeden Fall fühle ich mich jetzt schon wohl, hier unter dem Dach."

„Wirklich? Das macht mich glücklich. Ich wusste nicht, ob es angebracht ist, dir diese Wohnung anzubieten, weil Marit hier mal eine Zeit lang gelebt hat. Ich habe sogar mit Sophie darüber gesprochen und sie meinte, du würdest es verstehen."

Sie nahm sein Gesicht zwischen ihre Hände. „Ich danke dir und ich verstehe es sehr gut. Ich bin sicher, das alles ist dir nicht leichtgefallen. Da waren bestimmt so viele Erinnerungen an alte Zeiten."

„Ja, es kam so manches hoch." Fietes linke Halsschlagader begann zu pochen. Er räusperte sich. „Nun ja, es bringt nichts, immer wieder zu grübeln und zu ..." Fiete trat ans Fenster und sah hinaus. „Das Beste ist, man lässt diese Erinnerungen los."

„Ach, eine Frage habe ich natürlich noch", sagte Elsa.

„Und die wäre?" Mit einem Ruck drehte er sich um.

„Ist es hier in diesen Räumlichkeiten eigentlich erlaubt, eine Katze zu halten?", fragte sie schnell. „Du weißt ja, meine Minnie sitzt immer noch in Stuttgart."

Er warf den Kopf erleichtert nach hinten und lachte. „Es ist sogar ausdrücklich erlaubt. Ganz hinten auf dem Grundstück steht eine alte Scheune. In ihr befindet sich Heu von einem Bauern und ich glaube, es gibt unzählige Mäuse. Deine Minnie dürfte sich also genauso wohlfühlen, wie du." Fiete nahm ihre Hand und zog sie an sich. Langsam wanderten seine Finger über ihren Rücken und streiften ihr dünnes Shirt nach oben.

Augenblicklich begann ihr Herz schneller zu schlagen. Tausende Schmetterlinge flatterten durch ihren Bauch und schienen dort Purzelbäume zu schlagen. Fiete näherte seinen Mund ihren Lippen. Er küsste sie, erst langsam und hauchzart. Doch schnell erfasste sie beide die Leidenschaft. Elsa legte ihre Hände um seinen Nacken und zog in näher an sich. Sie spürte seinen Körper, die festen Muskeln, die nicht in irgendeinem Fitnessstudio, sondern durch harte Arbeit entstanden waren. Sie sog seinen Geruch ein und stellte fest, wie verrückt er sie machte, manchmal mit einem Blick, manchmal mit einer Berührung.

Langsam bewegte er sich nach hinten und zog sie mit sich. Mit seinem Fuß stieß er die Tür zu ihrem kleinen Schlafzimmer auf. Dort streifte er ihr das Shirt über den Kopf und öffnete den Verschluss ihres BHs. Elsa schob ihre Hände unter sein Hemd. Sie wollte seine nackte Haut an ihrer nackten Haut spüren. Als ihre Körper sich endlich berührten, erschien es ihr, als würde ein knallbuntes Feuerwerk in ihrem Kopf explodieren. Alles um sie herum versank. Da waren nur noch Fiete und sie. Und es war vollkommen egal, ob Marit einst in diesen Räumen gelebt hatte.

Kapitel 4

Bedächtig leerte Kathi ihre Kaffeetasse. Dann spülte sie sie ab und stellte sie in den Schrank neben dem Fenster. Prüfend drehte sie eine letzte Runde durch ihre Wohnung. Ihre Tasche und der große Rollkoffer waren bereits am Vorabend gepackt worden und standen im Flur bereit. Das Packen ging ihr inzwischen routiniert von der Hand, war sie doch öfters für Reportagen und Aufträge unterwegs. Zwar selten mehr als eine Woche, dennoch waren die infrage kommenden Kleidungsstücke schnell gefunden worden. Praktisch mussten sie sein, nicht knittern und trotz, dass Sommer war, Alternativen für alle möglichen Wettersituationen bilden. Wer wusste besser als sie, wie schnell sich die Temperaturen an der Ostsee ändern konnten. Gleich heute in aller Frühe hatte Kathi ihren Schlüssel der Nachbarin übergeben, die sie dann an ein junges Studentenpaar weiterleiten würde, die ihre Wohnung in der Zwischenzeit bewohnten. In einem verschlossenen Schrank befanden sich ihre persönlichen Dinge und waren tabu. Der Rest ihres Zuhauses stand zur freien Verfügung. Kathi mochte solche Lösungen, vermittelten sie ihr doch ein Gefühl von Freiheit und, selbst bestimmen zu können, wie lange sie wo blieb.

Nun war sie bereit für ihre Abfahrt. Die Uhr zeigte kurz nach zehn. Wenn alles gut ging, würde sie Ahrenshoop nach dem Mittag erreichen. Kathis Finger durchblätterten kurz die Liste mit Telefonnummern auf ihrem Handy. Sie blieb bei Mama hängen und zögerte. Gestern Abend war der Drang stark gewesen, ihre Mutter anzurufen und sie von ihrem

Kommen zu unterrichten. War das doch eigentlich das Normalste der Welt. Doch Kathi hatte gezögert und sich gefragt, warum eigentlich. Die ehrlichste Erklärung war wohl, dass Feigheit dahintersteckte. Sie entschloss sich, auf das Überraschungsmoment zu setzen. Wenn sie erstmal in Ahrenshoop war und an ihrem Elternhaus klingelte, würde sich alles schon von allein ergeben.

Kathi schleppte ihr Gepäck nach unten und belud ihren Kleinwagen. Der Koffer musste auf die Rückbank, doch das störte sie nicht. Immerhin hatte sie nicht vor, weitere Fahrgäste mitzunehmen. Dann nahm sie hinter dem Lenkrad Platz und startete den Motor. Ihre Hand zuckte zum Navi, eine vertraute Geste vor jeder größeren Fahrt. Sie hasste es, sich anhand von Straßenschildern oder Hinweistafeln orientieren zu müssen. Diesmal ließ sie die Hand wieder sinken und schüttelte den Kopf. Immerhin war Kathi diese Strecke schon hunderte Male gefahren. Sie wusste, an welcher Kreuzung sie abbiegen musste und wo die besten Rastplätze lagen.

Erst vor wenigen Wochen hatte sie für eine Reportage in Rostock recherchiert. Von Rostock nach Ahrenshoop war es nur ein Katzensprung und der Drang rechts abzubiegen und den Schildern Richtung Darß zu folgen, war stark gewesen. Kathi hatte ihm nicht nachgegeben. Termindruck und andere Verpflichtungen dienten als Ausreden. Zumindest hatte sie es sich nicht nehmen lassen, am Abend hinüber zur hohen Düne zu fahren. Dort hatte sie einen langen Spaziergang am einsamen Strand gemacht und von der Ferne die Lichter von Warnemünde angestarrt. Die Positionslampen der Schiffe hatten geblinkt und da war er wieder gewesen, dieser besondere Geruch, den es nur am Meer gab und der ihr Herz berührte. Eine kleine Fähre, die zwischen Warnemünde und hoher Düne verkehrte, hatte am Kai festgemacht. Beschwipste Fahrgäste, die bestimmt in einer der zahlreichen Fischgaststätten auf der anderen Seite essen gewesen waren, kamen an Land. Kathi war einen Moment zur Seite getreten und hatte nachdenklich aufs Wasser geschaut.

Auch dort war vieles anders geworden. Da wo sich früher Fuchs und Hase gute Nacht gesagt hatten, war ein moderner Hotelkomplex mit einem Hafen entstanden. Die Klientel der Gäste hatte sich verändert. Statt alten Golfs oder Kleinwagen parkten hier jetzt Porsche. Schnell hatte sie sich wieder auf den Rückweg gemacht und die Einsamkeit gesucht, die es immer noch gab. Wenn man nur wusste, wo. Lange hatte sie einfach nur den Wellen gelauscht. Dann war Kathi zu ihrem Auto geschlendert, hatte sich den Sand von den Füßen geklopft, und war zurück in ihr Hotelzimmer gefahren, dessen Ausblick auf die Rostocker Innenstadt fiel. Obwohl sie noch einige Tage mit Recherchen und Interviews in der Stadt am Meer verbringen musste, war Kathi nicht mehr an den Strand zurückgekehrt.

Doch diesmal konnte sie der Ostsee und dem weißen, sandigen Band entlang der Küste nicht entgehen. Dafür war das Land bei Ahrenshoop zu schmal. Der Ort wurde eingerahmt vom sanften Bodden und dem Meer, was manchmal glatt wie ein Spiegel war oder brüllend an Land toste und seine ganze Gewalt zeigte.

Kathi schloss kurz die Augen und fuhr los. Wie durch ein Wunder kam sie problemlos durch den vormittäglichen Berliner Verkehr. Es gab keine Staus und nur wenige Baustellen. Es schien fast, als wollte die Stadt, dass sie sie verließ und sich anderen Orten zuwandte. Summend rollte Kathi Richtung Norden.

Gegen halb zwölf fuhr sie von der Autobahn ab und genehmigte sich an einer der wenigen Raststätten einen Kaffee und ein reichlich pappiges Baguette. Früher hatte sie sich manchmal Schnitten eingepackt, so wie es ihre Mutter immer gemacht hatte. Aber dafür fehlte ihr inzwischen die Lust.

Außerdem schmeckten Schnitten nur, wenn sie eine andere Person fabriziert hatte und man vorher nicht genau wusste, welcher Belag einen erwartete und vor allem, in welcher Stärke.

Während Kathi sich zerstreut ihre Hände an der beiliegenden Serviette säuberte, leuchtete ihr Handy auf. Sie hatte eine Mail von einer gewissen Jenny bekommen, die sich als Assistentin von Ingo Sartor entpuppte. Im Anhang, der nur aus wenigen Zeilen bestehenden Nachricht, fanden sich verschiedene Dokumente. Unter anderem die Hotelbuchung für Ahrenshoop. Kathi klickte den Beleg an, las den Namen und hielt einen Moment inne. *Hotel Godewind* stand da.

Gedankenverloren sah sie aus dem Fenster. Direkt davor befand sich ein Spielplatz, auf dem ein kleiner Junge auf einem dieser Wipptiere schaukelte. Er scherte sich weder um die Bitten seiner Großmutter - vielleicht war es auch die Mutter, man musste da immer vorsichtig sein - noch um andere Kinder, die ebenfalls wippen wollten. Der Kleine wirkte vollkommen abwesend und schien mit seinen Gedanken an einem vollkommen anderen Ort zu sein, genau wie Kathi.

Deren Gedanken wanderten zurück, zu einem heißen Sommer, in dem sie vierzehn oder fünfzehn gewesen war. Damals hatte sie mit ihrer Freundin Grit einen Ferienjob ergattert. Die waren heißbegehrt und sehr rar gesät. Beziehungen waren hilfreich und jemand zu kennen, der an der richtigen Stelle saß. Vater Detlef kannte jemanden, nämlich die Chefin des *Godewinds*. Kathi erinnerte sich an eine Frau in mittleren Jahren, die das Haus mit viel Liebe, aber auch einer gewissen Strenge geführt hatte. Anfangs hatte sie ihnen einige Male eine klare Ansage machen müssen. Sie hatten viel gekichert und gelacht, auch über einige Hotelgäste. Nach der Ermahnung hatten beide Mädchen sich wacker geschlagen und ordentlich Geld verdient. Aber für Kathi hatte nach diesen zwei Wochen als Aushilfe der Zimmermädchen festgestanden, niemals eine Arbeit im Hotelwesen anzunehmen. Sie wollte mehr, sie wollte etwas anderes, sie wollte die Welt sehen.

Die stille Grit, die so gerne tanzte, sah die Sache realistischer und war am Ende genau dort gelandet, wo alle sich hier Jobs suchten - in einem Hotel. Das Tanzen sah sie als ein Hobby und meinte, dass sich mit Ballett kein Geld verdienen ließe. Und heute? Kathi schluckte.

Sie erinnerte sich lieber an das Hotel, das beinahe unmittelbar am Bodden gelegen hatte. Da waren ein großer Garten gewesen, ein reetgedecktes Dach und eine Anlegestelle, von der sie einige Male am Abend in den Bodden gesprungen waren. Und zwar so, wie Gott sie geschaffen hatte.

Die Erinnerungen an damals waren bittersüß. Jeder Sommertag war so unendlich lang erschienen und es fühlte sich an, als würde ihnen die ganze Welt offenstehen und einfach alles möglich sein. Da waren die ersten Schwärmereien gewesen und Fummeleien am Strand. Da hatten Lagerfeuer gelodert, die eigentlich verboten waren und mit ihrem Flammenschein die Nacht erhellten. Da war Alkohol geflossen und Kathi hatte sich am nächsten Morgen geschworen, nie mehr zu trinken und es dann doch wieder getan.

Sie strich sich kurz über das Gesicht und holte sich damit wieder in die Gegenwart. Es war gleich zwölf, Zeit zum Weiterfahren. Draußen vor dem Fenster war der kleine Junge von einem Mädchen mit pinkfarbener Schleife im Haar abgelöst worden. Dies schien ihm gar nicht zu passen, denn er heulte herzzerreißend und warf sich in den Sand vor die Schaukel. Als Kathi das Gebäude verließ, hörte sie, wie die Oma ihm ein großes Eis versprach, und diese Zusicherung brachte den Tränenstrom schlagartig zum Versiegen. Wenn sich nur alles mit einem Schokoeis besänftigen ließ, dachte Kathi und schlenderte zu ihrem Wagen.

Die restlichen Kilometer bis kurz vor Rostock legte sie in Windeseile zurück. Trotz des schönen Wetters rollten erstaunlich wenige Fahrzeuge Richtung Meer. Erst in der Nähe eines riesigen Parkplatzes vor einem Erlebniszentrum namens „*Karls Erdbeerhof*" wurde der Verkehr dichter. Zahlreiche Autos bogen ab und von der anderen Straßenseite wehte lautes Kinderkreischen zu Kathi. Sie hatte inzwischen die Scheibe nach unten gelassen. Mit jedem weiteren Kilometer schien die Luft salziger zu riechen. Zu ihrer Rechten tauchte der Bodden auf und endlos weite Wiesen, auf denen Kühe weideten und die vorbeifahrenden Autos stumm musterten. Zu ihrer Linken gab es die ersten Hinweisschilder Richtung Strand und Kathi musste sich ermahnen, nicht einfach abzubiegen.

Kurz vor Wustrow passierte sie eine kleine Siedlung, in der zahlreiche Reetdachhäuser mit spitzen Dächern lagen. Sie erinnerte sich, hier einige Feten gefeiert zu haben, weil die Oma einer Klassenkameradin an diesem Ort ein Haus besessen hatte. An einem der Parkplätze direkt an der Straße bog Kathi schließlich ab. Das Meer lockte. Sie bestückte den Parkautomaten und überquerte die Fahrbahn. Nach wenigen Schritten erreichte sie einen Strandübergang. Sobald ihre Füße den Sand berührten, zog sie ihre Schuhe aus und nahm sie locker in die Hand. Dann stapfte sie nach oben bis auf die Spitze des Dünenhügels und atmete tief durch. Die Ostsee lag vor ihr, mal wieder glatt und ohne nennenswerte Wellen, wie es hier häufiger vorkam. Aber das war Kathi egal. Sie setzte sich einfach in den Sand, lehnte ihren Rücken an einen der Poller, die den Dünenhügel abgrenzten, und schaute zum Horizont. Möwen segelten durch die Luft, ließen sich elegant auf dem Wasser nieder und beobachteten von dort die wenigen Menschen, die eine Strandwanderung absolvierten. Am Horizont glänzten die silbern wirkenden Leiber riesiger Schiffe, die von hier betrachtet, winzig klein wirkten. Kathi nahm ein wenig Sand in ihre Hand und ließ ihn durch die Finger rieseln. Häufchen bildeten sich und sie zeichnete kreisrunde Muster hinein. Oben auf platzierte sie Muscheln, die zu ihren Füßen lagen.

Gefühle übermannten sie, heftiger, als sie es gedacht hatte, und schnürten ihr die Luft ab. *Atmen, schauen, nicht weiter nachdenken*, sagte Kathi sich wie ein Mantra. *Lass die Dinge auf dich zukommen und zerdenke nicht schon wieder alles vorher.* Eine Übung, die sie oft in der Nacht machte, wenn schwere Träume nicht weichen wollten. Allmählich schlug ihr Herz langsamer und der Druck, der auf ihrer Brust lastete, wurde leichter.

Als sie das nächste Mal zu ihren Bauwerken schaute, waren die kleinen Hügel verschwunden. Sandkörnchen wehten über den Strand, trafen auf ihre Haut und riefen ein leichtes Prickeln hervor. Der Blick zum Himmel zeigte dunkle Wolken, die aus Richtung Prerow gezogen kamen und sich über ihr zusammenballten. Die Schreie der Möwen wurden schriller und klangen wie Mahnungen, dass es besser war, aufzubrechen und Schutz zu suchen.

Kathi kämpfte sich nach oben und verließ, so schnell es ging, den Strand. Schlagartig wurde der Wind heftiger, ließ sie taumeln und wehte trockenen Seetang vor ihr her. Als sie die Straße erreichte, fielen erste Regentropfen. Sie zog ihre Kapuze über den Kopf und zurrte sie unter ihrem Kinn fest. Erleichtert erreichte sie ihr Auto und schlüpfte hinein. Kathi beobachtete von drinnen das Spiel der Elemente. Die Bäume am Fahrbahnrand bogen sich ächzend hin und her, tanzten mit dem Wind. Das Schilf, das am Bodden wuchs, wurde zu Boden gedrückt, richtete sich aber triumphierend in der nächsten Sekunde wieder auf. Wolken rasten dahin und es schien jede Minute dunkler zu werden.

Doch auf einmal, so plötzlich wie das Unwetter begonnen hatte, war es vorüber. Der Wind ließ zuerst nach. Dann der

Regen, nur noch wenige Tropfen prallten auf die Scheibe, bis wieder Stille herrschte. Kathi beugte sich ein Stück nach vorn und schaute Richtung Meer. Und tatsächlich, weit draußen über der Ostsee, zeigte sich ein heller Streifen Sonnenschein.

So war das Wetter im Norden, unberechenbar, mit viel Gewalt und an anderen Tagen erstaunlich zart. Sie hatte es vermisst, die Erkenntnis war urplötzlich da. All diese Gewalten, den Wind, das Salz auf den Lippen, die Ostsee, sie hatten ihr gefehlt.

Entschlossen startete sie den Motor und legte die restlichen Kilometer zurück. Zehn Minuten später erreichte sie Ahrenshoop. Ihr Elternhaus lag linker Hand, in der Nähe des großen Supermarktes. Kathi schaute konzentriert nach vorn und bog schließlich in den schmalen Weg ein, der zum Hotel führte. Sie hatte die Abbiegung ganz von allein gefunden, auch wenn ein Wegweiser am Straßenrand, auf das *Godewind* verwiesen hatte.

Ganz am Ende der schmalen Straße lag das Haus. Kathi fuhr auf der Einfahrt nach unten und stoppte an einem Wegweiser, der in zwei Richtungen deutete. Einer verwies auf die Rezeption, der andere auf die Parkplätze für die Gäste. Kein Zweifel, das war das Hotel, in dem sie vor vielen Jahren Ferienarbeit geleistet hatte. Da waren das Reetdach, die vielen blanken Fenster und der große Garten, der sich bis zum Schilfgürtel am Bodden zog. Und dennoch wirkte alles viel kleiner, so als wäre das *Godewind* in den letzten Jahren geschrumpft, was natürlich Unsinn war.

Kathi war diesem Phänomen schon einige Male begegnet. Mit zunehmendem Alter veränderte sich die Sichtweise. Damals war man jung gewesen und hatte die Welt mit anderen Augen gesehen. Heute war man abgeklärter und es gab fast nichts, was man nicht schon erlebt hatte.

Da klopfte es an Kathis Scheibe und sie erkannte einen alten Mann, der sich auf einen Rechen stützte. Irgendwie kam er ihr bekannt vor, aber sie wusste zunächst nicht, wo sie ihn hinstecken sollte.

Es klopfte erneut und sie ließ die Scheibe nach unten. Der Mann schaute ins Innere des Wagens und begann zu lächeln, wobei er eine Zahnlücke in vorderster Front entblößte. „Entschuldigen Sie, Frolleinchen, kann ich Ihnen helfen?" Er musterte sie, verstummte, schob seine Schiebermütze nach hinten und kratzte sich am Kopf. Dann kam er noch ein Stück näher und betrachtete Kathi eingehend.

In diesem Moment fiel ihr ein, wer der Mann war. Er hieß Hans und arbeitete als Hausmeister hier im *Godewind*. Sie erinnerte sich, damals einige Rügen vom ihm erhalten zu haben.

„Kann es sein, dass wir uns kennen?", fragte er gedehnt und ließ sie nicht aus den Augen. Plötzlich grinste er erkennend. „Du bist die Tochter von Monika, nich wahr? Du heißt ..." Er schnippte mit seinen Finger und grübelte. „Du bist die kleine Kathi, stimmt's?"

Kathi nickte. „Stimmt", erwiderte sie lächelnd. „Und du bist Hans. Arbeitest du immer noch im *Godewind*? Du müsstest doch längst in Rente sein."

Der Alte winkte ab. „Pah, Rente. Wenn man anfängt, sich zu Hause einzurichten, biegt der Sensenmann schon um die Ecke. Nein, zu Hause sitzen, das ist nichts für mich. Erst recht nich, seit meine Frau gestorben ist."

„Das tut mir leid", sagte Kathi.

„Ach Mädel, so ist das Leben. Aber was machst du hier, vor allem hier beim *Godewind*?"

„Ich möchte einchecken, man hat mir hier ein Zimmer gebucht."

Verständnislos sah Hans sie an. „Ein Zimmer gebucht? Aber warum wohnst du denn nich bei deinen Eltern? Die haben doch genug Platz?"

Sie seufzte innerlich, ließ sich aber äußerlich nichts anmerken und lächelte eisern weiter. „Ich bin dienstlich hier, da macht man das so."

„Aha, soso", erwiderte Hans und kratzte sich erneut am Kopf. „Na, wenn du meinst. Zur Rezeption geht's da lang." Er deutete in eine bestimmte Richtung und irgendwie kam es Kathi vor, als hätte sich die Stimmung in den letzten Sekunden merklich abgekühlt.

„Danke, ich finde schon den Weg."

„Da bin ich sicher. Immerhin bist du ein Mädel von hier. Die finden immer einen Weg, nur fraglich, ob es der richtige ist." Hans zögerte kurz und es schien, als würde ihm noch etwas auf den Lippen liegen. Doch dann drehte er sich um, ergriff seinen Rechen und begann durch die Rabatte zu harken.

Sie überlegte kurz, ob sie ihn um sein Schweigen bitten sollte. Doch Kathi wusste, dies würde nichts bringen. Dass sie so schnell auf einen alten Ahrenshooper treffen würde, damit hatte sie nicht gerechnet. Sie ahnte, was nun geschehen würde. Neuigkeiten verbreiteten sich hier oben wie ein Buschfeuer in der afrikanischen Savanne. Wenn der alte Hans über ihren Besuch Bescheid wusste, würden es in Kürze auch andere erfahren. Ihre Eltern nicht ausgenommen. Kathi stellte den Wagen neben dem Eingangsportal und einem schwarzglänzenden Auto ab.

Das bedeutete, dass sich all ihre Pläne für den heutigen Tag ändern würden. Die Begegnung mit ihrer Familie, die sie gern noch ein wenig nach hinten verschoben hätte, musste so schnell wie möglich stattfinden. Sonst würde die Situation, die eh schon kompliziert genug war, noch schwieriger werden.

***

„Ist die Suite bereit?", fragte Peter Sophie und stieß dabei einen Stoßseufzer aus.

„Natürlich, alles bestens, Frau Ahlenburg kann kommen." Sie stützte sich mit beiden Ellenbogen auf den Tresen.

„Und die neue Mitarbeiterin?", forschte er weiter.

„Du meinst Frau Kleinert, oder Doreen, wie immer du willst."

„Genau die."

Sie spürte seine Verärgerung. Sophie wusste, dass Peter nichts davon hielt, wenn sich das Personal allzu schnell duzte. Aber mit Doreen hatte es sich heute Vormittag einfach so ergeben. „Doreen ist sehr schnell und dabei gründlich. Ich glaube, wir haben einen guten Fang mit ihr gemacht. Sie erinnert mich ein bisschen an unsere neue Chefin."

„An Frau Torberg?", fragte Peter verwundert. „Warum das denn?"

„Nun, sie hat eine gute Auffassungsgabe und kann mit den Gästen hervorragend umgehen."

„Wenn nur nicht die ganzen Tätowierungen und all der andere Kram wären."

„Das hast du bei Babsi auch immer gesagt", rutschte es Sophie heraus.

„Und am Ende habe ich recht behalten. Barbara hätte uns beinahe in einen Abgrund gestürzt. Zum Glück ist dieses Kapitel beendet." Wie, um diesen Satz zu unterstreichen, klappte Peter seinen Aktenordner mit einem Knall zu. „Apropos Frau Torberg, wo bleibt sie eigentlich? Hatte sie nicht nur eine Besorgung machen wollen?"

„Ich glaube, sie schafft ihre Sachen in die neue Wohnung. Bestimmt kommt sie gleich."

Der Rezeptionist nickte. „Genau wie Frau Ahlenburg, die kommt auch gleich, zumindest hat mich vorhin ihr Chauffeur von unterwegs aus angerufen. Er tat, als wären wir eine winzige Pension, deren Rezeption immer nur stundenweise besetzt ist." Peter schüttelte verärgert den Kopf. „Unglaublich, was die Leute so denken. Hoffentlich ist sie nicht so eine komplizierte Person, wie die Teilnehmer der Ostseeweihnachtsshow."

Sophie legte ihm lächelnd die Hand auf den Arm. „Du wirst alles meistern, egal wer vor deinem Tresen steht." Lautes Motorengeräusch vor dem Haus ließ sie aufhorchen. Eine dunkle Limousine, deren Scheiben noch zusätzlich getönt waren, stoppte vor dem Eingang. Dann öffnete sich die Fahrertür, ein hochgewachsener Mann stieg aus und hielt seinem Fahrgast die Tür auf.

Eine stattliche Dame, in einem lilafarbenen Gewand mit einem als Turban um den Kopf geschlungenen Tuch, verließ den Wagen und steuerte auf die Eingangstür zu.

Peter räusperte sich, streckte seinen Rücken und zauberte ein einnehmendes Lächeln auf sein Gesicht.

Die Frau rauschte durch die Eingangshalle, bis sie direkt vor der Rezeption stand. Ihr Fahrer hielt sich im Hintergrund, wirkte aber angespannt, wie eine Raubkatze vor dem Sprung.

„Ahlenburg, Ramona Ahlenburg", sagte sie mit wohlklingender Stimme und neigte ihren Kopf. „Man hat ein Zimmer für mich reserviert."

„Herzlich willkommen Frau Ahlenburg", erwiderte Peter. „Ich hoffe, Sie haben gut hergefunden."

„Nun, das Lob für diese Leistung gebührt eher meinem Chauffeur, oder dem Navigationsgerät, das er benutzt. Ich habe lediglich auf der Rückbank gesessen und aus dem Fenster geschaut. Aber jetzt sind wir da und ich danke für Ihre Begrüßung."

Sophie musterte die Frau unauffällig. Ihr Alter war schwer einzuschätzen. Von Peters Recherchen wusste sie, dass Ramona Ahlenburg Ende sechzig war. Ihr Gesicht war ein wenig mehr geschminkt, als üblich. Der Lippenstift war kräftig rot. Lachfalten umgaben die Augen. Für Sophie immer ein gutes Zeichen. Kleine Perlenohrringe baumelten an den Ohren. Die Nägel schimmerten perfekt maniküert, leicht rosa.

„Natürlich", sagte Peter und verbeugte sich leicht. „Wenn ich um Ihren Ausweis bitten dürfte, wegen der Anmeldeformalitäten."

Ramona Ahlenburg warf einen knappen Blick nach hinten. Ihr Chauffeur trat näher und reichte ihr eine Tasche. Sie öffnete diese und entnahm ihr einen Reisepass. „Hier bitte. Ich würde nun gern auf mein Zimmer gehen oder brauchen Sie noch irgendwelche Unterschriften, und zwar jetzt und auf der Stelle."

„Selbstverständlich, nicht. Den Rest können wir durchaus später erledigen."

Die Frau nickte zufrieden und ließ den Verschluss ihrer Handtasche zuschnappen.

Peter nahm in der Zwischenzeit die Zimmerkarte aus einem Fach und legte sie auf den Tresen. „Ich werde Sie sogleich ..." Er verstummte, denn erneut öffnete sich die Tür, und eine jüngere Frau mit modern gegelten kurzen schwarzen Haaren betrat die Lobby. Unsicher schweiften seine Blicke zwischen den Gästen hin und her.

„Soll ich Frau Ahlenburg nach oben begleiten?", bot Sophie an und registrierte, dass ihr Kollege erleichtert nickte. „Wunderbar, dann kommen Sie bitte."

Frau Ahlenburg folgte ihr und übergab im Vorbeigehen die schwarze Handtasche wieder an ihren Chauffeur. Die beiden Frauen quetschten sich in den Fahrstuhl, der mit einem leichten

Ruck in der oberen Etage hielt. Langsam öffneten sich die Türen.

„Ich würde vorausgehen", sagte Sophie und lächelte den neuen Hotelgast an.

„Das wäre besser, immerhin kennen Sie sich hier aus", erwiderte Ramona Ahlenburg trocken.

Dann betrat sie gemeinsam mit Sophie die Suite, ihrem Zuhause für die nächste Zeit, und nahm alles in Augenschein.

Wie immer fand Sophie die ersten Reaktionen eines Gastes außerordentlich spannend. Manche Menschen sahen sich voller Argwohn um, manche ausgesprochen neugierig, wenige desinteressiert und einige sogar genervt.

Ramona Ahlenburg gehörte zur desinteressierten Fraktion. Sie warf einen knappen Blick ins Bad, legte die Hand kurz auf die Bettdecke und trat dann an die Tür, die zum Balkon führte. Ganz so wie Menschen, die es gewohnt waren, in Hotels abzusteigen. „Schön", meinte sie.

„Ist alles zu Ihrer Zufriedenheit?", hakte Sophie nach.

„Ja, natürlich, alles ist bestens. Das Zimmer ist sauber und sehr geräumig und den Blick würden viele andere vermutlich als traumhaft bezeichnen, einfach weil er traumhaft ist."

„Wie bezeichnen Sie ihn denn?", rutschte es dem Zimmermädchen heraus.

Mit einer schnellen Bewegung drehte Ramona Ahlenburg sich und sah sie an. Zum ersten Mal seit ihrem Eintreffen schien es Sophie, als hätte sie ihre volle Aufmerksamkeit. „Ist das eine rhetorische Frage?"

„Nein, eine ehrliche Frage."

„Sie stammen von hier, nicht wahr? Ich mag diesen Menschenschlag, der immer so geradeheraus ist und nicht um die Dinge herumredet." Erneut schaute die Frau aus dem Fenster. „Es ist ein schöner Blick, Sie haben recht. Und genau dort liegt das Dilemma. Denn es ist nicht nur ein schöner

Ausblick, sondern er ist auch inspirierend, verstehen Sie? Zumindest sollte er es sein. Aber für mich ..." Ramona Ahlenburg winkte ab. „Nun, für mich wird er auch inspirierend sein. Jetzt wünsche ich, für den Rest des Tages nicht mehr gestört zu werden."

„Wird erledigt", antwortete Sophie.

Frau Ahlenburg betrachtete ihr Namensschild. „Danke Sophie, ich freue mich, dass wir uns kennengelernt haben."

„Ich mich ebenfalls."

„Wunderbar", erwiderte Ramona Ahlenburg leicht spöttisch. „Und nun, schicken sie Fred mit meinen Sachen nach oben."

Besagter Fred wartete mit einem Sammelsurium an Taschen und Koffern in der Eingangshalle und schien nur darauf zu lauern, dass er endlich das Gepäck hinauf schleppen durfte. Sophie musterte die vielen Stücke. „So viele Sachen. Warten Sie, ich bitte unseren Hausmeister dazu. Er kümmert sich auch sonst um das Gepäck unserer Gäste."

Fred hob eine Augenbraue und schüttelte den Kopf. „Das ist vollkommen unmöglich. Frau Ahlenburg ist sehr eigen, was ihre persönlichen Sachen betrifft. Nur ausgewählte Personen dürfen sich darum kümmern." Und schon verschwand er mit ersten Taschen im Fahrstuhl, drehte sich dann aber noch einmal zu ihnen um. „Etage?", fragte er mit schnarrender Stimme.

„Etage drei, Zimmer dreihundertzwei", sagten Peter und Sophie wie aus einem Mund und beobachteten, wie sich die Türen des Aufzuges schlossen.

„Was für ein blasierter Affe", sagte der Rezeptionist.

„Er scheint hochnäsiger zu sein, als der Gast, den er begleitet. Und wer war die junge Frau, die vorhin gekommen ist?"

Peter betrachtete seinen Bildschirm. „Katharina Siegel, eine Journalistin. Das Zimmer wurde relativ kurzfristig gestern Abend für sie gebucht."

„Eine Journalistin?", fragte Sophie erschrocken. „Ist sie wegen Frau Ahlenburg hier?"

„Ich hoffe nicht." Peter schluckte. „Das wäre eine Katastrophe."

„Was wäre eine Katastrophe?", erklang in diesem Moment die Stimme ihrer neuen Chefin Elsa. Diese kam die Treppe hoch und legte stöhnend eine Hand auf ihren Rücken.

„Frau Ahlenburg ist gerade angereist. Und mit ihr eine Frau, die von Beruf Journalistin ist. Da befürchteten wir, also Sophie befürchtete, dass diese beiden Sachen vielleicht zusammenhängen."

Inzwischen kreiste Elsa mit ihrem Becken und federte leicht in den Knien. „Journalistin, diese Berufsbezeichnung muss erstmal noch gar nichts bedeuten", sagte sie heftig atmend. „Wenn ich die Buchung richtig verstanden habe, arbeitet Frau Siegel für ein Tourismusportal. Wir sollten also die Pferde nicht unnötig scheu machen." Dann deutete sie auf das Gepäck inmitten der Lobby. „Und wem gehören diese ganzen Taschen?"

„Frau Ahlenburg, ihr Chauffeur besteht darauf, alles allein nach oben zu schaffen", meinte Peter. Besorgt sah er seine Chefin an, speziell deren Turnübungen. „Ist alles in Ordnung bei Ihnen?"

„Wie man es nimmt. Ich bin heute umgezogen. Ein Koffer war ziemlich schwer und beim Hochtragen hat es unüberhörbar in meinem Rücken geknackt."

Sophie grinste. „Ach, haben Sie endlich eine Wohnung gefunden?"

Elsa hob warnend ihren Finger. „Tun Sie bloß nicht so scheinheilig. Sie wissen ganz genau, dass ich eine neue

Wohnung habe. Wie Fiete mir gestern sagte, waren Sie alle eingeweiht."

„Wir mussten schwören, nichts zu verraten."

„Und nebenbei haben sie dieses kleine Spiel durchaus genossen."

Sophie kicherte. „Eigentlich schon. Wobei ich zugeben muss, dass Sie mir einige Male sehr leidtaten, als Sie so die Wohnungsanzeigen durchstöberten und Ihre Verzweiflung immer größer wurde. Wie gefällt es Ihnen denn, Ihr neues Heim?"

Die Antwort kam sofort und sehr spontan. „Es ist wunderschön und wie für mich gemacht. Direkt unter dem Reet mit Blick auf den Bodden. So richtig was für jemand, der ein echtes Küstenkind werden will."

Kapitel 5

Bei jedem Schritt den Kathi zurücklegte, wurden ihre Knie weicher. Es waren vertraute Wege, die sie ging. Manchmal kam es ihr vor, als müsste sie jeden Halm und jeden Stein am Wegesrand kennen. Doch seit ihrem letzten Besuch in Ahrenshoop waren beinahe zehn Jahre vergangen und vieles hatte sich verändert.

Immer wenn ihr Menschen entgegenkamen, sah sie ihnen forschend ins Gesicht. Die meisten waren Urlauber, Einheimische waren ihr, mal abgesehen vom alten Hans, bisher nicht begegnet.

Der Weg machte eine leichte Kurve und da sah sie es, das Dach ihres Elternhauses. Da war der leicht schief wirkende Schornstein, um den im Winter die Stürme pfiffen und das schmale Fenster, hinter dem früher ihr Zimmer gelegen hatte. Beim Näherkommen stellte Kathi fest, dass der alte Fliederbusch verschwunden war, der den Garten immer vor neugierigen Blicken abgeschirmt hatte und in dessen Schatten eine Sitzecke gestanden hatte. Stattdessen war an dieser Stelle ein Carport errichtet worden, unter dem ein kleines blaues Auto stand.

Kathi öffnete das hölzerne Gartentor, dass wie früher klemmte und ein Stück in die Höhe gehoben werden musste. Sie betrachtete das Namensschild und den darunter stehenden Hinweis auf ein Ferienzimmer, das aber mit „belegt" ausgewiesen wurde.

Einige Sekunden schwebte ihr Finger über dem Klingelknopf, dann nahm sie all ihren Mut zusammen und drückte. Die alte Klingel, die seltsam scheppernd klang, ertönte im Inneren des Hauses. Jeden Moment würde hinter den Milchglasscheiben ein Umriss auftauchen und jemand die Tür öffnen. Doch nichts geschah.

Kathi klingelte noch einmal, wusste aber, dass vermutlich niemand daheim war, denn die Klingel weckte Tote auf und war nicht zu überhören.

Unentschlossen sah sie sich um und musterte ihre Armbanduhr. Es war kurz nach vier. Ihre Eltern konnten überall und nirgends sein. Sich auf die Suche zu machen, war ein reichlich sinnvolles Unterfangen. Vermutlich würde ihr nichts anderes übrig bleiben, als heute gegen Abend, noch einmal wiederzukommen.

Sie wollte das Grundstück gerade verlassen, als sie ein Geräusch aus dem Garten vernahm. Es klang wie ein Niesen, gefolgt von einem heftigen Hustenanfall. Vorsichtig quetschte sie sich am Carport vorbei und schaute um die Hausecke. Zunächst schien der Garten leer und verlassen. Doch dann sah sie eine bunte Schürze und eine Person, die auf einem flachen Bänkchen vor den Blumenbeeten kniete – ihre Mutter.

Wie früher harkte diese energisch zwischen den Pflanzen herum, riss Unkraut heraus und warf es in den bereitstehenden Eimer. Kathi hätte noch ewig hier stehen und schauen können, denn der Anblick war so vertraut und friedlich.

Doch irgendetwas schien sie verraten zu haben. Vielleicht ein kaum vernehmbares Geräusch, vielleicht das Gefühl, dass da jemand war, denn ihre Mutter richtete sich plötzlich auf, schaute nach hinten und beschirmte ihre Augen zum Schutz gegen die Sonne. Einen Moment erschien es Kathi, als wäre sie unsichtbar und der Blick ihrer Mutter, würde über sie hinwegstreichen. Aber da stockte Monika, machte ihren Rücken gerade und stand schließlich auf.

Sie kam einige Schritte auf sie zu und ihre Arme baumelten locker neben dem Körper. Verwundert musterte sie Kathi von oben bis unten, als würde sie einen Geist sehen.

„Hallo Mama", sagte sie schließlich und brach damit das Schweigen.

Monika erwiderte nichts und wischte die erdigen Hände an ihrer Schürze ab. Sie sah ihr ins Gesicht, schluckte unverkennbar und nickte dann. „Hallo Katharina."

Wenn ihre Mutter sie mit vollem Namen ansprach, dann hatte sie entweder etwas ausgefressen oder sich die Verärgerung ihrer Eltern zugezogen. Beide Faktoren waren nicht auszuschließen.

„Was machst du in Ahrenshoop?", fragte ihre Mutter.

„Ich bin dienstlich hier, für eine Reportage."

„Soso", antwortete Monika distanziert. „Aber dein Zimmer ist nicht frei."

„Kein Problem, ich wohne im Hotel."

„Ach tatsächlich?" Monika strich sich eine graue Haarsträhne hinter das Ohr und hinterließ dabei eine erdige Spur auf ihrer Wange. „In welchem Hotel wohnst du denn?"

„Im *Godewind*, mein Auftraggeber hat dort ein Zimmer für mich reserviert."

„Soso, im *Godewind* also, bei Veronika. Wobei, gerade fällt mir ein, dass Veronika nicht mehr die Chefin ist. Das Haus führt jetzt eine junge Frau, seit Anfang des Jahres. Ihren Namen hab ich vergessen. Denise wollte den Job nicht haben, sie geht ihre eigenen Wege und da mussten sie einen Ersatz suchen. Nach dem schweren Unfall war es wohl zu viel für Veronika."

„Veronika hatte einen Unfall?", fragte Kathi erschrocken. „War es schlimm?"

„Sehr schlimm sogar. Was hast du denn gedacht, dass die Zeit hier oben still steht? Vieles hat sich verändert, aber nun ja." Monika seufzte. „Magst du einen Kaffee?" Kathi nickte. „Wobei, wenn ich auf die Uhr schaue, für einen Kaffee ist es ein bisschen zu spät. Ich denke, ich werde uns einen Tee machen."

Ihre Mutter steuerte die schmale Tür an, die vom Garten ins Haus führte. Sie streifte ihre Gartenschuhe ab und schlüpfte in die hölzernen Pantinen, die neben dem Abstreicher bereitstanden. Dann verschwand sie im Flur und Kathi blieb allein zurück. Nach einem kurzen Moment folgte sie Monika und betrat schließlich die Küche, deren Fenster zum Vorgarten hinaus lagen. Ihre Mutter werkelte bereits mit dem Wasserkocher herum und brodelnde Geräusche erfüllten den Raum.

„Setz dich doch oder willst du gleich wieder gehen", sagte Monika, ohne sich zu ihr umzudrehen. „Du hättest anrufen sollen. Ich habe nichts da."

„Es hat sich kurzfristig ergeben."

„Ich meine nicht nur gestern oder heute, sondern allgemein. Die Erfindung des Telefons war eine feine Sache und liegt schon ein Weilchen zurück. Das ist so ein Ding, da kann man reinsprechen und sich austauschen. Zum Beispiel zu besonderen Anlässen."

Kathi verdrehte verstohlen die Augen. „Ich weiß, was ein Telefon ist."

„Ach, und warum nutzt du es dann nicht?" Die Teedose verschwand im Schrank, dessen Tür mit einem lauten Knall geschlossen wurde.

„Ich hab angerufen", verteidigte Kathi sich.

„Tatsächlich?"

„Ja, ich hab mich an euren Geburtstagen immer gemeldet."

„Und an Weihnachten oder wenn ein neues Jahr begonnen hat?" Verärgert spitzte Monika ihre Lippen. „Das macht man so, es hat was mit der Achtung der Älteren zu tun." Sie seufzte. „Aber, du stehst ja immer noch und machst mich ganz dösig."

Kathi setzte sich auf ihren alten Platz und musterte den Raum. Es wirkte alles noch so, als wäre sie gestern fortgegangen. Sicher, ihre Eltern hatten zwischendurch neue Wandfarbe aufgetragen. Ansonsten standen hier immer noch die alten Küchenmöbel, die sie sich gleich nach der Wiedervereinigung hatten einbauen lassen. Auf dem Tisch lag eine abwaschbare Decke mit einem Windmühlenmotiv. Dazu passende Vorhänge hingen an den Fenstern.

Wenig später erfüllte aromatischer Duft den Raum. Mutter stellte zwei Tassen auf den Tisch, gab einige Brocken Kandiszucker hinein und goss frischen Tee darüber. Es knisterte leise, als die Zuckerstückchen mit dem heißen Getränk in Berührung kamen. Dann setzte sich Monika ihr gegenüber und umschloss ihren Teepott mit den Händen.

„Wo ist denn Papa?", fragte Kathi, weil ihr einfach kein anderes Thema einfallen wollte.

„Beim Nachbarn. Nächste Woche wollen sie irgendeine Feuerwehrübung machen und da gibt es wohl einiges zu besprechen."

„Ich verstehe", erwiderte Kathi.

„Du siehst blass aus", sagte ihre Mutter und warf ihr einen knappen Blick zu. „So, als würdest du den lieben langen Tag hinter deinem Schreibtisch hocken und keine Sonne sehen."

„Ich hab manches Mal auch an der frischen Luft zu tun. Aber ja, ich sitze natürlich auch in einem Büro." Augenblicklich brachte ihre Mutter sie wieder auf die Palme. Es waren die immer gleichen Diskussionen, die sie seit vielen Jahren führten, mit den immer gleichen Resultaten. „Und sonst geht es euch gut, Mama?"

Monika nickte bedächtig. „Ja, das kann man so sagen. Es gibt viel zu tun, bei Papa auf dem Bau und bei mir an der Imbissbude auch."

„Steht ihr immer noch an der Seebrücke in Prerow?"

Ihre Mutter sah sie verblüfft an und begann dann zu lachen. „Was ist das für eine Frage, natürlich stehen wir immer noch in Prerow und seit einigen Jahren auch drüben in Wustrow. Ich arbeite in letzter Zeit meist dort. Es ist näher und ich kann mit dem Fahrrad fahren, direkt an der Steilküste entlang."

Stille senkte sich auf die beiden Frauen. Aus dem nebenan liegenden Wohnzimmer erklang der Gong der alten Wanduhr. Sie schlug zweimal, halb fünf. Kathi war gerade einmal eine halbe Stunde hier und schon schienen die alten Mauern ihres Elternhauses sie zu erdrücken.

„Wirst du auch mal Grit besuchen?"

Mit einem Ruck schaute Kathi nach oben und spürte, wie ihr Puls sich beschleunigte. „Warum fragst du das?"

„Nun, weil ihr früher beste Freundinnen wart? Oder hast du das auch vergessen, wie praktisch alles hier."

„Ich habe nicht alles vergessen", erwiderte Kathi aufbrausend und zwang sich, zumindest ein wenig ihre Ruhe zu bewahren. „Im Gegenteil, ich habe sehr oft an euch und Ahrenshoop gedacht."

„Ach wirklich? Und deswegen warst du die letzten elf Jahre nicht ein einziges Mal mehr hier?"

„Es waren zehn Jahre."

Ihre Mutter schüttelte den Kopf. „Es waren elf Jahre. Du hast uns das letzte Mal besucht, als Papa seinen Fünfundfünfzigsten hatte. Und dann, bei Opas Beerdigung." Monika nippte an ihrem Tee und stellte die Tasse dann leise fluchend wieder auf den Tisch. „Verdammt heiß, pass auf und verbrüh dich nicht."

„Wie geht es Grit denn?"

Monika hob die Schultern. „Wie soll es ihr schon gehen. Sie wohnt in ihrem Elternhaus, arbeitet in einem Hotel und macht ansonsten ihr Ding. Es war nicht leicht für sie, seit damals ... Aber ich denke, das ist dir bewusst." Ihre Mutter schaute auf und sah nach draußen. „Papa kommt."

Kathi nahm automatisch Haltung an. Nicht nur das, sie atmete flacher und starrte die Türfüllung an, in der ihr Vater jeden Moment auftauchen würde. Im Flur erklangen trampelnde Schritte.

„Hmm, Früchtetee, den riecht man schon bis draußen vor dem Haus. Obwohl das Wetter heute eher zu einem ..." Der Rest des Satzes blieb das Geheimnis ihres Vaters. Detlef blieb wie angewurzelt stehen und sah seine Tochter an.

Kathi erhob sich und ging einige Schritte auf ihn zu. „Hallo Papa", sagte sie unbeholfen.

„Kathi, wo kommst du denn her? Ich meine, was machst du hier in Ahrenshoop? Wusstest du davon?" Forschend schaute er seine Frau an, wandte dann aber wieder den Blick seiner Tochter zu. „Schön, dass du da bist." Und schon fühlte Kathi sich in den Arm genommen und gedrückt.

Als Kind war sie immer seine Prinzessin gewesen und aus der Sicht ihrer Mutter, hatte er Kathi viel zu sehr verwöhnt. Kaum einen Wunsch hatte er ihr abschlagen können. Mitten in der Nacht war er aufgestanden und hatte sie von irgendwelchen Feten abgeholt. Ein Anruf hatte genügt und Detlef war gekommen.

„Setz dich doch. Hast du nicht noch ein paar von den leckeren Keksen da, die Kathi früher immer so gerne gegessen hat?"

Ihre Mutter stand auf, griff in das oberste Schrankfach und holte eine runde Blechdose heraus. Diese stellte sie in die Mitte des Tisches.

Kathi musste lachen. „Sagt bloß, Bäcker Rademann in Ribnitz-Damgarten gibt es immer noch."

„Natürlich nicht mehr. Der alte Rademann liegt schon lange unter der Erde. Aber er hat einen Enkel, der seine Geschäfte fortführt und nach den alten Rezepten backt", meinte ihr Vater schmunzelnd.

„Es vergessen halt nicht alle Kinder, wo ihre Wurzeln liegen", sagte ihre Mutter spitz und fing sich mit dieser Bemerkung einen scharfen Blick ihres Vaters ein.

„Habt ihr schon damit angefangen, dein altes Zimmer herzurichten?"

„Ich hab Kathi bereits gesagt, dass es nicht zur Verfügung steht. Und sie braucht es auch nicht, sie nächtigt im *Godewind*. Da kann so ein kleines Kinderzimmer nicht mithalten."

Detlefs Faust sauste auf den Tisch und ließ die Teetassen hüpfen. „Nun ist es aber genug. Wie lange jammerst du schon, dass du Kathi so gerne mal wieder sehen würdest. Nun ist sie da und du?"

Ihre Mutter sprang auf. „Soll ich etwa so tun, als wäre nichts gewesen? Nein, das kann ich nicht. Kaum ein Gruß, kein Anruf. Und dann schneit Madame einfach so herein und denkt, alles ist wie immer. Wenn Großvater das wüsste, er würde sich im Grabe umdrehen. Jawohl, das würde er." Laut knallte die Tür. Dann stürmte ihre Mutter die Treppe nach oben. Eine weitere Tür schlug zu, dann herrschte Stille.

„Es war nicht leicht für sie, weißt du."

Kathi nickte und trank einen Schluck Tee. „Ja, ich weiß und es tut mir leid. Ich hätte mich mehr melden sollen."

„Ja, das hättest du tun sollen." Unbeholfen ergriff er ihre Hand. „Mutter kriegt sich schon wieder ein, du kennst sie doch." Detlef zwinkerte ihr zu und einen Moment war Kathi wieder das kleine Mädchen. „Lust auf einen kurzen

Spaziergang? Ich müsste noch was zu den Nachbarn bringen. Genauer gesagt zu Barschels."

„Barschels, leben die auch immer noch in ihrem Haus?"

„Natürlich, aber auf dem Grundstück steht nun ein weiteres Haus. Es gehört Rene."

„Rene Barschel? Aber der war doch auf die Seefahrtsschule gegangen und wollte über die Weltmeere schippern", erwiderte Kathi erstaunt.

„Das hat er auch gemacht, eine Zeit lang. Rene ist vor sieben Jahren zurückgekommen und hat begonnen, eine Tischlerei aufzubauen. Das war ein schwerer Schlag für seinen Vater, der ja unbedingt einen Kapitän in der Familie wollte, aber egal. Er ist ein geschickter Kerl, baut Holzhäuser und hat mittlerweile fünf Angestellte." Kathi sah einen schmächtigen Jungen vor sich, mit so dünnen Armen, dass es ihr immer unmöglich erschienen war, wie Rene auch nur einen Klimmzug zustande gebracht hatte. Nach der Schule hatten sie sich aus den Augen verloren. Zwar hatte es in der Zwischenzeit einige Klassentreffen gegeben, denen Kathi aber immer ferngeblieben war. Umso neugieriger war sie nun, was aus Rene geworden war.

„Klar komm ich mit."

„Fein, und du wirst sehen, wenn wir wieder da sind, hat Mutter sich beruhigt und irgendein leckeres Essen köchelt auf dem Herd."

„Meinst du wirklich?" Zweifelnd schaute sie ihren Vater an.

Er legte ihr den Arm um die Schultern. „Ich bin ganz sicher. Und nun komm."

Sie liefen den Weg Richtung Ortsmitte, bogen nach wenigen Metern ab und erreichten ein ziemlich beeindruckend wirkendes Haus. Schon allein die geschwungene Auffahrt mit dem Rosenbeet in der Mitte war ein Hingucker.

Ein gepflasterter Weg führte zu einem weiteren Haus, das ein wenig abseits stand und ganz aus Holz war. Irgendwie wirkte es hier fehl am Platz. Doch auf den zweiten Blick, fügte es sich harmonisch in die Landschaft ein. In einem flachen Anbau war eine Werkstatt untergebracht. Davor stand ein Mann mit dunklen Haaren, der einen blauen Arbeitsanzug trug und ihnen den Rücken zudrehte. Späne flogen durch die Luft und ein scharrendes Geräusch erklang. Ein würziger Geruch nach frischem Holz wehte herüber.

Ihr Vater steckte zwei Finger in den Mund und pfiff laut und schrill. Damit hatte er früher schon immer die Bewunderung all ihrer Klassenkameraden auf sich gezogen.

Der dunkelhaarige Mann fuhr herum, hob grüßend die Hand und übersah Kathi zunächst. Dann wanderte sein Blick noch einmal zurück zu ihr. Behutsam legte er die Schleifmaschine ab und kam auf sie zu.

„Kathi?", fragte er verblüfft und musterte sie ungläubig.

Ihr ging es ähnlich. Eigentlich musste Kathi sich zusammenreißen, um den Typen nicht völlig perplex anzustarren. „Rene? Rene Barschel", flüsterte sie. Aus dem schlaksigen Burschen mit den dünnen Armen war ein ziemlich attraktiver Mann geworden. Rene sah gut aus, er sah sogar sehr gut aus. Seine meerblauen Augen bildeten einen interessanten Kontrast zur gesunden Gesichtsfarbe und den dunklen Haaren, die an den Schläfen leicht grau schimmerten. Der dunkelblaue Arbeitsanzug stand im vorderen Bereich ein wenig offen und gab den Blick auf den oberen Teil einer behaarten Brust frei.

„Was machst du denn hier?", meinte er und sah sie immer noch an, als wäre sie ein Geist und würde sich jeden Moment wieder in Luft auflösen.

„Ich habe dienstlich in Ahrenshoop zu tun", erwiderte Kathi. „Und du?" Sie deutete auf die Bretter. „Du schleifst?"

Rene nickte und wischte sich mit einer Hand die Sägespäne aus dem Haar. „Gut erkannt. Das tue ich tatsächlich."

Ihr Vater räusperte sich und hob eine Tüte nach oben. „Wo ist denn ..."

„Du meinst Vaddern?", fragte Rene und löste seine Blicke eine Sekunde von Kathis Gesicht. „Der müsste unten in der alten Remise sein. Wollte was an den Netzen flicken."

„Da werd ich mal." Vater Detlef entfernte sich langsam und verschwand um die Ecke.

„Du warst lange nicht mehr da?", meinte Rene gedehnt. „Heike meinte, sie hätte dir anfangs Einladungen zu den Klassentreffen geschickt, aber dann nicht mehr. Alle waren sich einig, du würdest eh nicht kommen."

Kathi kickte einen Stein zur Seite und verschränkte die Arme vor ihrer Brust. „Es hat terminlich nicht gepasst."

„Ach tatsächlich?" Er hob eine Augenbraue. „Du hast also gut zu tun."

„Hab ich und du anscheinend auch."

Rene musterte seine Werkstatt. „Ja, es läuft prächtig."

„Mein Vater meinte, du würdest Holzhäuser bauen."

„Stimmt, ökologisches Bauen ist voll im Trend. Das Klima in solchen Gebäuden ist einfach einmalig. Im Sommer angenehm kühl, im Winter schön warm."

„Und dazu kommt der Duft des Waldes", ergänzte Kathi. „Klingt gut."

Rene lachte auf. „Der Duft des Waldes stimmt, ich vergaß, dass du Journalistin bist."

„Ja, ich habe einen Auftrag angenommen, für eine Reportage über Deutschland als Reiseland."

„Also Werbung für den Darß und noch mehr Touristen, die über uns herfallen."

Kathi presste die Lippen aufeinander. „Klingt, als würden dich die Urlauber stören?"

„Nicht alle, aber manche. Was soll's, so ist das nun mal, wenn man an der Ostsee wohnt. Es ist Segen und Fluch, aber, das müsstest du doch noch wissen."

„Segen und Fluch", wiederholte Kathi leise. Etwas in ihr begann zu schwingen. Das war immer so, wenn ihr schlagartig eine Formulierung gefiel oder sie irgendeinen Satz aufschnappte. „Willst du mir mehr dazu erzählen?" Es war eine spontan ausgesprochene Frage gewesen und sie bereute sie auf der Stelle.

„Du willst, das ich dir ein Interview gebe?" Rene begann zu lachen. „Immer im Dienst, oder?"

„Vergiss es." Sie winkte ab. Dann schaute sie sich um und spähte in die Richtung, in der ihr Vater verschwunden war. „Ich werd mal Detlef suchen gehen."

Rene wirkte amüsiert. „Das wirkt nun aber wie eine Flucht. Irgendwie hatte ich mir eine Journalistin ein bisschen anders vorgestellt. So, mit mehr Biss."

„Tatsächlich? Du scheinst ja viele Journalisten zu kennen." Kathi straffte ihren Rücken. „Also gut, bis irgendwann mal."

„In zwanzig Jahren oder wenn du das nächste Mal kommst", ergänzte Rene ihren Satz.

„Super, werd ich hier eigentlich von jedem angeschissen? Es ist doch meine Entscheidung, wie ich lebe oder ob ich hierherkomme oder eben nicht. Immerhin gondelst du doch auch nicht mehr auf einem deiner Schiffe rum, von denen du früher endlos gesprochen hast." Kathis Augen schossen Blitze ab. Sie wandte sich zum Gehen.

„Heh, nun warte doch mal." Renes Hand schoss nach vorn. „Entschuldige, ich weiß, wie es ist, wenn man sich wieder und wieder rechtfertigen muss." Seine blauen Augen schauten sie voller Bedauern an und Kathi nickte schließlich gnädig. „Was machst du denn morgen Abend?"

Kathi überlegte kurz. „Wie meinst du das?"

„Ist es nicht eine ganz einfache Frage: Was machst du morgen Abend?"

„Keine Ahnung, vermutlich arbeiten und an meinem Artikel schreiben."

„Wohnst du bei deinen Eltern?"

„Nein, im *Godewind*."

„Verstehe." Während Kathi noch grübelte, wie dies zu verstehen gemeint war, fuhr Rene schon fort. „Ich hole dich morgen Abend gegen sieben ab. Pack dir eine warme Jacke ein. Um den Rest kümmere ich mich."

„Um welchen Rest?", fragte sie.

„Nun Essen, Trinken und was man sonst noch so braucht."

„Für was braucht?"

Rene trat ein Stück näher. Seine blauen Augen wirkten auf eine nicht näher erklärbare Art, magisch. Kathi konnte ihnen einfach nicht ausweichen, so sehr sie es auch versuchte. Es war die Farbe des Meeres, am Ende eines langen Sommertages. „Für einen schönen Abend, zum Beispiel am Bodden oder am Strand. Weißt du noch, so wie früher?"

„Aber warum sollten wir das tun?"

„Aufs Meer schauen, quatschen und zusehen, wie die Sonne versinkt? So, wie es alte Klassenkameraden machen, um sich wieder ein wenig jünger zu fühlen? Warum? Einfach so, ohne große Hintergedanken."

Ihr spontaner Impuls war es, abzulehnen. Was sollte ein solcher Ausflug bringen? Immerhin waren die letzten Minuten nicht gerade harmonisch verlaufen. Doch Kathi fühlte sich seltsam gelähmt. Da war eine innere Stimme, die ihr unablässig riet, seine Einladung anzunehmen. Es war Sehnsucht, die stärker wurde und sie wusste nicht mal, nach was. Kathi wusste nur eins, dass sie es tun musste. Selbst wenn dies vollkommen unlogisch erschien.

„Also gut, um sieben. Ich werde da sein."

„Fein." Rene lächelte spitzbübisch. „Ich muss sagen, mit dieser Zusage hast du mich echt verblüfft. Ich hätte meinen Hintern verwettet, dass du ablehnst."

„Das wäre aber echt schade gewesen, ich meine, um deinen Hintern." Kathi konnte ebenfalls ein Lachen nicht unterdrücken, hob die Hand und schlenderte in die Richtung, wohin ihr Vater vorhin verschwunden war.

Kapitel 6

Auf dem Absatz, vor ihrem neuen Zuhause hielt Elsa einen Moment inne. Sie wog den Schlüssel in ihrer Hand, musterte die Tür und trat dann ein, langsam, zögernd. Heute kehrte sie das erste Mal allein heim. War das etwas Besonderes? Sie fand schon.

Im Flur zog sie ihre Schuhe aus, schleuderte sie unter die Garderobe und lief barfuß durch alle Räume. Elsa betrachtete das Bett, wo Fiete und sie sich gestern geliebt hatten, strich über die kuschelige Decke auf ihrer Couch und schaute dann aus dem Fenster Richtung Bodden.

Ein Vogelschwarm flog über die Wasserfläche, drehte einige Runden und verschwand aus ihrem Blickfeld. Drüben auf der anderen Seite bildete sich leichter Dunst, wie es oft am Abend geschah. Noch waren die Nächte kühl, doch wie der alte Hans ihr versichert hatte, würde der vor ihnen liegende Sommer ein heißer werden. Elsa ahnte, dass sie die Ruhe, die im Frühjahr geherrscht hatte, vermissen würde. Schon jetzt begegnete man überall Urlaubern und die Ferien hatten noch nicht einmal begonnen. Auf der anderen Seite liebte sie den Trubel. Voller Freude durchstreifte sie tagtäglich den Garten des *Godewinds* und erfreute sich an den bequemen Loungeecken, die fast immer belegt waren. Sie dachte an Grillfeste, die vor ihnen lagen, und den Sommernachtsball, bei dem Lampions an allen Bäumen baumeln würden. So hatte es Sophie ihr zumindest erzählt und Bilder aus den vorigen Jahren gezeigt.

Elsa riss sich los und begann die heute früh in die Ecke geworfenen Taschen, Kartons und Koffer auszuräumen. Nicht jeder Gegenstand fand auf der Stelle seinen Platz. Wenn sie ihre restlichen Sachen aus Stuttgart holen würde, kamen noch ein paar Herausforderungen auf sie zu. Die Wohnung war wirklich winzig, aber sie war sicher, es würde sich alles finden. Zur Not würde sie Fietes Vorschlag folgen und einige Dinge irgendwo einlagern. Bis zu dem Moment, wo sie sich gemeinsam eine Wohnung nahmen.

Elsa wusste, dass Fiete sein damaliges Zuhause verkauft hatte. Ihm waren die Erinnerungen wohl einfach zu schmerzlich gewesen. Nun lebte er in einer ziemlich schlichten Wohnung am Ortsrand. Obwohl er dort einen schönen Blick aufs Meer hatte, wirkten die Räume seltsam kühl. Es gab kaum Bücher, Fotos oder persönliche Dinge und eine Kargheit, die genau so gewollt zu sein schien.

Manchmal sprach er von der Zukunft und das sie sich irgendwann ein gemeinsames Heim schaffen würden. Das klang vernünftig, denn so lange waren sie ja noch nicht ein Paar. Und dennoch ...

Elsa trank einen Schluck Tee. Wollte sie zu viel und vor allem, zu schnell? Sie gab zu, dass sie sich oft wünschte, noch mehr Zeit mit Fiete verbringen zu können. So wie das nun einmal war, wenn man sich gerade verliebt hatte. Vielleicht konnte ihr neues kleines Reich ein erster Schritt in diese Richtung sein.

Gegen acht war Elsa fertig mit auspacken und plumpste erschöpft auf ihre Couch. Dann versuchte sie ihren besten Freund Ben, gefolgt von ihrem Vater anzurufen. Doch bei beiden meldete sich nur die Mailbox.

Elsa nutzte die Zeit, bis einer von ihnen vielleicht zurückrufen würde, um sich ein Wurstbrot zu schmieren, und nahm an ihrem Esstisch Platz.

Hier war es noch ruhiger als in der anderen Wohnung. Das Rauschen des Schilfes fehlte, weil der Bodden ein Stück entfernter lag. Elsa stellte das schmutzige Geschirr in die Spüle, schaltete den Fernseher ein und zappte durch die Kanäle.

Da klingelte das Telefon und ihr Vater meldete sich.

„Na, endlich gute Nachrichten", sagte Joachim zur Begrüßung. „Lass mich raten, du hast eine eigene Wohnung und ich kann dich spontan besuchen kommen."

„Stimmt, aber ich muss dich enttäuschen, sie ist winzig klein. Doch wenn du kommen willst, finden wir eine Lösung."

Ihr Vater beruhigte sie auf der Stelle. „Alles wird zu seiner Zeit geschehen. Hauptsache es geht voran und du bist glücklich. Das bist du doch, oder?"

Elsa schloss die Augen. „Ich bin total glücklich und fühle mich angekommen." Ihr Handy vibrierte und sie sah Bens Nummer. „Ben ruft an."

„Na dann, lass uns die Tage reden und schlaf die erste Nacht in deinem neuen Zuhause gut."

„Danke Papa." Sie wählte Bens Anruf aus.

„Na, du Ostseemädel", erklang die Stimme ihres besten Freundes durch den Hörer. „Gibt es Neuigkeiten oder willst du wieder nur wissen, wie es deiner Katze geht?"

„Es gibt Neuigkeiten. Ich habe eine eigene Wohnung. Und ich will wissen, wie es Minnie geht."

„Oh, nein. Sag bloß, du willst Minnie abholen. David wird am Boden zerstört sein. Immerhin schläft sie jede Nacht mit ihm im Bett."

„Irgendwann werde ich sie holen", meinte Elsa lachend. „Aber momentan ist im Hotel viel zu tun und ich kann mir nicht einfach so ein paar Tage freinehmen."

„Mach dir keine Sorgen, Minnie geht's gut. Und wie geht's dir?"

Während Elsa mit Ben plauderte, schlenderte sie durch ihre neue Wohnung und schenkte sich den letzten Rest der Flasche Wein ein, die sie neulich mit Fiete geöffnet hatte. Dann kuschelte Elsa sich auf die Couch und plauderte unbeschwert mit ihrem alten Freund. Manchmal vermisste sie ihn und ihre abendlichen Balkongespräche, doch sie war sicher, auch hier neue Freunde zu finden.

Ben war es schließlich, der das Telefonat beendete. „Ich hab morgen in aller Frühe einen wichtigen Termin. Ich drück dich, meine Elsa und ich vermiss dich sehr, Kussi." Es war ihre alte Verabschiedung und sie wiederholte die Worte.

Elsa legte das Handy auf den Tisch, streifte ihre Sachen ab und genehmigte sich eine ausgiebige, heiße Dusche.

Anschließend schlüpfte sie ins Bett und schmiegte ihr Gesicht genau dahin, wo Fiete gestern Abend gelegen hatte. Mit viel Einbildung glaubte sie, seinen Duft zu spüren. Elsa schloss die Augen, atmete tief durch und versank schneller als gedacht, in einen tiefen Schlaf.

Erschrocken fuhr sie nach oben und stieß mit dem Kopf beinahe gegen die schräge Wand über dem Bett. Irgendetwas hatte sie geweckt. Mit angehaltenem Atem lauschte Elsa, vernahm zunächst aber nur die Schläge ihres heftig pochendem Herzens. Da war ein Geräusch gewesen. Doch nun war es verstummt und sie ordnete es ihrem Traum zu, obwohl sie sich nicht erinnern konnte, etwas geträumt zu haben.

Sie drehte sich auf die Seite und schloss die Augen. Da, das Geräusch war zurückgekehrt. Elsa richtete sich auf, um zu lauschen. Was war das? Die Erkenntnis kam wenig später – es waren Schritte. Kein Zweifel, draußen lief jemand.

„Fiete, bist du es?", rief sie unterdrückt. Doch wenn Fiete wirklich ums Haus schlich, würde er sie so nicht hören. Also erhob Elsa sich, trat ans offene Fenster und rief eine Spur lauter. „Fiete?" Vorsichtig beugte sie sich nach vorn. Der Garten lag dunkel und scheinbar verlassen.

Ein leichtes Knarzen erklang und sie erspähte einen knorrigen Baum, dessen Äste sich bewegten. In den letzten Stunden hatte der Wind aufgefrischt. Inzwischen vernahm sie sogar das Wispern des Schilfgürtels. Das musste es gewesen sein.

Kopfschüttelnd legte Elsa sich wieder hin. Ihr fielen die Geschichten ein, von der ersten Nacht, die man in einem neuen Heim oder einem neuen Bett verbrachte.

„Knarr, knarr, tapp, tapp."

„Was soll denn das", sagte sie reichlich genervt. Elsa hatte mit ihrem Kopf kaum das Kissen berührt, als das Geräusch erneut erklang. Sie beobachtete mit einem Auge den Baum, dessen Äste sich diesmal nicht bewegt hatten. Doch das Knarren war weiter zu hören. Nach hochkonzentriertem Lauschen glaubte sie, als Geräuschquelle, die untere Etage ausgemacht zu haben. Da waren eindeutig Schritte, die aus Marits ehemaligem Atelier kamen.

Einen Moment drehte Elsa sich auf den Rücken und zog die Decke bis unters Kinn. Schritte, aus einem Raum, der seit Monaten von niemandem betreten worden war. Irgendwie gruselig. Vielleicht war Marit ... Dann musste sie lachen. Es gab keine Geister.

Entschlossen verließ Elsa das Bett, streifte Jogginghose und Strickjacke über und griff ihr Handy. Ganz sicher gab es eine vollkommen logische Erklärung für die Störung ihrer Nachtruhe. Sie schlich die metallene Treppe nach unten, umrundete das Haus und trat vor die Tür des Ateliers.

Sie legte die Hand auf die Klinke und drückte sie nach unten. Wie nicht anders zu erwarten gewesen war, gab zwar die Klinke nach, doch die Tür öffnete sich kein Stück. Natürlich war das Atelier verschlossen. Elsa presste ihre Handflächen an die Fensterscheiben und versuchte, ins Innere zu schauen.

Außer undurchdringlicher Nachtschwärze war nichts zu erkennen.

Sie bückte sich, hob die Fußmatte an. Elsa tastete mit ihren Fingerspitzen sogar in den Blumenkästen herum. Doch da war kein Schlüssel. Es wäre auch zu einfach gewesen. Solche Verstecke gab es nur in schlechten Romanen.

Immer noch war da diese seltsame Unruhe. Sie erinnerte sich an das gestrige Gespräch mit Fiete. Er hatte von einer alten Scheune gesprochen, die sich irgendwo auf dem Grundstück befinden musste. Bei dieser würde sie noch , obwohl die Scheune im Grunde, nicht das Geringste mit Marits Atelier zu tun hatte. Elsa brauchte Gewissheit und war außerdem putzmunter.

Unsicher tastete sie sich durch vertrocknetes Gras, das stellenweise kniehoch gewachsen war. Die Bäume und Büsche im Garten mussten dringend verschnitten werden. Altes Laub bedeckte die Wege, doch endlich tauchte im Lichtschein ihrer Handylampe eine hölzerne Wand auf.

Elsa sah ein breites Tor, das vermutlich mit einem Riegel von innen verschlossen war. Daneben lag eine schmalere Tür, die mit einem Vorhängeschloss gesichert war. Sie nahm den Schlüsselbund aus ihrer Tasche und entdeckte einen bronzefarbenen Schlüssel, der farblich perfekt zum Schloss zu passen schien. Elsa steckte ihn in die Öffnung, drehte leicht und das Schloss sprang auf.

Sie leuchtete ins Innere und trat ein. Zu ihrer Rechten befand sich ein großer Raum voller Heuballen. Der Geruch nach getrocknetem Gras war so stark, dass sie einige Male niesen musste. Linker Hand lehnte ein Fahrrad an der Wand. Der Sattel war voller Staub, keine Luft mehr auf den Reifen. Im Korb, der am Lenker befestigt war, lag ein Tuch. Es war blau und hatte weiße Tupfen. Elsa nahm es in die Hand und roch kurz daran. Natürlich war da nichts. Kein Wunder, es schien hier schon lange zu liegen.

Direkt neben dem Rad war eine dunkle Öffnung. Elsa leuchtete hinein und erkannte eine Art Werkstatt. Da waren eine Werkbank und viele Regale, die mit Kartons, Kisten und Kästchen vollgestellt waren. Es sah ein bisschen aus, wie bei ihrem Vater Joachim im Keller. Schon früher, als sie noch klein gewesen war, hatte es öfters etwas zu basteln oder reparieren gegeben und manchmal hatte sie ihm dabei zugesehen.

Elsa kramte in diversen Schachteln herum und stieß dabei auf Nägel, Pinsel und einige zerrissene Fischernetze. Doch eines war klar, von hier war das Geräusch nicht gekommen. Sie sollte jetzt und sofort ihr Bett aufsuchen.

Entschlossen wollte Elsa die Werkstatt verlassen, als ihr Blick einige Schubladen streifte, die unter der Werkbank angebracht waren.

„Nur dort noch kurz hineinschauen", flüsterte sie leise und zerrte nacheinander an den einzelnen Schiebern.

Auch hier war nichts von Bedeutung zu entdecken. Alte Bleistifte, Schraubenzieher und Lappen mit Farbflecken. Mit einem Fußtritt knallte Elsa die untere Schublade zu. Dabei erklang ein metallenes Scheppern. Wie bei einem Schlüsselbund, den man zu Boden fallen ließ.

Hastig zerrte Elsa den Schieber auf und tastete mit der Hand darin herum. Kein Schlüssel, nur Leere. Sie ergriff die Schublade mit beiden Händen und zog daran. Ächzend bewegte sich das Holz zentimeterweise nach draußen.

Sie ging auf die Knie und beleuchtete den entstandenen Hohlraum. Im Licht glitzerte etwas Silbernes.

„Na also", stöhnte Elsa leise und holte einen Schlüsselbund hervor. Es hingen etwa zehn Exemplare daran. Manche waren rostig und alt, andere eher neuer und moderner. Elsa steckte den Schlüsselbund ein und versuchte, die Schublade wieder an

Ort und Stelle zu schieben. Dann verließ sie die Scheune und brachte das Vorhängeschloss zum Zuschnappen.

Sie tastete sich durch den verwilderten Garten zurück, den Blick immer fest auf ihr Häuschen gerichtet. Abrupt blieb sie stehen. War da nicht gerade ein Lichtschein gewesen? Unten, hinter den Fenstern von Marits Atelier. Elsa presste das Telefon an ihre Brust und spielte mit dem Gedanken, Fiete anzurufen.

Sie trat in den Schatten eines Baumes und fixierte die Fenster mit angehaltenem Atem. Aber alles blieb dunkel. Vorsichtig legte sie die verbleibenden Meter zurück. Ihr Bett rief verlockend von oben. Dennoch ließ sie die Treppe zu ihrer Wohnung links liegen, umrundete das Haus und trat erneut vor die Tür des Ateliers.

Elsa ergriff die Schlüssel und begann zu probieren. Beim vierten Exemplar hatte sie Glück. Der Schlüssel glitt leicht ins Schloss, ließ sich drehen, bis ein Schnappen erklang. Die Tür war offen, sie musste einfach nur noch die Klinke nach unten drücken und dann ...

Da waren zwei Stimmen in ihrem Kopf. „Geh zu Bett", sagte die eine mehr als deutlich.

„Komm schon, nur einen kurzen Blick. Was ist schon dabei", flüsterte die andere Stimme verführerisch. „Wolltest du dich nicht immer schon einmal ganz allein in Marits Reich umschauen?"

Die zweite gewann. Elsa drückte die Klinke hinab und trat ein. Da war dumpfe, abgestandene Luft, die sich schwer auf ihre Brust legte. Jetzt in der Dunkelheit nahm sie die Beklemmung noch stärker wahr, als bei ihrem Besuch mit Fiete. Was vielleicht auch daran lag, dass er heute nicht an ihrer Seite war.

Elsa lief langsam durch den Raum und ließ die Lampe ihres Handys leuchten. Den Lichtschalter zu betätigen, wagte sie nicht, aus Angst, jemand könnte es sehen – Fiete zum Beispiel. Wobei der sicher anderes zu tun hatte, als hier auf der Lauer zu liegen. Noch dazu um diese Zeit.

Das Licht streifte Staffeleien, deren darauf befindliche Bilder mit weißen Laken abgedeckt waren. Sie wirkten wie Leichentücher und sie wagte es nicht, einen Blick darunter zu werfen. An der hinteren Wand wurde sie schließlich fündig. Dort standen Gemälde, die niemand abgedeckt hatte.

Elsa ging in die Hocke und betrachtete ein paar der Bilder. Sie sah das Meer, mal wild und brausend, mal still und friedlich. Die Farben waren so realistisch, dass sie glaubte, das Rauschen zu hören. Auf anderen Gemälden erkannte sie Dünen, den Strand, Fischerhäuser. Auf weiteren war der Leuchtturm zu erkennen, der am Darßer Ort stand und sein Licht jeden Abend zuverlässig in den Himmel warf. Elsa war mit Fiete einmal dort gewesen und die Einmaligkeit dieses Platzes war ihr in Erinnerung geblieben. Marit hatte die besondere Atmosphäre hervorragend eingefangen. Sie hatte viel Talent besessen, auch wenn Elsa von Bildern nicht viel verstand.

Sie kämpfte sich wieder auf ihre Beine und betrat einen weiteren Raum, der direkt unter ihrem Schlafzimmer liegen musste. Ihr Blick streifte einen Laptop, der auf einem Schreibtisch stand. Es gab Regale voller Farbtuben und Mischpaletten, auf denen Farbkleckse stumpf leuchteten. Staffeleien waren zusammengeklappt hinter der Tür untergebracht. Unzählige Leinwände in allen Größen schienen nur darauf zu warten, dass ein Künstler sie endlich mit Leben erfüllte. In den Fächern weiter oben, lagerten weitere Bilder. Elsa hatte genug gesehen.

Viele Dinge, viele Gegenstände, doch nichts, das die Geräusche erklären konnte. Sie musste sich geirrt haben. Es war ein altes Haus mit knarrenden Balken. Dazu kam der Wind, der um den Schornstein strich.

Beim Umdrehen stieß ihr Ellenbogen an eines der Regale. Es wackelte kurz, etwas fiel zu Boden, zersprang in tausend Teile. Erschrocken richtete Elsa ihre Handylampe Richtung Boden. Da lagen Scherben. Sie waren blau und schienen vorher eine Vase gewesen zu sein.

Schlagartig war sie wieder da, die Enge in ihrer Brust. Hervorgerufen durch das schlechte Gewissen. Sie sollte nicht hier sein und nun hatte sie die Quittung für ihre lächerliche Neugier erhalten.

Mit den Händen sammelte Elsa die Scherben zusammen. Dann wickelte sie sie in eine Zeitung und klemmte sie unter ihren Arm. Hastig verließ sie das Atelier, verschloss die Tür und stürmte die Treppe nach oben. Nach Luft schnappend, lehnte sie sich einen Moment an die Wand in ihrem Flur und ließ ihre Blicke schweifen. Ihre Reisetasche lag in der Ecke. Elsa öffnete den Reißverschluss des vorderen Faches und stopfte die Zeitung mit den Scherben hinein.

Mit Jogginghose und Strickjacke legte sie sich ins Bett und zog die Decke bis unter ihr Kinn. Ihr war entsetzlich kalt und zum ersten Mal, seit sie hier in Ahrenshoop war, wünschte sie sich, die letzten Minuten mit einem Zauberspruch ungeschehen machen zu können.

Kapitel 7

Mit einem wohligen Stöhnen streckte Kathi ihren Fuß in den schmalen Sonnenstreifen, der auf das untere Ende ihrer Liege fiel. Der Rest ihres Körpers lag unter dem Dach des Loungepavillons im Schatten. Das war ihr ganz recht, denn sie war noch nie eine Sonnenanbeterin gewesen, obwohl sie in ihrer Jugend im Sommer meist eine knackig braune Hautfarbe besessen hatte. Die war mit heftigen Sonnenbränden und schlaflosen Nächten, bitter erkämpft worden. Einfach, weil es damals in war und alle Mädchen braun waren. Heute zog Kathi den Schatten vor, erst recht an einem so warmen Tag wie heute.

Das Frühstück hatte sie auf der Terrasse des *Godewinds* eingenommen und von dort den Bodden bewundert, der genauso blau strahlte, wie der Himmel über ihr. Sie hatte sich zwei Tassen Cappuccino geordert und mal wieder zu viel gegessen, wie meist, wenn sie in Hotels wohnte. Dann hatte Kathi einen Moment gegrübelt, wie sie den restlichen Tag verbringen sollte. Bis zu ihrer Verabredung mit Rene war noch jede Menge Zeit.

Also hatte sie sich ihren Laptop und einen Reiseführer der Gegend geschnappt und war auf der Suche nach einem ruhigen Platz durch den Garten des Hotels gestreift. In der Nähe des Wassers war Kathi schließlich fündig geworden. Die allerletzte Loungeecke war leer gewesen und so hatte sie sich auf den Polstern ausgebreitet und mit dem Studium des Buches begonnen. Nach nur wenigen Seiten hatte sie den Reiseführer neben sich geworfen. Das, was sie tat, war vollkommen lächerlich. Was soll in diesem Buch schon stehen, was sie nicht kannte? Das hier war ihre Heimat, auch wenn sie einige Jahre nicht hier gewesen war.

Also hatte sie sich Tagträumen hingegeben und immer wieder darüber nachgedacht, ob es richtig gewesen war, Renes Einladung anzunehmen. Er hatte sie provoziert, irgendwie. Und sie hatte sich provozieren lassen. Das war eine Tatsache.

Seufzend versuchte Kathi sich auf die vor ihr liegende Aufgabe zu konzentrieren und starrte den leeren Bildschirm an, auf dem nur das Symbol des Cursors sacht blinkte.

„Entschuldigen Sie, wäre dieser Platz hier wohl noch frei?"

Sie riss ihren Blick vom Laptop los und betrachtete eine Frau, die in einem giftgrünen Gewand vor ihr stand. Auch sie hatte einen Laptop unter ihrem Arm.

Zunächst wollte Kathi ablehnen, doch dann nickte sie zustimmend. „Ja, natürlich."

Die Frau lächelte knapp und breitete einige Badetücher aus, die sie aus ihrer Strandtasche holte. Mit einigem Abstand sank sie in die Polster und lehnte den Kopf an die Kissen. Achtlos rutschte der Laptop von ihrem Schoss und es erschien Kathi nach einer Weile, als wäre die Frau eingeschlafen.

Doch da ergriff diese den Computer, schaltete ihn ein und begann gleichfalls den Bildschirm anzustarren. Das Bild ähnelte so sehr ihrem eigenen, dass sie lächeln musste.

„Darf ich fragen, was Sie so amüsiert?" Unbemerkt von ihr, schien die Frau nicht nur ihren Computer, sondern auch Kathi im Blick zu behalten.

„Entschuldigen Sie, ich musste gerade lachen. Da sind zwei Frauen auf einer Loungeecke mit zauberhaftem Ausblick. Jede hat einen Computer auf ihrem Schoss und starrt einen leeren Bildschirm an. Das fand ich irgendwie belustigend."

Einen Moment befürchtete Kathi, eine unwirsche Antwort zu bekommen. Denn die stark geschminkten Mundwinkel ihrer

Sitznachbarin deuteten eindeutig nach unten. Doch da begann diese zu lächeln. „Sie haben recht. Unter Umständen wäre das ein guter Einstieg in eine spannende Geschichte."

„In eine Geschichte?", fragte Kathi neugierig. „Wie meinen Sie das?"

„Na ja, zwei Frauen, die einen idyllischen Blick genießen. Das klingt wie in einem Kitschroman. Ach, vergessen Sie es."

Neben ihnen tauchte ein junges Paar mit einem kleinen Jungen auf. Die Frau kullerte den Ball zu dem Kind. Natürlich rollte er an dem Kleinen vorbei, worauf ein lautes Gekreische einsetzte.

Ihre Nachbarin zuckte zusammen, hob einen Moment die klobige Sonnenbrille an, die auf ihrer Nase thronte und beobachtete die Szenerie. „Ich hasse Kinder. Tut mir leid, falls ich Sie damit schockiere. Aber Kinder sind einfach nervtötend und nur im seltensten Fall niedlich und wohl erzogen. Nach Möglichkeit buche ich Hotels, die ausschließlich für Erwachsene zugelassen sind. Doch wie meine Assistentin mir verkündete, ist diese fortschrittliche Einschränkung noch nicht bis hierher vorgedrungen."

Kathi lächelte, sagte aber nichts. Natürlich war der kleine Ausbruch dem jungen Paar nicht entgangen, die sich daraufhin sichtlich beleidigt einen anderen Platz zum Spielen suchten.

Erneut senkte sich Schweigen auf die Szenerie. Vögel zwitscherten, das nahegelegene Schilf rauschte.

Kathi klappte schließlich ihren Laptop zu und schloss die Augen.

„Wollen Sie nicht fließen, die Worte?"

Sie hob unschlüssig die Schultern, ohne ihre Nachbarin anzusehen. „Nicht so richtig. Trotz des inspirierenden Ausblicks."

„Inspirierend schon, wenn man auf Meeresrauschen, blauen Himmel und salzige Luft steht."

Nun drehte Kathi ihren Kopf doch ein Stück. „Stehen da nicht alle drauf?"

„Ich nicht", erwiderte die Frau. „Im Gegenteil. Ich liebe das Städtische, Hochhäuser, Staus, Menschenmassen. Verrückt nicht wahr?"

„Nun ja, jeder hat seine ganz eigenen Vorlieben. Ich lebe normalerweise in Berlin und genieße die Stille hier umso mehr."

„Ach, Sie machen also einige Tage Urlaub."

„Nicht direkt, ich bin beruflich hier", erwiderte Kathi.

„Tatsächlich? Darf ich fragen, in welcher Branche Sie arbeiten?"

„Ich bin Journalistin", antwortete Kathi, platzierte ihr linkes Bein auf dem rechten Knie und ließ ihren Fuß kreisen. Ihre Nachbarin stieß einen seltsamen Ton aus. Es klang, als wäre sie erschrocken.

Tatsächlich war die Frau ein Stück nach hinten gerutscht. Sie schob die Sonnenbrille auf ihre Stirn. „Journalistin? Soll das jetzt ein Witz sein?"

„Nein, warum? Haben Sie noch nie eine Journalistin getroffen?"

Die Frau räusperte sich. „Doch schon, sogar mehr als genug. In welchem Bereich schreiben Sie?", fragte sie angespannt.

Eigentlich musste Kathi ihr nicht antworten, aber sie wollte es, um die Situation zu entspannen. „Ich habe bis vor Kurzem bei einer Illustrierten gearbeitet, Abteilung schönes Zuhause, schöner Garten. Mein Job hat sich leider in Luft aufgelöst und so bin ich ab sofort in einer anderen Sparte tätig." Ihr Gegenüber hielt unverkennbar die Luft an. „Meine Aufgabe ist es, unseren Lesern die Schönheit der deutschen Heimat näher zu bringen. Nicht mehr in Papierform, sondern online."

Die Anspannung wich aus ihrer Nachbarin, wie die Luft aus einem kaputten Luftballon. „Nun, das klingt doch vielversprechend", meinte sie sichtlich erleichtert.

„Finden Sie wirklich?" Kathi betrachte die Frau genauer und versuchte herauszufinden, ob sie sie von irgendwoher kannte. Sie gab sich wie eine Prominente, die nicht erkannt werden wollte. Aber ihr Gesicht sagte ihr nicht das Geringste. Und selbst wenn, sie war nicht hier, um Promis zu jagen, obwohl sie das früher eine Zeit gemacht hatte. Eine Aufgabe, die Kathi rückblickend nicht mit Stolz erfüllte.

Zum ersten Mal huschte ein Lächeln um den Mund der Frau. Es ließ ihr Gesicht mit einem Schlag jünger und weiblicher wirken. „Nun, ob man etwas vielversprechend findet, kommt vermutlich immer auf die Perspektive an."

„Da haben Sie recht. Und Sie, was schreiben Sie? Oder sollte ich besser sagen, was versuchen Sie zu schreiben?"

Das Lächeln verlosch. „Ich schreibe Kurzgeschichten, zur Entspannung und um meinen Kopf zu leeren."

„Sie sind Autorin?"

„Das wäre übertrieben und trifft es nicht so ganz."

„Hm, klingt geheimnisvoll und spannend."

Die Frau lachte. „Glauben Sie mir, es ist nicht halb so spannend, wie Sie denken. Schreiben ist mehr ein Hobby." Sie räusperte sich. „Haben Sie schon einmal eine Geschichte geschrieben?"

Kathi erinnerte sich an die Aufsätze in der Schule, in der sie immer die schlechtesten Noten von allen bekommen hatte. Was hatte ihre Lehrerin gleich noch mal daruntergeschrieben? Zu viel Fantasie. Später dann, hatte Kathi sich ab und zu an Texten versucht. Doch, sich einfach eine Geschichte auszudenken, das war ihr schwergefallen. Aber gab ihr jemand ein Thema vor und bat sie, zu recherchieren und einen Text zu verfassen, dann huschten ihre Finger nur so über die Tastatur.

Zumindest im Normalfall. „Es ist schon lange her", sagte sie leise.

„Man sollte von Zeit zu Zeit versuchen zu schreiben, glauben Sie mir. Es ist heilsam und wenn man es auch nur für sich selbst tut." Die Frau rutschte an das Fußende ihrer Liege und sammelte ihre Badetücher zusammen. Dann stopfte sie alle in die Badetasche und schlüpfte in ihre Flipflops. „Einen schönen Tag noch. Ach übrigens, falls jemand nach mir fragt, ich war nicht hier und Sie haben mich auch nicht gesehen." Sie zwinkerte ihr zu und schlenderte über den schmalen Pfad davon, der zu Bodden und Bootssteg führte.

Kaum, dass ihre Gestalt hinter einer Biegung verschwunden war, knirschten Schritte auf dem Kies und der Mann von der Rezeption tauchte auf. Suchend sah er sich um und wandte sich dann an Kathi. „Entschuldigen Sie bitte, saß hier nicht gerade noch eine Frau? Giftgrünes Gewand, Badetasche?"

Kathi kniff ihre Augen zusammen. „Tut mir leid, nicht das ich wüsste."

Der Mann musterte sie unsicher. „Aha." Aufmerksam schaute er sich um und ließ seine Blicke genau in die Richtung wandern, wo ihre Gesprächspartnerin soeben verschwunden war. Kathi griff indes nach ihrem Laptop, klappte ihn auf und begann zu schreiben, irgendwas. Dabei schielte sie unauffällig nach oben und wurde den Verdacht nicht los, dass der Rezeptionist ihre kleine Lüge durchschaute.

„Gut, es war ja nur eine Frage. Schönen Tag noch."

Kaum, dass er verschwunden war, ließ Kathi ihre Finger sinken und stellte das sinnlose Getippe ein. Sie konnte nicht verhehlen, neugierig geworden zu sein, und hoffte schon jetzt, der Unbekannten ein weiteres Mal über den Weg zu laufen.

***

Mit zwei Fingern massierte Elsa ihre Kiefergelenke. Seit Stunden musste sie gähnen. Die Augen fielen ihr zu und selbst das Öffnen des Fensters und ein doppelter Espresso hatten daran nichts ändern können. Kein Wunder, ihr Schlafpensum von letzter Nacht lag bei unter vier Stunden. Für sie eindeutig zu wenig.

Immer wieder musterte sie die Wanduhr neben der Tür. Gegen halb zwölf stand sie schließlich auf und trat nach vorn an den Tresen. Peter sortierte Belege und schielte sie über seine Brille hinweg an. „Alles in Ordnung bei Ihnen?"

„Warum fragen Sie?"

„Nun ja, Sie wirken heute ein wenig erschöpft, wenn ich das mal so sagen darf."

Elsa lächelte. „Ja, Sie haben recht. Nicht immer ist die erste Nacht in einem neuen Bett die pure Erholung. Da waren so viele neue Geräusche, an die man sich erst gewöhnen muss. Aber egal, kommende Nacht werde ich wie ein Stein schlafen. Haben Sie eigentlich Frau Ahlenburg gefunden?"

Der Rezeptionist schüttelte bedauernd den Kopf. „Tut mir leid. Ich hätte schwören können, sie auf einer der Loungeecken gesehen zu haben. Doch ein anderer Gast bestritt, dass sie dort gewesen sei."

„Tja, wir können sie schlecht herbeizaubern. Sie wird schon auftauchen und sich bei diesem nervenden Manager melden."

„Das glaube ich auch."

„Welche Etage reinigt Sophie heute?"

Peter studierte den vor ihm liegenden Plan. „Die beiden oberen Etagen. Zusammen mit Frau Kleinert. Das hatten wir heute Morgen eigentlich ..."

Elsa hob bedauernd die Hand. „Wir hatten es besprochen. Sie haben recht. Sehen Sie es mir nach, der fehlende Schlaf." Sie verstummte. „Ich werde mal nach ihr sehen und dann meine Pause machen."

Peter nickte und Elsa nahm die Treppe. In einer der Suiten wurde sie fündig. Die Tür stand weit offen und Sophie war gerade dabei, die Bettdecke glattzuziehen.

„Klopf Klopf", rief sie und trat ein.

„Oh, Kontrolle?", fragte Sophie mit breitem Grinsen.

„Aber nein, ich dachte nur, wir könnten unsere Mittagspause gemeinsam verbringen." Suchend schaute sie sich um. „Wo ist denn Frau Kleinert?"

„Ich habe ihr die Reinigung der anderen Etage übertragen. Die letzten beiden Zimmer nur und ich bin sicher, sie wird es super machen. Natürlich werde ich am Ende noch mal einen prüfenden Blick auf alles werfen, keine Angst. Ein bisschen Verantwortung übergeben, kann nie schaden." Sophie platzierte die süßen Betthupferl auf dem Kopfkissen, drehte eine letzte Runde und klatschte in die Hände. „Ich hab noch die Sauna und die Suite nebenan. Wir könnten also durchaus einen kleinen Strandlauf machen."

Wenig später marschierten die beiden Frauen in zügigem Tempo den schmalen Zufahrtsweg nach vorn, passierten die Hauptstraße und schlugen den nächstgelegenen Strandübergang ein. Erst als sie den Dünenkamm erreichten, verlangsamten sie ihre Schritte.

Elsa atmete tief durch, legte die Hand an ihre Stirn und beobachtete einen Drachen, den ein junger Mann über ihnen tanzen ließ. Der Wind zerrte an ihrem Haar, Salz lag in der Luft und die Ostsee rauschte so schön, dass sie sich am liebsten in den Sand gesetzt und einfach nur geschaut hätte.

„Einmal bis nach vorn und dann wieder zurück", schlug Sophie vor und sie folgte ihr. Sie liefen bis an die Wasserlinie und wichen einigen Wellen aus, die ganz besonders weit an Land schwappten. Dann drehten sie um und machten sich auf den Heimweg.

„Geht es Ihnen gut?", fragte Sophie.

Elsa lief weiter. Erst, als ihre Mitarbeiterin sie sanft am Arm berührte, blieb sie stehen. „Entschuldigung, was sagten Sie?"

„Ich fragte, ob es Ihnen gutgeht?"

„Ja, ich hatte nur zu wenig Schlaf", erwiderte sie und warf Sophie einen kurzen Blick zu. Deren Augen leuchteten und wieder einmal schien es Elsa, als könnte ihr Gegenüber tief in ihre Seele schauen. Da war eine magische Verbindung, die beide Frauen gleich bei ihrer ersten Begegnung gespürt hatten.

„Und das ist alles?", blieb Sophie hartnäckig.

Elsa bückte sich, um eine Muschel aufzuheben, und legte sie auf ihre Handfläche. „Was war Marit für eine Frau?", brach es plötzlich aus ihr heraus. „Ich meine, ich weiß, sie war perfekt, sie waren ein tolles Paar, sie liebten sich unendlich, sie war eine großartige Künstlerin. Aber wie war sie sonst?" Beinahe hilflos hob sie die Schultern.

„Laufen wir zurück", sagte Sophie, statt einer Antwort. Zusammen stapften sie durch den Sand, umrundeten Strandkörbe und wichen einem Volleyball aus.

„Du lieber Gott, vergessen Sie, was ich gerade gesagt habe." Elsa lachte nervös auf.

„Warum? Ich finde diese Fragen ganz natürlich. Ich wollte auch wissen, wie die Frauen so waren, die Lars vor mir hatte. Nicht im Detail, aber zumindest ein bisschen. Und bei Ihnen und Fiete ist alles ein bisschen anders." Sophie streifte die Schuhe über und band ihren Zopf neu. „Wie war Marit? Eigentlich eine ganz normale Frau. Es stimmt, sie war sehr beliebt, hatte ein offenes Ohr für alle und jeden. Sie war eine talentierte Künstlerin. Aber das wissen Sie ja bereits. Ich denke auch", fügte Sophie nach kurzem Zögern an, „dass es nicht immer einfach mit ihr war. Sie nahm sich Auszeiten, in denen sie viel malte und im Atelier lebte, oben in der Wohnung, in der nun Sie wohnen. Fiete hat das akzeptiert oder musste es."

Elsa hörte ihr zu. Doch sie fragte sich, ob sie Sophies Ausführungen wirklich hören wollte. Es war wie letzte Nacht, als sie die Tür zu einem Reich öffnete, was sie nichts anging.

„Heh, du lieber Himmel, Sie sehen auf einmal kreidebleich aus", sagte Sophie besorgt. „Kommen Sie, setzen wir uns dort drüben auf eine Bank, wenigstens fünf Minuten." Inzwischen hatten sie den Strandübergang erreicht. „Was ist denn los?"

„Nichts", erwiderte Elsa. „Die letzte Nacht war sehr unruhig. Da waren Geräusche unter mir, die ich nicht einordnen konnte."

„Das war bestimmt der Wind. Er pfeift über das Reet, tanzt um den Schornstein und lässt die Balken ächzen. Da kann man schon mal ..."

„Es schien mir, als hätte ich Schritte gehört, in Marits altem Atelier", fiel sie ihrer Kollegin ins Wort. „Da war auch ein Lichtschein."

„Schritte also. In manchen Nächten spielen einem die eigenen Nerven einen Streich. Waren Sie unten nachschauen?"

Abwehrend schüttelte Elsa den Kopf, hätte aber am liebsten die Wahrheit gesagt. „Ich hab keinen Schlüssel und eigentlich ..., eigentlich will ich das Atelier gar nicht betreten."

„Verstehe, vielleicht hast du auch nur schlecht geträumt." Sophie schlug sich mit ihrer Hand gegen den Mund. „Verzeihung, ich meinte, Sie haben schlecht geträumt."

Sie lächelte. „Das Du ist vollkommen in Ordnung. Ich glaube, es ist an der Zeit, dass wir beide uns mit unseren Vornamen ansprechen. Auch wenn ich deine Chefin bin. Mir kommt es immer vor, als wären wir zwei alte Seelen, die sich schon lange kennen würden."

Sophie wiegte ihren Kopf. „Wer weiß, vielleicht kennen wir uns wirklich von früher, aus einem vorherigen Leben." Sie stieß Elsa sacht den Ellenbogen in die Seite. „Aber das mit diesen

Schritten und dem Licht ist doch nicht alles. Worum geht es wirklich?"

Sie schaute zum Horizont. Elsa suchte nach den richtigen Worten, bis ihr bewusst wurde, dass sie sich vor Sophie nicht verstellen musste. „Ich habe Angst, dass ich Fiete nicht genügen kann. Das, was ihn und Marit verbunden hat, war die ganz große Liebe. Jeder sagt mir das, sogar Fietes Eltern in Greifswald. Bei unserem letzten Besuch sprachen sie unentwegt von ihr."

„Puh", stöhnte Sophie leise. „Und ich reihe mich noch ein in die lange Schlange von Marit-Bewunderern."

„Was, wenn Fiete mich im Stillen, immer mit ihr vergleicht und mich auch weiterhin mit Marit vergleichen wird? Was, wenn er die eine große Liebe schon hatte und ich nur ein halber Ersatz sein werde?"

„Willst du das wirklich glauben?", fragte Sophie leise.

„Wie meinst du das?"

„Es ist eine einfache Frage: Willst du genau das wirklich glauben? Unsere Gedanken bestimmen unser Leben. Ist das Glas halbleer, wird es so sein. Ist es halbvoll, ebenfalls. Siehst du dich als einen unvollkommenen Ersatz, werden diese Gedanken eines Tages Wirklichkeit werden. Betrachtest du dich aber als Elsa, die Fiete und alles Glück der Welt verdient hat, wird auch dies eintreffen. Glaub mir, ich weiß es."

***

Punkt sieben stand Kathi vor dem *Godewind* und spähte suchend die Zufahrt hinauf. Die letzte Stunde hatte sie damit zugebracht, aus den wenigen Kleidungsstücken, die ihr für den heutigen Abend angebracht schienen, das passende herauszusuchen. Am Ende hatte sie alles zurück in den Schrank gestopft und sich für eine legere Jeans mit einem dickeren

Pullover und lässigen Turnschuhen entschieden. Ein wärmeres Tuch für den Hals und eine Strickjacke steckten in ihrem Rucksack.

Bei jedem Motorengeräusch, das in der Ferne erklang, horchte sie auf. Doch kein Auto kam die Zufahrt herab. Allmählich beschlich sie das Gefühl, dass Rene sie versetzt hatte. Vermutlich aus Rache für ihre spitzen Bemerkungen und seine nicht immer einfache Schulzeit.

„Suchst du etwas Bestimmtes?"

Erschrocken fuhr Kathi herum. Einen halben Meter hinter ihr stand Rene. So nah, dass sie ihn eigentlich hätte hören müssen.

Er deutete Richtung Zufahrt und grinste. „Ich verstehe, du hast erwartet, dass ich dich mit meinem Auto abhole."

„Tust du das nicht?", fragte sie verunsichert.

Er schüttelte den Kopf und das Grinsen auf seinem Gesicht wurde noch ein wenig breiter. „Nein, ich bedaure."

Forschend sah Kathi ihn an. Er trug ebenfalls eine Jeans und war auch ansonsten verblüffend ähnlich gekleidet wie sie. „Also bleiben wir hier, im Ort?"

„Wieder falsch, natürlich bleiben wir nicht hier. Wir nehmen diese Fortbewegungsmittel. Wir wollen doch einen schönen Abend verleben, am Strand oder am Bodden." Er deutete auf zwei Fahrräder, die vor dem Hotel in einem Ständer standen. „Das Rechte gehört mir, das mit dem Korb. Das andere habe ich vorhin an der Rezeption für dich ausgeliehen. Wir müssen eventuell noch die Höhe des Sattels einstellen, aber ich glaube, es müsste passen."

Kathi starrte zunächst das Fahrrad und dann ihren ehemaligen Klassenkameraden an. „Soll das ein Witz sein? Hast du eine Vorstellung, wann ich das letzte Mal auf einem Rad gesessen habe? Ich wohne in einer Großstadt, wo Radfahren an manchen Tagen den sicheren Tod bedeutet."

„Umso mehr wird es Zeit, dass du es mal wieder probierst. Früher sind wir nur mit dem Rad unterwegs gewesen und ich kann mich gut erinnern, dass du permanent die Spitzenposition innehattest."

„Das mag ja alles sein. Ich werde dennoch einen Teufel tun, auf so ein Ding zu steigen."

Rene seufzte. „Komisch, dass du genauso reagieren würdest, hat mir deine Mutter heute Nachmittag bereits prophezeit."

„Du hast mit meiner Mutter über den heutigen Abend gesprochen?", fauchte Kathi ihn an. „Aus welchem Grund denn?"

„Es war eher ein Zufall. Wir sind uns, als ich einige kleinere Besorgungen machen wollte, über den Weg gelaufen. Und dann erwähnte ich, dass wir uns heute treffen würden."

Kathi schüttelte den Kopf. „Zufall, dass ich nicht lache. Ich wette, du bist bei ihnen vorbeigefahren."

Rene lachte auf. „Nicht dein Ernst. Immerhin will ich mit dir nur einen Ausflug machen und nicht um deine Hand anhalten. Bedauerlich, dass du dich nun genau so verhältst, wie es deine Mutter prophezeit hat. Sehr bedauerlich. Ja, unsere Eltern kennen uns halt besser, als wir es uns wünschen." Er trat einen Schritt nach hinten und schien sein Fahrrad aus dem Ständer ziehen zu wollen.

Kathi zählte innerlich bis zehn. Natürlich durchschaute sie seine Argumente und das miese Spiel, was er spielte. Dennoch wollte ein kleiner Teil von ihr, es ihm zeigen und beweisen, dass sie anders war. „Ach, nun gib das Rad schon her. Wo müssen wir lang?"

„Willst du nicht erst die Sattelhöhe ausprobieren?"

„Das passt schon."

„Gut, wenn du meinst." Konnte er dieses Grinsen nicht endlich ablegen. „Als Erstes würde ich vorschlagen, dass wir die Zufahrt nach oben fahren. Denn wie wir schon feststellten, wollen wir ja nicht hier im Garten des *Godewinds* bleiben." Rene nahm sein Rad, schwang sich auf den Sattel und fuhr voraus.

Dieses Vorgehen fand Kathi sehr anständig von ihm. Musste er doch so ihre ersten, ziemlich vereierten Meter nicht mit ansehen. Der Lenker schien ein Eigenleben zu führen, und Kathi nahm die gesamte Breite der Hotelzufahrt mit. Zum Glück kam ihnen kein Auto entgegen. Als sie den Weg entlang der Häuser erreichten, war sie schon ein wenig sicherer geworden, auch wenn Rene sich immer weiter entfernte und sie bereits befürchtete, er würde sie in den nächsten Minuten gnadenlos abhängen. Doch dann holte Kathi auf, was ganz sicher daran lag, dass er langsamer fuhr.

Schließlich rollten sie auf gleicher Höhe und nahmen an der Hauptstraße den Radweg Richtung Prerow. Die Dämmerung sank herab und über dem Meer begann sich der Himmel dunkler zu färben. Am Ortsausgang wechselten sie die Straßenseite und fuhren auf dem Deich, der den Strand vom Meer trennte. Der Radweg führte immer geradeaus, bis sie schließlich den Darßwald erreichten und die Straße neben ihnen in einer Biegung hinter den Bäumen verschwand.

„Und, stimmt die Sattelhöhe?", fragte Rene und musterte Kathi von der Seite.

„Alles gut."

„Siehst du, du fährst, als hättest du die ganzen letzten Jahre nichts anderes getan."

Zu ihrem Unwillen musste Kathi ihm zustimmen. Es war herrlich, mal wieder Fahrrad zu fahren. Besonders hier, mit einer leichten Brise im Haar und der guten Luft, die sich so leicht atmen ließ. „Ist es noch weit?", erkundigte sie sich, statt seine letzte Bemerkung zu kommentieren.

„Nicht mehr weit, wir sind gleich da."

Links von ihnen lag das Meer. Einige Male glaubte Kathi, die Wellen rauschen zu hören. Aber das konnte genauso gut der Wind sein, der die Baumwipfel hoch über ihnen bewegte.

„Dort vorn müssen wir links." Rene deutete auf einen schmalen Weg, der mehr einem Trampelpfad glich. „Ich würde mal vorausfahren. Pass auf die Wurzeln auf und halte dich am besten hinter mir."

Konzentriert folgte sie ihm und geriet auf dem lockeren Sand einige Male ins Trudeln. Doch Kathi hielt sich wacker. Sie musterte Renes Hinterrad und passte ihre Geschwindigkeit der seinen an. Weil sie so verbissen zu Boden schaute, entging ihr vollkommen, dass der Wald vor ihnen lichter wurde.

In diesem Moment hob Rene die Hand. „Stopp, wir stellen die Räder dort drüben hin."

Sie wusste sofort, wo sie waren, nämlich oberhalb des Steilufers am Weststrand. Das hier, war einer der wildesten, aber auch schönsten Orte auf dem ganzen Darß. Früher war sie oft hier gewesen, hatte gebadet oder lange Strandspaziergänge mit ihrer Freundin Grit gemacht, bei denen sie sich gegenseitig das Herz ausgeschüttet hatten. Manchmal war ihre ganze Clique an lauen Sommerabenden zusammengekommen.

Rene nahm ihr das Rad ab, lehnte es an seines und befestigte beide dann mit einer dicken Kette. „Man weiß nie", meinte er schmunzelnd. „Nicht das wir am Ende noch nach Hause laufen müssen." Dann ergriff er seinen Korb und lief auf dem Weg, der nun noch schmaler geworden und kaum noch zu sehen war, weiter. Es ging immer an der Steilküste entlang, bis sie eine Stelle erreichten, an der es möglich war, auf einem Trampelpfad nach unten zum Strand zu gelangen. „Es gibt nur noch wenige Wege, anders wie damals, als wir Kinder waren. Weißt du noch, da sind wir immer von oben in den losen Sand gesprungen. Heute ist dieser Bereich geschützt. Es gibt sogar Rancher, die für Ordnung sorgen."

Schnell waren sie unten angelangt. Kathi, die bisher nur Blicke für den kaum wahrnehmbaren Pfad gehabt hatte, blieb verzaubert stehen. Sie waren keine Sekunde zu spät angekommen. Denn der Horizont verfärbte sich glühend rot. Die Sonne wirkte wie ein Feuerball, der alles, sogar das Meer zum Kochen brachte. Die Luft flimmerte leicht, wie bei einer Aura. Wolken, die dahinsegelten und Schatten auf die Ostsee warfen, verstärkten dieses Zaubermoment noch. Da waren so viele verschiedene Farbtöne, dass es sich mit Worten nicht beschreiben ließ. Man musste es gesehen haben.

Ohne das sie es verhindern konnte, wurden ihr die Wangen feucht, so berührt fühlte Kathi sich in diesem Moment.

„Sieh nicht zulange ins Licht", sagte Rene leise.

Sie nickte, aber es war schon zu spät. Kleine rote Punkte tanzten vor ihren Augen und verschwanden auch nicht, wenn sie den Blick abwandte. Doch sie wusste, nach kurzer Zeit würde sie wieder normal sehen können.

Eine Hand ergriff ihre und zog sie nach unten. „Setz dich." Rene hatte eine Decke vor einem knorrigen Baumstamm ausgebreitet, der ihnen als Lehne diente und am Strand lag. Die Sitzfläche war klein und so berührten sich ihre Körper ganz sacht. Aber Kathi war alles egal.

Sie saß einfach da, die Füße im Sand und schaute auf die Ostsee. So viele Bilder kamen nach oben. Mit aller Macht bahnten sie sich ihren Weg. Sie sah sich und die anderen am Strand sitzen. Sie hatten ein Feuer angezündet, Funken stoben umher und die Wellen rauschten. Die Luft roch nach Sonnencreme, Jugend und unendlichen Sommertagen. Es waren die letzten Ferien gewesen, bevor sie in alle Winde verstreut worden waren und jeder seinen eigenen Weg gegangen war. Der Wald hinter ihnen hatte geflüstert, während sich die alten Baumriesen leise wiegten. Später dann, hatten sie Selbstgebrannten getrunken. Einige der Jungen hatten die

Alkoholvorräte ihrer Eltern geplündert. Zigaretten waren umhergereicht worden und alle bildeten sich ein, sie würden die Mücken vertreiben, die sie umschwärmten. Der Alkohol war ihnen zu Kopf gestiegen, hatte die Wangen erhitzt und dann waren sie baden gegangen. Nackt und so wie der Herrgott sie geschaffen hatte. So wie es damals einfach gewesen war.

Irgendwann waren sie aufgebrochen. Sie waren die Steilküste nach oben geklettert, hatten ihre Fahrräder gegriffen und waren losgeradelt. Kathi war schrecklich schlecht gewesen. Grit war an ihrer Seite geblieben. So, wie es beste Freundinnen einfach machten. Doch irgendwann hatten ihre Wege sich getrennt, weil …

Der Kloß in ihrer Kehle wurde so groß, dass sie glaubte zu ersticken. Mit aller Macht holte Kathi sich ins Hier und Jetzt zurück. Sie beugte sich nach vorn, hustete und rang nach Luft. Sanft klopfte Rene ihr auf den Rücken.

„Alles gut bei dir?"

In der Dunkelheit war sein Gesicht nicht zu erkennen. Sie nickte zustimmend, bis ihr bewusst wurde, dass er ihre Reaktion nicht sehen konnte. „Ja, alles gut", flüsterte Kathi heiser. „Warum sind wir hier?", fragte sie nach einer halben Ewigkeit.

Letzte Sonnenstrahlen flimmerten weit draußen auf der Ostsee. Es war wie ein verzweifeltes Aufbäumen. Dann wurde es dunkel. Sie erinnerte sich an eine Reise in die Karibik. Dort versank die Sonne derart schnell, dass es schien, als würde sie ins Meer fallen. Als Kind hatte sie das immer geglaubt. Doch ihr Vater hatte sie beruhigt und ihr versichert, dass am nächsten Morgen das gleiche Spiel beginnen und mit der Sonne alles gut sein würde.

„Rene, warum sind wir hier?", hakte Kathi eine Spur energischer nach. Hinter ihnen erklang ein Rascheln. Hastig sah sie sich um. „Kommt noch jemand?"

„Noch jemand? Nein, wie kommst du darauf. Hier sind nur du und ich. Na ja, könnte sein, dass da ein Hase im Gebüsch raschelt."

„Du hast auf meine Frage nicht geantwortet."

„Meinst du die, warum wir hier sind?" Er beugte sich zur Seite und öffnete den neben ihm stehenden Korb. Dann schaltete er sein Handy an und beleuchtete ein Buch, das auf seinem Schoss lag. „Einen Moment." Rene begann zu blättern und die Seiten raschelten leise. „Hier hab ich es. Was ist dein Lieblingsort: Ich liebe am meisten den Weststrand und würde dort gern mal einen Sonnenuntergang erleben und ein Picknick machen."

Sie starrte das Buch an. „Was soll das sein?"

„Mein altes Poesiealbum oder heute würde man Freundealbum sagen. Vor einigen Tagen fiel es mir in die Hände und ich schwöre dir, dass es wirklich so war. Ich miste nämlich gerade aus, weil ... Egal, das tut nichts zur Sache. Jedenfalls habe ich es durchgeblättert und stieß auf einige lustige Kommentare, unter anderem auch deinen."

Sie schüttelte lächelnd den Kopf. „Und was hab ich noch so geschrieben?"

„Bei Berufswunsch: Ich werde eine berühmte Autorin."

„Was? Das habe ich niemals geschrieben", protestierte Kathi.

„Schau selbst."

Rene legte das Buch behutsam auf ihren Schoss. Mit der Handylampe leuchtete er ihr. Und tatsächlich, Kathi hatte diesen Berufswunsch damals notiert. Das musste ihr im Laufe der Jahre entfallen sein. „Du meine Güte." Sie überflog die kindliche Schrift und strich zart über das bunte Bild mit einem vierblättrigen Kleeblatt, das sie unten in die Ecke geklebt hatte.

„Als ich dich dann sah, kam mir spontan die Idee. Das ist alles." Rene suchte erneut im Korb herum, holte eine Flasche

Wein und zwei Gläser sowie eine Plastedose heraus. „Ich hab da mal was vorbereitet. Ich hoffe, du trinkst Rotwein und isst immer noch gern Brötchen mit Bratfisch."

„Das weißt du noch? Oder stand das auch in deinem Buch."

„Ich wusste es noch." Mit einem leichten Plopp entkorkte er die Flasche. „Überhaupt, je älter ich werde, desto mehr Dinge aus unserer Kindheit fallen mir ein. Geht es dir auch so?"

„Eher weniger. Ich bin gut im Verdrängen."

„Na dann, lang zu." Rene drückte ihr ein Glas Wein in die Hand und berührte es mit seinem. Ein Klirren erklang.

Kathi nahm einen ersten Schluck und spürte, wie der Alkohol ihre Kehle hinunterrann. Dann ergriff sie ein Fischbrötchen und biss hinein. Die Panade war knusprig, der Fisch saftig und die Remouladensoße schmeckte so, als hätte ihre Oma sie gemacht. „Lecker", gestand sie mit vollem Mund.

„Freut mich."

Schließlich war die Plastedose leer und ihr Magen voll. Sie fühlte sich beschwingt, leicht angeschwipst und war froh, dass sie saß. Mit aller Macht musste Kathi dem Drang widerstehen, ihren Kopf an Renes Schulter zu lehnen.

„Ich danke dir, für die schöne Idee. Es ist toll, mal wieder hier zu sein."

„Kann ich gut verstehen", erwiderte Rene trocken. „Ich hab auch versucht, mein Glück auf den Meeren dieser Welt zu finden. Am Ende bin ich wieder in Ahrenshoop gelandet."

„Bist du glücklich?" Kathi bereute diese Frage auf der Stelle. Sie war zu persönlich, beinahe schon intim. Aber nun war sie ausgesprochen.

„Ich denke schon, zumindest meistens. Und du?"

„Ebenso."

„Wie ist es für dich, wieder hier zu sein? Du warst lange nicht da, kein Klassentreffen, keine Besuche."

„Und keine Geburtstage, Weihnachten und so weiter. Meine Mutter hat mir schon einen Vortrag gehalten. Ich bin eine schlechte Tochter. Tja, wie ist es. Irgendwie wie immer und doch hatte ich schreckliche Angst davor." Kathi leerte ihr Glas und drehte es zwischen ihren Fingern. „Diesen neuen Job, ich hätte ihn beinahe abgelehnt, weißt du. Nur, weil ich nie mehr hierher kommen wollte."

„Was ist das für ein Job?"

Sie erzählte es ihm. Es brach förmlich aus ihr heraus und Kathi sagte viel mehr, als es eigentlich gebraucht hätte. Irgendwie tat es gut, mit Rene hier zu sitzen und zu reden. Sie wünschte sich, sie müssten diesen Ort niemals verlassen oder es möge einfach nicht hell werden. Sie wünschte sich, es gäbe eine Stopp-Taste, mit der man solche Momente, einfrieren könnte, damit sie bis in alle Ewigkeit andauern würden. Und ihr wurde bewusst, dass sie dieses Gefühl, noch nie so machtvoll gespürt hatte, wie gerade eben.

Kapitel 8

„Sehen wir uns heute Abend?", fragte Elsa.
Fiete seufzte am anderen Ende. „Wegen mir sofort. Aber heute ist doch die Vereinssitzung wegen des Hafenausbaus. Erinnerst du dich?"
„Ach ja, entschuldige, das hatte ich ganz vergessen." Elsa legte sich auf die andere Seite und presste das Handy an ihr Ohr.
„Hast du dich schon ein bisschen eingelebt in deinem neuen Zuhause?", erkundigte er sich. „Fehlt noch irgendwas?"
„Nein, es ist alles perfekt. Sobald Veronika das nächste Mal kommt, muss ich mit ihr wegen ein paar Urlaubstagen reden. Damit ich endlich Minnie holen und meine Wohnung auflösen kann."
„Ich hab schon meinen Kumpel gefragt, wir können seinen Kleintransporter jederzeit bekommen."
„Das klingt gut", erwiderte Elsa.
„So, nun muss ich aber los. Morgen Abend komme ich vorbei oder wir treffen uns an meinem Boot."
„Das wäre schön."
„Schlaf gut, meine Elsa", flüsterte Fiete. „Ich liebe dich."
„Ich liebe dich auch."
Ein leises Piepen erklang und das Display wurde dunkel. Sie drehte sich auf den Rücken und starrte die schräge Wand über ihrem Kopf an. Dann wanderte ihr Blick zu einem der Dekokörbe, die im Regal neben dem Fenster standen. Hastig wandte sie sich ab, suchte nach der Fernbedienung und schaltete den Fernseher ein. Doch Elsa konnte sich nicht

konzentrieren und das, obwohl eine ziemlich seichte Serie lief, bei der man seinen Kopf nicht einschalten musste.

Immer wieder streiften ihre Gedanken zu dem Korb, beziehungsweise zu dessen Inhalt. Schließlich schwang sie ihre Beine von der Couch und ließ ihre Finger unter die Zeitschriften wandern, die sie als Tarnung auf den Schlüssel aus der Scheune gepackt hatte.

Als würde er in Flammen stehen, brannte er auf ihrer Haut. Es zog Elsa geradezu magisch in Marits Atelier. Obwohl sie wusste, dass es besser war, es nicht mehr zu betreten.

Nach weiteren Minuten voller Unruhe, schaltete sie den Fernseher aus, schlüpfte in ihre Hausschuhe und lief nach unten. Sie drehte den Schlüssel im Schloss und öffnete die Tür. Langsam ging sie durch den Raum und hob zwei der weißen Tücher an, um einen Blick darunter zuwerfen. Meer, Bodden, Strand, Wellen, dasselbe wie auf den anderen Gemälden. Dann betrat sie das kleine Büro, setzte sie sich an den Schreibtisch und begann dessen Schubladen zu öffnen.

Da waren Skizzenblocks. Einige schienen nicht von Marit zu stammen, denn da standen andere Kürzel und sie erinnerte sich, dass Fietes verstorbene Frau Zeichenkurse gegeben hatte. Weiter unten fand sie Bleistifte, Zeichenkohle, sowie unzählige Pinsel. Alles ganz normale Dinge, die man in einem Atelier erwarten würde.

Enttäuschung und Erleichterung befielen sie gleichzeitig. Was hatte sie erwartet? Wollte sie hier Antworten auf Fragen finden, die doch nur von einem Menschen kommen konnten?

Als Elsa alle Schubladen durchsucht hatte, richtete sie sich auf. Es wurde Zeit zu gehen. Vielleicht würde Fiete eines Tages noch einmal mit ihr in diese Räume gehen. Vielleicht würde er eine neue Verwendung dafür finden.

Ihr Blick fiel auf den Laptop. Mit aller Macht widerstand sie dem Drang, ihn mit sich zu nehmen und zu durchsuchen. Elsa erhob sich, schob den Stuhl an Ort und Stelle und wollte den Raum gerade verlassen, als sie ein Stück blaues Papier bemerkte, das im Regal hinter den weißen Leinwänden und Keilrahmen lag. Zögernd trat sie näher. Es war eine Kiste aus Pappe, die jemand in azurblaues Papier eingeschlagen hatte. Sie schien zu leuchten, was vermutlich an dem Licht lag, das durch das Fenster in den Raum fiel.

Elsa hob mit einem Finger den Deckel an und lugte hinein. Da waren Papiere, Briefe, Zettel zu erkennen. Es vergingen einige Minuten. Draußen vor dem Fenster erklang der schrille Schrei einer Möwe, der sie aus ihrer Erstarrung holte. Schnell zog sie ihre Finger zurück und der Deckel klappte zu. Dann schloss sie das Fenster und verließ das Atelier. Sie zerrte die Tür hinter sich zu, drehte den Schlüssel im Schloss und stürmte durch den verwilderten Garten zur Scheune.

Wenig später konnte sie sich auf den Heimweg machen. Der Schlüsselbund lag wieder dort, wo sie ihn gefunden hatte. Mit wehenden Haaren rannte sie zu ihrem Zuhause und flog die Treppe förmlich nach oben. Dann nahm sie ihr Handy und schrieb Fiete eine kurze Nachricht:

Ich liebe dich, Elsa

Sie fühlte sich erleichtert, sie fühlte sich gelöst. Elsa kochte sich einen Tee, ergriff eine Tafel Schokolade aus ihrem Notvorrat für Krisensituationen und setzte sich auf die Couch. Dies war keine Krise, aber aus ihrer Sicht hatte sie soeben eine Lebensprüfung überstanden. Sie war wieder auf Kurs. Sie brach das erste Stück ab und ließ es auf ihrer Zunge zergehen. Ein beinahe schon wohliges Gefühl stellte sich ein und eine Unruhe, die sich nur mit Aktion bekämpfen ließ.

Suchend schob sie die Papiere auf ihrem Tisch beiseite, ergriff einen Block und begann mit dem Bleistift einen ungefähren Grundriss der Wohnung zu zeichnen. Danach schloss Elsa kurz ihre Augen und holte sich die Möbelstücke aus ihrer Stuttgarter Wohnung in ihre Erinnerung. Was musste sie mitnehmen? Was konnte man eventuell für später einlagern? Und von welchen Gegenständen konnte und wollte sie sich trennen?

Auf nackten Füßen tappte sie durch die einzelnen Räume, maß nach, verschob die Möbel ein bisschen und schmiedete Pläne. Es würde großartig werden, nein, es war schon großartig.

Gegen zehn kroch sie müde und zufrieden in ihr Bett, las eine Nachricht von Fiete, die aus einem Kussmund bestand und schickte ihm einen ähnlichen zurück. Durch das weit geöffnete Fenster drang kühle Abendluft. Irgendwo in der Ferne lachte eine Frau, ein Mann stimmte ein. Der obligatorische Hund kläffte und Elsa kuschelte sich auf ihr Kissen und schloss die Augen. Sonst war nichts zu hören, keine Schritte, kein Knacken der Balken – Stille. Noch einmal sah sie nach draußen und betrachtete die Sterne, die hier so hell leuchteten und zum Greifen nah zu sein schienen.

***

Nicht weit von Elsa entfernt, schaute eine andere Frau ebenfalls in die Sterne – Kathi. Die Flasche Wein war leer und es wurde Zeit, sich auf den Heimweg zu machen. Doch der Wunsch blieb, für immer hier an diesem Strand sitzen zu bleiben.

Auch Rene schien keine Eile zu haben. Inzwischen lag Kathis Kopf an seiner Schulter. Er störte sich nicht daran. Warum auch? Sie waren alte Schulfreunde und es war nichts dabei, wenn man schon einmal so in Erinnerungen an vergangene Zeiten schwelgte, ein wenig zu kuscheln. Freundschaftlich natürlich.

„Was sagt eigentlich dein Partner dazu? Ich meine, dass du in der halben Welt herumreist?"

Sie richtete sich auf und sah ihm leicht schwankend in die Augen. „Welchen Partner meinst du denn?", nuschelte sie mit schwerer Zunge. Die Worte ließen sich nicht so einfach formulieren. Kein Wunder, wann trank sie schon mal Alkohol. „Und außerdem ist das hier nicht die halbe Welt, sondern nur Ahrenshoop. Ich war gerade mal knappe vier Stunden auf der Autobahn unterwegs."

Renes Stimme klang erstaunlich klar. Konnte es sein, dass er sie das meiste des Weines hatte trinken lassen oder war er einfach nur stabiler, was den Alkoholgenuss betraf? „Nun, deine Mutter erwähnte, dass du einen Mann an deiner Seite hättest. Vor allem sagte sie, dass du wegen ihm so schwer aus Berlin wegkommst. Ihr hättet viele gemeinsame Projekte." Vernahm sie da einen Unterton?

Kathi legte ihren Kopf zurück an Renes Schulter. Sie biss sich auf die Zunge. Verdammt, diese Ausrede hatte sie tatsächlich einige Male ihren Eltern gegenüber angebracht. „Das hat sie dir erzählt?", erwiderte sie gedehnt. „Was soll ich sagen?"

„Zum Beispiel, was dein Mann so macht?" Rene ließ nicht locker, typisch sturer Fischkopp.

Seufzend schob Kathi sich nach hinten, stützte die Hände in den Sand und räusperte sich. „Okay. Soll ich ehrlich sein? Es gibt keinen Mann und folglich auch keine gemeinsamen Projekte. Jetzt weißt du es, kannst zu meiner Mutter rennen und ihr alles petzen." Sie nickte energisch, doch das rief eine leichte Welle von Übelkeit hervor. So ließ sie es bleiben.

Rene lachte leise. „Ach, schau mal an. Eine kleine Lüge also. Tztztz." Er schlug seine Beine übereinander und lehnte sich lässig zur Seite. „Keine Angst, ich werd nicht zu deiner Mutter rennen. Ich hab schon früher nicht gepetzt."

Kathi versuchte, sich zu erinnern. „Stimmt, ich glaube, das hast du wirklich nicht getan."

„Außerdem kenne ich solche Ausreden nur zu gut. Frag nicht, wen meine Mutter schon alles eingeladen hat, um endlich eine Schwiegertochter zu finden."

„Und? War niemand Passendes dabei?", fragte Kathi kichernd.

„Ich bin nicht auf der Suche. Wenn es sein soll, dann ergibt es sich von ganz allein. Ich denke, je krampfhafter man sucht, umso hoffnungsloser wird die ganze Sache."

Zustimmend tippte sie Rene mit ihrem Zeigefinger auf die Brust. „Genau meine Rede. Entweder es passiert oder es passiert eben nicht. Das Leben als Single hat durchaus auch seine Vorteile. Man ist niemandem Rechenschaft schuldig, muss sich nicht erklären, kann einfach mal so ein paar Tage nach Ahrenshoop fahren ..."

„... und mit einem alten Klassenkameraden einen romantischen Abend am Strand verbringen."

„Für die Romantik fehlt noch das Lagerfeuer."

„Tut mir leid, das ist inzwischen verboten. Ich könnte uns nur ein Video auf meinem Handy anmachen."

Kathi winkte ab. „Lass mal, es ist auch so schön. Wie früher."

„Da haben wir uns immer Geschichten erzählt."

„Schauergeschichten, bis wir uns gegruselt haben."

Rene legte den Kopf in den Nacken und lachte herzhaft. „Stimmt. Damit haben wir Jungen natürlich nur ein Ziel verfolgt, wir wollten, dass ihr Mädchen euch an uns schmiegt. Besonders der Teil von uns, der zu schüchtern waren, sich eine Freundin zu suchen. Da war das eine gute Strategie, ein wenig Körperkontakt zu bekommen."

„Und, haben sich Mädchen an dich geschmiegt?", fragte Kathi leise. Auf einmal schien sich die Stimmung zwischen ihnen zu verändern. Obwohl kein Feuer brannte, kam es ihr vor, als würden kleine Funken durch die Luft stieben und die Nacht erhellen.

„Wenn überhaupt, dann immer die Falschen." Renes Stimme klang belegt.

„Das heißt, du hättest dir gewünscht, dass es eine ganz Bestimmte getan hätte?"

„Ja", antwortete Rene schlicht. Kathi vernahm seinen Atem, der schwer ging. Oder spielten ihre Sinne ihr einen Streich?

„Du warst in ein Mädchen verliebt? In wen denn?"

Blitzschnell leckte sie sich mit ihrer Zunge über die Lippen. Ihr Mund war auf einmal staubtrocken und sie hätte gern noch ein Glas Wein getrunken, oder zumindest ein Wasser. Kathi sah ihn an. Und auf einmal wusste sie, wen der schüchterne Rene damals geliebt hatte. Sie erinnerte sich an kleine Gesten und Berührungen. Sie sah deutlich vor sich, wie Rene sie zu ihrem Abschlussball von daheim abgeholt hatte. Eigentlich wäre sie gern mit einem anderen Jungen gegangen, doch der hatte die Klassenschönheit gefragt, dieses perfekte Mädchen, in das alle anderen Jungen verliebt gewesen waren. Dann hatte Kathi Renes Blicke gesehen. Als sie mit ihrem langen meerblauen Kleid nach draußen getreten war, vor die Haustür, wo er gewartet hatte. Da hatte sie es gespürt und war doch innerlich bereits an einem anderen Ort gewesen. Und später hatten Rene und sie sich nie mehr wiedergesehen. Bis zum heutigen Tag.

„Muss ich es sagen?" Seine Stimme klang rau und heiser.

Kathi schüttelte den Kopf. Auf einmal beugte Rene sich nach vorn. Sein Atem, der sich mit der salzigen Luft vermischte, wehte ihr entgegen. Renes Lippen näherten sich ihrem Mund. Sie bemerkte, wie ihr Herz schneller schlug. Eine leichte Gänsehaut wanderte über ihren Rücken. Es war eher ein Prickeln, das sie schon lange nicht mehr gespürt hatte.

Zumindest nicht bei den kleinen Flirts, die sich in letzter Zeit ergeben hatten.

Sie kam ihm entgegen, bis ihre Lippen sich berührten. Er schmeckte nach Wein und ein bisschen nach Fischbrötchen. Vor allem aber fühlte er sich unglaublich vertraut an. Wie ein Mensch, der nie ganz aus ihrem Leben weggewesen war. So, als wäre alles in letzter Zeit nur passiert, damit sie jetzt genau hier, diesen Augenblick mit Rene erleben konnte. Mit dem Jungen, der damals in sie verliebt gewesen war, vor so unendlich langer Zeit.

Irgendwann lösten sie sich voneinander. Kathi strich eine Haarsträhne hinter ihr Ohr. „Du meine Güte, was war das denn?", sagte sie spröde. „Es muss an dieser Stimmung liegen, dem Rauschen der Ostsee, den Erinnerungen an unsere Jugend, was weiß ich. Keine Ahnung, aber wir sollten das lieber lassen." Diese Worte klangen so falsch in ihren Ohren, dass es fast schon schmerzte.

„Ja, du hast recht." Mit einem Ruck sprang Rene auf die Füße und begann die mitgebrachten Sachen in den Korb zu werfen. Kathi ergriff die Enden der Decke und begann diese zu schütteln. Sand stob durch die Luft. Dann leuchtete eine leistungsstarke Taschenlampe auf. „Damit wir den Weg nach oben finden", sagte er erklärend. „Ich geh mal voraus."

Mit großen Schritten eilte er den Hang hinauf. So schnell, dass Kathi Mühe hatte, an seinen Fersen zu bleiben. Sie folgte einfach nur dem Lichtschein und hoffte, nicht über irgendeine Wurzel zu stürzen oder daneben zu treten. Schweratmend kam sie schließlich oben an und rang einen Moment nach Luft.

Rene hatte bereits die Kette, die ihre Räder zusammengehalten hatte, gelöst und klemmte den Picknickkorb auf seinen Gepäckträger. Dann nestelte er an ihrem Fahrrad herum und befestigte eine zusätzliche Beleuchtung. Der Zauber des Augenblicks war verschwunden, gestorben im grellen Licht einer LED-Lampe.

Kathi zog die dicke Jacke aus ihrem Rucksack und streifte sie über. Keine Sekunde zu früh, denn er schwang sich bereits in den Sattel.

„Wollen wir?" Rene wartete ihre Antwort kaum ab, sondern fuhr los.

Täuschte sie sich oder fuhr er, als wäre er auf der Flucht. Auf dem schmalen Waldweg vergrößerte sich der Abstand zwischen ihnen zunehmend. Als er hinter einer leichten Biegung verschwand, verlor Kathi ihn gänzlich aus den Augen. Unsicher musterte sie die dunklen Schatten der Bäume und gab Gas. Doch Rene blieb aus ihrem Blickfeld verschwunden. Da war auf einmal eine Wurzel, die sich quer über den Weg zog. Sie sah sie erst in letzter Sekunde, bremste mit aller Macht und sprang ab.

Wut stieg in ihr auf. Erst lud er sie ein, lotste sie hier her und dann ... Ja, vielleicht war ihre Bemerkung nach dem Kuss nicht die eleganteste gewesen. Doch was hatte er erwartet. Mit zusammengepressten Lippen starrte sie in die Richtung, wo Rene verschwunden war. Dann schwang sie sich wieder in den Sattel und fuhr los. Sie brauchte ihn nicht, sie würde das Hotel auch so erreichen. Kathi brauchte niemanden, sie war die letzten Jahre bestens allein klargekommen.

Endlich erreichte sie den breiteren Weg und gleich fuhr es sich besser. Immer wieder suchte sie den Wald vor sich ab. Aber da war kein Lichtschein, Rene lag vermutlich schon in seinem Bett und grämte sich. Also drosselte sie ihr Tempo. Warum sich abjagen.

Der Weg zog sich. Der Schein ihrer Lampe huschte über umgefallene Bäume, Steine und groteske Wurzelformationen. Der Darßwald war bekannt dafür, dass man hier der Natur ihren Lauf ließ. Es war eine Symbiose aus Leben und Sterben, aus Bäumen, die umfielen, verrotteten und aus deren Überresten neue Pflanzen entstanden. Das machte den Reiz aus.

Je länger Kathi fuhr, umso wacher wurde sie. Der Alkoholdunst, der ihren Kopf beherrscht hatte, verflog. Sie nahm die Geräusche des Waldes wahr. Da war dort ein verstohlenes Rascheln, da rief in der Ferne ein Käuzchen. Plötzlich knackte seitlich ein Ast. Es schien, als würde jeden Moment ein Reh oder ein Hirsch durch das Unterholz brechen. Das war hier nichts Ungewöhnliches, sie hatte es selbst schon erlebt.

Erschrocken hielt Kathi an und wartete, doch nichts geschah. Nur die Blätter der Bäume raschelten leise. Sie ließ etwa fünf Minuten vergehen und schwang sich erneut in den Sattel. Der Weg zog sich und nun tauchte auch noch eine leichte Biegung auf, die sie auf dem Hinweg garantiert nicht passiert hatten. Der Strahl ihrer Lampe huschte über einen Weiher, der rechts lag. Da war nachtschwarzes Wasser, dessen Tiefe nur zu erahnen war. Totholz rahmte den Teich ein und leichte Blasen blubberten auf der Oberfläche.

Kathi rann ein Schauer über den Rücken. Kein Zweifel, sie hatte sich verfahren. Irgendwo auf der Strecke hatte sie vergessen abzubiegen. Nun galt es zu entscheiden, ob sie umkehren oder einfach weiterfahren sollte. Und es gab nicht den geringsten Grund zur Panik. Sie befand sich zwar mitten im Wald, der war dicht und wirkte undurchdringlich. Doch die Landzunge des Darß war schmal und früher oder später würde sie an irgendeiner Straße herauskommen.

An einer Wegkreuzung hielt Kathi schließlich an, schaute in alle Richtungen und wog die einzelnen Möglichkeiten ab. Da bemerkte sie einen mit Moos bewachsenen Stein. Sie kannte diesen Ort, sie war hier schon oft entlang gekommen. Aber das war nicht alles. Hier hatte sie mit ihrer besten Freundin Grit gestanden, kurz bevor sie den Darß verlassen hatte. Genau wie heute Abend waren sie am Strand gewesen.

Kathi presste die Hand auf ihr Herz, versuchte, gleichmäßig zu atmen. Die Erinnerungen waren übermächtig. Sie wusste, sie musste hier weg. Je schneller, umso besser. Doch sie konnte sich nicht rühren und starrte den bewachsenen Stein an. Dahinter tauchte ein Lichtschein auf, der rasch näherkam. Er schwankte, verlosch, flammte wieder auf und wirkte wie ein Irrlicht. Er tanzte um die Bäume. Sie kniff die Augen zusammen und öffnete sie wieder. Das Licht war weg. Bestimmt spielten ihre Sinne, ihr einen Streich.

Doch auf einmal, direkt vor ihr, blendete erneut eine Lampe auf. Sie trat nach hinten, wollte ausweichen und fiel über die Gabel ihres Fahrrades. Kathi suchte nach Halt, sah den Waldboden auf sich zukommen und stürzte. Da war ein Schmerz in ihrem Kopf, kleine Lichter flimmerten, und dann war es dunkel.

Kapitel 9

„Kathi?", flüsterte eine Stimme. Eine Hand strich ihr über die Wange, dann verspürte sie Finger, die ihren Nacken stützten. Erneut sagte die Stimme etwas und wurde von ihr der Realität zugeordnet.

„Grit?", flüsterte sie.

„Grit? Quatsch, ich bin´s Rene. Erinnerst du dich?"

Langsam versuchte Kathi sich aufzurichten. Wieder tanzten bunte Lichter vor ihren Augen, in ihrem Kopf drehte sich alles und übel war ihr auch. Es fühlte sich wie auf dem Jahrmarkt an, wenn man auf dem Karussell saß und seine Umgebung durch die halb geöffneten Lider betrachtete.

„Ach ja, Rene, na klar." Sie schluckte und versuchte die Übelkeit, durch Atmen zu verdrängen. „Hilf mir auf." Seine Hand stützte sie am Rücken und schließlich saß Kathi auf dem Waldboden.

„Willst du einen Schluck Wasser?"

Sie nickte und ließ das kühle Nass durch ihre Kehle rinnen. Augenblicklich fühlte sie sich besser. „Danke", murmelte sie. Was war passiert? Sie sah Renes Fahrrad, das vor ihr herfuhr und wie es auf einmal hinter einer Biegung verschwand. Sie hatte versucht, ihm zu folgen, und auf einmal waren da nur noch Bäume und sonst nichts gewesen. Außer dem Stein, außer dieser Kreuzung. Mit einer schnellen Bewegung drehte Kathi ihren Kopf. Die Erinnerung war wieder da. „Lass mich los", sagte sie und versuchte, auf die Beine zu kommen.

„Du solltest noch warten", erwiderte Rene eindringlich. „Du hast dir den Kopf gestoßen und warst zumindest eine kurze Weile ohne Bewusstsein."

Kathi blieb stur und kämpfte sich nach oben. Als Rene ihr seine hilfreiche Hand reichen wollte, schlug sie sie weg. „Fass mich nicht an."

„Was soll das denn?", fragte er verwirrt.

Endlich stand sie, zwar unsicher und leicht schwankend, doch sie stand. Wütend sah Kathi ihn an. „Was das soll? Denk mal nach. Du schleppst mich an diesen Strand, schwafelst irgendwas von unserer Kindheit, füllst mich mit Wein ab und küsst mich, als ich meine Sinne nicht mehr ganz beisammen habe. Und dann, als ich dir nicht schmachtend in die Arme gefallen bin, hast du dich vom Acker gemacht und mich ganz allein im Wald zurückgelassen. Ich hätte mir alle Knochen brechen oder mich verirren können ..." Kathis Stimme brach. Sie hatte ihre Hände zu Fäusten geballt und musste sich beherrschen, Rene keine zu knallen.

„Verirren können", wiederholte er nachdenklich und begann zu lächeln. „Soll das ein Witz sein? Dort vorn ist die Straße. Wärest du noch ein paar Meter gefahren, hättest du die Fahrbahn nicht verfehlen können."

Seine Ruhe steigerte ihre Wut noch weiter. „Das weiß ich selber", fauchte sie zurück. „Ich bin ja nicht blöd."

„Nein, das bist du nicht, im Gegenteil. Ich gebe sogar zu, dass es nicht in Ordnung war, ein derart forsches Tempo anzuschlagen und dich abzuhängen. Und ich gebe ebenfalls zu, dass ich mich geärgert habe, über deine arrogante Art und wie du auf uns alle hier und den Ort deiner Kindheit zurückschaust. So, als wärst du etwas Besseres, nur weil du fortgegangen bist. Als ob Mut dazugehören würde, die Flucht zu ergreifen. Wirklich mutig ist es, dazubleiben und sich den Dingen zu stellen."

„Sagt der Mann, der auf dem Meer herumgeschippert ist und Ahrenshoop ebenfalls verlassen hat. Tu doch nicht so, als wärest du etwas Besseres", schrie Kathi. „Du bist selbst gegangen und dann, aus was weiß ich für Gründen, wieder zurückgekommen. Vermutlich mit eingezogenem Schwanz."

Rene verschränkte die Arme. „Ich musste zurück nach Ahrenshoop, weil man mir mein Fahrpatent für einige Zeit entzogen hatte. Es hatte einen Unfall gegeben, beziehungsweise eine Kollision mit einem anderen Schiff. Ein Matrose ist schwer verletzt worden. In einer Nacht, wo ich die Aufsicht hatte. Ich habe das Patent später zwar wieder zurückbekommen, doch das Meer hatte seinen Reiz für mich verloren. Zumindest wenn ich mit einem Schiff fahre und die Verantwortung für die Menschen an Bord tragen soll. Du hast also recht, ich bin mit eingezogenem Schwanz zurückgekommen und hab hier meine Wunden geleckt, bei Mama und Papa. Ich bin an den Ort gegangen, wo ich die ganze Sache verarbeiten konnte. Und das war nicht leicht. All die Blicke, all die Erwartungen, die ich enttäuscht habe. Ich, der Sohn, der einer Familie von Seefahrern entstammt, scheitert unrühmlich. Jetzt baut er Holzhäuser, was für eine Schande. Aber ich bin geblieben. Ich hab mich der Vergangenheit gestellt und versucht, das Beste aus jedem neuen Tag zu machen. Ich habe die Bemerkungen ertragen und die spitzen Fragen. Ich bin eines Tages wieder in die Kneipe gegangen und hab mich zu den alten Freunden gesetzt. Denjenigen, auf die ich als Matrose damals so mitleidig zurückgeschaut habe. Wir haben getrunken, wir haben geredet, gestritten, diskutiert und irgendwann habe ich begriffen, dass dies meine Heimat ist. Das ich einer von ihnen bin und immer sein werde, egal wo ich lebe. Und dass einem alles verziehen werden kann, alles. Man muss es nur wollen."

Kathi war einen Schritt nach hinten gegangen. Sie sah Rene fassungslos an und schwieg. Das alles hatte sie nicht gewusst. Woher auch? Anfangs hatte ihre Mutter ihr manchmal die Neuheiten aus Ahrenshoop erzählen wollen. Doch aufgrund ihres sichtlichen Desinteresse hatte sie dies irgendwann gelassen. „Es tut mir leid."

„Willst du dich jetzt wirklich entschuldigen? Lass es, das passt nicht zu dir."

„Es tut mir dennoch leid", unternahm Kathi einen erneuten Versuch. „Bitte Rene, das musst du mir glauben. Und diese Bemerkung unten am Strand, die war total bescheuert."

„Vermutlich war sie nur ehrlich. Keine Ahnung, was ich mir bei diesem Kuss gedacht habe."

Kathi biss sich auf die Unterlippe. „Es war ein so schöner Abend und ich danke dir dafür."

„Ach egal, lass uns nach Hause fahren. Es war eine idiotische Idee, dich einzuladen."

Sie trat näher. „Warum sagst du das? Es war keine idiotische Idee, im Gegenteil, ich habe es sehr genossen. Alles, verstehst du?"

„Wenn du meinst." Rene hob ihr Fahrrad auf und lehnte es gegen einen Baum. Dann wandte er sich zum Gehen.

„Nun warte doch mal", bat sie. „Bitte." Er blieb stehen, doch er drehte sich nicht um. „Wie hast du das gemeint, mit dem Verzeihen?"

„Soll das ein Witz sein?" Seine Worte klangen hart. Sie trafen Kathi und ließen sie taumeln. „Ich meine, dass du ausgerechnet hier an dieser Stelle diese Frage aussprichst? Oder weißt du nicht, wo wir sind?"

Sie rang nach Luft. Auf einmal, begannen Tränen über ihre Wangen zu strömen. „Natürlich weiß ich, wo wir sind", stammelte Kathi. „Deswegen hab ich mich ja so erschrocken vorhin in der Dunkelheit. Ich sah den Stein und auf einmal war alles wieder da." Schweratmend sah sie ihn an. „Was soll ich denn tun? Ich kann die Zeit nicht zurückdrehen."

Endlich drehte Rene sich zu ihr um. „Nein, das kannst du nicht. Das kann niemand. Weißt du, wie oft ich mir gewünscht habe, es würde irgendeinen Zauberspruch geben, mit dem ich die Kollision verhindern könnte? Es ist geschehen und vorbei. Aber ich glaube, du weißt genau, was zu tun ist. Und weil du vor diesem Schritt so schreckliche Angst hast, bist du die ganzen Jahre nicht mehr zurückgekommen." Sie wünschte sich, er möge sie in den Arm nehmen oder zumindest berühren. Doch Rene blieb stehen, wo er war. Und Kathi fehlte der Mut, die Distanz zwischen ihnen zu verringern. „Habe ich recht?"

Sie wollte ihm widersprechen, ihm ihre Meinung sagen, doch sie konnte es nicht. Rene, der schüchterne Junge, der zum Mann geworden war, hatte das ausgesprochen, was sie all die Jahre verdrängt hatte. Der Schmerz war kaum auszuhalten, er durchrollte ihren Körper, ließ sie sich zusammenkrümmen.

Da endlich war seine Hand, die ihren Arm berührte. „Und nun, lass uns nach Hause fahren. Du bist ganz kalt. Denkst du, es wird gehen?"

„Ja, es ist alles in Ordnung. Mir ist nicht mal mehr schwindlig." Das war gelogen, doch Kathi hätte auf keinen Fall mit ihm laufen wollen. Sie streckte sich und biss die Zähne zusammen.

Rene streckte ihr das Fahrrad entgegen und passte auf, dass sie in den Sattel kam. Er verringerte seine Geschwindigkeit und fuhr die ganze Zeit neben ihr, bis endlich die ersten Laternen von Ahrenshoop auftauchten. Sie wirkten wie eine liebevolle Umarmung nach der Dunkelheit des Waldes.

Gemeinsam stellten sie Kathis Fahrrad in den Ständer vor dem *Godewind*. Dann brachte er sie zur Tür, die sich zischend öffnete. Ein junger Portier schaute neugierig zu ihnen und Rene hob winkend die Hand, bis dieser erkennend lächelte. „Schlaf gut", sagte er.

„Du auch."

„Und falls etwas sein sollte, du weißt, wo ich bin."

Sie nickte und sah ihm hinterher, bis das rote Rücklicht von Renes Fahrrad in der Dunkelheit verschwunden war.

Da war eine Bewegung neben ihr. Der junge Mann, der eben noch hinter dem Tresen gesessen hatte, war nach draußen gekommen. „Frau Siegel, nicht wahr?"

„Ja, bitte entschuldigen Sie. Wir waren am Strand und haben ein wenig länger ..."

Er winkte ab. „Alles gut, ich bin Jonas, der Nachtportier. Kann ich noch irgendwas für Sie tun?" Sein Blick ruhte auf ihrem Gesicht und Kathi sah echte Besorgnis. Kein Wunder, vermutlich sah sie schrecklich aus.

„Nein, ich werde jetzt am besten auf mein Zimmer gehen."

„Vielleicht noch einen heißen Tee? Wir haben eine wunderbare Früchtemischung, die ist zwar eigentlich für Herbst und Winter gedacht, bewirkt an manchen Abenden aber wahre Wunder. Was denken Sie?"

„Das klingt wunderbar. Ich denke, so einen Tee könnte ich gut gebrauchen."

„Dann werfe ich jetzt den Wasserkocher an und Sie gehen schon einmal vor. Ich bin in wenigen Minuten bei Ihnen."

Kathi nahm den Aufzug in die erste Etage, obwohl sie sonst immer die Treppe benutzte. Dann schob sie die Zimmerkarte in den Schlitz und ließ sich aufs Bett fallen. Schlagartig war sie hundemüde. Mühevoll ließ sie ihre Schuhe fallen. Nur unterschwellig nahm sie ein Klopfen wahr – ach ja, ihr Tee.

„Ich komm rein", erklang die Stimme des jungen Portiers. „In Ordnung?"

„Ja, kommen Sie", rief sie mit letzter Kraft.

Da war er auch schon, stellte das Tablett auf den Nachttisch und öffnete dann das Fenster. „Sie kommen klar?"

„Ich glaub schon", flüsterte Kathi

„Dann schlafen sie gut. Falls was sein sollte, einfach nur die Zwei wählen. Ich bin die ganze Nacht auf dem Posten."

Als er gegangen war, streifte Kathi ihre Kleidung ab. Dann zog sie sich die Decke über und nahm einen Schluck Tee. Er schmeckte tatsächlich wunderbar und erinnerte sie an eine der Mischungen, die ihre Oma früher aus Früchten des heimischen Gartens hergestellt hatte.

Sie lehnte sich an das Kopfteil des Bettes und schaute Richtung Fenster. Kathi war erschöpft und gleichzeitig wach. Immer wieder huschte ihr Blick zur Uhr. Der Zeiger zeigte kurz nach eins. Das war nicht weiter tragisch, denn sie konnte ausschlafen. Niemand würde sie wecken. Noch blieben ihr beinahe vier Wochen, bis sie ihren Bericht an Ingo Sartor abliefern musste. Für eine erfahrene Journalistin wie sie normalerweise kein Problem. Aber was war hier bei diesem Aufenthalt schon normal.

Als die Glocke vom Kirchturm die zweite Stunde verkündete, ließ Kathi sich schließlich zur Seite sinken. Bald würde die Sonne aufgehen und ein neuer Tag beginnen. Und dann würde sie das tun, was schon lange überfällig war. Dieser feste Entschluss ließ sie erstaunlich schnell in den Schlaf finden.

***

Elsa wurde vom durchdringenden Zwitschern eines Vogels geweckt. Sie kannte sich ornithologisch nicht so aus, aber es klang wie eine Amsel, die an einem Gesangswettbewerb, bei dem die lauteste Stimme gesucht wurde, teilnahm. Sie streckte ihre Arme nach oben, wälzte sich auf die andere Seite und warf einen Blick auf ihr Handy. Es war kurz vor sechs. In wenigen Minuten würde ihr Wecker zu klingeln beginnen.

Sie hatte gut und tief geschlafen. Nichts hatte ihre Ruhe gestört. Mit einem leisen Glücksgefühl erhob sie sich aus dem Bett, trat ans Fenster und versuchte, den eifrigen Zwitscherer ausfindig zu machen. Doch dieser hatte vermutlich längst das Weite gesucht und trällerte nun vor dem nächsten Schlafzimmerfenster weiter.

Beschwingt trat sie in ihre Küche und kochte sich einen Kaffee. Und genauso beschwingt, machte Elsa sich wenig später auf den Weg ins *Godewind*. Dazwischen hatte sie geduscht und gefrühstückt. Am liebsten wäre sie mit dem Fahrrad gefahren, wie zuletzt eigentlich immer. Doch das Rad hatte zur von Veronika vermieteten Ferienwohnung gehört und Fiete musste ihr erst ein neues besorgen.

Obwohl sie beinahe eine halbe Stunde vor Dienstbeginn den Aufenthaltsraum betrat, war Peter schon da. Ein wenig missmutig raschelte er hinter seiner Zeitung herum und erwiderte ihren Gruß grummelnd. Dann öffnete sich erneut die Tür und der alte Hans trat ein. Schweratmend sank er auf seinen Platz gleich vorn und nickte Elsa zu.

„Moin Hans", rief sie ihm entgegen. „Und, was sagen die alten Knochen? Wie wird das Wetter heute?"

Der Hausmeister winkte ab. „Hochdruck, Wärme, Sonne und jeden Tag wird es wärmer. Ich merk's in meinem Knie."

Lachend schenkte Elsa sich einen Kaffee ein. „Das sind gute Nachrichten, unsere Gäste wird es freuen."

Nach und nach trudelte der Rest des Personals ein und die Belegschaft des *Godewinds* startete nach der üblichen kleinen Zusammenkunft in den Tag.

Da Ute die Frühstückskellnerin heute einen Zahnarzttermin hatte, löste Elsa sie gegen acht ab. Der Frühstücksraum des Hotels war gut gefüllt, genau wie die kleine Terrasse, die bei schönem Wetter genutzt wurde. Sie hatte reichlich zu tun, all die kleinen und großen Wünsche der Gäste zu erfüllen. Erst ab halb zehn lichteten sich die Reihen allmählich. Kein Wunder, lockte doch das schöne Wetter die Urlauber ans Meer und zu den hauseigenen Strandkörben.

Elsa kontrollierte die Liste der Frühstücksgäste und stellte fest, dass nur noch zwei fehlten – Katharina Siegel und Ramona Ahlenburg. Sie trat zu Peter an die Rezeption.

„Hat Frau Ahlenburg Ihr Frühstück schon bekommen? Wenn ich mich recht entsinne, bestand sie doch darauf, die Mahlzeiten in Ihrem Zimmer einzunehmen."

Peter schüttelte den Kopf. „Sie hat es sich gestern auf einmal anders überlegt und möchte nun doch unten essen. Aber erst, wenn alle anderen Gäste gefrühstückt haben. Künstler!" Peter verdrehte die Augen. Dann straffte er seinen Rücken. „Wenn man vom Teufel spricht, dort kommt sie schon."

Mit einem Lächeln drehte Elsa sich um. „Moin Frau Ahlenburg, haben Sie gut geschlafen?"

„Moin", erwiderte die Frau knapp. „Ja, ich hab tatsächlich gut geschlafen." Sie warf einen kurzen Blick auf die inzwischen leere Terrasse.

„Möchten Sie draußen Ihr Frühstück einnehmen?", bot Elsa an.

Frau Ahlenburg schüttelte den Kopf. „Blauer Himmel und strahlender Sonnenschein sind morgens immer ein wenig zu viel für mich. Ich hätte gern drinnen einen Tisch."

Gerade als Elsa ihr den Kaffee servierte, betrat der letzte fehlende Gast den Raum – Katharina Siegel. Auch diese steuerte zielgerichtet den Frühstücksraum an und ignorierte die Terrasse. Dort setzte sie sich an einen Tisch, der möglichst weit entfernt vom Fenster und von Frau Ahlenburg lag.

Elsa trat näher. „Moin Frau Siegel, was darf ich Ihnen bringen? Rührei, gekochtes Ei ..."

Die Frau hob gequält die Hand. „Sprechen Sie bitte nicht über Essen. Bringen Sie mir einfach nur einen Kaffee, und zwar einen möglichst starken."

„Ich verstehe. Wie wäre es mit einem zweifachen Espresso mit leichtem Milchschaum?"

Kathi nickte behutsam. „Das klingt gut."

In diesem Moment kam Ute zurück. „Fertig, ich könnte wieder übernehmen."

„Gut. Wie Sie sehen, sind es nur noch zwei Gäste. Und beide sind ein wenig speziell", raunte Elsa ihr ins Ohr.

Ute grinste verschmitzt und flüsterte: „Keine Angst, mit speziellen Gästen kenne ich mich bestens aus. Gehen Sie ruhig wieder an Ihre Arbeit und danke, dass Sie eingesprungen sind und ich meinen Termin wahrnehmen konnte."

„Schon gut und sehr gerne." Elsa legte der Frühstückskellnerin einen Moment die Hand auf den Arm. So mochte sie das Arbeiten in einem Hotel. Es musste ein Miteinander aller Abteilungen geben, egal ob Service, Rezeption oder Chefetage. Niemand durfte sich über den anderen stellen. Dann fühlten sich alle wohl und es ergab sich diese spezielle Symbiose, die Gäste immer wieder an einen Ort zurückkehren ließen.

Elsa setzte sich an ihren Schreibtisch und ordnete die heute zu bearbeitenden Dokumente. Dabei fiel ihr Auge auf eine lange Liste mit Namen. Darauf standen die Personen, die kürzlich eine Einladung zum Sommernachtsball des *Godewinds* bekommen hatten.

Noch einmal überflog sie die beiden Seiten und wollte das Papier gerade in die Ablage packen, als sie zögerte. Ihr Finger glitt noch einmal die Namensreihe entlang und stockte dann. Mit dem Zettel in der Hand ging sie nach vorn an den Tresen, wo Peter einem Ehepaar gerade den Weg zu ihrem, zum Hotel gehörenden Strandkorb erläuterte. Mit einem grellpinken Flamingo unter dem Arm machten sich die beiden auf Richtung Ostsee.

„Ich habe gerade die Listen für den Sommernachtsball durchgesehen. Dabei ist mir aufgefallen, dass Stefan Rudloff keine Einladung bekommen hat."

Peter kniff seine Augen zusammen. „Ja, und?", fragte er verblüfft.

„Nun, dabei kann es sich doch nur um einen Irrtum handeln. Erwähnte nicht Frau Gutter, dass Rudloff früher stets an den Veranstaltungen teilgenommen hat."

Peter räusperte sich und rückte das hölzerne Segelschiff gerade, das auf dem Tresen stand. „Das ist so nicht korrekt. Herr Rudloff hat Einladungen erhalten, doch er ist im vorigen Jahr nicht erschienen. Warum, haben wir ja dann vor einigen Wochen erleben dürfen."

„Das bedeutet, sein Name wurde von der Liste genommen."

Peter hob die Schultern. „Natürlich, ich bitte Sie. Nach allem, was passiert ist, wäre es doch wohl ein Fehler so zu tun, als wäre nichts geschehen."

Elsa schwieg kurz. „Wer hat denn Herrn Rudloffs Namen von der Liste genommen? War es Veronika?"

„Keine Ahnung", erwiderte der Rezeptionist einsilbig.

„Dann werde ich mich mit ihr in Verbindung setzen oder mit Ferdinand, je nachdem. Wenn ich mich recht entsinne, legten sie Wert darauf, dass Rudloff eine Einladung erhalten sollte. Aber vielleicht täusche ich mich auch."

Sie wollte zurück ins Büro, doch Peter hielt sie auf.

„Aber warum denn? Ich meine, warum wollen Sie sich mit Familie Gutter in Verbindung setzen?"

„Nun, ich möchte mich einfach rückversichern, nicht, dass wir einen Fehler begehen. Denn wie sagte Frau Gutter zu mir: Es ist alles mit Herrn Rudloff geklärt und bereinigt, er wird uns nicht mehr in die Quere kommen."

Peter wirkte wie zur Salzsäure erstarrt. „Sie würden ihn einladen?"

„Wenn es einem guten Miteinander im Ort dient, warum nicht", erwiderte Elsa.

„Aber er hat versucht, dem *Godewind* zu schaden. Er hat eine unserer Mitarbeiterin angestiftet, die Abläufe zu stören, Sachen verschwinden zu lassen." Peter winkte ab. „Warum sage ich Ihnen das, Sie haben doch alles hautnah miterlebt. Und auch jetzt, gibt er keine Ruhe. Immer wieder verschwindet das Hotelschild vorn an der Straße."

Elsa seufzte leise. „Wir wissen doch gar nicht, ob dahinter wirklich Herr Rudloff steckt. Wenn ich zum Beispiel an meinen Freund Fiete denke. Er hat einen Steg unten am Bodden und dort ein Verbotsschild stehen. Fragen Sie nicht, wie oft das Schild schon verschwunden ist. Und ich glaube nicht, dass Herr Rudloff auch dort sein Unwesen treibt." Sie griff zum Hörer und wollte gerade die Nummer von Ferdinand Gutter wählen, als der Gesichtsausdruck von Peter sie zögern ließ. „Kann es sein, dass Sie den Namen von der Liste entfernt haben? Falls das so sein sollte, sagen Sie es mir bitte."

Der Rezeptionist spitzte seinen Mund. Dann strich er sich nervös über das spärliche Haupthaar. „Also gut, ich gebe zu, dass ich den Namen entfernt habe. Doch es standen nur gute Absichten dahinter. Ich wollte nicht, dass Sie ihn übersehen und Rudloff aus Versehen eine Einladung schicken."

„Aber, das lag überhaupt nicht in Ihrer Verantwortung. Im Gegenteil, es hat Ihre Kompetenzen weit überschritten." Elsa hasste es, so zu sprechen. „Sie haben sich in Dinge eingemischt, die Sie nicht das Geringste angehen."

„Wie bitte?" Peter musterte einen Moment das leere Foyer und senkte dann seine Stimme. „Dieses Haus ist mein Leben und Rudloff wollte mit seinen Plänen uns alle und dieses Hotel zerstören. Wer weiß schon, was noch alles passiert wäre. Und diesen Menschen wollen Sie einladen? Ich verstehe Sie nicht."

Elsa legte ihre Fingerspitzen aneinander. „Veronika hat den Namen auf der Liste belassen und das muss einen guten Grund haben."

„Sie wird an solche Kleinigkeiten nicht gedacht haben."

„Das glaube ich nicht, denn sie ist die Liste mit mir durchgegangen."

Peter trat einen Schritt zurück. „Aber ..."

„Das Beste wird sein, ich stelle für Herrn Rudloff noch eine Einladung aus. Und wir beide vergessen einfach, dass Sie Ihre Kompetenzen bei Weitem überschritten haben." Mit diesen Worten war der Rezeptionist entlassen.

Elsa ging zurück in ihr Büro. In der Stille des Raumes stützte sie ihre Ellenbogen auf den Tisch. Für einen Moment war die alte Luftnot zurückgekommen. Doch sie hatte nichts mit ihrem Asthma zu tun, sondern dem, was gerade geschehen war. Sie ergriff ihr Handy und schrieb Ferdinand eine kurze Nachricht.

Schneller als erwartet kam eine Antwort. Elsa las die wenigen Zeilen, begann dann im Computer zu suchen und druckte wenig später eine Einladung für Stefan Rudloff aus. Dann wog sie den Umschlag in ihren Händen und musterte den Kalender. Noch waren vier Wochen Zeit, bis der Sommernachtsball stattfinden sollte. Doch die anderen Gäste hatten ihre Einladung längst erhalten und Rudloff hatte dies sicher bereits erfahren. Es galt also, schnell zu handeln.

Sie schaltete den Computer aus, griff ihre Tasche vom Haken und öffnete die Bürotür. „Ich bin mal kurz weg", sagte sie an Peter gewandt. Der musterte den Brief in ihren Händen und gab keine Antwort. „Wenn etwas sein sollte, Sie erreichen mich auf meinem Handy."

Elsa verließ das Hotel über die hintere Treppe und nahm den Personalausgang. Gleich neben der Tür verschnitt Hausmeister Ralf einige Büsche. Elsa hob die Hand. „Ralf, gut, dass wir uns sehen. Haben wir eventuell ein Hotelfahrrad, das ich in der nächsten Zeit nutzen könnte? Ich hab mich so an meine morgendlichen Radtouren gewöhnt."

„Kein Thema, wir haben im vorigen Jahr neue Räder angeschafft und noch einige von den alten da. Sozusagen als stillen Vorrat, wenn wirklich mal alles ausgeliehen ist. Aber da dies praktisch nie geschieht, können Sie sich beruhigt eines nehmen. Ich schau dann gleich mal nach und mache Ihnen etwas fertig."

Elsa strahlte den Hausmeister an. „Ich danke Ihnen, Sie sind der Beste, lieber Ralf."

„Sagen Sie das mal meiner Frau", entgegnete er verschmitzt. „Die hat immer was an mir rumzumeckern."

„Wenn ich sie das nächste Mal sehe, sage ich es ihr." Mit diesen Worten lief sie die Hotelzufahrt nach oben und steuerte den Ortskern von Ahrenshoop an.

Die Fußwege waren gut gefüllt und auf der anderen Straßenseite am bunten Haus herrschte reichlich Trubel. Mit der Tasche über der Schulter fühlte Elsa sich ein wenig wie eine Urlauberin. Doch angesichts der Mission, die vor ihr lag, verblasste das entspannte Gefühl.

Nach einigen Schritten tauchte ein Haus, das gleich in der Nähe der Straße lag, auf. Eine breite verglaste Veranda lag an vorderster Front. Die hölzerne Fassade war in diesem für hier typischen Grauton kombiniert mit weißen Akzenten gestrichen. Über der breiten Eingangstür hing ein Schild, mit der Aufschrift *Muscheltraum*. Um diesen Namen noch zu unterstreichen, fand sich das Symbol der Muschel überall wieder.

Elsa war hier schon einige Male vorbeigekommen. Doch noch nie hatte sie dem Hotel von Stefan Rudloff ihre ganze Aufmerksamkeit geschenkt. Heute war dies anders. Sie musterte den Vorgarten und die angebrachten Beschilderungen fachmännisch und betrat das Foyer. Dezentes Wellenrauschen, das durch versteckt angebrachte Lautsprecher kam, wehte an ihr Ohr.

Die Einrichtung war maritim gehalten und erinnerte mit ihren Segelschiffen, Fischernetzen, Strandgut und Bootslampen entfernt an die im *Godewind*. Überall hingen dazu passende Bilder und eines von ihnen zog Elsas Blicke magisch an. Auch ohne die Signatur studiert zu haben, wusste sie, wer es gemalt hatte – Marit Oltkamps. Darauf war das Meer zu sehen, an einem der wilderen Tage. Wellen donnerten Richtung Land oder brachen an einer der Küste vorgelagerten Sandbank. Dazu zogen dunkle Wolken über den Himmel, die beinahe schon bedrohlich wirkten. Das Faszinierendste aber war eine kleine Gestalt in einem roten Mantel. Eine Frau schien einen Spaziergang zu machen und trotzte den Elementen. Ihr Haar wehte, es war dunkel. Sonst hatte Marit sie nur schemenhaft gezeichnet und überließ den Rest der Fantasie des Betrachters.

„Kann ich Ihnen helfen?", erkundigte sich eine Stimme hinter ihr.

Elsa fuhr herum und schaute direkt in Stefan Rudloffs markantes Gesicht.

Kapitel 10

„Noch ein Getränk oder etwas von unserer Karte?", fragte die Kellnerin und musterte Kathi lächelnd.

„Danke nein, ich bin mehr als bedient." Die Frau verschwand und angenehme Stille erfüllte den Raum. Kathi nippte an ihrem zweifachen Espresso, wohlgemerkt dem dritten und allmählich entfaltete das Koffein seine Wirkung. Da vernahm sie ein kehliges Lachen, genau aus der Ecke, wo der weitere Frühstücksgast saß. Kathi drehte sich kurz um und sah, dass sie beobachtet wurde.

„Ich bin mehr als bedient", sagte die Frau, mit der sie vor Kurzem eine Loungeecke im Garten geteilt hatte. „Das ist wirklich witzig."

„Finden Sie?", fragte Kathi und massierte mit gleichmäßigem Druck ihre Schläfen. In ihrem Kopf hämmerte ein Bauarbeiter herum, den sie trotz zwei Tabletten noch nicht hatte dazu bewegen können, seine Arbeit einzustellen.

„Ich finde schon, Sie sind schlagfertig und haben Witz. Wenn auch nicht gerade an diesem Morgen. Denn obwohl Sie meine Tochter sein könnten, sehen Sie derart mies aus, dass wir beide durchaus als Schwestern durchgehen würden."

Wider Erwarten musste Kathi lächeln. „Vermutlich. Ich habe den Blick in den Spiegel heute Morgen vermieden."

„Das ist an manchen Tagen besser so", erwiderte die Frau und ließ die Ecke eines Croissants in ihrem Mund verschwinden. „Was trinken Sie denn da?"

„Eine Empfehlung des Hauses – zweifachen Espresso mit Milchschaum. Reichlich leckeres Gesöff. Ich bilde mir zumindest ein, dass es mich ein wenig wacher macht."
„Einbildung ist die halbe Miete."
Kathi fühlte sich schrecklich. Dies lag nicht allein an der Flasche Wein von gestern, sondern eindeutig an Rene und seinem bescheuerten Verhalten. Instinktiv berührte sie ihren Lippen, genau dort, wo sein Mund sie geküsst hatte. Je mehr Zeit verstrich, umso klarer wurde ihr, dass sie es genossen hatte. Und nicht nur das. Sie hätte sich gewünscht, es wäre mehr geschehen, zum Beispiel, dass Renes Hände ihre Haut berührt hätten und sie seine Haut ebenfalls ... Auf der Stelle biss sie sich auf die Unterlippe. Du meine Güte, Ahrenshoop machte sie kirre. Sie musste einfach so schnell wie möglich, diesen dämlichen Artikel schreiben. Je eher dieser fertig war, umso eher konnte sie fort von hier und den Dämonen ihrer Vergangenheit entfliehen. Dann würde alles wieder in geordneten Bahnen verlaufen und sie Reportagen über jeden Winkel Deutschlands schreiben, aber nicht mehr über den Darß.

„Einen Zehner für Ihre Gedanken." Kathi blickte nach oben. Die ältere Dame, die gerade eben noch in der Ecke gesessen hatte, stand nun vor ihrem Tisch und sah sie forschend an. Sie trug heute ein lilafarbenes Kleid und den unvermeidlich farblich dazu passenden Turban.

„Was haben Sie gesagt?"
Ohne das Kathi sie dazu aufgefordert hatte, nahm die Frau auf dem gegenüberstehenden Stuhl Platz. „Ich sagte, einen Zehner für Ihre Gedanken. Sie wirken auf mich, als wären Sie an einem vollkommen anderen Ort."

„Das wäre schon mal ein guter Anfang", gab Kathi sarkastisch zurück. „Ich meine, an einem anderen Ort zu sein."

„Sagten Sie nicht, sie wären gerne hier, in Ahrenshoop?"

„Ja, ich meine nein" stotterte sie. „Ach, das ist schwer zu beschreiben. Es ist meine Heimat, ich wurde hier geboren. Jahrelang ist es mir bestens gelungen, diesem Platz fern zu bleiben, aber nun ließ es sich nicht vermeiden ihn aufzusuchen."

„Ich verstehe." Die Frau nickte, lehnte sich zurück und verschränkte die Arme vor ihrem Körper. „Das klingt nach Familiendrama."

„Wenn es nur das wäre", seufzte Kathi. „Das ließe sich wahrscheinlich noch bewältigen, aber es ist mehr. Nun ja, jeder muss mit seinen Problemen allein klarkommen." Sie ergriff ihre Tasse und leerte sie. Kathi stellte fest, dass die Frau sie immer noch beobachtete. Es war nicht unangenehm, eher ein neugieriges Betrachten. „Und, was machen Sie heute noch Schönes?", fragte sie, eigentlich mehr, um die Stille zu brechen.

„Keine Ahnung. Ich werde mir einen ruhigen Platz suchen und dann ein paar Seiten schreiben, einfach so."

„Und wenn sie nicht fließen, die Worte und Ihr Kopf sich einfach schrecklich leer anfühlt?", hakte Kathi nach.

Die Frau hob die Schultern. „Irgendwann fließen sie. Außerdem habe ich keinen Druck, ich schreibe nur für mich allein. Das macht es leichter." Sie stützte ihre Ellenbogen auf den Tisch. „Aber Sie können mir ja Ihre kleinen Schreibgeheimnisse verraten. Was tut eine Journalistin, wenn ihr nichts einfällt."

„Puuh", stieß Kathi aus. „Da gibt es leider kein Geheimrezept. Ich glaube, die Journalistin würde ein paar Schritte laufen. Es ist, mal abgesehen von meiner persönlichen Abneigung gegenüber Ahrenshoop, wirklich sehr schön hier."

Die Frau nickte. „Ich bin nicht so der Strandläufer, vor allem nicht an einem Tag, wo die ersten schon in den frühen Morgenstunden aufbrachen, um sich einen Platz an vorderster Wasserlinie zu sichern."

„Dann spazieren Sie einfach in die andere Richtung."

„Eigentlich bin ich gar kein Läufer. Erst recht nicht, wenn ich allein unterwegs sein muss." Wieder fühlte Kathi sich gemustert. „Aber Sie könnten mich doch begleiten. Die zwei Damen, die den Frühstücksraum weit über die Zeit hinaus blockieren und dem Personal damit den pünktlichen Feierabend versauen, schlendern gemeinsam umher und suchen nach Inspiration."

Kathi schwieg. Eigentlich stand ihr der Sinn nicht im Geringsten nach einem Spaziergang durch den Ort. Doch diese Frau mit Turban hatte etwas, was sie faszinierte, etwas Geheimes, Verborgenes. Ein wenig Zeit mit ihr zu verbringen, fühlte sich gut an. „Warum nicht", sagte sie spontan.

„Wirklich?" Ihr Gegenüber schien mit einer Absage gerechnet zu haben. „Das würde mich freuen. Wollen wir uns in einer Viertelstunde im Foyer treffen?"

„Perfekt", erwiderte Kathi.

„Sie glauben gar nicht, wie sehr Sie mir meinen Tag retten. Wenn ich mich hier so umschaue, scheinen alle anderen Gäste in Familie unterwegs zu sein. Da findet sich schwerlich jemand, mit dem man ein wenig plaudern kann. Zumindest nicht, ohne das einen giftige Blicke eifersüchtiger Ehefrauen treffen. Dabei steht mir der Sinn nicht im Geringsten nach einem Mann, im Gegenteil." Sie grinste verschmitzt. „Ich bin übrigens Ramona." Ihre Hand war kühl und fühlte sich angenehm an, wie bei einem Menschen, der öfter mal andere Leute Hände schütteln musste.

„Kathi, also eigentlich Katharina, aber so werde ich nur im absoluten Notfall genannt oder von Menschen, die mich nicht kennen."

„Oh, diesen beiden Gruppen würde ich mich nur ungern zuordnen, also Kathi."

Sie erhoben sich und verließen gemeinsam den Frühstücksraum.

Kathi öffnete die Tür zum Treppenhaus, doch dann wurde sie noch einmal von Ramona am Arm zurückgehalten. „Muss ich mir Wanderschuhe anziehen oder so? Also ich meine, werden wir viele Kilometer zurücklegen?"

Sie schaute gespielt nachdenklich an die Decke und zögerte. „Na ja, das kommt jetzt darauf an, wie sportlich Sie sind?"

Ramona hob augenblicklich die Hände. „Absolut unsportlich."

„Dann würde ich sagen, ein paar bequeme Sandalen tun es auch", meinte Kathi lachend und nahm die ersten Stufen in Angriff.

In der ersten Etage bog sie auf den Gang zu ihrem Zimmer ab, sah aber einen Putzwagen direkt davorstehen. Vorsichtig schaute sie in ihren Raum und entdeckte das Hinterteil einer Frau, die mit energischen Bewegungen ihr Fensterbrett abwischte.

„Entschuldigen Sie", rief Kathi. „Ich müsst nur mal ganz kurz ..." Das Zimmermädchen drehte sich um, sah sie an und lächelte. Da war etwas in ihrem Gesicht, was ihr bekannt vorkam. „Du meine Güte, kennen wir uns nicht?"

„Also ich kenne dich, schon", sagte die Frau.

Kathi schaute auf ihr Namensschild – Sophie, das sagte ihr nichts und anscheinend sah man ihr dieses Nichtwissen auch an.

„Nicht so schlimm, wir sind zusammen auf die Schule gegangen. Aber du warst zwei Klassen über mir."

„Oh je, tut mir echt leid, aber ..."

„Schon gut, ich hatte den Vorteil, deinen Namen im Gästeverzeichnis zu lesen. Meine Eltern kennen deine Eltern. Wie das halt so ist, hier oben."

„Ja, Ahrenshoop ist und bleibt ein Dorf."

„Ich fange inzwischen mit dem Nachbarzimmer an. Dann kannst du dir Zeit lassen."

Kathi lächelte. „Danke, es geht auch ganz schnell."

Sophie wollte gerade den Raum verlassen. „Darf ich dich etwas fragen? Wenn du eine Runde spazieren möchtest, zu einem schönen Ort, der aber nicht am Strand liegt, wo würdest du hingehen?"

Ihr war bewusst, dass Sophie vermutlich dachte, sie hätte vollkommen den Verstand verloren. Immerhin stammte Kathi aus Ahrenshoop. Aber sie ließ sich nichts anmerken.

„Hm, lass mich mal nachdenken. Ja, ich glaube, dahin."

***

Erschrocken sah Elsa in Stefan Rudloffs Gesicht. Sie war sicher, dass er sie auf der Stelle erkannt hatte. Nun gab er sich ahnungslos, schauspielerte aber so schlecht, dass sie es auf der Stelle durchschaute. Seine Augen weiteten sich überrascht.

„Frau Torberg? Entschuldigen Sie, dass ich Sie nicht gleich erkannt habe. Sie hier, in meiner bescheidenen Hütte?" Er musterte den Umschlag, den Elsa in ihren Händen trug und wandte seine Aufmerksamkeit anschließend wieder ihrem Gesicht zu.

Kein Zweifel, Stefan Rudloff war ein attraktiver Mann. Wenn auch nicht einer der Sorte, die Elsa gefährlich werden konnten. Er war Anfang fünfzig, das hatte sie recherchiert, sah aber jünger aus. Seine Haut war ein wenig zu braun, sie tippte auf Solarium. Zu einer dunklen Hose trug er ein Shirt mit einer Piratenflagge. Das hätte bei manch anderem Mann in seinem Alter vermutlich albern gewirkt, aber nicht bei ihm. Seine grauen Augen musterten sie, ohne das der Blick stechend wurde.

„Nun, bescheidene Hütte ist wohl ein wenig untertrieben." Elsa streckte ihre Hand aus und Rudloff ergriff sie. „Sie haben ein schönes Hotel. Zumindest die Lobby gefällt mir schon einmal sehr gut."

Rudloff machte eine kleine Verbeugung und sie befürchtete, er würde einen Kuss auf ihre Hand drücken, doch das tat er nicht. „Danke, ein Lob aus Ihrem Mund erfreut mich sehr. Vor allem, da ich davon ausgehe, dass es ehrlich gemeint ist." Ein Lächeln umspielte seine Lippen.

Er war charmant und ihr wurde schlagartig klar, wie die arme Babsi, ihm und seiner Art zum Opfer gefallen war. Was hatte das ehemalige Zimmermädchen aus dem *Godewind* noch einmal gesagt: „Er war aufmerksam, hat mir zugehört und hatte ein offenes Ohr, was andere nicht hatten." Und er war nicht unvermögend. Diese Fakten und natürlich die Trennung ihres Partners hatten dafür gesorgt, dass Babsi Dinge getan hatte, die für sie normalerweise unvorstellbar gewesen wären. Diese Feststellung sorgte dafür, dass Elsa den schönen Schein ihres Gegenübers zwar registrierte, aber gleichzeitig alle Alarmglocken in ihrem Kopf Sturm läuteten.

Stefan Rudloff war kein netter Typ, er war ein knallharter Geschäftsmann. Ganz kurz bereute sie ihr Kommen. Doch dann fiel Elsa Ferdinand Gutter ein. Auch er hatte die Einladung ihres Konkurrenten befürwortet.

„Natürlich ist es ehrlich gemeint. Warum sollte ich die Unwahrheit sagen oder ein falsches Spiel spielen?" Einen Moment zuckte Stefan Rudloffs rechter Mundwinkel. Elsas kleine Spitze hatte ins Schwarze getroffen.

„Schön, dann hätten wir das ja geklärt." Er warf einen Blick auf das Bild, vor dem sie standen. „Gefällt es Ihnen?"

„Es ist sehr stimmungsvoll", erwiderte Elsa. „Man glaubt förmlich, dass Meer rauschen zu hören."

„Die Künstlerin hat die Energie der Ostsee perfekt eingefangen. So etwas schafft man nur, wenn man das Meer liebt und eine besondere Gabe hat. Zeichnen oder malen Sie auch?"

Elsa schüttelte verneinend den Kopf. „Ich würde meine Kritzeleien nicht als Kunst bezeichnen."

„Und schon haben wir beide eine Gemeinsamkeit gefunden. Denn auch ich erfreue mich sehr gern an den Kunstwerken anderer Menschen. Mir selbst aber fehlt jegliches Talent zu zeichnen, zu musizieren oder zu schreiben." Stefan Rudloff lächelte. „Aber sicher sind Sie nicht hier, weil Sie sich schon immer mal mein Hotel anschauen wollten?"

„Ja, Sie haben recht", sagte sie und trat instinktiv einen Schritt nach hinten. „Ich wollte Ihnen die Einladung für unseren diesjährigen Sommernachtsball persönlich übergeben." Elsa streckte den Umschlag nach vorn und er nahm ihn entgegen.

„Wirklich? Womit habe ich denn diese Ehre verdient? Noch dazu, weil alle anderen Hoteliers im Ort ihre Einladungen schon längst erhalten haben. Mit der Post wohlgemerkt."

„Nun, ich dachte, es wäre an der Zeit, Ihnen einen Besuch abzustatten und das Angenehme mit dem Nützlichen zu verbinden." War das zu dick aufgetragen?

Anscheinend nicht, denn Rudloff verbeugte sich erneut. „Umso mehr freue ich mich, dass wir uns nun näher kennenlernen. Darf ich Ihnen vielleicht einen Tee anbieten? Ich habe erst gestern eine neue Lieferung aus Hamburg erhalten."

„Warum nicht", erwiderte sie.

„Dann folgen Sie mir am besten in mein Büro, dort sind wir beide ungestört. Und nebenbei kann ich Sie noch ein wenig in meinem Hotel herumführen."

„Das würde mich freuen." Elsa schluckte. Nun galt es, auf der Hut zu sein und sich nicht zu sehr in die Karten schauen zu lassen.

Stefan Rudloff präsentierte ihr, bevor sie sein Büro aufsuchten, das ganze Haus. Er ließ es sich nicht nehmen, besonders den im Kellergeschoss liegenden Pool zu zeigen. Ein Vorteil, den sein Hotel gegenüber dem *Godewind* hatte. Denn immer mehr Gäste wünschten sich gerade in der kalten Jahreszeit eine Möglichkeit zum Schwimmen oder zum Relaxen nach einem langen Strandtag. Dieses kleine Plus hob Rudloff auf seiner Homepage natürlich explizit hervor. Wer wollte ihm dies verdenken. Elsa hätte es vermutlich genauso gemacht.

Am Ende der Führung gelangten sie in der ersten Etage an. Er zog einen Schlüssel aus der Tasche und öffnete eine Tür. Elsa hatte erwartet, dass er ihr eines der Zimmer zeigen würde. Doch zu ihrem Erstaunen standen sie in einem Büro, genauer in seinem Büro.

Das ein Hotelchef sein eigenes Arbeitszimmer im schönsten Bereich des Hauses einrichtete, war mehr als ungewöhnlich. Aber was, war an Stefan Rudloff schon gewöhnlich. Der Ausblick aus seinem Fenster ging weit über die Wiesen. In der Ferne sah man den Schilfgürtel und dahinter das strahlende Blau des Boddens. Elsa betrachtete einen Moment die Aussicht und wollte sich dann zu Rudloff umdrehen. Mitten in der Bewegung hielt sie inne. Die Worte, die ihr auf den Lippen gelegen hatten, erstarben.

Da war ein Gemälde, das seitlich an der Wand hing. Wenn Rudloff an seinem Schreibtisch saß, musste er es genau im Blick haben. Es zeigte ein am Strand liegendes Fischerboot. Rote Fahnen, die den Fischern als Markierung dienten, staken an seinem Bug und wehten im Wind. Sie umrahmten einen Mann, der im Vordergrund saß und stumme Zwiesprache mit dem Betrachter des Gemäldes hielt. Sein Gesicht wirkte markant, nachdenklich, und auch wenn er die typische Kleidung eines Fischers trug, wusste man sofort, wen der Künstler porträtiert hatte – Stefan Rudloff selbst.

Ihr Blick schweifte zur Signatur, die in der Ecke zu erkennen war. Sie wusste schon vorher, was sie dort sehen würde, und tatsächlich erkannte sie ein verschlungenes M und O. Marit Oltkamps hatte dieses Bild gemalt.

Das war ihr Job gewesen. Vermutlich hatte Fietes verstorbene Frau unzählige solcher Bilder gezeichnet. Aber dieses war anders. Die Art, wie der Mann, der dort auf der Bootskante hockte, dargestellt war, zeugte von einer gewissen Vertrautheit. Die Malerin schien Rudloff gut gekannt zu haben.

„Liebe Thea, bringen Sie uns bitte eine Kanne der neuen Teemischung und zwei Tassen", sagte er in diesem Moment und ließ die Sprechtaste auf seinem Schreibtisch los. „Ich war so frei, unsere Teebestellung aufzugeben. Verzeihen Sie, wenn ich Sie aus Ihren Betrachtungen gerissen habe."

„Schon gut", flüsterte Elsa und räusperte sich.

„Ein Wasser, während wir auf unseren Tee warten?"

Sie nickte und versuchte, sich zu sammeln, solange er die Gläser füllte. Immer wieder musste Elsa das Bild anschauen.

„Es stammt von der Künstlerin, die das Bild unten in der Halle gemalt hat", warf Rudloff über seine Schulter. „Aber ich bin sicher, dass Sie das bereits wissen." Während er ihr das Glas reichte, berührte er kurz ihre Finger und sie musste all ihre Beherrschung aufbringen, um nicht zurückzuzucken. „Denn immerhin leben Sie ja in Ihrem Atelier."

„Wie kommen Sie darauf?"

„Nun, Sie sind die neue Lebensgefährtin von Fiete Oltkamps und dieses Bild hat dessen verstorbene Frau Marit gemalt, genau an dem Ort, wo Sie jetzt wohnen. Es muss inspirierend sein, diese Luft zu atmen, diesen Blick zu genießen, die Energie zu spüren."

Elsa trank langsam und bedächtig. Dann platzierte sie das Glas auf einem kleinen Beistelltisch und hob die Schultern. „Ich muss Sie enttäuschen. Aber ich wohne eine Etage darüber. Das Atelier befindet sich unter meiner Wohnung."

Versonnen sah Rudloff sie an. „Ach ja, die kleine Wohnung unter dem Dach. Ich erinnere mich."

„Sie kannten Marit Oltkamps gut?"

Er lächelte charmant, hinreißend. Doch das Lachen erreichte nicht seine Augen. „Das könnte man so sagen. Marit und ich waren eng befreundet. Ich mochte ihre spezielle Art, die Dinge anzupacken und auf die Leinwand zu bannen. Sie war eine außergewöhnliche Frau. Verzeihen Sie, wenn ich das so sage. Ich befürchte, Sie haben das schon öfters gehört."

Elsa bemühte sich, ein möglichst gelassenes Gesicht zu machen. „Sie haben recht. Ich habe es schon einige Male gehört. Und es ist vollkommen in Ordnung für mich."

„Ist das so?" Noch immer hielt sein Blick sie fest. „Falls ja, kann man Sie nur bewundern. So manche andere Frau wäre wohl ..." Den Rest sparte er sich. Stattdessen umrundete er den Schreibtisch und blätterte in seinem darauf liegenden Kalender. „Sie haben Glück, Frau Torberg. Tatsächlich ist der Abend, an dem Ihr Sommernachtsball stattfindet, noch frei. Das könnte man ja fast schon als Fügung bezeichnen. Denn, wenn ich ehrlich bin, hatte ich mit einer Einladung nicht mehr gerechnet."

„Wie gesagt", erwiderte Elsa. „Es war ein Versehen. Der Sommernachtsball ist ein Fest, was alle Hoteliers rund um Ahrenshoop vereinen soll und eine gute Möglichkeit für Gespräche, Austausch bietet. Kurz, für einen schönen Abend."

In diesem Moment klopfte es an der Tür. Eine kleinere Frau in einem schwarzen Kleid mit hellblauer Schürze trat ein und stellte ein Tablett auf den Beistelltisch. Dann begann sie ein Sieb auf eine der Tassen zu legen.

„Lassen Sie mal, Thea. Ich mache das schon."

Die Frau nickte, musterte Elsa neugierig und verschwand zur Tür hinaus.

Mit geübten Handgriffen goss Rudloff den Tee in die Tassen und gab jeweils eine Zitronenscheibe dazu. „Zucker oder Sahne?", fragte er.

Sie schüttelte den Kopf. „Nein, danke."

„Also die pure Genießerin, genau wie ich." Er reichte ihr die Tasse und deutete auf einen zierlichen Sessel. Elsa nahm Platz und musste feststellen, dass das Möbel, obwohl es anders aussah, sehr bequem war. Rudloff setzte sich ihr gegenüber, mit dem Fenster in seinem Rücken. Dies sorgte dafür, dass sein Gesicht im Schatten blieb, sie aber von einem Sonnenstrahl geblendet wurde.

Augenblicklich sprang er auf und zog den Vorhang zur Seite. „Ist es besser so?"

„Danke, perfekt."

„Das freut mich. Und noch mehr freue ich mich auf Ihren Ball. Ich bin sehr gespannt, wie Sie als neue Hotelchefin dem Ganzen Ihre eigene Note verleihen."

Elsa nippte an ihrem Tee, der war kochend heiß. Deswegen stellte sie die Tasse auf ihrem Oberschenkel ab und lächelte. „Ich werde mich ganz an die Traditionen halten. Wir gestalten den Ball so, wie auch in den Vorjahren."

„Ach wirklich? Nun, das hätte ich mir denken können. Veronika ist nicht der Typ, der Veränderungen große Chancen einräumt. Sie hat ihre alten Ansichten und alles andere wird niedergebügelt." Elsa zog es vor, zu schweigen. „Denise war da ein wenig anders, sie wollte dem *Godewind* ein wenig frischen Wind einverleiben. Etwas, dass dem Hotel aus meiner Sicht sehr guttun würde", fügte er nachdenklich an.

„Tatsächlich? Ich finde das *Godewind* perfekt, so wie es ist. Gerade der alte Charme macht es zu etwas Einzigartigem", entgegnete sie mit einiger Schärfe.

„Erstaunlich, damit hatte ich nicht gerechnet. Aber nun gut." Rudloff schlug ein Bein über das andere und ließ seinen Fuß kreisen. „Wussten Sie, dass Veronika und ich uns schon lange kennen? Sie hat mir einst sehr viel beigebracht und ich glaube, ein wenig von ihrer Art, ein Hotel zu leiten, steckt noch immer in mir."

Elsa unternahm einen neuen Versuch und endlich schien der Tee eine trinkbare Temperatur erreicht zu haben. Sie wollte so schnell wie möglich ihre Tasse leeren und dann die Flucht ergreifen, raus aus diesem Büro und fort von diesem Mann, der ihr wie ein Aal erschien, der ungreifbar war und einem immer wieder durch die Finger flutschte.

„Wird Ihr Lebensgefährte, also der gute Fiete, ebenfalls Gast auf dem Ball sein?"

Diese Frage warf Elsa komplett aus dem Konzept, denn über dieses Thema hatte sie noch nie mit Fiete gesprochen. Dennoch hob sie gelassen die Schultern. „Ich nehme es an. Zumindest, wenn er keine anderen Termine hat."

„Das wäre sehr schön. Ich könnte dann vielleicht einen kurzen Schwatz mit Fiete halten. Ich habe nämlich ein Anliegen an ihn. Das habe ich schon eine ganze Weile und eine Klärung würde wirklich Nottun."

„Nun, wenn es so dringend ist, dann sollten Sie Fiete vielleicht einmal anrufen", schlug sie vor.

„Sie werden lachen, das habe ich bereits getan. Die Zahl meiner Anrufe, E-Mails und Briefe kann ich nicht mehr benennen. Bisher hat er mich ..." Er zögerte. „Ja, ich kann behaupten, er hat mich abblitzen lassen. Mit ganz viel Sturheit, halt so, wie die Menschen hier oben sind."

„Nun, anscheinend ist das Problem aus seiner Sicht weniger wichtig, als aus Ihrer."

Rudloff stellte die Tasse ab und beugte sich nach vorn. „Das denke ich nicht. Es ist eher ein Thema, dem er sich nicht gern stellt, ein wunder Punkt sozusagen." Er verschränkte seine Hände, musterte kurz den Dielenboden zu seinen Füßen und schaute dann Elsa wieder an. „Ich könnte mir aber vorstellen, dass Sie in der Lage sind, eine kleine Vorlage für mich zu schaffen. Sozusagen eine Art Teppich, den Sie ausrollen und mit dem es mir leichter fällt, mein Anliegen zu einem guten Ende zu führen."

Elsa verstand nur Bahnhof.

„Ich möchte, dass Sie ihn etwas fragen, begreifen Sie?"

„Und warum sollte ich das tun?"

„Nun." Gelassen lehnte er sich zurück, sein Fuß kreiste. Einmal in die eine und einmal in die andere Richtung. „Es würde das Miteinander unserer Hotels stärken. Es würde so manches erleichtern, Ihnen erleichtern. Wir könnten Symbiosen schaffen, die Sie sich im Traum nicht vorstellen können."

Sie fühlte sich, als hätte jemand unter ihrem Sessel ein Feuer angemacht. Da hatte sie sich in eine schöne Lage manövriert. Plötzlich glaubte sie, die Stimme ihres Stuttgarter Chefs zu vernehmen. „Vergessen Sie nie, wer Sie sind, Elsa. Sie sind eine Person, Sie haben viel erreicht und sollten sich von keinem Schnösel die Butter vom Brot nehmen lassen. Denn im Endeffekt kochen alle nur mit Wasser. Und falls es mal ganz schlimm ist, Ihnen der Schweiß ausbricht, die Zunge am Gaumen klebt und die Worte fehlen, dann stellen Sie sich Ihr Gegenüber einfach nackt vor. Ich weiß, das mag in manchen Fällen keine angenehme Vorstellung sein. Aber, sie ist äußerst wirksam, glauben Sie mir."

Sie schloss kurz die Augen. Sich Stefan Rudloff nackt vorzustellen, war gar nicht so einfach. Am Ende trug er nur noch Shorts, die allerdings gelb waren. Mit aller Macht musste sie ein Lachen unterdrücken. Das Feuer unter ihrem Hintern wurde schwächer, die Lähmung ließ nach. Nun war sie es, die sich nach vorn beugte. „Wenn ich das aber gar nicht will, mit Ihnen Symbiosen schaffen? Ich bin nur hier, um Ihnen die Einladung zu unserem Sommernachtsball zu überreichen. Dies tue ich, trotz der Vorfälle in den letzten Monaten. Ich denke, Sie wissen, was ich meine. Mit dieser Einladung habe ich wohl schon genug getan, um ein gutes Miteinander zu fördern. Denn es gab reichlich Stimmen, die es befürwortet haben, Sie nicht einzuladen, nach allem, was geschehen ist. Nach mehr steht mir nicht der Sinn. Schon gar nicht danach, einen Teppich für Sie auszurollen. Verstehen Sie?" Bei den letzten Worten hatte Elsa sich bereits erhoben. Dadurch fiel ihr die Sonne wieder direkt ins Gesicht, doch sie hielt stand und wich keinen Millimeter zur Seite.

Rudloff verzog keine Miene. Vielleicht hatte er genau mit dieser Reaktion gerechnet. Er stand ebenfalls auf und ging zur Tür. „Gut, dann hätten wir das zumindest geklärt." Seine Hand berührte die Klinke, doch er drückte sie nicht nach unten. Noch konnte sie den Raum nicht verlassen. „Ich würde Ihnen dennoch gern sagen, welches Anliegen ich an Ihren ..." Er leckte sich über die Lippen. „Nun, nennen wir ihn Lebensgefährten. Ich finde die Bezeichnung Freund immer so albern. Immerhin sind wir erwachsene Leute und spielen nicht mehr im Sandkasten miteinander. Wo war ich stehen geblieben? Ach ja, der Grund meines Anliegens an Ihren Fiete." Rudloff machte erneut eine Pause und Elsa dachte, dass er gut in einem Theater auf der Bühne stehen konnte. Er war der geborene Schauspieler, denn jeder Satz, jede Bewegung und Geste, schienen bei ihm geplant zu sein.

„Wie ich schon erwähnte, haben Marit und ich uns sehr gut gekannt, wir waren Freunde. Sie hat viele Bilder für mein Hotel gefertigt, Auftragsarbeiten, verstehen Sie. Darunter sind einige Stücke von meiner Person, wie das dort an der Wand. Nun ist es so, dass sich im Atelier noch weitere Gemälde befinden müssen, die ich in Auftrag gegeben und bereits bezahlt habe. Diese Bilder hätte ich gern. Fiete lehnt dies jedoch ab. Zumindest hat er mir das nach Marits Tod, deutlich zu verstehen gegeben. Seitdem spricht er nicht mehr mit mir. Aber ich will die Bilder haben." Rudloffs Gesicht näherte sich dem ihren. „Und wenn ich etwas will, dann bekomme ich es auch. Ich ziehe nur in den seltensten Fällen einen Anspruch zurück. Bei Veronika war das so, weil ich meine Gründe hatte, es nicht auf einen Kampf zwischen zwei Hoteliers ankommen zu lassen. Aber ich versichere Ihnen, bei den Bildern ist dies nicht der Fall. Ich will sie haben, unter allen Umständen. Denn sie gehören mir, sie sind mein persönliches Eigentum, verstehen Sie?" Inzwischen war er Elsa so nah gekommen, dass sich ihre Nasen beinahe berührten. Sie spürte seinen Atem, der schneller geworden war und merkte, wie ihr Herz raste.

„Wenn Sie die Bilder sehen, werden Sie wissen, was ich meine." Rudloff wich zurück und augenblicklich fühlte sie sich besser.

Sie ahnte, welche Bilder er meinte, und wo sich diese befanden. „Ich, ich habe keinen Zutritt zum Atelier", log Elsa. „Und ich werde mich in diese Sache nicht einmischen. Es ist Fietes Angelegenheit und nicht meine."

„Tapfere kleine Elsa. Denken Sie, ich merke nicht, wie Sie zittern? Denken Sie, ich weiß nicht, wie sehr Sie die ständigen Vergleiche mit Marit nerven? Aber, genau diese Bilder, könnten unter Umständen ein vollkommen anderes Licht auf Marits und Fietes Ehe werfen?" Rudloff grinste. „Sehen Sie sich die Bilder an. Ich bin sicher, eine Frau wie Sie, wird eine Möglichkeit finden, das Atelier zu betreten. Immerhin haben Sie auch eine Möglichkeit gefunden, als normale kleine Rezeptionistin, einen

Chefposten in einem großen Hotel zu bekommen. Ich bin überzeugt davon, das Sie mit viel weiblichem Geschick bei Fiete ein gutes Wort für mich einlegen können. Es soll Ihr Schaden nicht sein."

Rudloff drückte die Klinke nach unten und die Tür öffnete sich. Elsa wäre beinahe nach draußen geflüchtet. Doch sie zwang sich, betont langsam zu gehen und Rudloff zum Abschied sogar einmal kurz zuzunicken.

„Finden Sie allein hinaus oder soll ich Sie begleiten?" Seine Stimme wehte zu ihr und sie glaubte, ganz viel Spott darin zu hören.

„Danke, ich weiß, wo es langgeht."

„Ich wusste, dass Sie das sagen. Elsa Torberg, eine Frau, die die Dinge selbst in Angriff nimmt. Schade, dass Sie bei der Konkurrenz arbeiten, wir beide wären ein Dreamteam."

Elsa ergriff das Geländer, das entlang der Treppe nach unten führte, lief Richtung Lobby und wurde mit jedem Schritt schneller. Sie ignorierte die Mitarbeiterin hinter der Rezeption, die ihr einen neugierigen Blick zuwarf, zerrte an der Tür und trat erleichtert nach draußen in den Sonnenschein. Dann erreichte sie den Gehweg.

Erst dort hielt sie inne und warf einen Blick zurück. Es kam ihr vor, als würde sie hinter einem Fenster in der oberen Etage eine schemenhafte Gestalt erkennen. Vielleicht sah sie schon überall Geister, vielleicht war es wirklich Rudloff. Hastig machte sie einen Schritt nach hinten und prallte gegen einen Körper. Elsa geriet ins Straucheln, doch starke Hände hielten sie fest und bewahrten sie vor einem Sturz. Als sie dankbar nach oben schaute, blickte sie direkt in Sophies Gesicht.

Kapitel 11

Langsam schlenderten Kathi und Ramona durch den Garten des Hotels und nahmen dann den hinteren Ausgang. Hielt man sich rechts, erreichte man nach wenigen Schritten den Holzsteg, der weit ins Wasser ragte und an dem im Sommer Paddelboote festmachen konnten. Zumindest war es früher so gewesen und Kathi hegte keine Zweifel, dass es noch immer so war.

Sie aber hielt sich links. Nach einer kleinen Kurve fiel ihr Blick weit über die grünen Wiesen und die malerische Landschaft am Bodden. In der Ferne zeigte sich ein Hügel, mit einem Sendemast darauf. Ihn Berg zu nennen, war eigentlich übertrieben, dennoch nannte sich die Anhöhe *Schifferberg*. Es war ein Aussichtspunkt und hatte den Vorteil, im Vergleich zur anderen Seite, die Richtung Meer zeigte, selbst im Sommer nicht überlaufen zu sein. Die meisten Besucher zog es zur Ostsee, wer konnte es ihnen auch verdenken. Wenn sie schon einmal hier waren, wollten sie zum Horizont schauen und weiter. Sophies Tipp war goldrichtig gewesen. Kathi freute sich auf den Spaziergang und die Orte ihrer Kindheit einmal wiederzusehen.

„Da bist du also ein typisches norddeutsches Mädel", begann Ramona nach einer Weile das Gespräch. Für ihren Spaziergang hatte sie sich umgezogen und trug eine helle Hose mit einem schlichten T-Shirt. Sogar das unvermeidbare Tuch um ihren Kopf war verschwunden und es zeigten sich graue Haare, die raspelkurz geschnitten waren. In dieser Bekleidung wirkte Ramona derart unspektakulär, das Kathi an ihrem vereinbarten Treffpunkt hatte zweimal hinschauen müssen.

„Ich bin die Ältere, also lass uns du sagen."

„Gerne. So könnte man es sagen, ich bin ein Küstenkind. Habe allerdings mit knapp achtzehn die Flucht von hier ergriffen."

„Norddeutsch bleibt dennoch norddeutsch, oder?", erwiderte Ramona locker plaudernd. „Zumindest habe ich einige Bekannte von hier und die ähneln sich in ihrer Art und Weise verblüffend."

„Und wo kommst du her?", fragte Kathi.

„Das ist gar nicht so leicht zu sagen. Geboren wurde ich in Prag, aufgewachsen bin ich unter anderem in München, Rom und London. Mein Vater arbeitete für einen international tätigen Konzern und wir sind mehr umgezogen, als ich an zwei Händen abzählen kann. Das ich mich irgendwie Deutschland am meisten zugetan fühle, lag wohl an meiner Mutter. Die stammte aus Bayern. Sie schwärmte ewig von den Bergen, der klaren Luft und wie schön es war, wandern zu gehen. Wir haben einige Male meine Großeltern besucht und ich fand es immer schrecklich öde und gleichzeitig heimelig schön. Was den Rest meiner Geschichte betrifft, habe ich mit neunzehn mein Leben selbst in die Hand genommen, und zwar an dem Punkt, als meine Eltern eine gute Partie für mich gefunden hatten. Sonst hätte man mich vor den Traualtar geschleift, ob ich nun wollte oder nicht."

Kathi machte große Augen.

„Kaum vorzustellen, nicht wahr? Aber so war das damals. Da wurden Ehen noch arrangiert und die meisten meiner Freundinnen stimmten freudig zu. Man war als Frau versorgt, bekam zwei, drei Kinderlein und alle waren zufrieden. Ich hätte mich eher von einer Brücke gestürzt, als ein solches Leben zu wählen", sagte Ramona verbittert.

„Das kann ich gut verstehen. Allein die Vorstellung ..." Kathi hob hilflos die Hände.

„Dennoch, heute mit der Weisheit von achtundsechzig Jahren beginne ich allmählich, Verständnis für meine Eltern aufzubringen. Sie entstammten bestimmten Kreisen. Da verhielt man sich so und nicht anders. Mein Verhalten, meine Aufsässigkeit waren für sie unbegreiflich. Dass ich nicht das Leben führen wollte, was meine Mutter geführt hat, das konnte sie bis zu ihrem Tod nicht verstehen. Wir haben uns nie versöhnt." Ramona strich sich über die Stirn, nestelte dann ein Papiertaschentuch hervor und putzte sich die Nase. „Du lieber Gott, was ist das für ein Ort, dass ich dermaßen in Rührseligkeit versinke? Oder liegt es an dir, dass ich Dinge ausspreche, die ich noch niemandem erzählt habe? Unvorstellbar." Sie schüttelte den Kopf. „Ich musste gerade an einen Film denken, den ich vor einigen Jahren mal gesehen habe. Da strandeten Menschen in einem Flughafenhotel, weil alle Flüge wegen eines Sturms gecancelt worden waren. Für eine Nacht waren sie miteinander verbunden. Sie haben sich tiefe Geheimnisse anvertraut und Abgründe aus ihrem Leben offenbart. Nur, weil sie am nächsten Tag auseinandergingen und genau wussten, sie würden sich nie mehr wiedersehen."

„Na, ich wäre da ein wenig vorsichtiger", entgegnete Kathi. „Meine Oma sagte früher oft: Man sieht sich immer zweimal im Leben. Und meistens dann, wenn man nicht im Geringsten damit rechnet."

Ramona lachte auf und deutete kurz mit ihrem Zeigefinger auf sie. „Kluge Oma. Sie hat damit gar nicht so unrecht."

Inzwischen erreichten sie eine Weggabelung. Ein Weg führte Richtung Ortsmitte, ein anderer zum Bodden und dann war da noch ein schmaler Pfad, der sich den Hügel hinaufwand, mitten über eine Wiese. Genau diesen Weg schlug Kathi ein.

„Du meine Güte, nun machen wir auch noch eine Geländewanderung. Hätte ich das gewusst, hätte ich mir lieber wieder einen ruhigen Platz im Hotelgarten gesucht", sagte Ramona missmutig. Doch ihre Augen, die unternehmungslustig strahlten, straften ihre Worte Lügen. „Sag bloß, wir wollen dort hinauf?" Sie deutete Richtung Hügel.

Kathi lachte verschmitzt. „Genau, eine richtige Bergtour, wie früher in Bayern. Deiner Mutter hätte es vermutlich gefallen."

Erneut erklang Ramonas Lachen. „Punkt für dich, liebe Kathi. Und ja, meiner Mutter hätte es hier bestimmt gefallen." Sie blieb einen Moment stehen, drehte sich um und ließ ihren Blick über die Landschaft streifen. „Sie mochte das einfache Leben und hasste all die Partys, zu der sie und mein Vater immer eingeladen waren. Ein Wurstbrot und ein bayrisches Bier, damit war für sie die Welt in Ordnung. Doch leider lässt sich nicht alles mit einem Bier beheben."

„Das ist wohl wahr", stimmte Kathi ihrer Begleiterin zu.

„Du meine Güte, jetzt habe ich dich mit meinen Erzählungen deprimiert. Dabei wollten wir doch ein Stück laufen, um auf andere Gedanken zu kommen. Also, erzähl mir, wie nennt sich dieses Gewässer da vor unserer Nase?" Ramona hob ihren Arm und deutete in die Ferne.

„Das ist der Saaler Bodden."

„Okay, und was gibt es sonst noch über ihn zu erzählen?"

„Nicht viel, außer das ich früher manchmal mit meinem Vater zum Fischen rausgefahren und einmal ins Wasser gefallen bin. Seit diesem Tag konnte ich schwimmen. Das verschaffte mir einen enormen Vorteil gegenüber anderen aus meiner Klasse, die das später mühevoll im Schwimmunterricht lernen mussten", erzählte Kathi schmunzelnd.

„Und wo liegt dein Elternhaus?", fragte Ramona weiter.

Sie deutete mit dem Daumen hinter sich. „Drüben auf der anderen Seite, direkt hinter den Dünen. Wenn du den großen Supermarkt vorn an der Straße siehst, dort in der Nähe ist es."

„Erzähl, wie war es, das Wiedersehen bei Papa und Mama? Oder halt, lass mich raten. Dein Vater hat bestimmt herumgegrantelt, wie man in Bayern sagt und deine Mutter hat dich tränenüberströmt in ihre Arme gerissen."

Kathi zupfte einen langen Grashalm im Vorbeilaufen heraus und wickelte ihn um ihren Finger. „Komplett falsch, es war genau umgekehrt."

„Ah, ein Papakind also."

„Schon immer, zumindest glaube ich das."

„Ist es dennoch schön, wieder daheim zu sein? Ich frage als ältere Frau, die nicht mehr das Glück hat, heimkommen zu können. Einfach, weil meine Eltern nicht mehr leben und ich nie ein richtiges Zuhause hatte."

Kathi dachte lange nach. Mittlerweile wurde der Weg ebener, sie hatten die Kuppe des Schifferberges erreicht. Wäre nicht der klobige Sendemast in ihrem Rücken gewesen, hätte es ein traumhafter Ort sein können. So bot er eine schöne Aussicht, zumindest wenn man in eine Richtung schaute. Sie sog die Stille in sich hinein. „Ja, es ist trotz allem schön, wieder daheim zu sein und all die vertrauten Orte und Leute mal wieder zu sehen. Ich hatte sogar schon ein erstes Date, mit einem alten Klassenkameraden. Deswegen war ich heute Morgen auch in einem so desolaten Zustand. Wir waren am Strand, haben Wein getrunken, den Sonnenuntergang angesehen und ..."

„Und?", fragte Ramona neckend. „Lass mich raten, ihr habt geknutscht."

„Haben wir", gestand Kathi.

„Und weiter?" Sie schlug sich mit der Hand auf den Mund. „Stopp, es geht mich nicht das Geringste an, verzeih, dass ich so neugierig bin."

„Schon gut. Der Abend endete wenig romantisch. Wir haben uns gestritten und ich hab mich im Wald verirrt."

„Du meine Güte."

„Alles halb so wild. Wir sind hier ja nicht in den Weiten der Taiga, sondern in Ahrenshoop. Aber ich gebe zu, dass ich einige kleine Schreckmomente hatte, so ganz allein in der Dunkelheit. Dazu kam, dass ich mich an einem Ort befand, an dem man sich nicht so gern allein aufhält, vor allem nicht mitten in der Nacht. Dort steht ein Gedenkstein, mit einer unleserlichen Inschrift. Als Kinder haben wir uns darüber die wildesten Geschichten erzählt. Natürlich gibt es eine ganz einfache Erklärung, aber wer will die schon hören, wenn es Gruselgeschichten gibt. Und ich selbst, habe sowieso nicht die besten Erinnerungen an diese Stelle, denn vor Jahren hatten meine beste Freundin und ich dort eine schlimme Auseinandersetzung."

Ramona legte ihr die Hand auf den Arm. „Ich verstehe. Und nun sind all die Erinnerungen wieder da. Höchste Zeit, sie zu vertreiben. Wo kann man denn hier um diese Zeit ein leckeres Gläschen Sekt oder Champagner genießen?"

Kathi musste lachen. „Wollten wir nicht spazieren gehen?"

„Das haben wir doch gerade getan."

„Es ist gerade mal zwölf."

„Na und? Ist der Ruf erst ruiniert, lebt sich's gänzlich ungeniert. Man sagt doch immer, dass so ein Sekt sehr belebend und äußerst wohltuend für den Kreislauf ist." Ramona sah sich suchend um. „Wo müssen wir hin?"

„Am besten Richtung Meer. Dort sollten wir fündig werden."

„Dann lass uns gehen. Ich lade dich ein."

Der Weg führte nun bergab. Sie ließen den Bodden hinter sich und näherten sich dem Ort. Es ging vorbei an Kirche und Friedhof. Kathi warf einen langen Blick nach rechts. In den nächsten Tagen musste sie dem Grab ihres Opas einen Besuch abstatten. So gehörte es sich. Nein, das stimmte nicht, so wollte sie es. An der Hauptstraße sah sie unentschlossen in beide Richtungen und deutete schließlich nach rechts. Nach wenigen Schritten erreichten sie das Restaurant *Namenlos*, auf dessen Terrasse bunte Sonnenschirme in einer leichten Brise wedelten.

„Origineller Name", meinte Ramona trocken und deutete fragend auf einen Strandkorb, der ganz am Rand stand und einen schönen Ausblick auf die Ostsee bot. Kathi nickte zustimmend und beide Frauen nahmen nebeneinander Platz.

„Ja, er macht neugierig."

„Nicht nur das. Er ist genial. Ich habe eine Zeit lang für eine Werbefirma gearbeitet."

„Ach wirklich? Ich habe eine Ausbildung in einer Werbefirma gemacht, mit dem Schwerpunkt Texte", sagte Kathi überrascht.

„Na, da weißt du ja, wie schwer es ist, diesen einen Slogan oder Namen zu finden. Und heutzutage, wo es alles schon gibt ..." Ramona winkte ab und studierte bereits die Getränkekarte. „Auch einen Sekt?"

Kathi hatte zwar gewisse Zweifel, dass nach dem gestrigen Abend, Alkohol die richtige Lösung war, doch sie nickte zustimmend. „Und noch ein Wasser zusätzlich."

Mit einer energischen Handbewegung winkte Ramona die Kellnerin herbei und gab dann die Bestellung auf. Als dies erledigt war, lehnte sie sich zufrieden zurück und beobachtete die anderen Gäste auf der Terrasse. „Ganz ehrlich. Als ich mich dazu entschlossen hatte, hierher zu fahren, hätte ich mir nie träumen lassen, eine derart nette Begleitung zu finden. Und schön ist es noch dazu." Sie zog die Sonnenbrille von ihrem

Kopf und schob sie auf ihre Nase. Durch die gespiegelten Gläser waren ihre Augen unsichtbar, etwas, das Kathi eigentlich immer hasste. Bei Ramona aber, wirkte es vollkommen natürlich.

„Ja, es ist ein einmaliger Ort. Wie geschaffen, um die Seele baumeln zu lassen."

„Oder kreativ zu werden, wie in deinem Fall", ergänzte Ramona.

Die Kellnerin brachte drei Gläser. Der Sekt war eiskalt und perlte, als Kathi das Glas ergriff. Ihre Fingerspitzen wurden nass vom Kondenswasser.

„Also dann, auf uns beide, unsere Begegnung, die ich äußerst anregend finde und die Kreativität." Sie stießen an und der Alkohol rann feucht und kalt durch ihre Kehle. Es war anders, wie gestern Abend und doch glaubte sie, Sekunden später erneut zu spüren, wie ihr die Knie weich wurden. Kathi ließ es zu. Und wenn schon, warum sollte man das Leben nicht manchmal nehmen, wie es kam.

Da riss das Vibrieren ihres Handys sie aus ihren Gedanken. Einen Moment befürchtete sie, Rene würde sie anrufen. Doch dann erkannte sie Ingo Sartors Nummer. „Oh, da muss ich rangehen." Sie drückte auf die grüne Taste, quetschte sich am Tisch vorbei und lief quer über die Terrasse zur Stirnseite des Hauses. Dort befand sich angenehmer Schatten. „Siegel", meldete sie sich.

„Hallo Katharina, hier ist Ingo."

„Ja, ich sah es an deiner Nummer."

„Schön, ich wollte nur wissen, ob du gut angekommen bist und alles zu deiner Zufriedenheit ist? Ich meine das Hotel und so weiter."

„Danke, es ist alles bestens", erwiderte Kathi und beobachtete ein älteres Ehepaar mit einem Dackel. Der Hund ließ sich Zeit, schnüffelte an jedem Strauch der gegenüberliegenden Rabatte und hob aller paar Sekunden das Bein. Die alten Leute ließen sich nicht stressen und warteten geduldig ab. Als sie an Kathi vorbeikamen, warfen sie ihr ein freudiges „Moin" zu und sie erwiderte es.

„Ah moin", sagte Ingo Sartor. „Das klingt nach Arbeit. Ich vermute, du bist gerade in Ahrenshoop unterwegs und recherchierst für deinen Artikel."

Kathi musste an das Glas Sekt denken, das um die Ecke auf sie wartete. „So ähnlich", meinte sie knapp.

„Hast du schon einen Plan? Ich meine, ich will dich ja nicht drängen. Ich will einfach nur nachfragen, wie es aussieht."

„Ach tatsächlich", erwiderte sie sarkastisch.

„Na ja, es ist so. Wir haben vermutlich die einmalige Chance, einen weiteren ziemlich großen Sponsor ins Boot zu holen." Ingo lachte nervös. „Eine megageniale Chance für unser Portal. Solche Leute haben nur eine Angewohnheit ..."

„Ich ahne es, sie machen Druck."

„Du sagst es. Ich meine, wir wollen dir natürlich keinen Druck machen. Es wäre nur schön, wenn du vielleicht in den nächsten Tagen einen ersten Entwurf vorlegen könntest."

Kathi lehnte ihren Kopf an die kühle Hauswand. „Ich werde sehen, was ich tun kann. Doch ich habe meine eigene Art zu arbeiten und du hast mir vier Wochen Zeit zugesichert."

„Daran halte ich mich auch." Ingo Sartor machte eine kurze Pause. „Wir sind sehr froh, dass wir dich in unserem Team haben, Kathi."

„Schön, dann werde ich mal weitermachen. Damit du nicht noch länger auf deinen Entwurf warten musst."

Mit einem Hauch schlechtem Gewissen kehrte Kathi zurück an den Tisch. Im Strandkorb erwartete sie eine entspannt wirkende Ramona, die ihr Sektglas bereits ausgetrunken hatte. „Ich dachte schon, du kommst überhaupt nicht wieder und ich muss mich allein auf den Heimweg machen", sagte ihre

Begleiterin, ohne den Blick vom Horizont abzuwenden. „Ganz ehrlich, ich hätte nie gedacht, dass es wirklich beruhigend ist, aufs Meer zu schauen. Ob das daran liegt, dass ich älter werde? Früher hätte ich es keine fünf Minuten ausgehalten." Als Kathi ihr keine Antwort gab, nahm Ramona ihre Sonnenbrille ab und sah sie an. „Alles in Ordnung bei dir? Sag bloß, du hast einen Anruf deiner Familie erhalten?"

„Nein, von meinem neuen Chef. Aber egal." Kathi ergriff ihr Glas und leerte es mit einem Ruck. Dann kippte sie das Wasser gleich hinterher.

„Jetzt bist du schon wieder so verspannt? Vielleicht solltest du dir mal eine Massage buchen?"

„Oder einen anderen Job suchen", erwiderte Kathi trocken.

„Du hast doch erst einen neuen Job angefangen."

„Ach vergiss es." Kathi klappte die Sonnenblende des Strandkorbes nach unten. Schatten fiel auf ihr Gesicht. „Wie hast du das eigentlich kürzlich gemeint, mit dem Schreiben und den Geschichten?"

Ramona hielt inne, spitzte die Lippen und setzte die Brille wieder auf. „Na ja, meine Freunde haben mich früher immer als Beichtschwester bezeichnet. Es war wirklich komisch. Alle möglichen Menschen haben mir nach kurzer Zeit ihre Lebensgeschichten erzählt. Nicht einfach so belanglose Sachen, wie Heirat, Geburt, Scheidung, Umzug und was weiß ich, sondern die verrücktesten Dinge. Sachen, die man sonst niemandem sagt. Sie haben mir ihr Herz ausgeschüttet und ich hab einfach nur zugehört, nicht mehr. Keine Meinung, keinen Tadel, kein Lob. Du kannst dir nicht vorstellen, was ich schon alles gehört habe. Irgendwann wurde mir bewusst, dass ich irgendwas haben muss, was diesen Drang, sich mitzuteilen, auslöst." Kathi musterte Ramona verstohlen. „Ich glaube, dass es für viele Menschen hilfreich ist, sich alles Mal von der Seele zu reden. Da fühlt man sich leichter, wie, wenn man zur

Beichte geht. Nur, dass ich kein katholischer Priester bin, sondern eine ganz normale Frau. Also bin ich eine Geschichtensammlerin. Bei allen möglichen Gelegenheiten fallen mir Parallelen zu anderen Menschen ein. Das macht das Leben leichter, wenn es mal im eigenen Getriebe knirscht." Ramona lächelte, winkte nach der Kellnerin und orderte noch einmal das Gleiche wie gerade eben. „Irgendwann habe ich einige dieser Geschichten zu Papier gebracht. Nur für mich allein, so als eine Art Tagebuch. Du siehst also, der Begriff Autor wäre reichlich übertrieben. Führst du Tagebuch?"

Kathi schüttelte den Kopf. „Früher mal als Teenager. Inzwischen schreibe ich den ganzen Tag. Das reicht mir vollkommen."

„Hm, so ein Tagebuch ist eine andere Sache. Es fungiert auch als eine Art Beichtschwester." Ramona nahm ihr soeben geliefertes Sektglas in die Hand und seufzte. „So lässt sich das Leben genießen. Nun trink, wir müssen deiner Anspannung zu Leibe rücken."

„Mit Alkohol?", erwiderte Kathi skeptisch. „Lockerer macht mich das nicht, im Gegenteil."

„Also gut, erzähl mir von deinem neuen Auftrag. Wie gesagt, ich habe früher einmal in einer Werbefirma gearbeitet. Wäre doch gelacht, wenn uns nichts einfällt. Vielleicht ist es kein Zufall, dass wir beide uns hier am Meer in einem Hotel über den Weg gelaufen sind. Weil es im Grunde keine Zufälle gibt, sondern nur einen großen Plan, hinter allem und jedem."

***

„Alles in Ordnung bei dir?", fragte Sophie. Dann deutete sie auf das Haus, aus dem Elsa gerade gekommen war. „Sag bloß, du warst gerade da drin."

Sie nickte.

„Waaas? Du warst bei Rudloff? Aber warum denn?"

„Ich hab ihm die Einladung für unseren Sommernachtsball überbracht."

Sophies Augen wurden noch größer. „Du hast was? Aber warum hast du den verdammten Wisch nicht mit der Post geschickt, beziehungsweise, warum hast du Rudloff überhaupt eingeladen? Peter hatte doch gesagt, er würde nicht mehr auf der Liste stehen."

„Er stand nicht mehr auf der Liste, weil Peter ihn gelöscht hat. Ich habe mich mit Ferdinand in Verbindung gesetzt und der befürwortete die Einladung von Rudloff."

Sophie schüttelte den Kopf. „Manchmal verstehe ich unsere Chefs wirklich nicht. Aber nun sag, wie war´s?"

Elsa hob unsicher die Schultern. „Keine Ahnung. Rudloff ist ein undurchsichtiger Typ und ich glaube, das hier war mein erster und letzter Besuch in seinem Hotel. Und du? Mittagspause?"

„Nein, ich erledige eine kleine Besorgung für einen Hotelgast. Dessen Frau hat morgen Geburtstag und ich soll ein ganz bestimmtes Buch drüben in der *bunten Stube* für ihn abholen. Lust mitzukommen? Dann können wir zusammen zurücklaufen."

Elsa nickte zustimmend. Kurze Zeit später betraten sie den kleinen Laden, der immer so aussah, als würde er jeden Moment aus allen Nähten platzen. Da waren Bücher, Ostseeaccessoires und die üblichen Artikel für einen langen Tag am Meer. Wie jedes Mal, wenn sie die *bunte Stube* betrat, die eine absolute Institution hier in Ahrenshoop war, vergaß sie für einen Moment die Welt da draußen. Elsa stöberte herum, ließ sich von den vielen Menschen ziehen oder schieben und entdeckte immer wieder etwas Neues, von dem sie schwören konnte, es noch nie vorher gesehen zu haben.

Diesmal fiel ihr Blick auf einen Bildband, der einige Mitwirkende, der in Ahrenshoop ansässigen Künstlerkolonie vorstellte. Das Bild auf dem Einband stammte unverkennbar von Marit. Sie ergriff das Buch und begann darin zu blättern. Die einzelnen Künstler wurden in Bild und Schrift vorgestellt. Doch gerade, als sie endlich den Eintrag von Fietes verstorbener Frau gefunden hatte, tauchte Sophie neben ihr auf. Schnell klappte Elsa den Bildband zu und klemmte ihn unter ihren Arm.

„Ich bin fertig", verkündete Sophie.

„Ich komme auch gleich. Ich muss nur noch schnell das Buch bezahlen."

Sophie wartete draußen und deutete auf die Papiertüte in ihren Händen. „Einen Bildband über unsere Künstler also. Ich glaube, so einen ähnlichen haben wir auch im Hotel. Für dich selbst?"

Elsa brummte etwas Unverständliches.

„Wollen wir uns vorn ein Eis holen? Dort steht ein Softeisautomat und mein Sohn schwört, es wäre das sauleckerste Softeis der Welt. Wenn sich einer mit solchen Dingen auskennt, dann mein Kind. Bei dem herrlichen Wetter haben wir uns das verdient." Elsa zögerte und sah auf ihre Uhr. „Komm schon, ich lad dich ein." Schließlich ließ sie sich von Sophie mitreißen.

Mit je einer Portion Vanille-Schoko machte sich die beiden Frauen auf den Weg Richtung Hotel.

„Du siehst so blass aus. Immer noch wegen Rudloff?", fragte Sophie nach einer Weile.

„Ja, mir steckt der Besuch total in den Knochen", erwiderte Elsa und verdrehte die Augen. Sie bemühte sich, einen fröhlichen Eindruck zu machen, doch Sophie entging nichts.

„Verständlich, Rudloff ist ja auch kein angenehmer Zeitgenosse", sagte diese gedehnt. „Und ansonsten, keine

Schritte oder Lichter mehr, unter deiner Wohnung? Hast du gut geschlafen."

„Wie ein Murmeltier. Total peinlich, dass ich dir diese Sachen erzählt habe."

„Ach, alles gut. Es wird Zeit, dass Fiete sich um einige Dinge kümmert."

„Keine Ahnung", erwiderte Elsa ungehalten.

„Entschuldige ich ..."

Rudloffs Worte fielen ihr wieder ein. „Herrgott, ich weiß nicht, was Fiete vorhat, was er denkt, über mich und Marit und alles andere", fuhr sie ihre Kollegin an. Auf der Stelle tat es ihr leid.

Doch Sophie gab sich so, als wäre nichts gewesen. „Ja, natürlich, du hast recht. Es ist seine Entscheidung."

Elsa blieb stehen. „Es tut mir leid, Sophie. Das hätte ich nicht sagen sollen."

„Du musst dich nicht entschuldigen."

„Ich will mich aber entschuldigen. Du kannst ja nichts dafür, aber Rudloff hat mir den Rest gegeben. Er will, das ich mit Fiete wegen einer Angelegenheit spreche. Es geht natürlich um Marit, um was sonst. Ich denke jedes Mal, dass ich diesen Punkt überwunden habe, und dann sagt wieder jemand etwas über sie." Sie sah Sophie an. „Marit ist so ungreifbar für mich, verstehst du? Ich habe nur ihre Gemälde und ein Grab."

Ihre Kollegin ließ den letzten Rest der Waffel in ihrem Mund verschwinden. „Hast du dir deswegen ein Buch gekauft, über die Künstlerkolonie hier im Ort?"

Elsa starrte den Bildband an. Sie kam sich vollkommen lächerlich vor. „Vermutlich ja", sagte sie kleinlaut.

Sophie seufzte. „Marit war eine ganz normale Frau. Sie war talentiert, eine großartige Künstlerin, und ihr Verlust war schrecklich. Punkt. Doch du lebst, und solltest auf keinen Fall in einen Vergleich mit ihr gehen. Einen solchen Vergleich wirst du nämlich verlieren. Warum? Weil die Toten immer verklärt werden."

„Ja, vermutlich hast du recht."

„Du solltest mit Fiete sprechen", schlug Sophie vor.

Augenblicklich schüttelte Elsa abwehrend den Kopf. „Genau das, will ich auf keinen Fall tun. Das Thema ist einfach zu schmerzhaft für ihn."

„Und für dich? Was ist es für dich? Wenn ich eines gelernt habe, seit ich mit Lars zusammen bin, dann, dass es in einer Beziehung nicht gut ist, wenn man bestimmte Themen herunterschluckt, wieder und wieder. Sie werden zu einem Tumor in deinem Inneren, der größer und größer wird. Bis er sich eines Tages seinen Weg nach draußen sucht. Also glaub mir, du musst mit Fiete sprechen. Und je eher du das tust, umso besser für dich und für euch beide."

Kapitel 12

In den nächsten Tagen begannen die Temperaturen stetig anzusteigen. Obwohl es gerade erst Anfang Juli war, strahlte die Sonne unbarmherzig vom Himmel und ließ den Asphalt flimmern. Über dem *Godewind* lag in den Mittagsstunden eine bleierne Stille, die alles Leben zu lähmen schien. Wer konnte, hielt sich am Strand auf, suchte sich einen Platz in den lauschigen Sitzecken im Garten oder fand andernorts Schatten, in dem es sich gut aushalten ließ.

Elsa unterstützte jeden Morgen Ralf und Hans und goss die vielen bunten Blumenkübel, die sich rund um das Hotel befanden. Nachts wurden die Sprenger angeschaltet, um die Grünflächen zu bewässern. Der Rasen begann sich dennoch gelb zu färben, genau wie die Wiesen und Felder rund um Ahrenshoop. Bauern fuhren erste Ernten ein und manchmal wirkte es, als befänden sie sich bereits im August und nicht erst am Beginn des Sommers.

Auch in ihrer Dachwohnung wurde es wärmer. Sie öffnete am Abend alle zur Verfügung stehenden Fenster und legte sich nackt auf ihr Bett. Manchmal strich ein hauchzarter Windhauch über ihren Körper, manchmal schwitzte sie einfach nur vor sich hin. Genau, wie Fiete es vorhergesagt hatte.

Überhaupt Fiete. In letzter Zeit hatten sie sich kaum gesehen. Nur einmal waren sie Essen gewesen, doch dann war ein Notfall per Telefon gekommen und er hatte sich verabschieden müssen. Es war nicht so, dass Elsa kein Verständnis dafür hatte. Denn sie arbeitete selbst im Hotelwesen und wusste, dass man dort nie planen konnte. Es war eher so, dass sie Fiete und seine Nähe schrecklich vermisste. Sie wollte mit ihm zusammen sein, immer, ständig und sie fragte sich, ob es ihm auch so ging.

Um ihn überhaupt zu sehen, war sie an einem Abend sogar an den Bootssteg geradelt, als Überraschung. Doch *Marits* Liegeplatz war leer gewesen. Nur eine Leine hatte auf den rauen Planken gelegen. Elsa hatte sie in ihre Hand genommen und den Bodden mit ihren Augen abgesucht. Da war kein Boot gewesen. Enttäuscht hatte sie sich auf den Heimweg gemacht. Gegen zehn war eine Nachricht von Fiete gekommen. Kurz teilte er ihr mit, dass heute auf Arbeit die Hölle losgewesen war. Er hatte gelogen. Das schmerzte. Angst war in Elsa aufgestiegen und Panik, ihr kleines Glück würde sich in Luft auflösen, noch ehe es richtig begonnen hatte.

Irgendwie begann sie die Wohnung über Marits Atelier als Schuldige auszumachen. Damit hatte alles begonnen, die Distanz zwischen ihnen. Als könne Fiete es nicht ertragen, sie an diesem Ort zu sehen, an dem so viele Erinnerungen hingen. Elsa begann sogar wieder, heimlich in den Zeitungen nach Wohnungen zu recherchieren. Doch jetzt im Sommer glich dies noch mehr einem absolut aussichtslosen Unterfangen.

Ansonsten versuchte sie alles, um Marit und die Räume unter ihrem Heim, tapfer zu ignorieren. Elsa war nicht mehr im alten Schuppen gewesen, um den Schlüssel zu nehmen und durch das verlassene Atelier zu wandern. Sie stellte das Fahrrad, das Hans ihr vorbeigebracht hatte, einfach unter das schmale Vordach und mied den hinteren Teil des Gartens. Der Bildband, den sie in der *bunten Stube* gekauft hatte, war auf das oberste Regalbrett verbannt worden. Sie hatte nicht einen Blick hineingeworfen.

Irgendwie versuchte sie sich einzureden, dass alles gut werden würde im Laufe der Zeit. So wie die Zeit eben alle Wunden heilte. Nur manchmal dachte sie an Sophies mahnende Worte und das es besser wäre, ihre Sorgen auf den Tisch zu packen.

Überhaupt Sophie – sie war ihr zu einer guten Freundin geworden. Einer Frau, mit der sie über alles sprechen konnte, egal was es war. Und das beruhte auf Gegenseitigkeit. Umso mehr freute sich Elsa auf den heutigen Nachmittag. Hatte Sophie sie doch das erste Mal zu sich nach Hause eingeladen. „Ich würde sagen, das ist überfällig. Immerhin arbeiten wir nun ein halbes Jahr miteinander."

Sie hatte die Einladung gern angenommen. Fiete half einem Kumpel bei Malerarbeiten und es wäre ihr nichts anderes übrig geblieben, als mal wieder allein an ihrem freien Nachmittag den Darß zu erkunden und krampfhaft den Blick von flanierenden Pärchen abzuwenden, die sie in solchen Momenten immer haufenweise sah. So aber flitzte sie nach Feierabend in den Supermarkt und reihte sich mit einer kleinen Süßigkeit und einem Blumenstrauß in die lange Schlange der Wartenden ein, die sich quer durch die Regalreihen bis beinahe vor die Fleischtheke zogen. Es galt geduldig zu sein, während vor ihr Urlauber das kauften, was man halt so kaufte – Wein, Bier, Klopapier und Fertiggerichte für den Abend. Endlich war Elsa an der Reihe, bezahlte und wollte gerade zu ihrem Auto eilen, als sie ein vertrautes Gesicht bemerkte – Katharina Siegel.

Die junge Frau aus ihrem Hotel stand an der ebenfalls langen Schlange vor dem Bäcker und musterte von der Ferne mit langem Hals das Kuchenangebot.

„Ich kann den Pflaumenkuchen wärmstens empfehlen", raunte Elsa ihr leise ins Ohr.

Katharina Siegel lächelte kurz. „Ich weiß, danke."

Irgendetwas hielt Elsa zurück und ließ sie stehenbleiben. „Fühlen Sie sich wohl bei uns im Hotel?"

„Sehr wohl, es ist perfekt."

„Das freut mich." Sie suchte nach weiteren Worten.

Wenn Gäste sich allein ein Zimmer nahmen, widmete sie ihnen immer besonders viel Aufmerksamkeit. Vielleicht, weil es sich so ungewohnt anfühlte, dass jemand ohne Begleitung ans Meer reiste. Obwohl im Grunde nichts dabei war, als Frau einfach so in den Urlaub zu fahren, ohne Mann, ohne Familie, ohne Freundin. Es waren alte Klischees, die Elsa selbst eine Zeit lang davon abgehalten hatten, ohne Begleitung ein Restaurant aufzusuchen und ein leckeres Essen zu genießen. Damals erschien es ihr, als würde jeder Kellner sie mitleidig anstarren und vermuten, sie hätte keinen Typen abbekommen. Dass das vollkommener Schwachsinn war, begriff sie irgendwann selbst. Ab diesem Punkt genoss sie ihre Single-Abende aus vollen Zügen. Sie musste keinen Smalltalk halten, keine Rücksichten nehmen und konnte sich zwei Nachtische bestellen, ohne hochgezogene Augenbrauen riskieren zu müssen.

Natürlich wusste Elsa, dass Katharina Siegel aus beruflichen Gründen hier war und keinen Urlaub machte. Und ebenso wenig war ihr der genüssliche Tratsch entgangen, der an einem Morgen im Personalraum die Runde gemacht hatte. Katharina Siegel war ein Ahrenshooper Mädel und ihre Eltern lebten hier. Dennoch war sie unglaublicherweise in einem Hotel abgestiegen. Der alte Hans hatte den Kopf geschüttelt und etwas von noch ganz anderen Geschichten gemurmelt, die er zum Besten geben könnte. Einem alten Skandal, der den ganzen Ort erschüttert hatte. Neugierig hatten die anwesenden Aushilfen den Hausmeister angesehen, den auch ein kräftiger Rempler seines Sohnes nicht zum Schweigen brachte. An dieser Stelle war Elsa dann eingeschritten. „Wir tratschen nicht, über keinen unserer Gäste und wir erlauben uns auch kein Urteil über sie. Haben wir uns verstanden?"

Auf der Stelle hatte Stille geherrscht. Die Blicke der Anwesenden waren zu Boden gegangen.

In diesem Moment bewegte sich die Warteschlange ein Stück nach vorn. „Na dann, noch einen schönen Tag", sagte Elsa freundlich und legte Katharina Siegel kurz ihre Hand auf den Arm.

„Ebenfalls", erwiderte diese, doch ihr Gesicht sah nicht so aus, als freute sie sich auf die vor ihr liegenden Stunden.

Langsam schlenderte Elsa zu ihrem Auto, ließ den Motor an und folgte dann der von Sophie ausgegebenen Wegbeschreibung. Nach etwa zwanzig Minuten kurz vor der Brücke, die den Darß mit dem Festland verband, bog sie links ab und erspähte nach einigen Metern eine Ansammlung von Häusern, die mitten auf einem Acker lagen. Das musste es sein, genauso hatte Sophie es ihr geschildert.

Der unebene Weg, der zum Haus ihrer Mitarbeiterin führte, schüttelte Elsa kräftig durch, doch endlich erreichte sie ihr Ziel und parkte ihr Auto neben Sophies Kleinwagen. Augenblicklich öffnete sich die Haustür und ihre Kollegin trat mit einem Tablett voller Geschirr nach draußen.

„Na, hast du gut hergefunden?", rief sie ihr zur Begrüßung entgegen und lachte so herzlich, wie es nur Sophie tun konnte.

„Alles bestens." Sie holte Blumenstrauß und Schokolade aus dem Auto und überreichte dann ihre Mitbringsel.

„Für mich? Das wäre aber nun wirklich nicht nötig gewesen." Sophie hielt ihr Gesicht kurz schnuppernd in die bunten Blumen und blickte dann auf eine Rabatte, die direkt am Haus entlangführte. Dort wuchsen genau die gleichen Blumen, die in Elsas Strauß steckten.

„Ach du lieber Gott. Sieht aus, als wäre ich letzte Nacht bei dir Blümchen pflücken gewesen." Sie verdrehte kurz die Augen.

„Tatsächlich, nur dieses Grünzeug am Rande des Straußes, ist in meinem Garten nicht zu finden", erwiderte Sophie ernst. Nach wenigen Sekunden prustete sie los und Elsa stimmte in ihr Lachen ein.

„Tut mir leid, dass ich etwas zu spät bin. Aber erst stand eine enorme Schlange an der Kasse im Supermarkt und dann traf ich auch noch auf Katharina Siegel. Sie sah so schrecklich mitgenommen aus, dass ich einfach ein paar Worte mit ihr wechseln musste."

„Macht nix. Der Kaffee läuft gerade noch durch. Bleibt uns genug Zeit, die passende Vase zu suchen und nebenbei eine kleine Hausführung zu machen. Wir sind übrigens ganz unter uns. Lars besucht eine Theatervorstellung in Stralsund und die Kinder haben Papa-Wochenende."

Dann führte Sophie sie durch ihr kleines Reich. Voller Begeisterung sah Elsa sich um. Sicher, es war ein altes Haus und überall sah man die Spuren begonnener Modernisierungsarbeiten. Doch die vielen kleinen liebevollen Details ließen darüber hinwegschauen.

Über die knarrende Treppe ging es in die obere Etage und sie musste das nun endlich fertige Badezimmer mit seiner freistehenden Wanne bewundern, die einen fantastischen Blick über die Felder zuließ. „Es ist so herrlich, abends im warmen Wasser zu liegen und nach draußen zu schauen. Besonders, wenn es regnet oder ein Sturm tobt. Eigentlich stand die Wanne dort drüben unter der Schräge, doch Lars fand, an diese Stelle würde sie besser passen. Tja, was soll ich sagen, manchmal ist es gut, seinem Mann zu vertrauen."

„Er ist ja auch ein Goldschatz, dein Lars", meinte Elsa. Gern erinnerte sie sich an die Begegnung mit Sophies Lebensgefährten, der sie mit seiner humorvollen Art schon nach kurzer Zeit zum Lachen gebracht hatte.

„Nur kein Neid. Du hast dir ja selbst so eine Perle geschnappt", erwiderte Sophie. Sie nickte schnell, schwieg aber.

Am Ende kamen sie wieder unten an und während Sophie sich die Kanne mit dem Kaffee griff, musste Elsa den prächtig anzusehenden Rührkuchen nach draußen tragen. Gleich hinter der Hausecke lag eine windgeschützte Terrasse, die von blühenden Büschen eingerahmt wurde. Überall wuchsen Blumen in Kübeln und in Beeten.

„Du hast wirklich einen grünen Daumen", sagte sie neiderfüllt.

Sophie schenkte ihnen Kaffee ein und hob abwehrend die Hände. „Das Lob muss meiner Nachbarin Gundel gelten. Sie ist eine wahre Pflanzenzauberin und hat meine Tochter Fine damit angesteckt. Vor Kurzem hat Fine solange gebettelt, bis wir einen Gartenmarkt leergekauft und überall Töpfe aufgestellt haben. Noch ist sie eifrig bei der Sache, gießt und jätet, mal schauen, wie lange es anhält. Aber du hast recht, so schön wie dieses Jahr sah es schon lange nicht mehr bei mir aus. Vor ein paar Monaten noch steckte ich in der tiefsten Krise meines Lebens." Sophie reichte ihr den Teller mit dem Rührkuchen und Elsa nahm sich ein Stück.

„Du meinst, nach der Trennung von deinem Mann." Herzhaft biss sie hinein und verdrehte die Augen. „Du meine Güte, der schmeckt köstlich. Genau wie bei meiner Oma."

Ihre Kollegin strahlte. „Danke, ich bin keine Backfee, aber der gelingt mir immer. Ja, es waren dunkle Zeiten. Aber es ist wirklich so, dass auf Schatten Licht folgt. Auch wenn wir manchmal das Gefühl haben, die Dunkelheit würde nicht enden." Sophie nahm sich ein Stück Zucker, warf es in ihren Kaffee und begann bedächtig umzurühren. „Sag mal, was ist eigentlich bei dir und Fiete los? Ich meine, ich will mich ja nicht einmischen. Aber, da stimmt doch was nicht."

Elsa nahm sich ein weiteres Stück Kuchen und kaute methodisch.

„Du musst natürlich nicht darüber reden. Es kam mir nur seltsam vor, dass sich Fiete gestern bei mir erkundigte, wie es dir geht?"

Sie holte kurz Luft, verschluckte sich und begann zu husten. Tränen rannen über ihre Wangen und mit dem Handrücken wischte sie sie ab. „Ach, hat er das wirklich getan? Sich erkundigt?"

Sophie nickte.

Elsa nippte an ihrem Kaffee und registrierte dankbar, dass Sophie ihr ein Glas Wasser einschenkte und über den Tisch schob. „Er hat halt viel zu tun, jetzt, wo die Saison losgegangen ist."

„Ich verstehe. Hast du schon mit ihm gesprochen, wegen deiner Sorgen?"

Sie schüttelte den Kopf. „Es hat sich bisher nicht ergeben, noch nicht. Aber sobald ich eine Gelegenheit habe, dann …"

„Schieb es nicht zu lange auf", sagte Sophie. „Das tut nur unnötig weh. Und die Sache, um die Rudloff dich gebeten hatte? Es klang so dringlich."

„Ist es auch, zumindest aus Rudloffs Sicht." Elsa musterte den friedlichen Garten. Auf einmal wünschte sie sich, auch so ein Heim zu haben zusammen mit Fiete. Sie warf Sophie einen Blick zu und holte Luft. „Wusstest du, dass Marit Porträts von Stefan Rudloff angefertigt hat?", platzte sie heraus.

Sophie ließ ihre Tasse sinken und sah sie mit zusammengekniffenen Augen an. „Porträts von Rudloff? Das kann ich mir nicht vorstellen."

„Ich habe selbst eines dieser Bilder gesehen, in seinem Büro im Hotel."

„Und es ist wirklich von Marit? Rudloff war ein Typ Mensch, der so gar nicht zu Marit passt."

„Es gibt angeblich noch mehr Bilder, in Marits Atelier und, er will sie haben. Das ist es, was ich mit Fiete besprechen soll."

Sophie pfiff leise durch die Zähne. „Jetzt wird mir klar, warum du so durch den Wind warst, als wir uns vor Rudloffs Hotel getroffen haben."

„Im Gegenzug verspricht er mir eine friedliche Koexistenz unserer Hotels."

Sophies Augen wurden groß. „Er hat dir gedroht? Was meint er denn damit?"

„Keine Ahnung. Ich glaube, er hat nur ein bisschen auf den Busch geklopft und er will diese Bilder haben. Das ist wahrscheinlich alles."

„Gibt es denn noch viele Bilder im Atelier? Marit hat ihre Gemälde eigentlich immer auf der Stelle verkauft und nie großartige Lagerhaltung ..."

„Es sind mehr als genug da. Bestimmt auch die für Rudloff bestimmten", sagte Elsa schnell.

„Du hast sie gesehen?"

„Nicht direkt."

„Aber du warst im Atelier? Mit Fiete, oder?"

„Ja, schon."

„Und allein?"

Elsa schwieg.

Sophie sah sie mit bohrenden Blicken an. „Also warst du allein im Atelier, nicht wahr?"

Es verging eine ganze Weile, bis Elsa begann, zustimmend zu nicken.

***

Mit dem Kuchenpaket in der Hand steuerte Kathi ihr Elternhaus an. Seit ihrem ersten Besuch war sie noch einige Male hier gewesen. Und mit jedem Mal fühlte es sich leichter und natürlicher an, die kleine Pforte zu öffnen, durch den Garten zu gehen oder den Tisch zu decken.

Da war immer noch eine Distanz zu ihrer Mutter und Kathi wollte ihr dies nicht einmal übelnehmen. Mutter Monika verzieh nicht so leicht wie ihr Vater. Detlef war einfach nur froh, dass er sie wieder in seine Arme nehmen und mit ihr reden konnte. Sogar auf seinen alten Kahn und zu einer seiner Baustellen hatte er sie mitgenommen. Kathi hatte gefühlt, wie sehr er sich über ihr Miteinander freute. Allen Kollegen war die Tochter aus dem fernen Berlin präsentiert worden und sie hatte viel neugierige Blicke ertragen müssen. Bei ihrer Mutter, an der Fischbude in Wustrow, war das nicht anders gewesen.

Sie selbst fühlte sich mit jedem Tag, der verging, wohler in Ahrenshoop. Einen großen Anteil an dieser Veränderung hatte Ramona. Seit ihrem ersten Besuch im Restaurant *Namenlos* waren die beiden Frau immer wieder unterwegs gewesen. Ramona tat ihr gut. Mit ihr konnte Kathi Ewigkeiten sprechen, aber auch schweigen. So nach und nach hatte sie ihr vieles anvertraut. Eines Abends bei einer Flasche schweren Rotwein auf einer Bank am Bodden auch die Geschichte, die sie am liebsten für alle Ewigkeiten tief in ihrem Inneren verborgen hätte. Für Ramona hatte sie sie ans Tageslicht geholt und das erzählt, was sie noch nie jemanden erzählt hatte. Es fühlte sich wirklich wie eine Beichte an, die man einem Fremden gab. Einem Menschen, den man nie mehr wiedersehen würde. Danach hatte Kathi geheult, endlos lang, bis Ramonas Schulter tränennass gewesen war. Ramona hatte geschwiegen, sie nicht getröstet, sondern einfach nur gehalten. Irgendwann waren die Tränen versiegt und sie hatte sich besser gefühlt.

Doch dieses Gefühl hatte nur kurz angehalten. Schon bald war sie wieder eine Getriebene und wusste genau, warum. Kathi war klar, was endlich an der Reihe war. Aber noch fehlte ihr dafür der Mut. Sie schob die Dinge vor sich her und hoffte auf ein Wunder. Sie vernachlässigte den Auftrag, wegen dem sie doch eigentlich hier war. Sie redete sich krampfhaft ein, den geforderten Artikel schnell zu Papier bringen zu können. Dabei fehlte Kathi jegliche Grundidee. Es war nicht mal ein roter Faden vorhanden und sie suchte auch nicht nach ihm.

Stattdessen schlenderte sie über die alten vertrauten Wege, suchte bestimmte Orte wie Opas Grab auf und betete, irgendwo Rene zu begegnen. Einfach so und ganz zufällig. Dabei war ihr bewusst, wo sie ihn hätte finden können. Doch zu ihm zu gehen, das kam nicht infrage. Manchmal saß sie stundenlang am Strand, einfach im Sand oder auf einem Stein an der Mole, wo sich die tollkühnen Surfer trafen. Kathi beobachtete, wie ihre bunten Segel in den Himmel schnellten, sie zwischen Wellentälern verschwanden und dann wie ein Phoenix aus der Asche wieder auftauchten.

Bei diesen Spaziergängen traf sie auf eine Menge alter Klassenkameraden und Freunde. Anfangs verspürte Kathi den Impuls, sich hinter dem nächsten Busch zu verstecken oder schnell in eine andere Richtung auszuweichen. Doch das wäre auf Dauer wohl ziemlich albern geworden. Für solche Spielchen war Ahrenshoop schlicht und ergreifend zu klein. Also lächelte sie gelassen oder überschwänglich, ertrug Umarmungen und schüttelte Hände. Sie gewöhnte sich langsam an die immer gleichen Fragen und legte sich eine Menge schlagfertiger Antworten zurecht. Im Stillen war ihr bewusst, dass sowieso alle die Wahrheit über ihr Leben wussten.

Es war schön hier und dennoch zählte Kathi die Stunden, wann sie endlich wieder nach Berlin und in ihr altes Leben zurückkehren konnte. Sie musste hier weg, je eher, umso besser.

Kathi drückte auf den blitzeblank schimmernden Klingelknopf. Gleich darauf öffnete ihr Vater die Tür und zog sie in seine Arme. „Warum klingelst du denn immer noch? Der Schlüssel steckt, du kannst einfach reinkommen. Das hier ist doch dein Zuhause."

„Ach, ich glaube, Mutter wäre es nicht so recht, wenn ich plötzlich mitten in eurem Flur auftauche."

„In unserem Flur! Es ist genauso deiner wie meiner. Immerhin wirst du all das hier eines Tages mal erben", sagte ihr Vater und klopfte Kathi auf die Schultern. „Auch wenn ich gar nicht wissen will, was du mit deinem Elternhaus machst. Aber nu komm. Mutter ist schon in der Küche und wartet."

„Hallo Mama." Wie immer umarmte Kathi ihre Mutter ungelenk und steif, ganz anders als bei ihrem Vater.

„Hallo Kathi." Der Blick ihrer Mutter streifte das Kuchenpaket. „Warst du denn nicht bei Bäcker Hagedorn?" Missbilligung lag in ihrer Stimme und Kathi fiel ein, dass ihre Mutter erwähnt hatte, sie sollte von dort Kuchen mitbringen.

„Hab ich vergessen, entschuldige."

„Ach, das ist doch jetzt vollkommen egal", warf ihr Vater schnell dazwischen. „Kuchen ist gleich Kuchen. Ich hole schon mal die Servierplatte aus der Stube und ihr beide macht den Rest."

„Entschuldige", wiederholte Kathi noch einmal, als sie mit ihrer Mutter allein war.

Monika winkte ab. „Schon gut. Ist ja auch bloß so eine alberne Marotte von mir." Sie öffnete das Papier und schmunzelte. „Pflaumenkuchen, wie lecker. Den haben wir früher immer viel gegessen."

„Besonders den selbstgebackenen von Oma", ergänzte Kathi.

„Stimmt, dass du das noch weißt." Verwundert sah ihre Mutter sie an.

„Mama, ich weiß vieles noch. Ich spreche nur nicht unentwegt darüber." Sie zog eine Schublade nach draußen und holte Besteck heraus. „Setzen wir uns in den Garten?"

„Auf jeden Fall, das Wetter ist so herrlich und im Schatten lässt es sich wunderbar aushalten. Ich hab heute Morgen Bettwäsche gewaschen. Rauf auf die Leine, ein bisschen Sonne, ein bisschen Wind und ruckzuck trocken. Nur wärmer sollte es nicht werden. So wie es ist, ist es gut." Ihre Mutter sah ihr kurz über die Schulter. „Ähm, wir sind übrigens vier Personen. Also wegen des Bestecks und dem Geschirr und so."

Kathi merkte, wie ihr das Blut in die Wangen schoss. „Vier? Habt ihr Rene eingeladen?"

„Vier Personen?", erklang in diesem Moment die Stimme ihres Vaters von der Tür. „Du hast Rene eingeladen? Davon hat er mir heute Vormittag gar nichts gesagt." Mit der gläsernen Servierplatte, die an einer Seite einen kleinen Sprung hatte, kam ihr Vater zurück.

Ihre Mutter stemmte die Hände in die Hüften und schüttelte missbilligend den Kopf. „Musstest du denn das olle Ding nehmen? Ich hab doch vor einigen Jahren eine neue Platte gekauft."

„Die haben wir immer genommen und es hat sich all die Jahre nie jemand an dem kleinen Schaden gestört", verteidigte sich ihr Vater.

„Trotzdem, ich werd die andere Platte holen. Sonst muss man sich ja schämen."

„Aber vor Rene musst du dich doch nicht schämen. Monika, Rene hat mit uns schon als kleiner Junge gegessen."

„Es ist ja auch nicht Rene, den ich eingeladen habe", stellte Monika sachlich fest. Ganz kurz sah sie Kathi an, blickte dann aber hastig wieder weg. Diese beschlich ein seltsames Gefühl. Unsicher legte sie das Besteck auf den Tisch und öffnete die Schranktür, hinter der Tassen und Teller standen.

„Und wen hast du eingeladen?", übernahm Kathis Vater an ihrer Stelle, das Aussprechen dieser entscheidenden Frage.

„Das werdet ihr schon sehen."

Kathi stellte die Teller auf das Tablett. Sie klirrten, weil ihre Hände zitterten und sie den Wunsch verspürte, auf der Stelle die Flucht zu ergreifen. Doch für einen Rückzug war es zu spät. Denn es klingelte bereits an der Tür.

Kathi trat einen Schritt zurück und lehnte sich an den Schrank.

„Ist alles in Ordnung, meine Lütte?", fragte ihr Vater. „Du siehst so blass aus."

„Statt blass zu werden, sollte Kathi lieber die Tür öffnen", meinte ihre Mutter und sah sie aus schmalen Augen an. „Und nach Möglichkeit, bevor unser Besuch denkt, wir wollen ihn nicht ins Haus lassen."

Kathi bemerkte aus dem Augenwinkel, dass ihr Vater ihr Mut machend zunickte. Wie um das zu unterstreichen, wedelte er mit seiner Hand und sie lief los.

Es kam ihr vor, als wären die wenigen Meter zwischen Küche und Haustür unendlich lang. Ihre Beine fühlten sich an, als würden sie in Schuhen aus Blei stecken. Jeder einzelne Schritt war eine unglaubliche Qual.

Schließlich war die Tür erreicht. Durch das Milchglas der Scheibe sah sie undeutlich eine Gestalt stehen. Kathi legte ihre Hand auf die Klinke und öffnete schließlich die Tür. Mit angehaltenem Atem starrte sie der Frau, die dort stand, ins Gesicht.

Es waren vertraute Züge, auch wenn sie sie viele Jahre nicht mehr gesehen hatte. Da waren die leicht grünlich schimmernden Augen, der Mund, dessen Oberlippe ein wenig schief wirkte und die durchscheinend blasse Gesichtsfarbe. Das blonde Haar war widerspenstig dick. Nur die einstmals zwei Zöpfe waren mittlerweile einem gewichen. Kleine goldene Ohrringe bildeten den einzigen Schmuck und sie hätte beinahe geschworen, dass es die gleichen wie früher waren.

Ihr Gegenüber war es schließlich, die die Stille brach. „Hallo Kathi."

Sie schluckte. War es möglich, dass eine Stimme noch genauso klang, wie vor vielen Jahren oder waren es ihre Sinne, die Kathi einen Streich spielten. Nervös strich sie sich durchs dunkle Haar. „Hallo Grit", rang sie sich schließlich ab.

In der Küche hinter sich vernahm sie ein Stöhnen, gefolgt von einem unterdrückten Wortwechsel. Unverkennbar machte ihr Vater seiner Frau Vorwürfe.

„Darf ich reinkommen oder soll ich hier draußen stehenbleiben?"

Kathi zuckte zusammen und trat beiseite. „Entschuldige, komm rein."

Sie lief voraus, ließ die Küche links liegen und erreichte schließlich die lauschige Sitzecke im Garten. Alles war vorbereitet. Da standen vier Stühle mit weichen Polstern. Die Tischdecke war strahlend weiß und ein bunter Blumenstrauß bildete den Mittelpunkt. Ganz so, als wolle man ein fröhliches Kaffeetrinken im Kreise seiner Lieben genießen. Das machte es noch schlimmer, dieses Bild einer heilen Welt.

Kathi fühlte vollkommen überfordert. Gleichzeitig war sie schrecklich wütend, in erster Linie auf ihre Mutter. Seltsamerweise aber auch auf sich selbst. Kopfschmerzen bohrten spitze Pfeile in ihr Hirn und ließen klares Denken unmöglich erscheinen.

„Setz dich doch", meinte sie schließlich und plumpste in irgendeinen der bereitstehenden Stühle.

Natürlich ließen sich weder ihre Mutter noch ihr Vater blicken. Sie überließen sie ihrem Schicksal, wie damals, vor vielen Jahren. Ihre Mutter hatte wieder einmal das Heft des Handelns übernommen. Ganz egal, ob man das wollte oder nicht. Sie hatte schon in Kathis Kindheit immer besser gewusst, was das Richtige für alle war und was nicht. Manchmal hatte sie sogar recht behalten. Aber heute? Sie einfach in eine Situation zu zwingen, vor der Kathi sich seit Jahren unendlich fürchtete, das war …. Noch wusste sie nicht, ob sie ihrer Mutter dafür dankbar sein oder sie auf ewig hassen würde. Momentan überwog eindeutig der zweite Gedanke.

Kapitel 13

Mit einem leichten Schaudern spähte Sophie ins Innere der Scheune. „Und hier bist du allein gewesen?", fragte sie angespannt. „Das hätte ich mich nicht getraut."

Elsa winkte ab. „Im Grunde ist es einfach nur eine Scheune. Dort drüben liegt das Heu und hier ist eine Art Werkstatt." Sie ließ die Lampe ihres Handys aufleuchten und erhellte damit die Finsternis, die im Inneren des Gebäudes herrschte. „Siehst du, es gibt nicht das Geringste, wovor man sich fürchten muss. Okay, ein paar Spinnweben, vermutlich jede Menge Mäuse, aber sonst nichts Weltbewegendes." Elsa öffnete das hölzerne Tor noch ein Stück weiter und schob sich durch die entstandene Lücke. „Dort in dem Raum hab ich den Schlüssel gefunden. Er war hinter die Schublade der Werkbank gerutscht und ich hab ihn nur durch Zufall gefunden. Wollen wir ihn holen?"

Sophie zögerte kurz und nickte dann.

***

Nach dem gemeinsamen Kaffeetrinken hatten sie über alle möglichen Themen gesprochen. Aber dann waren sie doch wieder bei Marit und ihrem Atelier gelandet. Beziehungsweise bei Stefan Rudloff und seinem Verhältnis zu Fietes verstorbener Frau.

Ausführlich berichtete Elsa über ihren Besuch in dessen Hotel und das Bild in Rudloffs Arbeitszimmer.

Sophie wollte noch immer nicht glauben, dass der undurchsichtige Hotelier überhaupt ein Gemälde von Marit besaß und schon gar nicht ein derart persönliches mit seinem Antlitz darauf. „Du bist sicher, dass er es war? Es könnte doch ein anderer Mann gewesen sein, der ihm ähnlich sah."

Elsa lachte auf. „Ich bitte dich, es war Rudloff. Diese Haltung, dieser Blick, unverkennbar. Nein, kein Zweifel Marit hat ihn gemalt."

„Aber sie mochte ihn wirklich nicht, im Gegenteil."

„Vielleicht hat sie ihre Meinung geändert oder er hatte noch eine zweite Seite, die wir nicht kennen. Oder ..." Elsa zögerte. „Oder Marit hatte eine zweite Seite, die wir nicht kennen."

Nachdenklich trank Sophie ihren Kaffee, stellte dann die Tasse ab und verschränkte die Hände im Nacken. „Wer kann von sich schon behaupten, dass er einen Menschen bis ins Detail kennt? Ich bin sicher, wir alle haben unsere kleinen oder größeren Geheimnisse. Und ich möchte wirklich noch einmal betonen, dass Marit eine ganz normale Frau war. Ein wunderbarer Mensch und dennoch vollkommen normal." Sophie griff zum Kuchenteller und nahm sich ein weiteres Stück. „Mal angenommen Rudloff wurde wirklich von Marit gemalt und es gibt diese Bilder von ihm. Dann ist es doch verständlich, dass er sie haben will. Sie sind ja gewissermaßen sein Eigentum."

„Im Grunde schon", erwiderte Elsa. „Nur Fiete will davon nichts wissen. Er hat Rudloff abblitzen lassen und nun versucht der es über mich."

„Vermutlich, weil Fiete Marits Räume nicht betreten will oder kann", gab Sophie zu bedenken.

„Aber die Wohnung hat er auch hergerichtet, obwohl sich Marit darin aufgehalten hat", sagte Elsa mit Nachdruck und beuge sich nach vorn. „Sie hat manchmal dort geschlafen, das hast du selbst gesagt. Wiederum sehen wir uns, seit ich dort eingezogen bin, kaum noch. Es kommt mir vor, als würde Fiete mir ausweichen. Einfach, weil ich in diesem Haus lebe." Einen Moment stand Elsa die Erinnerung an ihren ersten Besuch in der Wohnung vor Augen und wie leidenschaftlich sie und Fiete sich geliebt hatten. Damals war ihr alles wie der perfekte Neuanfang erschienen. „Ich hab sogar schon angefangen, wieder nach Wohnungen zu suchen."

„Nicht dein Ernst." Sophie plusterte ihre Wangen auf. „Ich bin sicher, Fiete liebt dich. Du hättest mal hören sollen, wie er von dir geschwärmt hat. Richtig nervig war das. Genauso wie bei Lars und mir." Sie kicherte leise. „Vielleicht ist es wirklich nur der Saisonbeginn, der ihm zu schaffen macht."

„Ich hoffe es so sehr", sagte sie leise. „Aber warum erzählt er dann, er würde in Arbeit ersticken und stattdessen segelt er auf dem Bodden herum. Er weicht mir aus, schickt knappe Nachrichten und ..." Elsa verstummte.

„Du hast recht." Eine tiefe Falte tauchte auf Sophies Stirn auf. „Irgendetwas ist da faul und es gibt nur eine Lösung. Ich befürchte, mich zu wiederholen, aber du musst mit ihm reden und Fiete all das sagen, worüber wir gerade gesprochen haben."

„Ich tue es, versprochen, gleich nächste Woche, bitte ich Fiete um eine Aussprache. Und nun lass uns das Thema wechseln."

Wie, um dieser Ansage Nachdruck zu verleihen, schlug Elsa einen Spaziergang vor und Sophie stimmte von Herzen gern zu. Sie liefen über Felder und Wiesen und einige kleinere Umwege bis an den Strand von Zingst. Weit in der Ferne war das schnurgerade Band der Seebrücke erkennbar. Winzig kleine Menschen flanierten darauf. Doch hier hinten, ganz am Ende des Ortes und an der Grenze zum Naturschutzgebiet, war es ungewöhnlich einsam. Das Dünengras hinter ihnen stand hoch und dicht und schirmte den Strand zum Land hin ab. Elsa kam sich wie in einer anderen Welt vor und setzte sich auf einen Stein.

„Was für ein Ort."

„Schön oder?" Sophie nahm neben ihr Platz und schlang die Arme um ihre Beine. „Früher waren Tobias und ich hier immer baden." Sie lächelte versonnen. „Damals kam es mir vor, als würde ich vor lauter Glück überschnappen. Ich weiß noch, dass ich irgendwann, wir steckten gerade mitten in den Umbaumaßnahmen, vorschlug, hierherzufahren. So wie früher. Die Kinder waren bei meinen Eltern. Es war ein Sommerabend und die Luft fühlte sich so leicht und duftend an, wie damals in unserer Jugend. Doch Tobias sah mich an, als hätte ich den Verstand verloren. Er wies mich zurück und ich nahm es einfach so hin, obwohl es tief in mir unendlich schmerzte. Ich glaube, er hatte vergessen, wie schön es hier war."

„Und heute?"

„Heute? Du meinst, wie es zwischen uns ist? Manchmal, wenn er die Kinder holt und ich ihn ansehe, kann ich kaum begreifen, dass ich diesen Mann einst geliebt habe. Nur noch ganz selten sehe ich den Jungen in ihm, der mein Herz damals hat schneller schlagen lassen. Ich bin froh, wenn die Scheidung durch ist. Obwohl die Kinder uns verbinden, ist das wie ein weiterer Schlussstrich, der vieles erleichtert. Nun ja, er hat sich verändert, ich hab mich verändert. Das ganze Leben ist Veränderung." Sophie nahm einen Stein und warf ihn in eine heranbrausende Welle. „Vielleicht musste alles so kommen, dass ich auf Lars treffe und er auf mich. Dass wir uns kennenlernen mitten in all den vielen Menschen hier."

Elsa schluckte. „Eine große Bestimmung also, oder das Buch des Lebens."

„Jetzt wird es aber esoterisch", entgegnete Sophie und grinste. „An dieser Stelle würde ich vorschlagen, machen wir uns auf den Heimweg. Die Sonne geht langsam unter und eh wir da sind, wird es stockfinster sein."

Nebeneinander streiften die beiden Frauen durch die Felder. Das Gras tanzte in einer steten Brise von der Ostsee und wirkte genau wie das Meer, das sie hinter sich ließen. Elsa genoss die Zeit mit Sophie und wünschte sich, es möge eine tiefe Freundschaft entstehen, die niemals durch ihren Chef-Angestellten-Status getrübt werden möge.

Daheim angekommen, holte Sophie eine Schüssel Kartoffelsalat aus dem Kühlschrank und gab einige Wiener Würstchen in einen Topf mit heißem Wasser. „Ich hoffe, du magst rustikales Essen."

Elsa grinste. „Ich liebe es und ziehe es jedem Schickimickikram vor."

„Eben doch ein Küstenkind, zumindest im Herzen."

„Stimmt. Mit jedem Tag fühle ich mich hier heimischer."

„Siehst du? Alles Bestimmung. Hätte dich sonst unsere Chefin eingeladen und das, obwohl sie einige Bewerbungen für die Stelle hatte. Aber du bist ihr ins Auge gefallen." Energisch deutete Sophie mit der Gabel auf ihre Brust und holte dann die warmen Wiener aus dem Topf. „Ich glaube, dass die Bedeutung gewisser Dinge uns oft erst hinterher bewusst wird. In einer tiefen Krise oder Unsicherheit suchen wir nach dem Sinn, hadern und fluchen. Dann, eines Tages begreifen wir, dass wir genau diese tiefe Krise erleben durften, weil sie uns zu etwas Größerem geführt hat."

„Wow." Elsa hob anerkennend den Daumen und stellte nebenbei Geschirr und Besteck auf das Tablett. „Du solltest einen Roman oder einen Ratgeber schreiben."

„Du meine Güte nein. Es reicht nur für ein paar Kalendersprüche, die man sich morgens anschaut und fünf Minuten später schon wieder vergessen hat. Für ein ganzes Buch fehlt mir eindeutig das Talent."

„Dafür kannst du kochen und backen", erwiderte Elsa, ergriff das Tablett und folgte Sophie nach draußen in den Garten.

„Koste lieber erstmal, bevor du mich lobst."

Schnell deckten sie den Tisch und nahmen dann Platz. Sophie lächelte. „Lass es dir schmecken."

Elsa nahm sich zwei ordentliche Löffel Salat und dazu zwei Wiener. Genussvoll schloss sie die Augen. „Hm, das schmeckt köstlich. Du solltest mir das Rezept unbedingt geben, das wäre bestimmt auch was für Fiete. Der steht auf solche Sachen und ich könnte ihn eines Tages mal damit überraschen."

„Kein Thema. Das Rezept ist zwar ein strenggehütetes Familiengeheimnis, aber für dich mach ich eine Ausnahme."

„Du bist die Beste."

„Weiß ich doch. Apropos Familiengeheimnis. Siehst du dort drüben den Stall?" Sophie deutete auf ein flaches Gebäude, das gegenüber des Hauses stand. „Mein Urgroßvater hatte dort mal ein Stelldichein mit einem Mädchen aus einer reichen Familie. Sie besaßen ein großes Hotel in Zingst und waren extrem reich. Er hatte nichts, außer einem stattlichen Körper, einem ansehnlichen Gesicht und einer forschen Art, die die Schöne hat schwach werden lassen. So ließ sie sich wohl auf ein kleines Techtelmechtel im Stroh ein. Natürlich ging das nicht gut, denn mein Urgroßvater wurde von seinem Vater ertappt und es setzte eine Tracht Prügel. Sofort wurde die Sache rigoros unterbunden. Viele Jahre später erfuhr meine Urgroßmutter von der Geschichte und glaubte ab diesem Moment, immer eine weiße Gestalt durch den Stall wandeln zu sehen. Die Schöne hatte wohl meist weiße Kleider getragen. Ich schwöre dir, wenn ich bei meinen Großeltern war, habe ich diesen Geist auch gesehen", erzählte Sophie todernst. „Also noch ein Familiengeheimnis." Dann brach sie in Lachen aus und Elsa stimmte ein.

„Dann war das in meinem neuen Zuhause vielleicht auch ein Geist."

„Wer weiß. Das Haus ist sehr alt und die Mauern haben im Laufe der Jahre schon einiges gesehen." Sophie biss ein Stück von ihrem Würstchen ab und behielt es dann nachdenklich in der Hand. „Man müsste wissen, was Rudloff mit seiner Forderung gegenüber Fiete wirklich beabsichtigt."

„Er will diese Bilder, nicht mehr. Was sollte er sonst wollen?", fragte Elsa verwundert.

„Er ist ein intrigantes Schwein und sagt das alles vielleicht nur, um weiterhin dem Hotel zu schaden. Oder weil er dich und Fiete auseinanderbringen will. Am Ende ist es jemand ganz anderes, den Marit gemalt hat."

Elsa lachte auf. „Das ist jetzt aber bissel sehr weit hergeholt."

„Findest du? Wenn ich an die arme Babsi denke. Ganz ehrlich, glaubst du wirklich, dass ein Mann wie Stefan Rudloff, der vom grenzenlosen Ehrgeiz getrieben ist, sein Schwert plötzlich in die Scheide steckt und einen auf gute Nachbarschaft macht?"

„Schwer zu sagen" meinte Elsa nachdenklich. „Ich kenne ihn ja kaum." Sie schob ihren Teller zurück und schaute in den Abendhimmel. „Wir könnten natürlich auch ins Atelier fahren und uns die Bilder ansehen."

Sophie ließ ihr Glas sinken. „Dann würden wir beide herumstöbern, ich weiß nicht."

„Aber irgendwas muss geschehen."

„Ja, du hast recht." Sophie kaute auf ihrer Unterlippe. „Vielleicht ist das gar keine schlechte Idee. Weißt du was, lass es uns tun." Sie erhob sich.

„Was jetzt?", fragte Elsa perplex.

„Warum nicht. Wenn wir mitten am Tag im Atelier rumstreifen, könnte uns jemand sehen. Oder stell dir vor, Fiete steht plötzlich vor der Tür. Und jetzt in der Dunkelheit, haben wir die besten Chancen deinem Geist zu begegnen." Verschmitzt zwinkerte Sophie ihr zu.

***

Elsa betrat den kleinen Nebenraum der Scheune, öffnete die untere Schublade und tastete nach dem Schlüssel. Hinter sich hörte sie Sophie leise atmen. „Ist er weg?"
„Nein", sagte Elsa unterdrückt. „Warte, ich muss ihn weiter nach hinten geschoben haben." Sie streckte sich ein bisschen mehr und bekam den Schlüssel endlich zu fassen. „Hier ist er."
Sie schlichen durch den Garten zurück zum Haus. Dann leuchtete Sophie ihr mit der Taschenlampe und Sekunden später öffnete sich die Tür. Einen Moment blieben sie auf der Schwelle stehen, als würde jede von ihnen zögern, den Raum zu betreten und damit in Marits Leben einzudringen.
„Also gut, wir schauen uns nur die Bilder an. Wenn wir welche finden, auf denen Stefan Rudloff ist, hat er die Wahrheit gesagt. Wenn nicht, versucht er weiterhin Unfrieden zu stiften", fasste Sophie ihren Plan noch einmal zusammen. „In letzterem Fall müsstest du mit Veronika reden. In ersterem Fall mit Fiete. Wobei du um ein Gespräch mit ihm sowieso nicht herumkommen wirst."
Elsa schüttelte den Kopf. „Ich werde Fiete auf keinen Fall verraten, dass ich das Atelier betreten habe. Ich glaube, das würde er mir nie verzeihen. Aber ich verspreche dir, morgen das Gespräch mit ihm zu suchen, komme, was wolle."
„Na endlich. Und nun los."
Sie begannen mit den abgedeckten Bildern, im vorderen Raum und hoben jedes einzelne Tuch nach oben. Auf keinem der Gemälde stand ein Mensch im Mittelpunkt. Es gab Bilder vom Meer, von den Dünen, von Leuchttürmen, von den

Buhnen, vom Bodden, von Kornblumen, von Häusern, aber keine Spur von Stefan Rudloff. Dann durchstöberten sie die an der Wand lehnenden Gemälde.

Am Ende blieb nur noch das kleine Büro übrig. Zögernd trat Elsa ein und sah sich um. Alles wirkte wie bei ihren ersten Besuchen. Doch auf einmal stutzte sie. Deutlich waren neben Marits Laptop dunkle Abdrücke auf der Tischplatte zu sehen. Jemand hatte das Gerät bewegt und das war nicht sie gewesen. Und dort, an der Seite, sah das nicht aus wie Spuren von Fingern?

„Jemand war hier", flüsterte sie. Elsa schaute sich um, als würde der heimliche Besucher direkt hinter ihnen stehen.

„Wie meinst du das denn?", fragte Sophie genauso lautlos.

Elsa deutete auf die Spuren im Staub.

„Vielleicht Fiete?"

„Glaub ich nicht."

„Egal, lass uns die Bilder suchen." Sophie begann im Licht von Elsas Lampe, nacheinander die Bilder aus dem Regal zu ziehen. Zunächst deutete nichts auf Stefan Rudloff. Da waren noch mehr Gemälde vom Meer und dem Strand. Doch auf einmal pfiff Sophie durch ihre Zähne. „Du hattest recht", murmelte sie, während Elsa die Lampe auf das Gemälde richtete.

Sie sahen einen Mann, der auf einem Steg saß. Seine Beine baumelten kurz über der Wasseroberfläche und er blickte nachdenklich Richtung Bodden. So, als würde er dort Antworten auf Fragen finden, die ihm schon lange auf der Seele brannten. Das Schilf und das Wasser waren nur angedeutet. Der Mensch bildete den Mittelpunkt und dieser Mensch war niemand anders als Stefan Rudloff.

Während Sophie noch das Bild anstarrte, wanderte Elsas Blick zu der kleinen blauen Schachtel, die im Regal gestanden hatte. Suchend musterte sie die entsprechende Stelle. Dann suchte sie eine Etage höher und eine tiefer.

„Was ist denn?", fragte Sophie verwirrt.

„Erinnerst du dich an die Schachtel mit Bildern, von der ich dir erzählt habe? Sie ist auch verschwunden."

***

„Du schaust gut aus", sagte Grit und Kathi fühlte sich aufmerksam gemustert.

Unsicher warf sie einen knappen Blick auf die andere Seite des Tisches. Da war der Impuls, das Kompliment zu erwidern, doch etwas ließ sie zögern. Sicher, Grit sah immer noch aus wie früher. Doch nur auf den ersten Blick. Tiefe Falten hatten sich neben ihrem Mund eingegraben, wie bei einem Menschen, der viel Kummer erfahren hatte.

„Danke", murmelte Kathi.

Grit drehte sich ein wenig in ihrem Gartenstuhl und betrachtete den Garten. „Komisch, irgendwie ist immer noch alles wie früher. Als wäre die Zeit stehengeblieben."

Kathi hob die Schultern. „Der Carport ist neu und die Sitzecke lag früher dort drüben."

Grit folgte ihrem Finger und nickte. „Stimmt, da unter dem alten Kirschbaum. Ich weiß noch, wenn die Kirschen reif waren und die Amseln über sie herfielen, war es immer eine mächtige Sauerei auf dem Tisch. Einmal mussten wir einen Vortrag für die Schule machen und hatten rote Flecken auf unserer Ausarbeitung."

Grit kicherte und Kathi fühlte sich gezwungen, zumindest ein wenig zu lächeln. „Der Lehrer wollte uns nicht glauben, bis mein Vater in die Schule gerückt ist und ihm seine Meinung gesagt hat", sagte sie angespannt.

„Richtig, so war Detlef. Ach was sage ich, so ist er noch immer." Grit seufzte und versuchte, ein Bein über das andere zu schlagen. Dies wollte nicht recht gelingen und schließlich gab sie auf. Schweigen senkte sich über den Garten. Von der Ferne drang das Rauschen des Meeres zu ihnen, irgendwo mähte jemand Rasen, eine Möwe schien sich wütend, mit einer anderen zu streiten.

Kathi schielte Richtung Haus und sah hinter der Scheibe des Wohnzimmers zwei Gestalten stehen – ihre Eltern. Anscheinend wurde die Szenerie aus dem Inneren des Hauses beobachtet und dieser Fakt ließ ihre Wut noch weiter ansteigen.

„Ich hab mich übrigens gefreut, deine Mutter gestern gesehen zu haben. Und noch mehr freute ich mich über die Einladung. Danke dafür."

„Sie kam nicht von mir, Mutter hat sie ausgesprochen. Ich wusste nicht mal, dass du kommst", platzte Kathi heraus.

Grits Wangen verfärbten sich leicht. Dann strich sie eine Strähne hinter ihr Ohr und nickte. „Ich verstehe."

„Wie meinst du das?"

„Nun, ich verstehe, dass die Einladung nicht von dir kam", sagte Grit leise.

Wieder wurde es still und wieder war es Grit, die die Stille brach. Das war ungewöhnlich, war sie es doch früher gewesen, die hätte endlos schweigen und ohne ein Wort auskommen können. Heute schien sie die bedrückende Stimmung nicht ertragen zu können. Und Kathi konnte es ihr nicht verdenken. Zum Glück hatte ihre Mutter das Treffen im Garten arrangiert. Im Inneren des Hauses wäre es wohl noch schlimmer gewesen.

„Bist du schon lange hier, ich meine in Ahrenshoop?"

Am liebsten hätte Kathi gelogen. Doch sie war unsicher, was ihre Mutter mit ihrer ehemaligen Schulfreundin besprochen hatte. „Fast zwei Wochen."

„Ach tatsächlich? Nun, da hattest du ja Glück mit dem Wetter. Davor hat es endlos geregnet. Die Leute waren schon ganz deprimiert und sind dann immer so schrecklich verspannt."

„Ja, es ist eine schöne Phase." Nun komm schon Kathi, so kann es doch nicht weitergehen. Frag auch etwas. „Du arbeitest als Physiotherapeutin?"

„Nicht direkt. Die Arbeit war auf Dauer zu schwer." Grit hob die Hände und wedelte damit. „Die Knochen und Gelenke, frag nicht. Ich bin jetzt in einem Hotel, gebe Wellnessbehandlungen und Kurse und so. Es macht Freude."

„Das ist schön."

„Und du, deine Mutter sagte, du wärest beruflich hier und würdest einen Bericht über Ahrenshoop schreiben?"

„Ja, für ein Onlineportal. Es geht darum, die schönen Seiten Deutschlands zu zeigen und die kleinen Geheimnisse ganz besonderer Orte zu verraten."

Ihre ehemalige Klassenkameradin lächelte dünn. „So so, nun ein solcher Bericht dürfte keine Herausforderung für dich sein. Immerhin kennst du alles hier wie deine Westentasche."

„Dennoch ist es nicht leicht."

„Nein, leicht ist es nicht", erwiderte Grit leise und schaffte es endlich, ihr Bein über das andere zu legen.

Kathis Blick fiel auf eine Narbe, an deren Unterschenkel. Wie ein Bleistiftstrich zog sie sich über die Haut und lugte unter der Hose hervor. Sie starrte die Narbe an und konnte ihren Blick nicht lösen. Es kam ihr vor, als hätte Grit sich nur so hingesetzt, damit sie genau dieses Mal sehen musste.

Das Blut begann in ihren Ohren zu pochen und das Rauschen des Meeres verschwand. An seine Stelle traten andere Geräusche. Sie waren nicht real, sie kamen aus ihrer Erinnerung. Kathi hörte Worte, harsche Worte, einen Streit. Hastig schüttelte sie ihren Kopf, griff nach der Wasserkaraffe und schenkte zwei Gläser voll. „Hier, bestimmt willst du auch was trinken." Wie als wäre sie kurz vor dem Verdursten, kippte Kathi das Wasser hinunter. Grit jedoch rührte ihr Glas nicht mal an. Stattdessen beobachtete sie Kathi aufmerksam.

Das Pochen des Blutes wurde stärker, verdrängte jeden anderen Gedanken aus ihrem Kopf. Wäre sie nur nie hierhergekommen.

„Was ist los?"

„Wie bitte?" Kathi stierte Grit an.

„Ich fragte dich, was los ist? Du bist furchtbar angespannt und siehst schrecklich aus."

„Ach wirklich?" Sie richtete sich auf. „Das könnte vermutlich daran liegen, dass du von meiner Mutter eingeladen worden bist und ich nun mit dir reden muss."

„Muss? Du willst nicht mit mir reden?", fragte Grit. Noch immer wirkte ihr Tonfall ruhig, doch Kathi glaubte nun, auch bei ihrer alten Schulfreundin erkennen zu können, dass es in ihr anders aussah. „Dabei haben wir früher unendlich viel geredet, weißt du noch? Wir wurden sogar auseinandergesetzt, weil wir im Unterricht so viel geschwatzt haben."

„Warum sagst du das?" Kathis Stimme brach. Mit aller Macht bahnten sich Tränen ihren Weg nach draußen und sie ahnte, diese nicht mehr lange zurückhalten zu können.

„Weil es die Wahrheit ist. Wir waren beste Freundinnen. Mit dir habe ich mehr Zeit verbracht als mit einem anderen Menschen. Und dann …" Grit verstummte. „Du hast mich nie mehr besucht, nicht einmal."

„Ich war ja kaum hier, wie soll ich dich da besuchen", entgegnete Kathi. „Ich bleibe Ahrenshoop fern und bin froh, wenn ich wieder wegkann."

„Aber warum? Das verstehe ich nicht. Du hast diesen Ort immer geliebt. Ja, du wolltest woanders hin, raus aus dem Mief dieses Dorfes und die Welt sehen. Du empfandst alle hier als spießige Kleinbürger, am meisten deine Mutter. Doch du hast immer gesagt, dass Ahrenshoop deine Basis bleiben würde, deine Wurzeln, die dich erden und dir Kraft geben. Das Meer, den Bodden, der Wind, die salzige Luft, ohne all das könntest du nicht leben."

Kathi spürte, wie eine erste Träne über ihre Wange lief. Sie konnte sie nicht wegwischen. Ihre Hände fühlten sich an, als würden sie nicht zu ihr gehören. Sie saß einfach nur da und lauschte Grits Worten. Das Schlimmste war, ihre alte Freundin hatte recht. Genau das waren ihre Worte gewesen. Sie hatte sie ausgesprochen an einem Abend, als sie bei Grit geschlafen hatte. Nebeneinander hatten sie in der kleinen Bodenkammer auf der Matratze gelegen, die zu diesem Zweck immer ausgebreitet wurde. Draußen hatte der Sturm um die Häuser getobt. Und da Grits Elternhaus so abseits und einsam stand, hatten die Winde vom Meer hier vollen Zugriff. Da schützte auch die Hecke nichts, die angepflanzt worden war. Die Macht der Elemente war einfach stärker.

„Puuh, dieser Sturm", hatte Grit geflüstert und ihre Hand genommen. „Ich fürchte mich so sehr. Es ist, als würde jemand einen hohen Ton singen."

„Bestimmt tanzen die Meeresbräute", hatte Kathi gesagt und die Hand ihrer Freundin beruhigend gedrückt. „Hab keine Angst, ich bin ja da."

„Aber du wirst eines Tages gehen."

„Ja, ich werde gehen." Sie hatte das Fenster betrachtet, an das Regentropfen geprasselt waren. „Aber ich komme immer wieder. Dieser Ort hier ist meine Heimat. Ich kann ohne Ahrenshoop nicht leben. Zumindest nicht für lange Zeit."

Kathi kniff sich in ihren Oberarm, um sich wieder ins Hier und Jetzt zu holen. Mit tränennassen Wangen sah sie Grit an.

„Und dennoch tust du es, seit so vielen Jahren. Du kommst einfach nicht wieder, seit damals, im Darßwald."

In diesem Moment war es genug, Kathi sprang auf. So heftig, dass ihr Stuhl nach hinten umfiel. Sie rannte davon, außen um das Haus herum. Denn an ihren Eltern wäre sie nicht vorbeigekommen.

Sie stürzte einfach los, mitten durch den Ort und Menschen, die sie erschrocken ansahen. Erst auf der Zufahrt des Hotels fiel ihr ein, dass sie ihre Tasche mitsamt Zimmerkarte in der Küche ihrer Eltern liegenlassen hatte. Der immer so überkorrekt aussehende Rezeptionist hatte Dienst, doch zu ihrem Erstaunen händigte er Kathi auf der Stelle eine Ersatzkarte aus.

Sie schleppte sich die Treppe hinauf. Dann presste sie die Karte an das Modul, bis die grüne Lampe aufleuchtete, und betrat ihr Zimmer. Hastig zerrte sie die Vorhänge zu, bis im Raum angenehme Dunkelheit herrschte. Kathi warf sich, so wie sie war, aufs Bett und heulte so lange, bis sie vor lauter Erschöpfung einschlief.

Kapitel 14

Klopf, klopf, Stille. Kathi wälzte sich auf die andere Seite. Genervt zog sie den Zipfel ihrer Bettdecke über den Kopf.

Klopf, klopf, da war erneut dieses Geräusch. Es hörte sich an wie Morsezeichen. Sie hatte für einen früheren Artikel mal zu diesem Thema recherchieren müssen. Dabei hatte sie einige wichtige Zeichen lernen dürfen. Aber dieses war nicht dabei gewesen. Vermutlich träumte sie nur.

Doch da öffnete sich die Tür, ein rumpelndes Geräusch erklang und gleich danach tauchte der Servicewagen der Zimmermädchen neben ihrem Bett auf.

Es war schwer zu sagen, wer erschrockener war – Kathi, die mit weit aufgerissenen Augen Sophie anstarrte oder das Zimmermädchen, das anscheinend mit keinem Gast im Raum gerechnet hatte. Und schon gar nicht mit jemanden, der voll bekleidet auf dem Bett lag.

„Oh Gott, entschuldige. Ich hab mehrfach geklopft und dachte ..."

Kathi hob die Hand und schob sich langsam nach oben. „Alles gut, du musst dich nicht entschuldigen." In ihrem Mund war ein fahler Geschmack. „Wie spät ist es denn?"

Sophie warf einen Blick auf ihre Armbanduhr. „Gleich elf."

Sie erstarrte. „Du meine Güte, wirklich? Dann habe ich fast einen ganzen Tag geschlafen." Kathi presste die Hände an ihre Schläfen. Doch das leichte Wummern in ihrem Kopf wurde nicht besser.

„Wenn ich das mal ganz vorsichtig sagen darf, du siehst nicht gut aus", meinte Sophie trocken. „Soll ich dir vielleicht etwas bringen? Sagen wir, einen Kaffee oder so?"

Kathi lehnte sich ans Kopfteil des Bettes und stöhnte leise. „Ein Kaffee, das klingt fantastisch."

„Und noch was zu essen?"

Sie dachte kurz nach. Eigentlich war ihr übel, doch das konnte auch daran liegen, dass ihre letzte Mahlzeit aus einem trockenen Brötchen am gestrigen Mittag bestanden hatte. Denn vom mitgebrachten Pflaumenkuchen hatte sie dank ihres überstürzten Aufbruchs nichts abbekommen. „Wenn noch eines dieser duftigen Schokocroissants vom Frühstücksbuffet da sein sollte, würde ich nicht nein sagen."

Sophie lächelte verschmitzt. „Ich bin sicher, dass sich da noch etwas machen lässt."

Während das Zimmermädchen auf die Suche nach etwas Essbarem ging, erhob Kathi sich, lief ins Bad und wusch ihr Gesicht mit kaltem Wasser. Dann putzte sie ihre Zähne, schlüpfte in ein frisches Shirt und fühlte sich augenblicklich besser.

Sie verstaute das schmutzige Oberteil gerade in ihrem Schrank, als es erneut an der Tür klopfte. Sophie stand mit einem Tablett draußen und trug dieses zum kleinen Tisch. Dann zog sie energisch die Vorhänge auf und öffnete beide Flügel des Fensters. Sommerliche Luft wehte herein und grelles Licht erfüllte den Raum.

„Wie ich sehe, scheint mal wieder die Sonne. War das früher eigentlich auch so, als wir Kinder waren?", murmelte Kathi und hob die silberne Servierglocke an. Auf einem Teller lagen zwei Schokocroissants. „Oh Gott, du bist die Beste. Ich danke dir."

„Gern geschehen. Wenn ich sonst noch etwas für dich tun kann?"

„Der Rest ist mein Part. Der gestrige Tag ist ein wenig aus dem Ruder gelaufen. Frei nach dem Motto: Der kann weg."
„Ja, das soll manchmal vorkommen." Sophie hob die Hand. „Ich mach dann mal nebenan weiter ..."
„Ach, eine Bitte hätte ich noch. Kannst du mir sagen, welche Zimmernummer Ramona hat, beziehungsweise ob sie momentan im Haus ist?"
Eine steile Falte erschien auf Sophies Stirn. „Ramona? Ach, du meinst Frau Ahlenburg, die Drehbuchautorin?"
Kathis Hand erstarrte, in Zeitlupe sank das Croissant auf ihren Teller. „Die Drehbuchautorin? Ich meine die Frau, die immer diese verrückten Turbane trägt."
„Ja, genau. Das ist Frau Ahlenburg, die wie du der schreibenden Zunft angehört." Sophie trat einen Schritt näher. „Alles gut bei dir? Wenn ich ehrlich sein soll, siehst du jetzt noch bleicher aus als vorhin, wo ich dich geweckt habe."
„Ähm, komisch. Ich dachte, Ramona, also ich meine diese Frau Ahlenburg wäre hier im Urlaub. Zumindest erwähnte sie so etwas bei einem unserer Gespräche."
Sophie lehnte sich an die Wand. „Stimmt, ich sah euch öfter reden und spazieren gehen. Soweit ich informiert bin, ist Frau Ahlenburg als Drehbuchschreiberin aktiv. Deswegen ist sie ja hier. Ihr Spezialgebiet sind diese schnulzigen Filme, die immer am Sonntagabend auf einem bestimmten Kanal laufen und von denen jeder behauptet, er hätte sie nicht gesehen. Sie sucht hier nach einer neuen spannenden Geschichte für ihren nächsten Film und sie ist tatsächlich fündig geworden. Das hat sie zumindest heute Morgen unserer Frühstückskellnerin Ute verraten."
„Wie schön", stammelte Kathi. „Und ihre Zimmernummer?"
„Tut mir leid, die darf ich nicht sagen. Aber du kannst eine Nachricht an der Rezeption hinterlassen. Peter lässt sie ihr dann

zukommen." Erneut sah Sophie auf ihre Uhr. „Nun muss ich wirklich weiter."

Die Tür fiel hinter ihr ins Schloss. Wie ein Wiesel eilte Kathi zu ihrem Schrank, zerrte den Laptop hervor und gab das Passwort ein. Ungeduldig wartete sie, während der Computer heute extra langsam startete. Endlich konnte sie eine Suchmaschine aufrufen und gab den Namen Ahlenburg ein. Bereits der erste Artikel war ein Volltreffer.

In der nächsten halben Stunde klickte Kathi sich durch diverse Seiten und klappte dann den Laptop zu. Ramona Ahlenburg war tatsächlich eine sehr erfolgreiche Frau. Zwar lag ihre letzte Veröffentlichung eine Weile zurück, aber das hatte nichts zu bedeuten. Sie hatte mehrere Autoren in ihrem Freundeskreis, die sich manchmal längere Auszeiten nahmen und in der Zwischenzeit von ihren bisherigen Werken gut leben konnten. Da Ramona in der Vergangenheit die Vorlagen für sehr lukrative Projekte geliefert hatte, würde dies bei ihr nicht anders sein.

Mit geschlossenen Augen saß Kathi da und versuchte sich, an ihre ersten Begegnungen mit Ramona zu erinnern. Sie hatte irgendwas von einem Dasein als Hobbyautorin gefaselt, aber niemals, dass sie Drehbücher schrieb, und schon gar nicht, dass sie hier in Ahrenshoop auf der Suche nach neuem Stoff war.

Sie dachte an die langen Spaziergänge, und wie sie der sympathischen Frau nach und nach alles anvertraut hatte, was sie in ihrem Inneren bewegte. All die Dinge, die sie sonst niemanden gesagt hatte. Wie hatte Ramona noch einmal gesagt, wenn man es einmal ausspracht, wurde es leichter. Sie wäre schon immer eine Beichtschwester gewesen. Sie stöhnte laut auf und presste ihre Hände an die Schläfen.

Hatte Ramona sich ihr Vertrauen erschlichen? War es ihr nur um eine gute Story gegangen? Taugten Kathis Erinnerungen überhaupt als Vorlage für eine abendliche

Filmschnulze? Oder übertrieb sie maßlos und ihre zum Zerreißen gespannten Nerven spielten ihr einen Streich. Mit aller Macht versuchte sie, sich zu beruhigen. Doch die Angst wollte nicht weichen.

Fieberhaft grübelnd starrte Kathi die silberne Servierglocke an. Sie musste etwas tun. Oder besser gesagt, sie musste Gewissheit haben, über das, was Ramona Ahlenburg Spannendes auf dem Darß entdeckt hatte.

***

Auch Elsa verspürte Aufregung. Gleich heute Morgen hatte sie eine Nachricht an Fiete geschickt und ihn um ein Treffen gebeten. Dabei hatte sie auf Sophies Empfehlung hin, ein wenig eindringlicher geschrieben, als in den vergangen Tagen. Die Antwort war nach kurzer Zeit gekommen und nicht nur das. Fiete hatte sie sogar angerufen.

„Treffen wir uns einfach bei dir", hatte er vorgeschlagen.

Augenblicklich hatte Elsa zugestimmt.

„So gegen vier?"

Auch die Zeit hatte gepasst.

„Vielleicht bin ich schon ein bisschen eher vor Ort. Ich habe eine Überraschung für dich."

Elsas Herz hatte schneller geschlagen, doch sie beschloss, sich nicht in wilden Grübeleien zu ergehen und abzuwarten. Je mehr der Uhrzeiger nach vorn rückte, umso flauer wurde ihr im Magen. Eigentlich hatte sie sich noch einmal dem Programm für den Sommernachtsball widmen wollen, aber ihr Kopf war leer und keine brauchbaren Ideen wollten sich einstellen.

So drehte sie eine Runde durch den Garten, hielt unverfänglichen Smalltalk mit einigen Gästen und schwatzte ein wenig mit dem alten Hans, der den Sichtschutzzaun an der Müllecke neu lasierte.

„Ein Wetter ist das", beklagte sich der alte Mann. „Diese Hitze macht einem zu schaffen."

„Nun, unseren Hotelgästen gefällt es. Sie können baden und den Strand genießen."

„Mag ja sein, aber der Rasen wird immer brauner. Sehen Sie sich doch nur mal die Felder rund um den Ort an, wie im Herbst." Hans schob seine Schiebermütze, die er trotz der Hitze trug, in den Nacken und kratzte sich am Kopf. „Verrückte Zeiten sind das." Er legte den Pinsel behutsam auf die Lasurbüchse, wischte seine Finger an einem alten Lappen ab und beugte sich dann verschwörerisch zu Elsa. „Sagen Sie mal, Frau Torberg. Diese verrückte Alte, Sie wissen schon, die mit den Turbanen und bunten Klamotten, ist die wirklich beim Film?"

„Sie meinen Frau Ahlenburg? Ja, sie schreibt Drehbücher."

„Tatsächlich." Hans kratzte sich erneut am Kopf. „Bissel neugierig isse, diese Dame. Hat versucht, mich auszuquetschen über alle möglichen Sachen."

„Und hatten Sie etwas zu berichten?", forschte Elsa nach.

Hans schüttelte energisch den Kopf. „Natürlich nich. Hab mir Ihre Worte zu Herzen genommen. Kein Klatsch, nich. Wenn man in einem Hotel arbeitet, muss man gewisse Sachen für sich behalten. Und dennoch, diese Person hat weiter rumgefragt und mit vielen Leuten geredet hier im Ort."

„Na, Hauptsache sie schreibt nichts Schlimmes über unser Hotel. Vielleicht taucht das *Godewind* irgendwann im Fernsehen auf und Ihnen wird eine Rolle angeboten."

Entsetzt wich Hans einen Schritt zurück und hob die Hände. „Bloß nich, so ein Zeugs ist nichts für mich ollen Mann."

Elsa lachte und legte ihm die Hand auf den Arm. „Keine Angst, bevor sie etwas über das Hotel schreibt, muss sie erstmal mit uns reden."

Hans wirkte nur bedingt erleichtert und nahm seine Malerarbeiten wieder auf.

Einen Moment hatte sie ihre Sorgen wegen der kommenden Stunden vergessen. Doch während Elsa dem Seiteneingang des *Godewinds* entgegenlief, holten sie sie wieder ein.

Zu ihrer Erleichterung saß Sophie im Pausenraum, studierte die Zeitung und hatte die Füße auf den Stuhl gelegt, auf dem sonst Peter saß. Als sie Schritte vernahm, schwang sie ihre Füße schnell auf den Boden, atmete aber angesichts von Elsa auf. „Ach du bist es, ich dachte schon, Peter hätte mich ertappt. Hier hab ich übrigens was für dich." Sie schob einen Zettel auf die andere Seite.

Elsa studierte ihn und musste lächeln. „Das Geheimrezept für euren Familienkartoffelsalat. Ich danke dir. Es war ein so schöner Nachmittag. Und ich kann dich nur beglückwünschen zu dem Leben, das du führst. Du hast ein tolles Haus, einen schönen Garten und ich bin sicher, du und Lars, ihr werdet alles schaffen."

Sophie schmunzelte gerührt. „Ich danke dir. So ein Treffen, das müssen wir unbedingt wiederholen. Das nächste Mal mit unseren beiden Männern. Ich würde mich wirklich freuen, Fiete mal wiederzusehen. Also nicht immer nur kurz, an der Tankstelle oder so. Apropos Fiete, hast du etwas von ihm gehört?"

Elsa nickte. „Wir sehen uns gleich. Ich muss nur noch ein Telefonat mit einem Lieferanten führen und dann mache ich Feierabend. Fiete hat eine Überraschung für mich. Ich hoffe, eine gute." Besorgt verwob sie ihre Finger.

„Du meine Güte, denkst du etwa, er würde eine negative Überraschung vorher ankündigen?" Sophie schüttelte den Kopf. „Mach dir nicht immer solche Sorgen, du wirst sehen, es wird alles gut. Ich frage mich eher, wer das Atelier heimlich betreten hat. Also, wenn Fiete es nicht war." Sophie stützte den Kopf auf ihre Handflächen. „Die Sache muss geklärt werden."

Elsa wandte sich zur Tür. „Ich weiß. Doch nun wird es Zeit, diesen Lieferanten anzurufen, damit ich pünktlich gehen kann."

„Meld dich bei mir und halte mich auf dem Laufenden", sagte Sophie und hob beide Daumen. „Ich denk an dich."

Eine halbe Stunde später, stellte Elsa ihr Fahrrad unter den schmalen Schauer neben dem Haus und stieg die Treppe nach oben. Die Tür zu ihrer kleinen Wohnung war nur angelehnt.

Behutsam klopfte sie und betrat den Flur. „Fiete, bist du da?"

Er antwortete nicht, doch ein Geräusch aus ihrer Küche verriet ihr, wo er sich aufhielt. Fiete lehnte am Esstisch und hatte ein Glas Wasser in seinen Händen.

„Hier bist du", sagte Elsa und legte ihre Hände um seinen Nacken. Dann drückte sie die Lippen auf seinen Mund und schmiegte sich an ihn. Zurückhaltend erwiderte Fiete ihren Kuss.

„Na, endlich Feierabend?"

„Ja, ich hatte noch ein Telefonat mit einem neuen Lieferanten. Aber nun bin ich ja da." Liebevoll strich Elsa ihm über das Gesicht.

„Schön", meinte er knapp.

„Das finde ich auch. Vor allem, dass wir uns endlich mal wieder sehen."

„Ja", entgegnete Fiete. „Die letzten Tage waren prall gefüllt. Aber das dürfte bei dir nicht anders gewesen sein."

„Stimmt, es ist viel los."

Fiete schob sie sanft zur Seite und betrat den Flur. „Ich hatte dir doch eine Überraschung versprochen." Er deutete auf einige Haken, die er in der Ecke neben der Garderobe angebracht hatte. „Da kannst du bestimmt noch einige Dinge unterbringen und dort sind noch zwei neue Regalbretter unter der Schräge. Perfekt, damit du endlich deine Reisetasche verstauen kannst." Fiete bückte sich und ergriff den Henkel ihrer Tasche. In diesem Moment fiel Elsa siedend heiß ein, dass sie darin die Scherben der zerbrochenen Vase aus Marits Atelier verstaut hatte. Später hatte sie diese entsorgen wollen und es dann vergessen.

In diesem Moment klirrte es auch schon. „Upps, was scheppert denn da?"

Elsas Augen begegneten den seinen und sie ahnte, dass Fiete den Inhalt der Tasche bereits kannte. Da war ein harter Zug, der plötzlich auf seinen Lippen lag.

„Ich kann es dir erklären", sagte sie und näherte sich ihm ein Stück.

„Erklären? Na, da bin ich aber mal gespannt."

Elsa seufzte. „Müssen wir denn hier im Flur reden, zwischen Tür und Angel? Können wir uns nicht setzen?" Da Fiete sich nicht rührte, lief sie ins Wohnzimmer.

Draußen im Flur blieb es still. Elsa zählte innerlich die Sekunden, kam aber nach kurzer Zeit durcheinander. Fiete war noch immer nicht zu sehen. Sie fand sein Benehmen kindisch, wie bei einem kleinen Jungen, der seinen Willen nicht bekommen hatte.

Wütend verschränkte sie ihre Arme und legte sich passende Worte zurecht, als Fiete schließlich doch kam und sich in den, der Couch gegenüberstehenden, Schwingsessel von IKEA setzte. Betont trotzig mied er jeden Blick in ihre Richtung.

„Darf ich es dir erklären oder wollen wir beide uns anschweigen?"

„Erklär ruhig, immerhin hast du mich ja auch um dieses Treffen gebeten."

Elsa straffte ihren Rücken. „Treffen? Na entschuldige mal. Ist es denn so ungewöhnlich, dass ich dich gern mal wieder sehen würde? Seit meinem Einzug hier haben wir kaum eine Minute miteinander verbracht."

„Es war sehr viel zu tun, das sagte ich doch bereits", erwiderte Fiete.

Sie holte tief Luft. Elsa hasste solche Situationen, aber es musste sein. Was hatte Sophie gesagt, sie solle alle Karten auf den Tisch legen. „Aha, und deswegen brauchtest du zwischendurch eine kleine Segelpartie, um Abstand von der vielen Arbeit zu gewinnen. Ich war vor einigen Tagen an deinem Boot. Doch das war genauso wenig da wie du."

Fietes Wangen bekamen Farbe.

„Ich will dir keine Vorwürfe machen. Ich will nur, dass wir miteinander reden, und zwar offen und ehrlich." Nun war es Elsa, die ihn bezwingend anschaute und ihre Blicke nicht abwandte.

„Also gut, legen wir die Karten auf den Tisch", sagte er schließlich. „Du warst in Marits Atelier, denn die Scherben in deiner Tasche, gehören zu einer Vase, die immer auf ihrem Schreibtisch stand. Ich frage mich, was du dort wolltest. Aber ich frage mich noch mehr, wie du hineingekommen bist."

„In meiner ersten Nacht hörte ich unter mir Schritte und sah einen Lichtschein. Da war jemand im Atelier und ich dachte natürlich, dass du es gewesen wärst."

Fiete schüttelte den Kopf. „Ich war es auf keinen Fall und auch sonst niemand. Das Atelier war verschlossen und ist es noch immer. Zumindest bis du dir Zutritt verschafft hast."

Elsa verdrehte die Augen. „Denkst du etwa, ich hätte die Tür aufgebrochen? Ich habe durch Zufall einen Schlüsselbund gefunden, hinten in der alten Scheune. Dann wollte ich einfach nur nachsehen ..." Sie zögerte kurz. „Aber unten war niemand."

„Na bitte, alles Einbildung." Fietes Stimme wurde härter und ihr Puls beschleunigte sich mit jedem weiteren Wort.

„Würdest du bitte aufhören, mich wie ein dummes kleines Mädchen zu behandeln?" Sie beugte sich zu ihm. „Ich habe es früher schon gehasst, wenn man so mit mir sprach. Aber inzwischen finde ich es unterste Schublade. Also hör auf damit."

Fietes Lippen wurden schmal, doch schließlich nickte er. „Gut, lass uns sachlich reden."

Elsa sammelte sich kurz. „Ich war nur im Atelier, weil ich zufällig den Schlüssel gefunden hatte und nach dem Rechten sehen wollte." Sie fixierte das kleine Segelboot aus Treibholz, das auf dem Sideboard neben ihr stand und schüttelte den Kopf. „Nein, das stimmt nicht. Ich bin auch ins Atelier gegangen, weil ich etwas über Marit erfahren wollte." Fiete zog scharf die Luft ein. „Ich wollte wissen, was für ein Mensch sie war, wirklich war. Wie sie lebte, was sie gemalt hat, einfach, dass ich sie besser greifen kann." Ihre Stimme brach. „Es ist nicht leicht für mich, Fiete. Alle sagen mir immer, was für ein toller Mensch Marit war, wie großartig, wundervoll, einzigartig. Ich komme mir manchmal wie ein kleines dummes Entchen vor. Ich habe Angst, deinen Anforderungen nicht genügen zu können. Es ist ein großer Schatten, den Marit wirft. Vor allem, wenn du mich so allein lässt, wie in den letzten Tagen. Ich denke dann, ich habe etwas falsch gemacht oder die falschen Worte benutzt." Hilflos legte sie die Arme um ihren Körper. Elsa war auf einmal entsetzlich kalt, obwohl die Luft hier unter dem Dach stand.

„Ich verstehe." Fiete räusperte sich. „Also bist du ins Atelier gegangen, mit dem Schlüssel, der angeblich in der Scheune lag."

„Er lag nicht angeblich dort, sondern wirklich", zischte sie ihn an.

„Und dann, hast du Antworten auf deine Fragen gefunden? Weißt du nun, was Marit für ein Mensch war?"

Sie hob unsicher die Schultern. „Nicht wirklich. Ich weiß nur eins, es war jemand im Atelier."

„Woraus schließt du das?" Skeptisch betrachtete Fiete sie.

Elsa überlegte kurz, doch es war das Beste, die Wahrheit zu sagen. „Ich habe einen Lichtschein gesehen und Schritte gehört. Sophie meinte gestern auch ..."

Fiete warf die Hände in die Luft. „Sophie? Sag bloß, die hat sich auch unten umschauen dürfen. Das wird ja immer besser. Am Ende schleust du noch sämtliche Kollegen aus dem *Godewind* durchs Atelier."

„Du weißt genau, das ich das niemals tun würde. Sophie ist mir zu einer Freundin geworden und sie hat sich Sorgen um mich gemacht. Also haben wir gemeinsam nach dem Rechten gesehen. Und dabei ist mir aufgefallen, dass eine kleine Schachtel, die bei meinem ersten Besuch noch vorhanden war, inzwischen verschwunden ist. Auch an Marits Laptop hat sich jemand zu schaffen gemacht."

An diesem Punkt hatte Elsa Fietes volle Aufmerksamkeit. Sein abwertendes Verhalten verschwand schlagartig. „Was für eine Schachtel?", fragte er heiser.

„Sie war blau und es waren Fotos und Briefe darin. Mehr habe ich nicht gesehen."

„Warum nicht?"

Elsa biss sich auf die Unterlippe. „Weil es deine Angelegenheit ist, die Dinge zu sichten und zu sortieren. Ich wollte nicht herumschnüffeln. Ich wollte nur ..." Hilflos hob sie die Arme. „Es kam mir vor, als würde ich in einen Bereich eindringen, in dem ich nichts zu suchen habe. Deswegen habe ich den Schlüssel auch wieder zurückgebracht und wollte Marits Atelier nie mehr betreten, bis gestern. Sophie hat es nur gut gemeint, das musst du mir glauben. Wir wollten nicht stöbern, sondern eher einer gewissen Sache auf den Grund gehen."

„Und die wäre?"

Elsa zögerte erneut.

„Warum sagst du denn nichts?" Fiete ergriff den Sessel und zog ihn ein Stück in ihre Richtung.

„Wo soll ich anfangen? Also gut. Ich war vor einigen Tagen bei Stefan Rudloff und wollte ihm die Einladung zu unserem Sommernachtsball überbringen. Familie Gutter hielt es für eine gute Idee, ihn nicht auszuschließen. Und bei dieser Gelegenheit ..." Elsa berichtete über ihren Besuch im Hotel und die Bilder, auf die sie im Atelier gestoßen war. Dann erwähnte sie Rudloffs Bitte.

Fiete lauschte schweigend ihrem Bericht. Sein Gesichtsausdruck war unergründlich. Erst am Ende begann sein rechtes Augenlid zu zucken. Ein Zeichen von großer Anspannung, wie Elsa inzwischen wusste. „Und jetzt, was willst du von mir?", stieß er zwischen zusammengepressten Zähnen hervor. „Ich werde mich nicht mit Rudloff unterhalten, niemals. Ich verachte ihn, genau wie Marit es tat."

„Und dennoch hat sie ihn gemalt, unverkennbar. Wenn du willst, lass uns den Schlüssel holen und nachsehen."

„Auf keinen Fall." Fiete schob den Sessel nach hinten und erhob sich. „Ich werde einen Teufel tun." Er drehte sich um und strebte Richtung Tür.

Fassungslos blieb Elsa sitzen und starrte ihm nach. „Das ist alles? So beendest du unser Gespräch?"

Er blieb schweigend stehen.

„Wie soll es denn jetzt weitergehen? Mit Schweigen, mit Ignorieren, damit, dass wir uns weiterhin aus dem Weg gehen? Wenn das deine Lösung sein sollte, dann wäre es wohl besser, alles zu beenden, und zwar hier und jetzt. Was macht es für einen Sinn, dass wir versuchen uns eine Zukunft aufzubauen, wenn wir schon an solchen Kleinigkeiten scheitern. Du glaubst mir nicht, du vertraust mir nicht, also ..."

Fiete nickte. Dann drehte er sich um. „Ja, vielleicht hast du recht. Vielleicht ist es wirklich das Beste, wenn wir hier einen Schlussstrich ziehen. Wir sind erst wenige Meter zusammengegangen. Die Strecke zur Umkehr ist noch nicht so weit."

Er durchquerte den Flur und zog die Tür hinter sich ins Schloss.

Kapitel 15

Kathi betrat erschöpft die Terrasse des Restaurants *Namenlos* und hielt Ausschau nach einem freien Platz. Und nicht nur das. Ihre Augen suchten eine bestimmte Person, doch auch hier war ihr das Glück nicht hold. Zwar waren alle Tische besetzt, was bei dem herrlichen Sonnenschein mehr als verständlich war, aber die Eine war nicht zu sehen. Enttäuscht wollte sie das Restaurant wieder verlassen.

In diesem Moment beglich ein Ehepaar seine Rechnung. Kathi nahm deren Platz ein und orderte bei der Kellnerin eine große Flasche Wasser. Sie fühlte sich wie ausgedörrt. Ihre Zunge klebte am Gaumen. In den letzten Stunden war sie durch ganz Ahrenshoop gelaufen auf der Suche nach Ramona. Doch die schien wie vom Erdboden verschwunden zu sein.

Auf das Angebot, einen Zettel in ihrem Fach an der Rezeption zu deponieren, war Kathi bisher nicht eingegangen. Lag ihr Handy doch samt Tasche immer noch bei ihren Eltern. Zum Glück hatte sie in einer Jeans einen Zehn-Euro-Schein gefunden, sonst hätte sie nicht mal Geld gehabt.

Durstig leerte sie ihr Glas und schenkte sich ein zweites ein. Allmählich verschwand das hitzige Gefühl auf ihren Wangen. Nachdenklich betrachtete Kathi die Ostsee und glaubte, ein leises Wellenrauschen zu vernehmen. Was für ein Wetter. Früher hätten sie den ganzen Tag am Strand verbracht, Sandburgen gebaut, Volleyball gespielt und sich ein Wettschwimmen bis zu einer der vorgelagerten Sandbänke geliefert.

Jetzt saß sie hier mit einem Shirt, das am Rücken klebte, und schwitzte vor sich hin. Am liebsten hätte sie sich erneut in Selbstmitleid gestürzt. Doch dem hatte sie sich schließlich schon die ganze Nacht hingegeben. Also ließ sie es sein.

Es galt nun, einen kühlen Kopf zu bewahren. Grübelnd strichen ihre Finger über die nasse Außenseite des Glases.

Auf jeden Fall musste sie als Nächstes ihre Eltern aufsuchen. Sie brauchte ihre Tasche und natürlich das Handy. Vermutlich hatten in den letzten Stunden schon unzählige Leute versucht, sie zu erreichen. Entschlossen leerte Kathi die Flasche, klemmte den Geldschein unter das Glas und verließ das Restaurant.

Sie wählte den Gehweg an der Straße, obwohl der Strand eine wesentlich schönere Alternative zu Motorengeräuschen und Abgasen in der Luft gewesen wäre. Aber lachende und glückliche Menschen, die sich ja meist am Strand tummelten, hätte sie jetzt nicht ertragen.

Schließlich erreichte sie die erste Abzweigung, die zu ihrem ehemaligen Zuhause führte. Es gab noch eine zweite, etwa zweihundert Meter weiter. Die erste war die kürzere, führte aber an Renes Grundstück vorbei. Einige Sekunden wog Kathi ab – länger oder kürzer. Die Strecke gab schließlich den Ausschlag.

Behutsam spähend, näherte sie sich Renes Grundstück. Kathi machte einen langen Hals und hielt Ausschau, doch niemand war zu sehen. Kein Wunder, wer würde bei dieser Hitze auch hinter dem Gartenzaun auf der Lauer liegen. Sie erreichte die breite Einfahrt, schielte unauffällig nach rechts und sah niemanden. Ein Hauch von Enttäuschung stellte sich dennoch ein. Kathi schalt sich selber. Sie benahm sich wie eine dumme Kuh und nicht wie eine gestandene Frau.

Hastig lief sie weiter und bemerkte erst im letzten Moment den Transporter, der sich ihr näherte. Kathi trat einen Schritt nach hinten und presste sich an die dichte Hecke von Renes Nachbargrundstück. Doch der geschaffene Platz schien immer noch nicht ausreichend zu sein. Denn der Fahrer hielt den Wagen an und öffnete die Scheibe.

Sie legte sich gerade eine freche Bemerkung zurecht, als ihr die Worte erstarben. Rene beugte sich nach draußen.

„Wolltest du zu mir?", fragte er mit einem anzüglichen Unterton.

Kathi strich sich die schweißnassen Haare aus der Stirn und warf den Kopf nach hinten. „Natürlich nicht. Ich will zu meinen Eltern."

„Ach so, ich dachte nur, weil du so sehnsuchtsvoll zu meinem Haus geschaut hast."

„Träum weiter", erwiderte sie scharf.

„Wie ist denn das Treffen gelaufen, das mit Grit?"

Kathi ächzte. „Woher weißt du das denn schon wieder?"

„Nun, ich begegnete gestern Grit und sie meinte, sie wolle zu deinen Eltern, um dich zu treffen." Rene machte eine kleine Pause. „Da dieses Treffen bei deinen Eltern stattfand, nehme ich mal an, dass es nicht ganz freiwillig, sondern von deiner Mutter arrangiert war. Habe ich recht?"

Natürlich hätte sie alles leugnen können. Doch dafür fehlte Kathi inzwischen die Kraft. „Du hast recht", murmelte sie.

„Und wie war es?"

„Die Kurzversion lautet: Eine absolute Katastrophe."

Rene stützte seinen Ellenbogen auf die heruntergelassene Scheibe und nickte. „Ich verstehe. Ich hab übrigens Feierabend und nichts mehr vor. Nur für den Fall der Fälle."

„Was für Fälle?", fragte Kathi.

„Zum Beispiel, dass du jemanden zum Reden suchst oder mal raus willst aus Ahrenshoop."

„Ich hab schon viel zu viel geredet, vor allem mit den falschen Menschen."

„Und was wäre, wenn du mal mit den richtigen reden würdest, mit denen, die es einfach nur gut mit dir meinen? Was wäre, wenn du die Dinge mal ganz anders anpackst, als sonst? Du kannst nicht eine Veränderung erwarten und deine ausgefahrenen Gleise stur weiter befahren." Sonnensprenkel tanzten in Renes Augen.

Kathi sah sie flimmern und auf einmal wurde ihr ganz warm ums Herz. „Ich weiß nicht was das bringen soll", flüsterte sie mit erstickter Stimme und bewegte schnell ihre Wimpern, um die aufsteigenden Tränen wegzuzaubern.

„Dann lass dich überraschen. Manchmal muss man einfach nur seiner inneren Stimme folgen."

„Die hat mich schon einige Male in die Irre geführt", erwiderte Kathi abweisend.

„Könnte daran liegen, dass es gar nicht deine innere Stimme war, auf die du gehört hast, sondern dein Verstand. Der hat nämlich meistens ganz andere Pläne als dein Inneres."

Beide vernahmen ein Motorengeräusch. Es näherte sich ein Wagen und Rene musste in Kürze die Straße freimachen. „Also, wollen wir reden?"

Sie schloss kurz die Augen. „Gut, einverstanden. Vorher muss ich aber meine Tasche holen. Die liegt nämlich immer noch bei meinen Eltern. Hoffentlich ist meine Mutter nicht da." Das andere Auto begann zu hupen und Kathi warf dem Fahrer einen scharfen Blick zu.

„Dann hol schnell die Tasche und keine Angst, die Luft ist rein. Nur dein Vater ist zu Hause. Deine Mutter hat heute Treffen der Landfrauen in Prerow. Ich fahr mich kurz umziehen und hole dich dann ab. Einverstanden?"

Kathi nickte und lief los. Die restlichen Meter waren in kurzer Zeit zurückgelegt. Sie betrat den Garten ihrer Eltern und musterte den Schlüssel, der wieder einmal an der Eingangstür steckte. Entschlossen drehte sie ihn herum und betrat das Innere des Hauses.

„Bist du es, Monchen?", erklang die Stimme ihres Vaters.

Erneut wurden Kathis Augen feucht. Solange sie sich erinnern konnte, hatte ihr Vater Monchen zu seiner Frau gesagt. In diesem Kosenamen steckte so viel Liebe und die war es wohl auch gewesen, die ihre Eltern alle Klippen des Lebens umschiffen und bis heute zusammenbleiben lassen hatte.

„Nein, ich", antwortete sie und betrat die Küche.

Ihr Vater saß am Tisch. Vor ihm lag die Zeitung, im speziellen das Kreuzworträtsel, das er seit vielen Jahren löste. „Kathi, du meine Güte. Wir haben uns riesige Sorgen um dich gemacht."

„Es tut mir leid, aber ich musste einfach weg."

Ihr Vater faltete die Zeitung zusammen und legte sie auf den Stapel am Kopfende des Tisches. „Du weißt, dass Mutter es nur gut gemeint hat?"

„Ja, vermutlich."

„Natürlich war es ein Wurf ins eiskalte Wasser. Aber sie wollte, dass ihr euch endlich aussprecht. Nicht unbedingt wegen Grit, eher wegen dir." Detlef klang besorgt. Da waren tiefe Falten neben seinem Mund und auf der Stirn. Wieder einmal wurde ihr bewusst, wie lange sie nicht mehr hier gewesen war. Sie musste ihnen Kummer gemacht haben. Es war viel Zeit vergangen und die ließ sich nicht mehr nachholen, so sehr sie das auch wollte.

Kathi kniete sich neben den Stuhl ihres Vaters und schmiegte ihr Gesicht an dessen Arm. „Das weiß ich doch alles. Aber ich konnte einfach nicht."

„Du musst, sonst wirst du dein Leben lang keine Ruhe finden. Glaub mir, ich weiß, wovon ich spreche. Räume all die Unklarheiten beiseite und schaff Ordnung an Deck, je eher, umso besser. Dann wirst du vielleicht endlich Frieden finden."

Ihr Vater legte seinen Finger unter ihr Gesicht und hob es an, dass sie ihm genau in die Augen schauen musste. „Versprichst du mir das?"

Kathi nickte.

„Und was hast du jetzt noch geplant?" Von einer Minute zur anderen veränderte sich die Stimme ihres Vaters. Hatte sie eben noch einfühlsam und mahnend geklungen, war nun wieder der humorvolle Unterton zu vernehmen. So war es früher schon immer gewesen.

„Ich treffe mich mit Rene und wollte nur schnell meine Tasche holen."

„So so, Rene also." Detlef blinzelte verschmitzt. „Er ist ein guter Kerl und hat in den vergangenen Jahren immer wieder nach dir gefragt. Aber erzähl ihm das nicht, ansonsten rammt er mich ungespitzt in den Boden."

Kathi legte ihren Zeigefinger an die Lippen. „Keine Angst, ich schweige wie ein Grab."

„Deine Tasche ist dort drüben. Viel Spaß euch beiden."

Sie kämpfte sich auf die Beine und beugte sich dann vor, um ihrem Vater einen Kuss auf die Stirn zu drücken. „Danke Papa, für alles."

„Du bist unsere Einzige und wirst immer meine kleine Lütte bleiben."

Mitten im Flur besann Kathi sich noch einmal und kam zurück. „War Grit sauer, weil ich gestern einfach so abgehauen bin."

Nachdenklich sah ihr Vater sie an, bis er auf einmal zu grinsen begann. „Ich glaube nicht. Ich denke sogar, dass sie genau diese Reaktion von dir erwartet hat. Immerhin ist sie deine älteste Freundin. Und selbst wenn ihr euch viele Jahre nicht gesehen habt. In unserem Herzen bleiben wir immer die Gleichen."

Rene wartete bereits auf sie. Zu Kathis Erstaunen aber nicht zu Fuß, sondern mit seinem Auto. Er hatte sich umgezogen und trug eine dunkle Jeans mit einem leichten, karierten Hemd. Einen Moment wirkte er wie ein Holzfäller, der in den Weiten Kanadas lebte.

„Komm, steig ein", rief er ihr durch das Seitenfenster zu. „Wir entfliehen Ahrenshoop. Lass dich überraschen, wo und wie man reden oder neue Horizonte finden kann."

Kathi öffnete die Tür, rutschte auf den Sitz und schnallte sich an.

Gekonnt wendete Rene den schweren Wagen. Sie fuhren Richtung Wustrow, passierten das Ostseebad mit der langen baumbewachsenen Straße, die schnurgerade zur Seebrücke führte. Am Ortsende lag die alte Seemannsschule, in der seit Kurzem unzählige Ferienwohnungen untergebracht waren. Das mächtige Gebäude, mit den vielen Fenstern, wurde von neueren Häusern flankiert, in denen Urlauber Quartier fanden.

Rene folgte ihrem Blick. „An manchen Dingen scheiden sich die Geister. Da sind die einen, die vom Tourismus leben und sich noch mehr Gäste wünschen. Und die anderen, die lieber ihre Ruhe haben wollen. Und die dritte Fraktion, die sich irgendwo in der Mitte wiederfindet und meint, dass es gut ist, wenn manche Gebäude wieder eine sinnvolle Verwendung finden."

„Und zu welcher Fraktion gehörst du?"

Rene lachte und ließ seine gleichmäßig weißen Zähne blitzen. „Ich glaube, ich finde mich irgendwo zwischen zwei und drei wieder. Man braucht starke Nerven, vor allem im Sommer, wenn man hier leben will. Aber ich glaube, das weißt du selbst."

„Es hat sich viel verändert. Ich vermisse die Ruhe, die wir früher noch hatten."

Rene lenkte den Wagen durch eine Kurve und lächelte. „Auch früher war der Teufel los. Erinnerst du dich, welch lange Schlange am Eiswagen stand? Und wie begehrt ein Gästezimmer war? Ich weiß noch, dass meine Eltern teilweise auf die kommenden fünf Jahre ausgebucht waren. Nein, voll war es immer schon und dennoch anders."

Nachdenklich schaute Kathi aus dem Fenster.

Kurz bevor sie die erste Abzweigung nach Dierhagen erreichten, bog Rene in einen schmalen Weg ein. Da es seit mehreren Tagen nicht geregnet hatte, zogen sie eine mächtige Staubwolke hinter sich her. Mit jedem weiteren Meter wurde der Weg schmaler und schlechter. Ein Schlagloch folgte auf das nächste und Kathi wurde mächtig durchgeschüttelt. In der Ferne sah sie eine Ansammlung von Gebäuden auftauchen, die von mächtigen alten Bäumen umrahmt worden. Davor erstreckten sich Pferdekoppeln, auf denen Tiere friedlich grasten. Ein Reiter galoppierte über einen Parcours und folgte den Anweisungen einer Frau, die auf dem Koppelzaun saß.

Rene verringerte die Geschwindigkeit und parkte sein Auto neben einem ziemlich in die Jahre gekommenen, verbeulten Jeep. Sie hatten kaum den Wagen verlassen, da tönte von der Ferne ein lauter Ruf.

„Du kommst wie auf Bestellung. Die Überdachung bei den hinteren Ställen quietscht, wenn ein kleines Lüftchen weht und bei einem stärkeren Lüftchen ist es kaum zum Aushalten. Da musst du unbedingt noch mal ran. Dieser Ton macht die Tiere unruhig." Die Frau, die gerade eben noch auf dem Zaun gesessen hatte, näherte sich, legte ihre Arme um Renes Hals und gab ihm einen Kuss auf die Wange. „Gib zu, du hast meine inneren Stoßseufzer gehört und bist deswegen heute gekommen und nicht erst nächste Woche."

Rene schüttelte lachend den Kopf. „Also deswegen hatte ich Schluckauf, nur wegen dir und deiner Gäule." Dann deutete er auf Kathi. „Aber eigentlich bin ich wegen ihr hier."

Die Frau musterte Kathi und machte einen Schritt auf sie zu. Grübelnd verzog sie ihr Gesicht. „Kathi?", fragte sie nach einigen Sekunden des Nachdenkens ungläubig.

Die betrachtete die Frau in enger Reithose und ausgeblichenen Shirt nun ebenfalls genauer. „Dörte", stieß Kathi aus und legte ihre Hände vor lauter Überraschung an die Wangen. „Was machst du denn hier?"

Auf der Stelle wurde Kathi gedrückt, genauso herzlich, wie gerade eben noch Rene.

„Das frage ich eher dich. Wobei ich ja schon wusste, dass du hier bist. Einige unserer alten Klassenkameraden haben mir bereits berichtet, dass du dich mal wieder nach Ahrenshoop getraut hast." Dörte sah sie prüfend an. „Aber so arrogant, wie die anderen sagten, kommst du gar nicht rüber."

Rene grinste verschmitzt und lehnte sich lässig an den verbeulten Jeep.

„Das könnte daran liegen, dass ich nicht im Geringsten arrogant bin", erwiderte Kathi spitz. Immer noch starrte Dörte sie an. „Und wenn wirklich, dann nur ein bisschen."

Alle brachen in helles Lachen aus und mit diesem Lachen war der Bann gebrochen. Dörte war früher mit ihr in eine Klasse gegangen. Als sie fünfzehn war, hatte ihr Vater einen neuen Job in Schweden angetreten und sie hatte Ahrenshoop verlassen müssen. Kathi und Dörte waren nie die größten Freundinnen gewesen. Sie hatten sich verstanden, waren einige Male zusammen unterwegs gewesen. Schon damals hatte Dörte das Herz auf der Zunge getragen. Ihre offene ehrliche Art kam nicht überall und vor allem, nicht immer an. Sie sagte einfach, was ihr in den Sinn kam und hatte damit auch Kathi einige Male vor den Kopf gestoßen. Doch Dörte konnte man nie lange böse sein. Ihr strahlendes Lachen und ihre herzliche Art machten alles wieder gut.

„Was machst du hier?", fragte Kathi. „Gibst du Reitunterricht?"

„Gar nicht so schlecht. Ich gebe unter anderem Reitunterricht. Und ganz nebenbei miste ich aus, striegele Pferde, putze Ferienzimmer. Kurz gesagt – mir gehört das alles hier."

„Du meinst das ganze Gestüt?", fragte Kathi ungläubig.

„Na ja, Gestüt ist vielleicht ein bisschen zu hoch gegriffen. Sagen wir eher Pferdehof oder Gnadenhof für Tiere, die ein bisschen aus der Norm fallen, so wie manche Menschen. Unter anderem auch ich."

„Respekt", sagte Kathi und nickte anerkennend. „Du führst die Anlage allein?"

„Momentan ja", sagte Dörte. „Doch wer weiß, vielleicht kommt morgen schon mein Traumprinz um die Ecke. Was machst du in Ahrenshoop? Einen Artikel für die Zeitung schreiben? Hast du dich schon mit ..."

„Nein, ich war noch nicht bei Grit", fiel Kathi ihr genervt ins Wort. „Wir haben uns dennoch gestern getroffen, weil meine Mutter ein Treffen arrangiert hat."

Dörte hob die Hände. „Wow, wow, wow, nur ruhig meine Liebe, nur ruhig." Es klang, als würde sie mit einem ihrer Pferde sprechen. „Das wollte ich gar nicht fragen. Ich wollte eher wissen, ob du dich schon mit Sarah unterhalten hast. Sie ist auch unter die schreibende Zunft gegangen und hat schon einige Romane veröffentlicht. Neulich sprachen wir von dir."

Kathi spürte Hitze auf ihren Wangen. Und das lag nicht am Wetter, denn hier unter den schattenspendenden Bäumen, ließ es sich gut aushalten. Nervös strich sie sich durchs Haar. „Nein, ähm, das mit Sarah wusste ich nicht."

„Ach, ist ja auch egal." Dörte winkte ab. „Ich freue mich jedenfalls, dass Rene dich mitgebracht hat." Hinter ihnen näherte sich ein Kleinbus. Eine Staubfahne wehte heran, legte sich aber nach kurzer Zeit wieder. „Hach, ich würde gern noch mit euch schwatzen. Aber dort kommt mein nächster Patient." Sie wandte sich an Rene. „Willst du Kathi nicht ein bisschen herumführen? Immerhin kennst du dich ja hier inzwischen wie in deiner Westentasche aus. Ich brauche etwa eine halbe Stunde."

Staunend schaute Kathi ihrer alten Klassenkameradin nach, die mit weit ausgebreiteten Armen einen kleinen Jungen begrüßte, der gerade von einer Frau in einen Rollstuhl gehoben wurde. Rene löste sich von dem verbeulten Wagen und stellte sich neben sie. „Unglaublich, oder? Wer hätte gedacht, dass unsere Dörte mal hier landet. Umgeben von Feldern und Wiesen und tausenden von Fliegen und Mücken."

„War sie nicht immer schon ein Landkind?"

Rene grinste. „Mag sein. Doch am Anfang ist sie in Schweden fast gestorben, wegen der vielen Viecher. Und nun ist sie ein Pferdemädchen."

„Wie hat sie das gemeint, mit dem nächsten Patienten?"

Rene deutete unauffällig zu dem Jungen im Rollstuhl. „Dörte bietet Reittherapie an, zum Beispiel für körperlich oder geistig behinderte Kinder. Sie ist wirklich gut und inzwischen hat sie mehr Anfragen, als sie anbieten kann. Aber nun komm, lass uns eine kleine Runde drehen."

Dörte schob den Rollstuhl zu einer Koppel, die ein wenig abseits lag. Von der Ferne winkte sie Kathi noch einmal zu und die winkte zurück.

Sie begannen ihren Rundgang bei den Ställen. Fast alle der Boxen waren leer, was daran lag, dass die Pferde bei diesem Wetter und auch sonst wann immer möglich draußen auf der Weide waren, wie Rene ihr erklärte. Obwohl die Gebäude alt und in einem teilweise schlechten Zustand waren, herrschte überall peinliche Ordnung. Dahinter befand sich eine große Scheune, die mit Stroh gefüllt war. Daneben lag ein kleineres Häuschen, an dem Hofcafé stand.

„Im Sommer bietet Dörte am Wochenende normalerweise Kaffee und Kuchen an. Aber dieses Jahr wohl nicht. Die Arbeit ist einfach zu viel geworden und ihr fehlen Mitarbeiter." Dann deutete Rene auf einen weiteren Flachbau. „Dort liegt die Koppel für die Gnadenpferde. Wollen wir hingehen?"

Kathi nickte stumm. Schon von der Ferne sah sie, dass hier ältere oder kranke Pferde standen. Einige lahmten, einige dösten im Schatten vor sich hin. Nur eines der Tiere jagte im wilden Galopp über die Wiese und wieherte fröhlich. „Dörte hat die Pferde vor dem Schlachter gerettet, anderen Gestüten abgekauft und zwei sogar morgens an ihrem Hoftor angebunden gefunden." Sie traten an den Koppelzaun. Sofort setzten sich zwei der Tiere in Bewegung und näherten sich. Kathi, die vor Pferden einen heillosen Respekt hatte, wich einen Schritt nach hinten. Darauf wandte sich ein Pferd ab. Doch das andere blieb stehen und betrachtete sie aufmerksam.

Es war seltsam, aber Kathi erschien es, als würde sich zwischen dem Tier und ihr eine Verbindung bilden. Es hatte ebenfalls Angst, war unsicher und gleichzeitig neugierig. Zögernd machte Kathi einen Schritt nach vorn und das Pferd folgte nach wenigen Sekunden. Schließlich standen sie so nah beieinander, dass sie das Tier berühren konnte. Kathi hob ihre Hand, ließ sie in der Luft schweben und wartete. Aufmerksam musterte sie die zitternden Nüstern und hoffte auf den Impuls, dass der richtige Moment nun gekommen war. Rene und seine Anwesenheit hatte sie längst vergessen. Auch die anderen Pferde nahm sie nur am Rande wahr. Da waren nur sie und diese goldbraune Schönheit mit den glänzenden Augen.

Auf einmal neigte das Pferd den Kopf und berührte zart ihre Handfläche. Es war nur ein winziger Moment gewesen, doch Kathi hatte den Kontakt deutlich gespürt. Sanft legte sie nun ihrerseits die Hand auf den Hals des Tieres und schloss die Augen.

Es war unglaublich. Als würde eine Last von ihr abfallen. Eine ganze Weile standen sie so. Bis das Pferd leise schnaubte und sich abwandte. Im leichten Trab querte es die Wiese und gesellte sich zu seinen Kameraden. Von der Ferne sah es aus, als würde das Tier berichten, was ihm gerade widerfahren war.

Kathi stand wie angewurzelt. Noch immer hielt sie ihre Hand nach oben gestreckt, bis Rene sie sanft ergriff und auf das Holz des Koppelzauns legte.

„Das war Luna", sagte er leise.

„Luna", wiederholte sie und konnte ihre Blicke nicht von dem Tier lösen, dass ihr Herz gerade so berührt hatte.

„Ich dachte, es wäre eine gute Idee, wenn du mal mit einem von diesen Kameraden reden würdest, über alles, was dich so bedrückt."

Kathis Kopf fuhr herum. „Ich soll mit einem Pferd reden. Aber wie ..."

„Nun, ich glaube, du hast es gerade erlebt." Wieder tanzten Sonnensprenkel in seinen Augen und sie ahnte plötzlich, dass dieser Ort, der war, nachdem sie lange gesucht hatte.

Kapitel 16

Da war ein Krampf in ihrem linken Bein, der Elsa schließlich zwang, ihre starre Position auf der Couch aufzugeben. Sie bewegte sich mit schmerzverzerrtem Gesicht und musterte die Uhr an ihrem Handgelenk. Es war gleich sechs. Seit Fietes Aufbruch waren zwei Stunden vergangen. Sie hatte hier gesessen und versucht, zu verstehen, was er ihr gerade gesagt hatte.

War es vorbei? Hatte er ihr vermittelt, dass ihre Beziehung Geschichte war? Und das nur, wegen einiger Scherben in einer Tasche?

Elsa lief ins Bad und wusch ihr Gesicht mit kaltem Wasser. Während ihr Wassertropfen über die Wangen rannen, betrachtete sie sich im Spiegel. Es musste ein Traum sein. Oder doch nicht? Alles um sie herum fühlte sich ziemlich real an. Im Flur sah sie die neuen Haken und das Ablagebrett. Also kein Traum, keine Einbildung. Sie hatten sich gestritten, nein eigentlich nicht. Sie hatten kommuniziert, aber so, als wären sie von vollkommen verschiedenen Sternen.

Seufzend bückte Elsa sich und ergriff die eingewickelten Scherben. Dann trug sie sie zu ihrem Esstisch und breitete sie aus. Mit ein wenig Mühe und gutem Leim ließ sich der Schaden reparieren. Irgendwo musste sie Leim haben. Da war eine Tube gewesen in einer der Schubladen. Sie begann zu suchen. Doch die Tube Leim blieb verschwunden. Die Reparatur musste warten und die Scherben wanderten in einen der Dekokörbe.

Sie setzte sich wieder auf ihre Couch, ergriff die Decke und zog sie bis unter ihr Kinn. Sophie fiel ihr ein, der sie hatte berichten sollen, wie die Aussprache mit Fiete verlaufen war. Angesichts des traurigen Verlaufs ließ sie das lieber bleiben. Vielleicht wäre es das Beste, den unerschütterlich positiven Ben anzurufen. Eine halbe Stunde später saß Elsa immer noch da und schaute zu, wie sich der Himmel vor ihrem Fenster verfärbte. Die blaue Stunde setzte ein und tauchte die Landschaft in faszinierendes Licht. Dann sank die Dunkelheit herab.

Sie konnte nicht ewig hier sitzen bleiben und musste etwas tun. Elsa trat ans Fenster und schaute Richtung Bodden. Da war sie plötzlich, die Eingebung. Sie eilte die Treppe nach unten und nahm ihr Fahrrad. Die Lampe warf einen schwachen Schein auf die umliegenden Büsche, doch mit jeder Umdrehung der Pedale wurde sie heller. Elsa radelte los und lauer Fahrtwind ließ ihre Haare fliegen. Die Luft war angenehm, nicht so heiß wie am Tag, sondern so, um es sich mit einer leichten Jacke und einem Glas Wein an einem schönen Ort gemütlich zu machen. Natürlich nicht allein, sondern mit einer netten Begleitung. Sie kämpfte die Wehmut nieder, die sich sofort einstellte.

Langsam kam sie in die Gegend, in der sie bis vor einigen Tagen gewohnt hatte. Dort, gleich um die Ecke, lag das Ferienhaus *Boddenblick*, das ihr seit ihrer Ankunft auf dem Darß zu einem Zuhause geworden war. Anfangs hatte sie es mit ihrem Konkurrenten Manuel bewohnt. Nach dessen Weggang allein oder mit anderen Feriengästen.

Elsa hielt auf der Straße an und warf einen Blick nach oben. Hinter der Balkontür brannte Licht und in ihr stieg die Sehnsucht nach dem Ort, wo scheinbar alles noch gut gewesen war ins Unermessliche. Schnell drehte sie sich um und fuhr zum Bodden zurück.

Einige Meter weiter lag der Steg, an dem sie und Fiete sich kennengelernt hatten. Ein weißes Schild, das damals gefehlt hatte, verkündete, dass Unbefugten das Betreten verboten war. Fiete hatte ihr damals gestattet, dass sie jederzeit seinen Steg betreten durfte. Galt das noch immer?

Elsa stellte ihr Fahrrad hinter einen Baum und brachte das Schloss an. Dann sah sie sich kurz um und setzte entschlossen die ersten Schritte. Wie bei ihrem ersten Besuch hüllte das leise Rauschen des Schilfes sie nach wenigen Minuten ein. Wie ein beruhigendes Tuch, das alles Unheil vom Land fernhielt. Sie erreichte die kleine Biegung und lief weiter. Elsa setzte ihre Schritte bewusst, langsam, um die Tiere, die sich vielleicht irgendwo neben ihr aufhielten, nicht zu erschrecken.

Doch plötzlich blieb sie stehen. Deutlich erkannte sie vor dem etwas helleren Hintergrund des Boddens eine Gestalt auf Fietes Bank. Mit angehaltenem Atem musterte sie die Silhouette. Ihr Herz stolperte, denn sie wusste augenblicklich, wer dort saß. Elsa erkannte Fietes Statur, aber noch mehr spürte sie seine Anwesenheit. Es war wie ein Band, das sie verband oder bis heute verbunden hatte.

Ein paar Momente blieb Elsa stehen und betrachtete ihn. Was sollte sie tun? Eigentlich war alles gesagt. Sie entschloss sich, den Rückzug anzutreten. Noch mehr Diskussionen hätte sie heute nicht ertragen können.

Elsa drehte sich in Zeitlupe um, behutsam, um jegliches Knarren der hölzernen Planken unter ihr zu vermeiden. Es gelang, da war kein Geräusch, das sie verursacht hatte. Erleichtert setzte sie den nächsten Schritt. Noch zwei, drei, dann hatte sie die Kurve erreicht und die Bank würde aus ihrem Blickfeld verschwinden.

„Elsa?"

Wie angewurzelt blieb sie stehen.

„Willst du dort stehen bleiben?"

„Eigentlich nicht, ich wollte gerade umkehren."

„Du könntest auch herkommen", wehte Fietes Stimme zu ihr. Sie klang verändert, nicht mehr so hart wie vorhin, sondern so wie die, des alten einfühlsamen Fiete, den sie liebte.

„Ich glaube, das wäre keine gute Idee." Elsa blieb, wo sie war.

Stattdessen erhob Fiete sich und machte einige Schritte auf sie zu. „Und wenn ich dich nun bitte?"

„Wofür sollte das gut sein? Damit wir wieder streiten und du mir Vorwürfe machst?", erwiderte sie abweisend.

Fiete ergriff ihren Arm und hielt sie fest. Nicht unangenehm hart, aber so, dass Elsa nicht ohne Weiteres die Flucht ergreifen konnte. Dennoch machte sie sich steif und zeigte ihm damit ihre Abwehr.

„Es tut mir leid", meinte er mit rauer Stimme. „Ich möchte mich bei dir entschuldigen und es dir erklären, alles erklären. Es ist so schrecklich kompliziert. Aber vielleicht ist es das gar nicht und ich mache es nur durch mein Verhalten so schlimm. Die letzten Minuten, seit ich abgehauen bin, waren schrecklich. Bitte."

Es war dieses letzte Wort, in dem so viel Flehen gelegen hatte, das Elsa schließlich dazu bewog, nachzugeben. Sie folgte ihm, setzte sich auf die Bank, hielt aber Abstand und schaute demonstrativ nach vorn.

„Du hast allen Grund, auf mich sauer zu sein, keine Frage", sagte Fiete leise. „Ich war ein Idiot, mal wieder. Irgendwie habe ich gehofft, es würde einfach so weitergehen. Wir beide wären glücklich, ich könnte mir mit dir ein neues Leben aufbauen und die Vergangenheit wäre endgültig gestorben. Das ist sie aber nicht. Sie holt mich immer wieder ein, unerbittlich. Du hast mich gefragt, warum ich in den letzten Tagen keine Zeit für dich hatte. Es lag daran, dass ich endlich begonnen habe, mich von meinem alten Leben und der Zeit mit Marit zu verabschieden. Ich habe all die Kartons geleert, die ich nach ihrem Tod nur in den Bootsschuppen geworfen hatte. Aus meiner Sicht hätten sie dortbleiben können bis ans Ende meiner Tage. Doch dann, als ich dir die Wohnung hergerichtet habe und wir uns dort geliebt haben, wo auch Marit früher gelebt hat, wurde mir klar, dass das keine Lösung ist. Es ist ein Verdrängen von Tatsachen, die ich nicht länger verdrängen kann."

Fiete beugte sich nach vorn, stützte die Ellenbogen auf seine Knie und fuhr fort. „Die Wahrheit ist, dass meine ach so tolle Beziehung zu Marit, gar nicht so toll war. Zumindest nicht mehr in den letzten Monaten."

Elsa warf ihm einen kurzen Blick zu. Sie sah, wie Fietes Hände zitterten, und hätte ihn am liebsten umarmt, einfach um ihm ihre Liebe zu zeigen. Doch sie ließ es bleiben.

„Die Wahrheit ist, dass wir uns zuletzt immer mehr gestritten haben. Am Anfang war alles wunderbar. Sie war meine große Liebe. Wir ergänzten uns blind. Oft genügte nur ein Blick und der andere wusste genau, was zu tun war. Doch dann, von einem Moment zum anderen, wurde sie mir fremd. Marit hatte immer gesagt, dass sie sich Kinder wünschte, am besten eine ganze Fußballmannschaft und so bald wie möglich. Mir ging es genauso und ich erinnere mich noch, dass wir schon überlegt hatten, in welchem Raum das Kinderzimmer entstehen sollte. Eines Tages waren Freunde mit ihrem Nachwuchs bei uns gewesen und ich hatte mich die ganze Zeit mit diesen Kindern beschäftigt. Kurz vor dem Schlafengehen tranken wir noch ein Glas Wein und ich brachte die Sprache auf das Thema Nachwuchs. Doch Marit wich mir plötzlich aus. Sie hatte ihre Meinung geändert, vorerst, wie sie sagte. Sie wollte an ihrer Karriere als Künstlerin arbeiten, sich einen Namen mit Kursen machen. Es lief gut an und sie befürchtete, so ein Kind könnte wie eine Vollbremsung für ihre Laufbahn sein. Dann stand sie auf, ließ mich sitzen und ging ins Bett. Das war das erste Mal, dass sie mir eine Seite zeigte, die ich vorher nie gesehen hatte. Am nächsten Morgen lenkte sie ein, vertröstete mich und meinte, wir wären noch jung und hätten genügend Zeit. Ich akzeptierte, glaubte ihr und trug ihre Entscheidung mit. Die nächsten Monate mieden wir das Thema, doch es stand unausgesprochen zwischen uns. Dann begriff ich, dass es noch mehr Dinge gab, die ich nicht von ihr wusste. An einem Wochenende war ich zu einer Weiterbildung. Ich kam eher heim, also der Klassiker."

Elsa schien unbewusst, nach Luft geschnappt zu haben, denn Fiete legte ihr kurz die Hand aufs Knie. „Keine Angst, es ist nicht dieser Klassiker. Ehepartner kommt heim und ertappt den anderen im Bett. Nein, es war anders. Ich kam nach Hause, doch Marit war nicht da. Das kam häufig vor, Marit hielt sich mehr und mehr im Atelier auf, arbeitete oft bis spät in die Nacht. Deswegen baute ich auch die leerstehenden Räume unter dem Dach für sie aus. Darüber war sie so glücklich, dass es fast schon schmerzte. Als wollte sie nicht bei mir sein, sondern lieber ihr eigenes Leben führen. Ich fuhr also zum Atelier und wollte sie überraschen. Da sah ich einen Mann im Garten sitzen unter dem alten Apfelbaum. Marit hielt einen Skizzenblock in ihren Händen. Sie skizzierte ihren Besucher. Das war nicht ungewöhnlich, das tat sie oft, es war ihr Job. Ungewöhnlich war eher, wer dieser Besucher war."

„Stefan Rudloff", flüsterte Elsa.

Undeutlich sah sie, dass Fiete nickte. „Richtig, Stefan Rudloff. Ich ließ mir nichts anmerken, gab mich normal und begrüßte ihn. Doch ich sah in ihren Augen, dass sie diesen Besuch gerne vor mir verborgen hätte. Du wirst dich fragen, warum. Ganz einfach. Marit verachtete Rudloff, dass hatte sie zumindest stets gesagt. Sie verachtete dessen Art Geschäfte zu machen. Aber vor allem, seine Methoden mit dem Personal und ganz speziell Frauen umzuspringen. Eine gute Freundin von Marit hatte einige Zeit in Rudloffs Hotel gearbeitet und war von ihm auf unschöne Art und Weise belästigt worden. Am Ende hatte Marit ihr zu einem neuen Job verholfen und ich hörte noch genau, was sie über ihn gesagt hatte. Und nun saß er vor ihr und sie malte ihn. Sie lachten, machten kleine Scherze, zwinkerten sich zu und ich kam mir so dämlich vor. Rudloff brach kurz nach meinem Erscheinen auf. Ihm war wohl die dicke Luft zwischen uns beiden nicht entgangen. Ich stellte Marit zur Rede und wir stritten schrecklich. Noch nie hatten wir uns so gestritten."

Fiete schüttelte den Kopf und begann zu lachen. „Marit redete und redete und fand Erklärungen. Alles Schwachsinn, Lügen. Sie hatte sich von ihm kaufen lassen. Es war eine ganz einfache Geschichte. Rudloff hatte ihr angeboten, sie könne in seinem Hotel Kurse durchführen. Nicht nur im Sommer, nein, das ganze Jahr über. Er würde die Vermarktung übernehmen, also Werbung, Zimmer und Verpflegung stellen. Marit würde ihren Anteil erhalten. Sie hatten sogar schon einen Testlauf gestartet hinter meinem Rücken. Der Versuch war ein Erfolg gewesen. Das hatte den Ausschlag gegeben, mit ihm zusammenzuarbeiten. Es war alles bereits in trockenen Tüchern. Ich warf ihr vor, wie sie früher über Rudloff gesprochen und wie sie ihn verachtet hatte. Doch Marit lachte nur und meinte, man müsste sich den jeweiligen Verhältnissen flexibel anpassen. Natürlich. Das Leben als Künstler ist nicht einfach. Im Sommer verdienst du gutes Geld, die Leute rennen dir die Bude ein, kaufen deine Bilder, wollen Porträts. Doch im Winter? Und was, wenn der Sommer ein verregneter ist und die Gäste andere Ziele ansteuern? Dann kann es schon finanziell eng werden. Aber wir waren mit dem Geld immer ausgekommen. Deswegen konnte ich Marit auch nicht verstehen. Sie teilte mir mit, dass es schon einen Vertrag mit Rudloff gäbe, einen unterzeichneten. Irgendwann hätte sie es mir sagen wollen. Ich argumentierte, dass es hier so viele Hotels gäbe. Vielleicht hätte sie auch mit einem anderen eine Kooperation erreichen können. Aber Marit wollte Rudloff, unbedingt. Sie hatte sich verändert und ich wusste nicht mal, wann es begonnen hatte." Fiete schwieg und rang nach Luft.

„Und dann?"

„Dann wurde es ruhiger. Die Zusammenarbeit mit Rudloff verlief gut. Marit gab ihre Kurse und war zufrieden. Sie versicherte mir immer wieder, dass sie sich kaum sahen, im Gegenteil, sie würde ihm aus dem Weg gehen. Ich dachte tatsächlich, ich könnte mich an den Gedanken gewöhnen, dass sie mit Rudloff auf dieser unpersönlichen Basis Geschäfte machte. Wir sprachen sogar wieder über das Kinderthema und sie schwor mir, noch ein Jahr durchzuziehen und dann die Verträge zu kündigen. Also näherten wir uns wieder an. Es schien ein bisschen, wie früher zu sein. Eines Tages erledigte ich eine Reparatur im Atelier. Marit war nicht da und ich sorgte hinten im Lager für Ordnung. Sie war eine Chaosqueen, schon immer gewesen. Auch daheim war ich derjenige, der unsere Ablage machte oder ihre Quittungen für den Steuerberater abheftete. Da sah ich zum ersten Mal die Bilder. Mir wurde klar, dass sie eine enge Verbindung zu Rudloff aufgebaut hatte. Man sah es an der Art, wie sie ihn gemalt hatte, sein Gesicht, seine Gestalt. Sie hatte mich belogen, verstehst du? Wieder belogen. Die Frau, die ich immer noch liebte und die ein falsches Spiel mit mir spielte. Am Abend stellte ich sie zur Rede, nicht daheim, sondern im Atelier. Sie hatte sich mal wieder eine Auszeit genommen, um zu malen. Marit war ganz ruhig, sie stritt nichts ab und sagte mir, Rudloff wäre zu einem guten Freund für sie geworden. Einem Menschen, mit dem sie über alles reden konnte, über ihre Sorgen, ihre Träume, ihre Ziele. Mit mir konnte sie das nicht, denn ich würde bei allem immer nur die Kinderfrage in den Raum stellen. Nach ihrem

Tod habe ich viel darüber nachgedacht, ob ich sie mit meinem Kinderwunsch tatsächlich bedrängt hatte. Aber das stimmte nicht, sie warf es mir nur vor. Ich fragte sie, ob sie mit Rudloff ein Verhältnis hätte. Sie lachte so lange, bis ihr die Tränen die Wangen hinunterliefen. Es ginge nicht um Sex, es wäre etwas anderes, was sie verband, etwas Tieferes, Einmaliges. Ich war vollkommen kopflos. Die nächsten Wochen lebten wir einfach nebeneinander her, was schrecklich war. Denn da waren die Blicke der anderen, die Sprüche, das Schulterklopfen, anerkennendes Nicken. Kein Wunder, wir waren doch das Traumpaar von Ahrenshoop, die füreinander Bestimmten. Alle sagten das, meine Eltern, ihre Eltern, mein Bruder, unsere Freunde, immer, überall. Sie schwärmten von der so tollen Marit, deren Tür stets für jeden offen stand. Das tat sie auch, aber nicht für mich. Dann war da dieser Tag im Spätsommer." Fiete stockte kurz und Elsa berührte ihn zart an der Schulter.

„Du musst das nicht."

„Doch, ich muss und ich will. Es war warm gewesen, so wie heute. Abends wollte ich eine Runde mit dem Boot rausfahren, Marit wollte nicht mit. Sie hatte mal wieder zu tun und wollte ins Atelier. Post lag auf dem Tisch. Freunde hatten uns eine Einladung zur Taufe ihrer kleinen Tochter geschickt. Ich betrachtete lange das Bild und Marit sah meine Blicke. Sie lehnte sich an den Kühlschrank, verschränkte die Arme und meinte, sie hätte ihre Pläne geändert und sich gegen Kinder entschieden. Sie wollte auch weiterhin ihre Karriere in den Mittelpunkt stellen, die Kurse, die Bilder, die Kunden, das Atelier. Die Geschäfte mit Rudloff liefen super und er hatte ihr einen weiteren Kunden auf Usedom verschafft. Wieder ein Hotel, noch mehr Kurse. Sie wäre zukünftig öfter mal einige Tage nicht da. Das sagte sie so, als würde sie über den Speiseplan der kommenden Woche sprechen. Ich war fassungslos, ergriff ihre Arme und schüttelte sie. Marit meinte nur, sie würde jetzt zu einer Freundin fahren und eventuell am Abend nicht nach Hause kommen. Oder erst dann, wenn ich mich beruhigt hätte und die Dinge sachlicher sehen würde." Fiete stöhnte leise. „Und sie kam tatsächlich nicht mehr nach Hause, nie mehr. Unsere letzten Worte bestanden aus Vorwürfen. Unsere letzten Monate waren von Streit geprägt. Es gab keinen Weg zurück, nie mehr, auch wenn ich viel dafür gegeben hätte. All das konnte ich mir nicht verzeihen und habe die Schuld bei mir gesucht. Deswegen ging ich an ihr Grab, immer und immer wieder. Dann kamst du, ich sah dich auf dem Steg, wir sprachen miteinander, ich schaute in deine Augen. Du warst so anders, überhaupt nicht wie Marit und vermutlich liebe ich dich deswegen so sehr." Fiete verstummte.

Elsa ergriff seine Hand. Ihre Kehle war wie zugeschnürt.

„Das ist sie, die Wahrheit über meine ach so tolle Ehe. Und ich Arsch hab erneut alles versaut, mal wieder."

„Noch ist es nicht zu spät."

Fiete lachte auf. „Wirklich nicht?" Er schüttelte den Kopf. Dann wandte er sich ihr zu. „Seit so vielen Wochen habe ich mir gewünscht, dir alles erklären zu können."

„Das hast du jetzt getan", erwiderte Elsa.

„Und du sitzt immer noch hier und hast nicht die Flucht ergriffen. Trotz meines Geständnisses. Das allein finde ich schon bemerkenswert."

„Könnte daran liegen, dass ich dich liebe."

„Immer noch, nach alldem?"

„Hm." Elsa zögerte kurz und spürte, wie Fiete neben ihr den Atem anhielt. „Ich glaube schon." Sie seufzte leise. „Ich bin glücklich, dass du so ehrlich warst. Bis vor einer halben Stunde dachte ich noch, ich wäre in einen Alptraum geraten."

„Als ich die Vase fand ... Ich verstand nicht, warum du im Atelier gewesen bist. Ich dachte ... Wenn ich ehrlich bin, weiß ich nicht mal, was ich dachte. Da war nur panische Angst, dass nun alles von vorn beginnen würde. Dass da wieder Geheimnisse wären und du am Ende ein ganz anderer Mensch wärst, als der, in den ich mich verliebt habe." Fiete hob seine Hand und legte sie an Elsas Wange. „Doch du bist genauso, wie du bist. Du hast keine Geheimnisse."

„Mal abgesehen von meinem heimlichen Besuch im Atelier."

„Stimmt. Ich glaube, ich habe verstanden, warum du dort warst. All dieses Gerede über Marit und mich. Ich hätte vermutlich auch wissen wollen, was sie für ein Mensch gewesen ist. Wie wollen wir denn nun weitermachen?" Fragend sah Fiete sie an.

„Ich denke, am besten dort, wo wir aufgehört haben, aber bitte vor dem Streit."

Fiete nickte. „Ich denke, das lässt sich machen. Wir drücken einfach den Reset-Knopf."

„Einverstanden. Aber da wäre noch etwas, das ich vorschlagen würde", sagte Elsa nach einer Weile gedehnt.

„Sag."

„Es geht um die Bilder, die Marit von Rudloff gemalt hat und die er haben will." Sie holte tief Luft. „Er sagte, du hättest seinen Wunsch ignoriert, wärst ihm ausgewichen oder hättest dich in Schweigen gehüllt."

„Was daran liegt, das ich nichts von ihm halte, im Gegenteil, er ist ein Arsch, ein ..." Fiete winkte ab und beugte sich nach vorn. „Er hat keinerlei Rechte an diesen Bildern."

„Doch, das hat er. Du kannst mit diesen Gemälden nichts anfangen. Du kannst sie ihm nur geben und Ruhe finden", erwiderte Elsa.

„Ja, mag sein." Fietes Fuß scharrte über die Holzplanken. „Das Atelier ... Es ist eine andere Nummer als die Kartons und Kisten im Bootsschuppen. Marit ist dort so greifbar wie anfangs auf dem Friedhof. Obwohl ich da seit einigen Wochen auch nicht mehr war."

„Aber es standen immer frische Blumen an ihrem Grab."

„Woher weißt du das?" Überrascht sah Fiete sie an. „Warst du auf dem Friedhof?"

„Er lag manchmal auf einer meiner Strandrunden. Irgendwie mag ich diesen Ort. Er hat etwas Beruhigendes. Man öffnet das Tor, läuft über die schmalen Pfade, liest die alten verwitterten Aufschriften und glaubt, die Zeit bleibe stehen. Da war es nur natürlich beim Grab deiner verstorbenen Frau vorbeizuschauen und ihr ab und zu Blumen zu bringen. Sie ist ein Teil deines Lebens gewesen. Vielleicht änderte sich deine Sicht auf eure Ehe, auf sie, wer weiß das schon. Vielleicht machst du irgendwann deinen Frieden mit ihr und siehst mehr die schönen Momente, die ihr beiden hattet."

Fiete drückte ihr einen Kuss auf ihre Wange. „Genau für solche Worte liebe ich dich unendlich."

„Also wirst du darüber nachdenken, die Bilder an Rudloff zu geben?"

„Nur, wenn du mir noch einmal genau erzählst, was es mit dem angeblichen Besucher in Marits Atelier auf sich hat."

Und so begann Elsa zu erzählen.

Kapitel 17

Holz knisterte und diesmal stoben echte Funken in die Luft. Kathi saß neben Rene auf einem Baumstamm und schaute in die Flammen. In ihren Händen hielt sie einen langen Stock, an dessen Ende ein Würstchen steckte, das sie ins Feuer hielt.

Nach ihrer Runde über den Reiterhof hatte Dörte sie spontan zum Abendessen eingeladen. Zusammen mit einigen Freunden saßen sie rund um die rustikale Feuerstelle, die mit gehörigem Abstand zu den Ställen und dem leicht entzündlichen Heu angelegt worden war. Zur Sicherheit standen einige Eimer mit Wasser parat, doch wie Dörte ihr versichert hatte, würden diese nicht gebraucht werden.

Es gab Brotscheiben, Rotwein, Bier und besagte Würste, die so köstlich schmeckten, dass Kathi sich mittlerweile die fünfte Portion gönnte.

Immer wieder sah sie in die Runde und musterte die Gesichter der anderen. Außer Rene und Dörte kannte sie niemanden, doch Kathi war aufgenommen worden, wie eine alte Freundin. Sie war eine von ihnen, wenn auch nur für einen Abend. Es ließ sie sogar ihre Sorgen rund um Ramona vergessen und sie konnte einfach nur den Augenblick genießen.

Hier zu sitzen tat gut, es war Balsam für ihre Seele. Dazu kam Renes Nähe. Ein paar Mal trafen sich ihre Blicke und ihr Herz galoppierte genauso schnell, wie die Pferde auf den Koppeln.

Dennoch wurde sie aus ihm nicht schlau. Die Art, wie er Dörte ansah, verriet ihr, dass die beiden sehr vertraut miteinander waren. Sie verstanden sich ohne Worte und das versetzte ihr einen Stich. Waren sie ein Paar oder zumindest verliebt? Doch warum hatte er sie dann an den Strand entführt. Rene wirkte nicht wie ein Frauenheld, im Gegenteil. Er kam ihr wie ein grundehrlicher Mann vor, den man sich als Partner nur wünschen könnte.

Dieser Gedanke trieb Kathi das Blut in die Wangen. Doch im rötlichen Schein des Feuers würde das niemand bemerken.

Nach und nach brachen die anderen Gäste auf, nickten Kathi freundlich zu oder drückten ihr sogar einen Kuss auf die Wange. Am Ende saßen nur noch sie, Rene und Dörte am Feuer. Die erhob sich, legte frische Holzscheite in die Flammen und hockte sich dann wieder auf ihren Baumstamm. Es war wie ein Zeichen, dass noch kein Aufbruch in Sicht war. Dörte schien Zeit zu haben, genau wie Rene, der sich eine weitere Flasche alkoholfreies Bier gönnte.

„Schön hast du es hier", sagte Kathi leise. „Was du dir aufgebaut hast, unglaublich. Du bist wirklich zu beneiden."

Dörte lachte auf und umschlang ihre Knie mit beiden Händen. „Wenn du wüsstest, wie mein Leben wirklich ist, würdest du das nicht sagen." Da war kein negativer Tonfall in ihrer Stimme, nur ganz viel Sachlichkeit. „Sicher, auf den ersten Blick sieht alles gut aus, aber auf den zweiten? Die Banken sitzen mir im Nacken, die anderen Gestüte machen Ärger und die Krankenkassen kürzen die Gelder für meine Pferdetherapien jedes Jahr weiter ein. Es ist ein ständiger Kampf um jeden einzelnen Euro. Hätte ich nicht so gute Freunde wie Rene, die mir manche Reparaturen zum Freundschaftspreis machen oder gar kein Geld wollen, ich hätte schon längst alles hingeschmissen. Aber ich kann diesen Ort nicht aufgeben, vor allem die Tiere nicht. Es ist schlimm, was Pferden angetan wird. Nein, das ist falsch. Es ist nicht schlimm, es ist unvorstellbar. Manche Menschen sehen sie als ein Produkt, was man solange benutzt wie es von Vorteil ist und dann wegwirft. Viele meiner Tiere stammen aus schlimmen Verhältnissen. Ihnen gute Jahre zu schenken und die permanente Angst zu nehmen, irgendwelche überzogenen Erwartungen erfüllen zu müssen, das ist meine Mission." Dörte schwieg, nahm die Rotweinflasche und trank einen Schluck. „Ich würde mir wünschen, dass darüber mal jemand schreibt, und zwar so, wie es ist. Aber solche Sachen sind nichts für die breite Masse, Randthemen." Sie wischte sich über den Mund und reichte die Flasche an Kathi weiter. „Keine Angst, ich bin keine Alkoholikerin, obwohl ich manchmal gern eine gewesen wäre, um den Schmerz zu betäuben."

Kathi, die eigentlich nichts mehr hatte trinken wollen, tat es dennoch und spürte, wie der würzige Wein ihre Kehle nach unten rann.

„Aber ich will dich nicht deprimieren, im Gegenteil. Ich freue mich, dass Rene dich mitgebracht hat. Wie ich hörte, hast du bereits mit Luna Freundschaft geschlossen?"

Kathi nickte. „Sie war die Einzige, die zu mir kam."

„Erstaunlich, eigentlich ist Luna sehr scheu, doch sie hat sehr einfühlsame Antennen. Ihr scheint also zueinander zu passen."

„Ja, Rene riet mir, mich mal mit ihr zu unterhalten", entgegnete sie humorvoll.

„Hm, ich denke, das wäre wirklich eine sehr gute Idee. Das solltest du unbedingt tun."

Kathi ließ die Blicke zwischen ihren beiden Klassenkameraden schweifen. „Ist das wirklich euer Ernst?"

Rene verschränkte die Arme im Nacken und dehnte seinen Körper. „Dachtest du, ich würde einen Witz machen? Ich habe mich damals mit Matty unterhalten. Luna hat mir immer die kalte Schulter gezeigt. Weiber eben."

Dörte warf einen kleinen Knüppel in seine Richtung und steckte ihm die Zunge heraus. „Doofkopf." Dann wandte sie sich wieder Kathi zu. „Im Ernst, du bist jederzeit willkommen." Sie streckte sich, klopfte sich auf die Schenkel und stand auf. „So, ihr zwei Hübschen, es wird Zeit für mich ins Bett zu gehen. Du weißt ja, was zu tun ist, Rene." Dörte hob ihre Hand und winkte von der anderen Seite der Feuerstelle. „Und wir beide sehen uns schon ganz bald, liebe Kathi."

Mit diesen Worten verschwand sie in der Dunkelheit. Nach einigen Minuten flammte in einem der Häuser Licht auf.

„Du denkst vermutlich, wir beide spinnen. Ganz ehrlich, ich kann es dir nicht verdenken. Genauso ging es mir bei meinem ersten Besuch auch." Rene tippte sich an die Stirn. „Ich dachte, Dörte hätte nicht alle Tassen im Schrank und der lange Aufenthalt in der Einsamkeit Schwedens wäre ihr nicht bekommen. Doch dann lernte ich sie und ihre Arbeit näher kennen und änderte meine Meinung relativ schnell."

„Na ja, ich kann ja irgendwann mal auf einen Sprung vorbeischauen", erwiderte Kathi lahm.

Rene lachte lautlos in sich hinein. „Ich bin sicher, du bist schneller wieder hier, als du ahnst." Er nahm einen dünnen Zweig in die Hände und zerknackte ihn in kleine Teile. „Und, wie geht es dir jetzt? Besser als heute Nachmittag?"

„Es tat gut mit euch am Feuer zu sitzen. Ich hab mich wohlgefühlt."

„Schön", sagte Rene schlicht. „Wann fährst du wieder nach Berlin?"

„Frühestens in zwei Wochen. Ich muss ja noch meinen Bericht schreiben."

„Wie weit bist du denn?"

Der Drang zu lügen war stark. Doch Kathi fragte sich, warum sie ihm nicht einfach die Wahrheit sagte, so wie man es tat, ohne groß nachzudenken oder sich positiv klingende Geschichten auszudenken. Schlagartig wurde ihr bewusst, wie oft sie in den letzten Jahren gelogen hatte. Nie irgendwelche großartigen Lügen, eher kleinere Dinge, die sie besser dastehen ließen oder ihre Verletzlichkeit verbergen sollten. So drehte sie Rene ihr Gesicht zu und holte Luft. „Ich hab noch nicht mal mit Schreiben angefangen." Es war ausgesprochen und die Erde drehte sich weiter.

Rene sagte nichts, sondern nahm sich einen weiteren Zweig, um ihn zu zerbrechen.

„Es ist verrückt, ich bin an dem Ort, wo ich geboren wurde und wo ich eigentlich alles kenne. Dennoch wollen mir keine Ideen einfallen. Es ist, als säße ich in einem rasenden Auto und die Landschaft würde vorbeifliegen. Ich finde keinen Ansatzpunkt und ..."

Rene legte einen Finger auf ihre Lippen und sie verstummte. „Scht", flüsterte er. „Weißt du, was dein Problem ist? Du befindest dich permanent in einem Zustand höchster Wachsamkeit und Anspannung." Seine Augen, die im Schein des verlöschenden Feuers schimmerten, hielten sie fest. Kathi versank in ihnen, ohne das sie es verhindern konnte. Und vielleicht wollte sie das auch gar nicht. „Wie ein Wachhund, der hinter jedem Schatten einen Einbrecher vermutet und hinter jedem Geräusch, einen Anschlag auf das Leben der Menschen, die er schützen soll. Das tut er vierundzwanzig Stunden am Tag, immer wieder aufs Neue. Dabei vergisst er vollkommen Hund zu sein und was es heißt, zu leben. Du musst in deinen Bauch fühlen ..." Bei jedem weiteren Wort näherte sich Renes Mund dem ihren.

Als nur noch wenige Millimeter fehlten und Kathi bereits seinen Atem spürte, so vertraut und verlockend, schlang sie die Arme um seinen Nacken und zog ihn zu sich. Sie küssten sich, klammerten sich wie zwei Ertrinkende aneinander. Renes Mund wanderte über ihren Hals, hinab zu ihrem Schlüsselbein, während sie ihre Hände unter sein Shirt schob und seine nackte

Haut berührte. Sie wollte ihn, so sehr, dass sie ein Stöhnen nicht unterdrücken konnte.

„Und was schlägst du vor?", fragte sie schweratmend.

Ein Grinsen huschte über sein Gesicht, während er seine Lippen von ihrem Brustansatz löste und sie kurz auf ihren Mund presste. „Da es für Luna und eine Unterhaltung inzwischen zu spät ist, würde ich vorschlagen, wir löschen das Feuer und ..."

„Und was?" Kathi fuhr sich mit der Zunge über die Lippen.

„Und ich zeige dir die Scheune, die dort hinten steht."

Sie sah kurz in die angedeutete Richtung. Ihre Gedanken rotierten wie die Karussells auf dem Rummel.

„Aber wir können natürlich auch nach Hause fahren. Wir gehen zu meinem Wagen und ich setze dich ganz brav am *Godewind* ab." Rene hielt Abstand, zwar nur wenige Millimeter, doch er berührte nicht ihren Körper. „Du hast die Wahl – Scheune oder Hotel."

Was für ein Angebot. Natürlich galt es abzulehnen und sich für die zweite Variante zu entscheiden. Denn, was sollte sie in einer Scheune, nachts? Doch die dafür notwendigen Worte, ließen sich einfach nicht formen. Ihre Hände begannen zu zittern und sie wünschte sich, Rene würde sie ergreifen. Er tat es nicht und zwang ihr damit eine Entscheidung auf.

Kathi sah als Antwort einfach in die entsprechende Richtung. Rene zog sie nach oben, ergriff eine Schaufel und löschte das Feuer mit reichlich Sand. Augenblicklich wurde es stockfinster und kühl. Dann ergriff er ihre Hand und zog sie hinter sich her.

Mit einem leisen Quietschen schob er den Riegel der hölzernen Tür zur Seite. Das Scheunentor schwang lautlos auf. Intensiver Geruch nach Heu stieg in Kathis Nase.

„Oh Gott, wie dunkel es ist."

„Macht dir das Angst?" Rene berührte kurz ihre Stirn. „Du bist schon wieder im Kopf. Geh dahin." Seine Hand strich über ihren Bauch und ihr Atem flatterte.

Rene übernahm die Führung, bis ihre Füße an weiche Strohballen stießen. Dort ließ er Kathis Hände los, ergriff ihr Shirt und streifte es nach oben. Tastend suchte er den Verschluss ihres BHs und der dünne Stoff fiel zu Boden. Wieder begannen seine Lippen über ihren Körper zu wandern. Seine Zunge umkreiste ihre Nippel, die inzwischen prall vor Erregung waren. Renes andere Hand legte sich auf ihren Hintern, hart und mit genau dem richtigen Druck. Es pulsierte in ihrem Schoss, mächtig, sehnsuchtsvoll. Es war wie ein Strudel, der sie mehr und mehr in seine Mitte riss.

Bis sie endlich ihren Kopf zum Verstummen brachte und alle Anspannung von ihr wich.

Behutsam zupfte Rene letzte Strohhalme aus ihrem Haar. Das *Godewind* lag als dunkler Schatten vor ihnen. Nur die kleinen Lampen entlang des Weges spendeten ein wenig Licht und die blaue Anzeige vom Autoradio. Es dudelte eine belanglose Melodie. Halt die übliche Musik, die Radiosender nach Mitternacht spielten, wenn praktisch keiner mehr zuhörte.

Schweigend hatten sie sich geliebt, schweigend hatten sie den Rückweg angetreten und schweigend saßen sie nun nebeneinander im Wagen. Kathi glaubte immer noch, den Geruch des frischen Strohs in ihrer Nase zu haben und den Abdruck von Renes Lippen auf ihrer Haut zu spüren.

„Also dann ...", sagte sie und legte ihre Hand an den Türgriff.

„Also dann ...", erwiderte Rene. Dabei strich er zart über ihre Wange.

„Danke für den schönen Nachmittag und den schönen Abend und überhaupt."

„Gern geschehen. Ich bin heilfroh, dass wir uns nicht wieder gezofft haben, so wie beim letzten Mal."

„Nein, dieser Tag hat anders geendet." Kathi konnte ein leises Lachen nicht unterdrücken und Rene stimmte mit ein. Schließlich beugte sie sich zu ihm und gab einen Kuss auf seine Wange. „Schlaf gut", murmelte sie.

„Du auch. Und vergiss Luna nicht."

„Mach ich nicht." Sie öffnete die Tür und rutschte vom Sitz. Langsam schlenderte sie zum Hoteleingang und nestelte nebenbei die Türkarte aus ihrer Tasche. Dann drehte sie sich noch einmal um und hob die Hand. Nur schemenhaft glaubte sie, zu erkennen, dass Rene die gleiche Geste machte.

Er ließ den Wagen an, umrundete das Rondell und verschwand in der Dunkelheit. Kathi holte tief Luft, presste die Hände an ihre Schläfen und schüttelte den Kopf. „Mein lieber Schwan, Frau Siegel, was war das denn gerade." Lächelnd und mit einem tiefen Glücksgefühl im Bauch steckte sie die Plastikkarte in den Schlitz, bis ein sanftes Summen erklang. Die Tür klackte und ließ sich öffnen.

Eine dezente Lampe brannte hinter der Rezeption und derselbe junge Mann, wie vor einigen Tagen, sah ihr entgegen.

„Guten Abend", meinte er, fixierte dann aber irritierenderweise einen Punkt in ihrem Rücken. Kathi vernahm ein scharrendes Geräusch und erinnerte sich, dass dort eine kleine Sitzgruppe mit blau-weiß gemusterten Bezügen stand.

Sie drehte sich um und sah die Silhouette eines Mannes, der auf sie zukam.

„Guten Abend, Kathi. Wenn ich ehrlich bin, wollten wir schon eine Vermisstenmeldung aufgeben."

„Ingo", erwiderte sie nervös, während ihr Herz bis in den Hals schlug. „Was machst du denn hier?"

Sartor warf einen schnellen Blick Richtung Rezeption. „Wollen wir in dein Zimmer gehen oder, falls dir das zu intim ist, eine Runde durch den Garten drehen."

Da waren wieder zwei Möglichkeiten zur Auswahl. Wie gerade eben noch bei Rene, stellte Kathi fest. Doch Ingo Sartors Gesicht zeigte einen Ausdruck, der alles andere als erfreut wirkte. Ihr schwante nichts Gutes. Auf keinen Fall wollte sie eine lautstarke Diskussion riskieren, mit der sie die Gäste in den Nebenzimmern aufwecken würden.

„Der Garten wäre vermutlich besser", erwiderte sie deshalb und setzte sich bereits Richtung Ausgang in Bewegung.

Ihre Schritte knirschten über den Kies der Wege. Fast schon automatisch lief sie zu den Loungeecken, musste dort aber feststellen, dass am späten Abend, die Polsterauflagen entfernt wurden. Nur die nackten Holzgerüste waren zu sehen. Also marschierte sie weiter und hoffte, das kleine Gartentürchen war nachts nicht auch verschlossen. Doch es ließ sich öffnen und kurze Zeit später setzte Kathi ihre Schritte auf den Steg des Hotels. Erst an der vorderen Kante stoppte sie. Wohl wissend, dass Ingo ihr die ganze Zeit gefolgt war.

Eine einzelne Lampe, die mehr diffus als wirklich hell war, beleuchtete ein Schild mit der Aufschrift *Godewind*. Wellen plätscherten sanft an die hölzernen Pfeiler unter ihr. Das Wasser des Boddens wirkte wie ein dunkelgrauer Spiegel, dessen Ende im nächtlichen Dunst verschwand. Es war unangenehm kühl geworden, was vielleicht an den Temperaturen, vielleicht aber auch an der eisigen Atmosphäre lag, die ihr Begleiter ausstrahlte.

„Warum bist du gekommen?", fragte Kathi und bemühte sich, ihre Stimme möglichst normal klingen zu lassen.

„Das fragst du noch? Seit gestern habe ich hunderte Male versucht, dich zu erreichen."

Ach verdammt. Seitdem ihr ehemaliger Klassenkamerad sie am Nachmittag samt Tasche bei ihren Eltern abgeholt hatte, hatte sie nicht einen einzigen Blick auf ihr Handy geworfen.

„Entschuldige, ich war unterwegs und ziemlich schlecht erreichbar."

„Schöne Formulierung. Dafür, dass du erst gegen eins nach Hause kommst und dich im Heu herumdrückst wie ein Teenager." Ingo nahm einen Strohhalm von ihrer Schulter und hielt ihn Kathi vor die Nase. „Oder hast du dort für deinen Artikel recherchiert? Rustikales Schlafen am Busen der Natur."

„Ich hatte etwas Privates zu erledigen."

Ingo stützte sich auf das hölzerne Geländer. „Das mag ja sein und ich bin der Allerletzte, der dir private Dinge vorwerfen würde. Besonders hier, an deinem Heimatort. Aber du bist verdammte Scheiße noch mal nicht hier, um Urlaub zu machen, sondern um zu recherchieren und einen Artikel zu schreiben. Denn ich bezahle dieses beschissene Hotel und alles andere, verstehst du?" Er hatte nicht geschrien, sondern seine Stimme kaum erhoben. Dennoch spürte sie deutlich Ingos Wut. „Und sag jetzt nicht, es würde dir leidtun. Solche Phrasen hasse ich nämlich wie die Pest."

Diese Erwiderung war ihr tatsächlich sofort eingefallen. Doch aufgrund der ziemlich barschen Ansage beschloss Kathi zu schweigen. Sie presste ihre Lippen aufeinander und starrte nach vorn. Der Dunst über dem Wasser wurde dichter und rückte näher. Wenn sie noch länger hier stehenblieben, bestand die Gefahr, dass er sie verschlingen würde.

„Kathi, es geht nicht nur um mich", fuhr Ingo eindringlich fort. „Wie ich dir sagte, haben wir einen Geldgeber ins Boot geholt, einen Sponsor, verstehst du? Der Typ will Resultate sehen oder zumindest erste Entwürfe. Ich kann ihn nicht mit irgendwelchen Phrasen hinhalten. Es gibt genug andere Portale, das ganze Internet ist voll davon. Dieser Kerl hat ein verdammt großes Budget in der Hinterhand. Er ist der Sechser im Lotto und ich will ihn nicht verlieren. Dein Chef meinte, du wärst die Beste. Aber er hat mich auch gewarnt, dich an diesen Ort zu schicken. Wegen deines Ahrenshoop-Traumas. Ich hielt das für Schwachsinn. Mittlerweile denke ich jedoch, der gute Jo Berger lag goldrichtig mit seiner Warnung."

Kathi klammerte sich an das hölzerne Geländer. Ihre Beine waren weich wie Wackelpudding. All die wunderbaren Gefühle, all die schönen Erinnerungen an diesen Tag zerplatzten mit einem lauten Knall. Das Schlimmste war, sie wusste genau, dass Ingo Sartor absolut recht mit seiner Kritik hatte.

„Du darfst gerne etwas sagen. Zum Beispiel, dass du in deinem Zimmer erste Entwürfe hast, die du mir in wenigen Stunden präsentieren kannst."

Sie schluckte. Kathi war sicher, dass Ingo genau wusste, dass es keine Entwürfe gab.

Er lachte auf. „Also keine Entwürfe. Ich hatte es so gehofft, aber dein Schweigen ist mir Antwort genug. Kannst du mir mal verraten, was du in den vergangenen Tagen getrieben hast, außer dich in Scheunen herumzutreiben oder dich mit deiner Vergangenheit zu beschäftigen?"

„Vielleicht bin ich wirklich die falsche Person für den Job", sagte Kathi leise. Sie lauschte ihren eigenen Worten und fand, dass diese sich nicht mal so falsch anfühlten.

„Soll das ein Witz sein?" Ingo erfasste ihre Schulter und zog sie herum. „Willst du mir damit sagen, du schmeißt die ganze Sache hin?"

„Keine Ahnung."

Eindringlich sah er sie an, ließ sie dann aber abrupt los und verschränkte die Arme. „Ich denke, wir sollten das Gespräch an dieser Stelle beenden. Das Beste wäre, wir treffen uns heute um zehn. Es wird Zeit, dass wir beide ins Bett kommen. Sonst sagen wir vielleicht noch Dinge, die wir hinterher bereuen."

Kathi nickte.

„Und ich würde mich freuen, wenn ich dich tatsächlich hier im *Godewind* antreffe und nicht wieder Stunden auf dich warten muss. Könntest du mir das versprechen?"

„Natürlich, ich bin da."

Ingo schüttelte leicht den Kopf. „Oh Mann, auf der einen Seite bereue ich es, dir diesen Job angeboten zu haben. Aber auf der anderen ..." Das Ende des Satzes blieb sein Geheimnis. Stattdessen drehte er sich um und schlenderte davon.

Kathi lauschte auf seine immer leiser werdenden Schritte. Dann stützte sie sich erneut auf das Geländer und blickte zum Wasser. Erst als die Kühle fast schon empfindlich unangenehm ihren Körper erfasste, beschloss sie, ins Bett zu gehen. Sie warf noch einen letzten Blick zurück und es kam ihr vor, als würde weit in der Ferne bereits ein heller Streifen Licht schimmern.

***

Als Elsa am nächsten Morgen erwachte, lag ein Arm quer über ihrem Körper. Sie öffnete mühevoll ihre Augen und sah in Fietes Gesicht. Seine Züge waren entspannt, glücklich und sie wünschte sich, sie könnte jeden Morgen so neben ihm aufwachen.

Alle Unklarheiten zwischen ihnen waren beseitigt. Sie hatten gestern noch lange auf dem Steg gesessen und über sich und ihre Zukunft gesprochen. Dann hatte Fiete sie nach Hause gebracht. Sie waren die Treppe hinaufgegangen und er hatte sie ins Bett gebracht. Liebevoll hatte er Elsa zugedeckt und sich dann neben sie gekuschelt. Ihr waren die Augen zugefallen und sie hatte nur noch gemurmelt, wie sehr sie ihn lieben würde.

Jetzt zeigte der Wecker kurz vor sechs. Sie fühlte sich ausgeruht und voller Tatendrang. Behutsam setzte sie sich auf und schlich unter die Dusche. Als sie in ein Badetuch gehüllt zurückkam, lehnte Fiete am Kopfteil des Bettes und sah ihr lächelnd entgegen. Seine Blicke glitten über ihren Körper, ohne an einer bestimmten Stelle zu verharren. Stattdessen hob er seine Hand und winkte sie zu sich. „Kommst du noch mal zu mir?" Er klopfte auf das leere Kissen an seiner Seite.

Gespielt streng schüttelte Elsa den Kopf. „Keine Chance. Es ist gleich halb sieben. Zeit, sich auf den Weg ins Hotel zu machen."

Fiete seufzte. „Das du so streng sein kannst, hätte ich nicht gedacht." Elsa ließ das Badetuch fallen, öffnete den Schrank und nahm frische Sachen heraus. „Hast du schon mit deiner Chefin gesprochen, wann wir deine restlichen Dinge und vor allem deine Minnie aus Stuttgart holen können?"

„Wir erwarten Veronika irgendwann in den nächsten Wochen. Ein genauer Termin steht noch nicht fest", erwiderte Elsa, während sie ihre helle Bluse zuknöpfte. „Sie wollte sich unbedingt, während ich nicht da bin, sich um die Leitung des Hotels kümmern."

„Verstehe." Fiete streckte seinen Fuß unter der Bettdecke hervor und ließ ihn kreisen. „Übrigens habe ich noch einmal über deine Worte nachgedacht."

„Über welche?", fragte sie.

„Die Bilder von Rudloff betreffend." Eine Sekunde verharrten ihre Finger. Dann stopfte sie das Vorderteil der Bluse in die dunkle Hose.

„Zu welchem Resultat bist du gekommen?"

„Ich glaube, es wäre wirklich das Beste, ihm die Bilder auszuhändigen. Auch wenn es mir innerlich gegen den Strich geht, dass er sich damit schmückt oder sie in seinem Hotel ausstellt."

Erfreut sah Kathi ihn an. „Gute Entscheidung. Ich glaube nicht, dass Rudloff eines dieser sehr persönlichen Gemälde in seiner Lobby aufhängt. Das andere war ja auch in seinem Arbeitszimmer."

Fiete brummte. „Ja, mag sein. Außerdem hab ich mir noch Gedanken darüber gemacht, wer das Atelier betreten haben könnte."

„Also glaubst du mir inzwischen", meinte Elsa neckend.

„Natürlich glaube ich dir. Warum solltest du dir so etwas ausdenken. Im Grunde gibt es nur einen Menschen, der noch einen Schlüssel haben könnte, nämlich Grete."

Elsa, die sich gerade vor dem Spiegel ihre Wimpern tuschte, drehte sich mit der Spirale in der Hand um und schaute Fiete fragend an. „Wer ist Grete?"

„Eine Tante meiner Frau. Also eigentlich ist sie nicht mal ihre richtige Tante, sondern nur eine Jugendfreundin ihrer Mutter. Marit hat in ihrer Kindheit einige Sommer bei Grete in Ahrenshoop verbracht. Deswegen kam sie als Künstlerin auch an diesen für sie besonderen Ort. Die erste Zeit hat sie bei Grete gewohnt. Erst, als wir uns kennenlernten, ist sie bei ihr ausgezogen. Sehr zum Missfallen von Grete, die mich noch nie richtig leiden konnte."

„Und wo lebt sie?" Elsa tuschte weiter und betrachtete dann zufrieden ihre Augenpartie.

„Sie hatte in Ahrenshoop ein Häuschen, das sie aber verkauft hat. Seitdem lebt sie in einer kleinen Wohnung in Wiek. Ich muss zugeben, ich habe sie viele Jahre nicht mehr gesehen. Das letzte Mal bei Marits Beerdigung." Nachdenklich schaute Fiete aus dem Fenster. „Marit und Grete hatten immer ein inniges Verhältnis. Sie war ihre Vertraute und ist häufig zu Gast im Atelier gewesen. Inzwischen müsste sie weit über achtzig sein."

„Ist sie überhaupt noch am Leben?"

Fiete nickte. „Wenn sie gestorben wäre, dann hätte ich es erfahren. Außerdem gehört ihr eine Grabstätte in der Nähe von Marits Grab."

„Aber warum sollte sie im Atelier herumstöbern und eine Schachtel mit Bildern mitgehen lassen?"

„Ich weiß es nicht. Ich werde sie heute Nachmittag aufsuchen und ich möchte, dass du mitkommst."

Elsas Kinnlade fiel nach unten. „Ich?", fragte sie erstaunt. „Das ist keine gute Idee. Wenn diese Grete dich früher schon nicht hat leiden können, solltest du möglichst nicht mit deiner neuen Partnerin aufkreuzen und damit noch mehr Öl ins Feuer gießen."

„Das mag sein. Doch Marit ist tot und kommt nicht mehr wieder. Es ist an der Zeit, dass alle das begreifen, die uns gekannt haben."

Kapitel 18

„Was darf ich Ihnen bringen?" Fragend schaute Frühstückskellnerin Ute Kathi an.

„Ich nehme wieder einen doppelten Espresso oder am besten gleich zwei."

Die Frau schmunzelte. „Oho, das klingt nach einer sehr schlechten Nacht. Ich glaube, ich bereite Ihnen mal meinen Spezialmischung zu."

„Und was ist da drin?"

„Streng geheim." Die Kellnerin verschwand und kam gleich darauf mit einer halb gefüllten Tasse zurück. „Trinken Sie. Gleich geht es Ihnen besser."

Misstrauisch schnupperte Kathi an der Tasse und nahm einen kleinen Schluck. Der Espresso war stark und sehr süß.

„Und, was sagen Sie?"

„Süß. Schmeckt aber gut."

„Manchmal braucht man einen guten Schuss Zucker und einen ganz speziellen Kaffee, der aus einer kleinen Rösterei in Italien stammt. Glauben Sie mir, die Mischung wirkt wahre Wunder."

„Wenn Sie es sagen", seufzte Kathi. „Ein Wunder könnte ich tatsächlich gebrauchen." Sie ließ die Blicke über die anderen Gäste auf der Sonnenterrasse schweifen und stellte fest, dass Ramona wieder nicht zu sehen war. „Sagen Sie, die Dame mit dem Turban war die schon da?"

„Sie meinen Frau Ahlenburg? Nein. Ich habe gehört, sie hat sich zum Schreiben in ihr Zimmer zurückgezogen und möchte nicht gestört werden. Kann ich sonst noch etwas für Sie tun?"

Kathi winkte dankend ab. Sie leerte ihre Tasse und versuchte, das üppig bestückte Buffet tapfer zu ignorieren. Wenn sie einen vollen Magen hatte, floss ihre Kreativität noch spärlicher, so als würde alle Energie für die Verdauung benötigt werden.

Kreativität, das war es, was sie jetzt brauchte. Kathi schob die Sonnenbrille auf ihre Nase und musterte das leere Blatt Papier, das vor ihr lag. Ein einsamer Bindestrich prangte am linken Blattrand, das war alles. Jetzt war es neun. In einer Stunde würde Ingo Sartor hier erscheinen und, bis dahin brauchte sie dringend eine Eingebung.

In den letzten Stunden hatte sie kein Auge zugemacht. Voller Unruhe hatte sie sich von der einen auf die andere Seite gewälzt und immer wieder auf ihr Handy gesehen. Die Zeit schien wie angehalten zu sein, was in gewisser Weise gut war, konnte sie so doch nach einer Lösung oder besser nach Inspiration suchen. Auf der anderen Seite wünschte sie sich, es wäre vorbei und Ingo Sartor würde sie rausschmeißen.

Eine beim Abräumen des Tisches heruntergefallene Gabel holte sie zurück in die Gegenwart. Allmählich begann Kathis Kopf zu arbeiten und das war schon einmal ein Anfang.

Sie zog den Ortsplan von Ahrenshoop heran und studierte ihn, wohl wissend, dass dort die Lösung für ihr Problem nicht liegen würde. Konzentriert versuchte Kathi sich zu sammeln.

Ahrenshoop, das war Meer, Bodden, Wald, Strand ... Gott wie öde. Wer wollte das schon lesen? Angewidert schüttelte sie sich.

Da erklang in der Lobby eine ihr wohl vertraute Stimme und ließ sie aufhorchen. „Ist mein Taxi schon da?"

„Es müsste jeden Moment kommen", erwiderte ein Mann. Kathi tippte auf den immer so verkniffen aussehenden Typen hinter der Rezeption.

„Gut, dann warte ich draußen."

„Gern, Frau Ahlenburg. Sie können aber auch noch einen Kaffee auf unserer Terrasse zu sich nehmen."

Instinktiv duckte sie sich ab und ging hinter einer Grünpflanze in Deckung.

„Nein, danke. Ich habe einige Termine und muss heute vermutlich noch literweise Kaffee trinken."

Unauffällig schielte Kathi um die Ecke. Das Foyer war inzwischen leer, mal abgesehen von dem Mitarbeiter, der hinter der Rezeption stand und Daten in den Computer eingab.

Nachdenklich sah sie auf ihren leeren Zettel und ließ diesen in ihrer Mappe verschwinden. Ihre Gedanken kreisten um die Story, auf die sie die Drehbuchautorin gebracht hatte und die vielleicht mit ihr und ihrer Vergangenheit zu tun haben konnte. Kathi erinnerte sich an eine Zeit, die sie im Bereich Klatsch und Tratsch zugebracht hatte. Damals war sie einem älteren Kollegen zugeteilt worden, den alle nur den Windhund nannten. Seinen wahren Namen hatte sie vergessen. Doch Windhund war absolut Programm und entsprach dessen Wesensart vollumfänglich. Er hatte eine Art Storys zu wittern, wo praktisch keine Storys waren. Meist behielt er irgendwie recht und falls nicht, sog er sich eine Geschichte aus den Fingern, die die Massen begeisterte. In der Wahl seiner Mittel war er dabei skrupellos. Das ging beim Durchwühlen von Mülltonnen los und endete damit, eng Vertraute gewisser Personen zu bestechen. Und zwar solange bis diese einknickten, den gezahlten Betrag nahmen und pikante Geheimnisse verrieten.

Kathi hatte viel bei ihm gelernt, selbst wenn ihr die Vorgehensweise zumeist absolut zuwider gewesen war. Fest stand, der Windhund war erfolgreich, und zwar solange, bis er eines Tages an einem Magentumor starb. Böse Zungen behaupteten, dass dies ganz bestimmt Karma war, ausgelöst durch all die schlimmen Taten in seinem Leben.

Dass sie jetzt, in diesem Moment an ihn denken musste, konnte kein Zufall sein. Genau wie der Fakt, dass Ramona Ahlenburg, genau jetzt das Hotel verließ und einige Zeit wegblieb.

Kathi schob ihren Stuhl nach hinten und betrat das Foyer. Der Rezeptionist stand hinter seinem Tresen und warf ihr ein kurzes Lächeln zu. Bestimmt hatte der junge Bursche, der vor einigen Stunden Dienst geschoben hatte, ihn bereits in die nächtlichen Vorkommnisse eingeweiht. Nun dachte er sich seinen Teil. Unschlüssig ließ sie ihre Blicke schweifen, ging dann in die Bibliothek und griff sich eine Zeitschrift, die auf einem der Tische lag. Während sie wahllos darin blätterte, dachte Kathi fieberhaft nach.

Und wieder war ihr das Glück hold, denn das Telefon an der Rezeption klingelte. Der verkniffene Mitarbeiter nahm ab, sprach einige Worte in den Hörer und positionierte schließlich das „Komme-gleich-wieder"-Schild auf dem Tresen. Dann entschwand er Richtung Treppenhaus.

Kathi warf die Zeitschrift auf den Stapel, raste durch die Lobby und trat an den Tresen. Vorsichtig schielte sie um die Ecke, doch das dahinterliegende kleine Büro war leer. Sie beugte sich nach vorn, ergriff das Reservierungsbuch und studierte fieberhaft die einzelnen Einträge.

Da war es, Ramona Ahlenburg, Zimmer 302. Hastig schob Kathi das Buch zurück und ließ ihre Blicke wandern. Alle Hotels hatten Generalkarten, mit denen sie jeden einzelnen Raum öffnen konnten. Anders, als die Karten der Gäste, die nur für ihr jeweiliges Zimmer programmiert waren. Doch da war keine Karte. Logisch, wenn es eine gegeben hatte, musste der Verkniffene sie mit nach oben genommen haben.

Kathi eilte zum Treppenhaus und stieg in die erste Etage. Dort spähte sie den Gang entlang und entdeckte tatsächlich am hinteren Ende den Servicewagen der Zimmermädchen.

Möglichst unauffällig näherte sie sich. Das leise Summen einer Melodie drang aus dem Raum, das eindeutig Sophie zuzuordnen war. Kathi checkte den Wagen. Da waren Handtücher, Bettwäsche, Flaschen um Duschbad oder Shampoo aufzufüllen, aber keine Zimmerkarte.

Verdammt, es wäre auch zu schön gewesen. Einen Augenblick war sie fast schon geneigt, sich nach unten zu begeben und auf Ingo Sartor zu warten. Doch das Jagdfieber hatte Kathi gepackt. Immerhin gab es noch zwei Etagen und definitiv ein weiteres Zimmermädchen. Zwar befürchtete sie, dass dieses sich genauso korrekt verhalten und die Zimmerkarte bei sich tragen würde, doch einen Versuch war es wert. Sie öffnete die Tür zum Treppenhaus und stand dem Rezeptionisten gegenüber, der gerade nach unten ging.

Forschend sah er sie an und Kathi machte ein möglichst unbeteiligtes Gesicht. Dann deutete sie nach oben. „Ich wollte einen kurzen Blick aus dem Giebelfenster werfen, weil die Sicht heute so schön ist. Ich wette, man kann über den ganzen Bodden schauen bis nach Ribnitz-Damgarten." Sie wedelte mit ihrem Handy, als wolle sie ein Foto machen.

„Ja, das dürfte heute passen. Trotz der Wärme ist die Luft klar."

„Ich weiß, man darf eigentlich nicht nach ganz oben, weil dort die Suiten sind. Aber als alte Ahrenshooperin ... Habe ich Ihnen schon erzählt, dass ich früher hier im *Godewind* mal einen Ferienjob hatte?" Eigentlich stand ihr der Sinn nicht nach lockeren Plaudereien, aber es musste sein. Der Windhund wäre stolz auf sie gewesen.

Ein Lächeln huschte über das Gesicht des Rezeptionisten und ließ den verkniffenen Ausdruck verschwinden. „Ich habe es bereits von einem Kollegen erfahren. Das war noch vor meiner Zeit. Damals habe ich in den größten Hotels auf der ganzen Welt gearbeitet. Da war an Ahrenshoop noch nicht zu denken."

Kathi machte große Augen. „Oh wirklich? Das wusste ich ja gar nicht. Da müssen Sie mir eines Tages mehr davon erzählen. Ich liebe solche Geschichten."

„Gerne." Lachend sah der Mann sie an. Dann griff er in seine Westentasche und holte eine weiße Karte hervor. „Wissen Sie was? Damit kommen sie oben in die Sauna. Von dort haben Sie einen noch schöneren Blick als aus dem Giebelfenster. Einfach gerade durch bis zum Ruheraum. Geben Sie mir die Karte dann später wieder."

Sie berührte ihn kurz am Arm. „Danke, Sie sind der Beste."

Dann entfernte sich jeder in seine Richtung. Er nach unten und sie nach oben. Kathi ging zunächst tatsächlich zur Sauna und legte die Karte an den Öffner. Es erklang ein Summen und das grüne Licht leuchtete auf. Dann drehte sie sich um und näherte sich Zimmer 302. Erneut versuchte sie ihr Glück, aber die grüne Lampe am Türöffner blieb dunkel.

Die Enttäuschung überrollte sie fast schon körperlich. „Alles gut, du hast es versucht", murmelte sie sich selbst zu und sah auf ihre Uhr. Noch eine halbe Stunde, dann würde Ingo Sartor kommen und sie hatte nichts vorzuweisen.

„Kann ich Ihnen helfen? Funktioniert die Karte nicht?" Erschrocken fuhr Kathi zusammen und musste einen Aufschrei unterdrücken. Das andere Zimmermädchen stand vor ihr und deutete auf die Tür.

Unbeholfen hob sie die Schultern und schwieg.

„Das kommt manchmal vor. Sie sollten sich in diesem Fall an die Rezeption wenden. Mein Kollege programmiert Ihnen eine neue Karte. Aber in der Zwischenzeit kann ich Ihnen gern die Tür öffnen, wenn Sie möchten."

War das ein Wink des Schicksals? Kathi schaute in unbedarfte Augen. Sie glaubte, sich zu erinnern, dass die junge

Frau erst kurze Zeit im Hotel arbeitete. Ramona hatte so etwas erwähnt.

Einen Moment wollte sie ablehnen. Es war nicht richtig. Dann dachte sie an die Drehbuchautorin und die Geschichte, die diese vielleicht über sie schrieb. Spontan nickte sie. „Das wär wunderbar. Und später gehe ich an die Rezeption."

„Sehr gerne." Das Zimmermädchen nahm seine Karte und das Summen ertönte. Kathi drückte gegen die Tür, lächelte noch einmal dankbar und trat dann ein.

Die Stille der Suite empfing sie. Einen Moment lehnte sie sich gegen den gleich vorn eingebauten Schrank und holte Luft. Dann ging sie in den Wohnraum. Dieser war ein wenig größer als ihr Zimmer. Es gab sogar einen Balkon mit zwei Stühlen, von dem aus man einen tollen Blick auf den Bodden hatte. Und tatsächlich sah man in der Ferne die Türme von Ribnitz-Damgarten.

Doch jetzt war keine Zeit für Landschaftsbetrachtungen. Kathi warf einen flüchtigen Blick in die Runde und begann dann den Schreibtisch neben dem Fenster abzusuchen. Aber da war kein Computer, sondern nur eine leere Fläche. Erst in diesem Moment fiel ihr ein, dass Ramona den Laptop vermutlich zu ihrem geschäftlichen Termin mitgenommen hatte.

Hilflos zog sie die einzelnen Schubladen auf. Vielleicht fanden sich irgendwo handschriftliche Notizen. Sie selbst arbeitete so und machte sich grobe Stichpunkte. Ramona anscheinend nicht. Denn da waren zwar Schreibblöcke, aber nichts, das mit dem neuen Drehbuch zu tun hatte.

Also doch kein Windhund. Flüchtig nahm Kathi sich die anderen Schränke vor, doch sie ahnte bereits, dass sie nichts finden würde. Genauso war es auch. Woran auch immer Ramona schrieb, war in ihrem Laptop oder sonst wo verborgen.

Es wurde Zeit zu gehen. Kathi schaute, dass sie alles so verließ, wie sie es vorgefunden hatte, und näherte sich dann der Tür.

Sie wollte gerade nach der Klinke greifen, als sie eine Frauenstimme vernahm. Noch ehe sie reagieren konnte, wurde die Tür geöffnet und Ramona trat ein. Sie trug ein Handy in ihrer Hand und schien mit jemanden zu sprechen. Ihre Beherrschung war einmalig, denn sie zuckte weder zusammen, noch weiteten sich ihre Augen vor Überraschung. Sie wirkte vollkommen entspannt, als hätte sie geahnt, dass Kathi in ihrem Zimmer war.

***

„Auch einen Apfel?" Fragend deutete Sophie auf die Schale, die mitten auf dem Esstisch im Pausenraum stand und Elsa nickte. „Dann komm, setzen wir uns zehn Minuten raus auf die Raucherecke."

„Der perfekte Platz, um einen Apfel zu essen", erwiderte Elsa grinsend.

„Seit wir keinen rauchenden Kollegen mehr haben und Denise auch verschwunden ist, unbedingt."

Die beiden Frauen nahmen nebeneinander auf dem Geländer des Pavillons Platz und streckten ihre Füße auf der davorstehenden Bank aus. Von hier hatten sie den Garten im Blick, ohne gleich von einem der Gäste entdeckt zu werden. Denn ein grober Sichtschutz schützte vor heftigen Winden, manchmal aber auch vor allzu aufdringlichen Urlaubern.

„Und nun erzähl, alles gut bei dir und Fiete?", fragte Sophie und biss bereits in ihren Apfel. Ein knackendes Geräusch entstand und ein einzelner Tropfen Saft, rann über das Kinn ihrer Kollegin. „Aber eigentlich bin ich guter Dinge. Denn wäre die Sache schief gelaufen, hättest du dich längst gemeldet."

Elsa hielt den Apfel fest in ihren Händen. „Sagen wir mal so, hättest du mir gestern Nachmittag die gleiche Frage gestellt ..." Sie winkte ab. „Aber dann wurde doch noch alles gut."

„Du meine Güte, das klingt ja dramatisch."

„War es auch. Ich befand mich etwa drei Stunden im tiefen Tal der Tränen. Schließlich hab ich mich zu dem Steg aufgemacht, an dem Fiete und ich uns damals kennengelernt haben und alles wurde gut. Wir haben uns ausgesprochen." Elsa begann zu berichten, blieb aber an der Oberfläche. Zu intim waren die Dinge gewesen, die Fiete ihr über den Zustand seiner Ehe erzählt hatte.

Sophie war zwischenzeitlich so gefesselt, dass sie sogar vergaß, von ihrem Apfel abzubeißen. Am Ende blies sie ihre Wangen auf und stieß einen Stoßseufzer der Erleichterung aus. „Du glaubst nicht, wie froh ich bin, dass die ganze Sache sich geklärt hat. Ein paar ehrliche Worte zur richtigen Zeit wirken Wunder."

„Fiete war sehr ehrlich."

Ihre Kollegin hob die Hand. „Erzähl es mir nicht. Das ist eine Sache zwischen dir und ihm."

„Hätte ich auch nicht gemacht", winkte Elsa ab.

„Und wie hieß noch mal die Frau, von der Fiete gesprochen hatte?"

„Er nannte sie Grete."

Grübelnd schaute Sophie zu Boden. Dann erhellte sich ihr Gesicht. „Ich glaube, ich weiß, wen du meinst. Es kann sich nur um Gretchen Sandrup handeln. Sie hatte früher tatsächlich ein Haus in Ahrenshoop, gleich vorn an der Hauptstraße. Soweit ich mich erinnere, war es eine Art Pension. Nichts Großartiges, nur zwei oder drei einfache Zimmer. Sie vermietete meist an Künstler oder so. Da gab es einen alten Holzzaun, an dem immer irgendwelche Töpferarbeiten hingen und Bilder." Sophie lächelte. „Als Kind hatte ich Angst vor ihr.

Sie war eine etwas bedrohliche Erscheinung, ziemlich stattlich, mit großem Busen und dunklem Haar. Die Männerwelt schien vor ihr auch Respekt besessen zu haben, denn soweit ich mich erinnere, lebte sie immer allein. Ich wette, meine Eltern könnten noch ganz andere Geschichten über sie erzählen. Einige Male habe ich Marit tatsächlich mit ihr gesehen, unten in Prerow an der Seebrücke. Aber das sie so eng und vertraut waren, wusste ich nicht."

„Tja, das könnte sie sein", sagte Elsa und biss nun auch in ihren Apfel. „Hm, der ist aber gut."

„Hab ich von meinem Nachbarn Torben. Du weißt schon, dem mit der Kommune. In letzter Zeit vertickt er viel frisches Obst. Scheint eine Kooperation mit einem Bauernhof zu haben, meinte zumindest Lars. Na ja, geklaut haben werden sie die Äpfel nicht, denn noch ist Frühsommer und keine Erntezeit." Sophie kicherte leise. „Und heute Nachmittag wollt ihr also diese Grete besuchen fahren?"

„Diesen Plan hatte zumindest Fiete. Ich bin wenig begeistert. Ich glaube nicht, dass es eine gute Idee ist, wenn er ausgerechnet mit mir bei ihr aufkreuzt." Eine steile Falte bildete sich auf Elsas Stirn.

„Er will dich an seiner Seite haben, vermutlich als seelische Unterstützung, aber ganz sicher, weil ihr beiden zusammengehört. Ich glaube, du solltest ihm da vertrauen. Fiete und du, ihr seid ein Team. Und als Team muss man zusammen in solch unangenehme Situationen gehen. Weil zusammen alles leichter ist."

***

„Ja, natürlich. Ich bin gerade noch einmal in mein Zimmer gegangen, um die Unterlagen zu holen", sagte Ramona in ihr Telefon. „Bis später." Dann ließ sie das Handy in ihre Tasche gleiten und machte einige Schritte auf Kathi zu. Die wich zurück, bis ihr Hintern an die Schreibtischkante stieß. Ramona trug heute ein feuerrotes Tuch um ihren Kopf geschlungen und ein dazu passendes Kleid, das einige Nuancen dunkler war. Sie war eine Erscheinung und genau das wusste sie auch. Im hellen Sonnenlicht wirkte sie noch souveräner und ganz Herrin der Situation.

Kathi befürchtete ein Donnerwetter oder Beschimpfungen, doch Ramona sagte kein Wort. Zumindest nicht zu ihr. Stattdessen ergriff sie den Hörer des Haustelefons auf ihrem Nachttisch und drückte zwei Tasten. Ein leises Tuten erklang.

Auch das noch, Ramona rief bei der Rezeption an und sie war endgültig geliefert. Von wegen Windhund, sie war nicht mal ein Mops, sondern eine vollkommene Versagerin auf ganzer Linie.

„Rezeption? Ähm, hier ist Frau Ahlenburg, Zimmer 302. Vor dem Haus steht ein Taxi. Sagen Sie dem Fahrer bitte, dass er auf mich warten soll. Ich muss noch etwas klären. Und falls der junge Mann, mit dem dezenten Dreitagebart und dem maßgeschneiderten Anzug noch immer in der Sesselgruppe der Bibliothek wartet, können Sie ihm dasselbe sagen. Nur in Bezug auf Frau Siegel. Danke." Ramona legte den Hörer auf. Mit einer fließenden Bewegung stellte sie ihre große Ledertasche auf dem Bett ab. Aus der ragte unverkennbar die Ecke eines Laptops. Dann sank sie auf die Bettkante und deutete auf den Schreibtischstuhl am Fenster.

Kathi setzte sich und schluckte. Ihr war schwindlig und furchtbar schlecht. Sie wünschte sich inständig, Ramona möge endlich das Gespräch beginnen und ihre Standpauke starten, doch sie musterte Kathi stattdessen aufmerksam. Es war an ihr, das erste Wort auszusprechen. Doch was sagte man, in einer solchen Situation? Wäre sie wirklich der Windhund gewesen, hätte sie sich flink eine Geschichte einfallen lassen, die ihre

Anwesenheit in diesem Raum als das Logischste der Welt dargestellt hätte.

„Ich kann es dir erklären ...", murmelte Kathi schließlich, als gefühlt eine halbe Stunde Schweigen verstrichen war.

„Ach wirklich? Ich bin ganz Ohr?" Ramona zog ihre Augenbraue einige Millimeter nach oben.

„Ich, ich, ...", stotterte sie und brach ab.

„War das deine Erklärung?"

„Natürlich nicht. Ich möchte mich entschuldigen, weil du mich in deinem Zimmer angetroffen hast. Also ich meine natürlich, weil ich mir Zutritt verschafft habe."

„Ich verstehe." Wieder ruckte die Augenbraue ein Stück nach oben. „Und was wolltest du hier? Ich nehme mal an, nicht mein Geschmeide stehlen. Denn das echte liegt daheim in meinem Safe."

„Nein, dein Geschmeide interessiert mich nicht. Mich interessiert, was du in letzter Zeit geschrieben hast. Ich wusste nicht, dass du dienstlich hier oben bist. Du sprachst von einem Urlaub oder so." Allmählich gewann Kathi ihre Sicherheit zurück. „Das du Drehbuchautorin und auf der Suche nach neuem Stoff bist ..."

„Hab ich wohl vergessen zu erwähnen", vollendete Ramona den Satz. „Dort in der Karaffe ist noch frisches Wasser. Würdest du uns bitte zwei Gläser einschenken? Und keine Angst, es ist nicht vergiftet."

Kathi goss das Wasser ein und reichte Ramona ihr Glas. Die trank es mit einem Ruck aus und platzierte es dann auf ihrem Nachttisch. „Wo waren wir stehengeblieben? Ach ja, bei meiner Arbeit als Drehbuchautorin. Nun, ich wüsste nicht, dass das für unsere Bekanntschaft irgendeine Rolle gespielt hat."

Kathi richtete sich auf. „Hat es nicht? Das sehe ich aber ein bisschen anders. Vor allem, weil ich dir Dinge anvertraut habe, private und sehr persönliche."

„Ich habe dich nicht dazu gezwungen."

„Aber ermutigt. Du meintest, es würde mir guttun, weil du schon immer eine Art Beichtschwester warst."

„Und? Hat es funktioniert? Tat es dir gut?", fragte Ramona mit einem leicht amüsierten Unterton.

„Kurzzeitig. Doch als ich erfuhr, welchen Job du hast und was du hier willst, da habe ich jedes einzelne Wort bereut, was ich dir erzählt habe."

„Tja, gesagt ist gesagt." Ramona leckte sich kurz über die Lippen und sah dann auf ihre Uhr. „Dennoch verstehe ich beim besten Willen nicht, warum ich dich hier in meinem Zimmer antreffe? Ich nehme an, du hast meine persönlichen Sachen durchwühlt, wieso?"

Kathi lachte auf. „Das fragst du noch? Hältst du mich für vollkommen dämlich?"

„Eigentlich nicht, aber ..." Auf einmal sah sie Kathi grübelnd an. „Sag bloß, du denkst, ich würde das, was du mir im Vertrauen gesagt hast, in mein neues Drehbuch einfließen lassen?" Ihre Augen hielt sie fest und plötzlich verspürte Kathi einen Hauch Unsicherheit. Sie schwieg. Ramona beugte sich ein Stück zu ihr. „Natürlich, ich sehe es dir an. Du denkst allen Ernstes, ich hätte deine Geschichte als Grundlage für meinen nächsten Film genommen. Ich muss sagen, dass enttäuscht mich sehr."

Kathi griff nach dem Glas und trank es leer. Dennoch fühlte sich ihr Mund vollkommen ausgetrocknet an. „Ist es denn nicht so?", fragte sie leise. „Ich meine, alle sagten, du hättest eine Schreibblockade gehabt und dir wäre nichts mehr eingefallen. Dann hast du mit mir gesprochen und was weiß ich noch mit wem und auf einmal sprudeln die Worte. Was soll man denn da denken."

Ramona schüttelte den Kopf, zog eine dünne Mappe aus ihrer Tasche und warf sie aufs Bett. „Hier bitte, die Idee für mein nächstes Drehbuch. Die möchte ich heute mit meiner Agentur in Rostock besprechen."

Kathi überflog die einzelnen Stichpunkte. Es ging um eine junge Frau, die sich zwischen einem Leben als Künstlerin und dem Erbe eines Hotels entscheiden musste. Dann kamen noch einige Irrungen und Wirrungen hinzu, wie zum Beispiel zwei Männer und eine intrigante Bekannte. Es war die übliche Mischung, die man in einer schönen Gegend ideal in Szene setzen konnte. Von dem, was Kathi Ramona anvertraut hatte, war kein Wort zu lesen.

Mit zitternden Händen gab sie die Zettel zurück. „Es tut mir leid, aber ich dachte wirklich, du hättest meine Geschichte genommen."

„Du lieber Gott, so großartig war deine Story nun auch nicht." Ramona biss sich kurz auf die Lippen. „Ach, das hätte ich nicht sagen sollen." Sie ließ die Mappe in ihrer Tasche verschwinden und legte die Hände locker in den Schoss. „Soll ich ehrlich sein? Einen Moment lang hab ich wirklich mit dem Gedanken gespielt, deine Geschichte als Grundlage zu nehmen. Dann wurde mir bewusst, dass man für Geld nicht alles tun sollte. Es ist immer noch wichtig, in den Spiegel schauen zu können, vor allem, wenn einem etwas Persönliches anvertraut wurde."

Kathi klemmte ihre zitternden Hände zwischen die Knie. Nun fühlte sie sich noch schrecklicher als gerade eben. Sie war in ein fremdes Zimmer eingestiegen und das ohne jeglichen Grund.

„Hast du heute Abend schon etwas vor?" Fragend sah Ramona sie an.

„Nein, eigentlich nicht", stammelte Kathi.

„Gut, hier ist meine Handynummer, ruf mich an, dann habe ich deinen Kontakt." Ramona reichte ihr eine Visitenkarte. „Ich lasse uns einen Tisch in einem Restaurant reservieren und wir beide reden. Das tut bitter Not. Denn ganz ehrlich, du siehst schrecklich aus, schrecklicher als bei unserem Kennenlernen. Und ich vermute, dass dies unter anderem mit dem Typen zusammenhängt, der im Foyer auf dich wartet. Habe ich recht?" Sie nickte. „Also dann, ich melde mich bei dir." Ramona griff sich ihre Tasche und wandte sich zum Gehen. „Und wenn du gehst, zieh bitte die Tür hinter dir zu."

Mit weichen Knien schlich Kathi die Treppe nach unten. Das Foyer war leer, doch in der Bibliothek sah sie Ingo Sartor auf einem der Sofas sitzen und in einer Zeitschrift blättern. Bei ihrem Eintreten schaute er hoch und seufzte. „Ich dachte schon, du hättest dich wieder ins Heu verkrümelt."

„Hat man dir nicht ausgerichtet, dass ich etwas später komme?", fragte sie zerstreut.

„Hat man und ich bekam auch gleich einen wunderbaren Kaffee geliefert. Aber ich bin nicht hier, um Kaffee zu trinken, sondern Resultate abzufragen." Ingo klopfte auf die Sitzfläche neben sich, doch sie zog dem ihm gegenüberstehenden Sessel vor. Er legte seine Hände in den Nacken. „Sag mir, woran ich bin, und sei bitte ehrlich."

Kathi hob ihren Kopf und schaute ihm in die Augen. „Ich habe nichts vorzuweisen. Nicht das Geringste."

„Ich verstehe. Wird sich daran in den nächsten Tagen noch etwas ändern, oder muss ich mir einen Ersatz suchen?"

Sie musterte das Blumengesteck auf dem Tisch und zählte die Blüten einer weißen Blume. In ihrem Inneren spielte sie ein uraltes Spiel, dass sie nur auf ihre momentane Situation ein wenig abwandelte. Kathi fragte sich: Fällt mir etwas ein oder fällt mir nichts ein. Als sie bei der letzten Blüte anlangte, lautete das Endresultat, das ihr etwas einfallen würde. Nun war dieses Spiel wenig repräsentativ, deswegen behielt sie die Antwort für sich und hob die Schultern. „Keine Ahnung. Ich glaube aber, eher nicht."

Ingo verdrehte die Augen und lehnte sich zurück. „Ich hatte es befürchtet, ja, das hatte ich wirklich. In meinem Inneren war zwar noch ein Funken Hoffnung, aber der hat sich eigentlich schon in der letzten Nacht in Rauch aufgelöst. Wenigstens bist du ehrlich und erzählst mir nicht irgendwelche Geschichten."

„Ich werde dir selbstverständlich die Kosten für das Hotel und alles andere zurückzahlen. Oder ich bezahle die Rechnung beim Auschecken. Dann sind wir quitt."

„Das ist das Mindeste, wenn es auch momentan meine geringste Sorge ist. Ich hatte auf dich gesetzt, Kathi. Eben, weil du hier alles kennst. Eben, weil es deine Heimat ist."

„Ich weiß, aber ich sagte dir bei unserem ersten Gespräch schon, dass ich nicht über diesen Ort schreiben will. Ich hab mich auf den ganzen Handel nur eingelassen, weil die Folgeaufträge lockten. Und gerade eben hab ich begriffen, warum ich keinen Artikel schreiben will und werde." Kathi atmete tief durch.

Die Erkenntnis war so urplötzlich aufgetaucht, dass sie sich wie von einer riesigen Welle erfasst fühlte. Sie stand bildlich im flachen Wasser und betrachtete den Horizont, sich fragend, was sie hier eigentlich wollte und festhielt. Auf einmal braute sich etwas zusammen, weit draußen auf dem Meer. Sie versuchte, ihren Blick abzuwenden, aber es ging einfach nicht. Der Himmel wurde bedrohlich schwarz. Wind kam auf. Das Meer erhob sich, bildete eine Welle, die höher und höher wurde. Die Wassermassen verharrten einen Moment, dann setzten sie sich in Bewegung und rollten auf sie zu. Kathi konnte sich nicht rühren. Sie fixierte die riesige Welle ohne Angst, denn es war die Welle der Erkenntnis, die sie hier in diesem Augenblick einholte. „Das ist meine Heimat und wird sie immer bleiben. Was ich tief in meinem Herzen für diesen Ort empfinde und warum ich ihn liebe, geht niemanden etwas an. Wer herkommen will, soll es tun. Einfach weil er Ahrenshoop selbst für sich entdecken muss. Das Meer und den Strand und den Bodden und die Reetdachhäuser und die manchmal etwas komplizierten und doch so herzlichen Menschen. Verstehst du?"

Eine Last fiel von ihr ab. Am liebsten hätte Kathi zu lachen begonnen. Aber das würde sie sich für später aufsparen. „Also Ingo, danke für dein Vertrauen, danke für das Angebot. Du hast meine Adresse, schick mir eine Rechnung. Ich werde sie begleichen. Und danke, dass du mich hier an diesen Ort geschickt hast, denn endlich weiß ich, was ich nicht mehr will. Das ist für mich schon mal ein guter Anfang."

Kathi verließ die Bibliothek und lief in ihr Zimmer. Dann stopfte sie ihre Sachen in die Tasche, einfach so, ohne groß auf Ordnung zu achten. An der Rezeption legte sie ihre Zimmerkarte auf den Tresen.

„Ich würde gern auschecken. Würden Sie bitte die Rechnung fertigmachen."

Der Rezeptionist blickte sichtlich verwirrt in seinen Computer und schüttelte den Kopf. „Nein, also so spontan ...", stotterte er. „Wir haben eine Rechnungsadresse, sehe ich gerade. Es wurde eine Kreditkarte hinterlegt. Momentan sehe ich keine offenen Posten. Aber dennoch, Sie wollen uns verlassen? So plötzlich? Ist etwas passiert?"

„Keine Angst, alles ist in Ordnung. Ich verlasse nur das *Godewind*. Ahrenshoop bleibt mir noch ein bisschen erhalten. Machen Sie sich keine Gedanken. Das liegt überhaupt nicht an Ihrem Haus. Denn das hier ist das schönste Hotel des ganzen Ortes mit dem besten Personal, das ich je erlebt habe."

Kathi klopfte dreimal auf den Tresen, drehte sich um und verließ das Foyer. Sie ging zu ihrem Auto, warf das Gepäck auf die Rückbank und ließ den Motor an. Dann fuhr sie los, immer der Straße zwischen Strand und Bodden folgend ohne konkretes Ziel. Sie wusste, sie würde irgendwo landen. Genau dort, wo sie jetzt in diesem Moment goldrichtig war.

Kapitel 19

Elsa bestückte die Kaffeemaschine mit frischem Pulver und betätigte den Einschaltknopf. Während lautes Gurgeln den Raum erfüllte, öffnete sie die Verpackung des soeben gekauften Kuchens und platzierte ihn auf einem Teller. Teller und Kaffeepötte trug sie ins Wohnzimmer, stellte sie auf den Couchtisch und warf einen Blick aus dem weit geöffneten Fenster. Noch war niemand zu sehen. Kein Wunder, bis zur vereinbarten Treffzeit mit Fiete blieb noch etwas Zeit.

Sie nutzte die verbleibenden Minuten, um Wäsche zusammenzulegen und im Schrank zu verstauen. Dann drehte sie mit der Gießkanne eine kleine Runde und goss die wenigen vorhandenen Grünpflanzen, von denen einige schon wieder resigniert die Köpfe hängen ließen..

Da erklang das Geräusch eines Autos unten im Hof.

„Elsa, ich bin da", rief Fiete zu ihr nach oben. „Kommst du?"

Elsa trat durch die geöffnete Wohnungstür, beugte sich über das Geländer und schaute hinab.

Fiete stand auf dem Hof. Er trug eine helle Hose und ein Hemd, das sie noch nie an ihm gesehen hatte. Es wirkte, als hätte er sich für den anstehenden Besuch extra schick gemacht.

„Ich hab Kaffee gekocht und Kuchen gekauft. Du kannst ruhig erst einmal hochkommen." So schnell es ging, drehte Elsa sich um und verschwand wieder in der Wohnung. Mit dieser kleinen Aktion vermied sie eventuelle Diskussionen. Das war zwar nicht ganz fair, aber aus ihrer Sicht notwendig. Denn je mehr sie über den vor ihr liegenden Besuch nachdachte, umso kritischer wurde sie.

Elsa schenkte gerade Kaffee aus, als sich zwei Hände um ihren Körper legten. Fiete drückte sich an sie und küsste ihr Ohrläppchen. „Das war ja gerade ein ziemlich geschicktes Manöver, Frau Torberg."

„Vorsicht", flüsterte sie. „Sonst begieße ich uns noch mit heißem Kaffee."

Er lockerte den Griff, ließ sie aber nicht los. Solange bis Elsa fertig war. Dann drehte er sie zu sich um und berührte mit seinen Lippen ihren Mund. Einen Moment tanzten ihre Zungen spielerisch miteinander. Der Kaffee samt Kuchen schien hinter einem Nebel aus Lust zu verschwinden.

Elsa war es schließlich, die ihn sanft nach hinten schob und den Kopf schüttelte. „Unser Kaffee wird kalt."

Fiete verdrehte die Augen. „Der Kaffee wird kalt? Das klingt wie bei einem Ehepaar, dass dreißig Jahre verheiratet ist." Er seufzte. „Aber du hast recht, immerhin haben wir heute noch etwas anderes vor. Deswegen verwundert es mich auch, dass du Kuchen besorgt hast."

Eilig griff Elsa nach den Tassen und trug sie nach nebenan. „Genau wegen unserem Vorhaben wollte ich noch einmal mit dir sprechen." Sie setzte sich auf einen der Sessel und absichtlich nicht auf die Couch, wo Fiete vermutlich gleich wieder Körperkontakt zu ihr aufgenommen hätte. Jetzt musste sie einen klaren Kopf behalten. „Hältst du es wirklich für eine gute Idee, dass ich zu diesem Besuch mitkomme? Wäre es nicht das Beste, du würdest Grete erst einmal allein aufsuchen?"

Fiete griff sich ein Stück Streuselkuchen und begann methodisch zu kauen. „Hatten wir das nicht schon? Ich sehe das genau anders", nuschelte er mit vollem Mund. „Es ist gut, wenn du mitkommst und Grete dich kennenlernt. Dann versteht sie wenigstens gleich, dass es wieder eine Frau an meiner Seite gibt."

Eigentlich hatte Elsa Hunger. Kein Wunder, seit dem Apfel von Sophie hatte sie nichts mehr gegessen. Doch ihr Magen fühlte sich seltsam zugeschnürt an.

„Sag bloß, du hast ernsthaft Bedenken?"

„Ein wenig schon", gab sie zu. „Immerhin ist Grete eine alte Frau und man weiß nie ..."

„Wenn du Grete kennenlernst, wirst du sehen, dass es für solche Bedenken nicht den geringsten Anlass gibt."

„Aber du hast sie lange nicht mehr gesehen", erwiderte Elsa beharrlich. „Sie könnte sich verändert haben. Erst recht nach dem Verlust von Marit. Du sagtest selber, wie sehr sie an ihr gehangen hat."

Fiete ließ den Kuchen sinken. „Was ist los?"

„Nichts, ich bin nur einfach unsicher. Außerdem habe ich mich gefragt, ob ich mir die ganze Sache nicht doch eingebildet habe. Also den heimlichen Besucher und das verschwundene Kästchen. Vielleicht sollten wir, bevor wir die Pferde scheu machen, einen Blick ins Atelier werfen, gemeinsam."

„Ich verstehe." Fiete nickte. „Geht es dir darum? Willst du, dass ich mich meinen Erinnerungen stelle? Ich kann dich beruhigen, ich war schon im Atelier, heute Morgen."

„Und?" Elsa spürte, dass es besser wäre, zu schweigen, das Thema hier zu beenden. Aber sie konnte es einfach nicht.

„Und? Was willst du hören?" Fiete stöhnte und lehnte sich nach hinten. „Ich hab nicht mal einen Schlüssel mit", sagte er nach einer kleinen Pause.

„Wir wissen beide, wo einer liegt."

Fiete starrte den Kuchenteller an und schien abzuwägen. Vielleicht war er aber auch einfach nur genervt von Elsa und ihrem sturen Nachhaken.

„Also gut, lass uns diesen verdammten Schlüssel holen."

Noch ehe Elsa auch nur reagieren konnte, war er auch schon aufgesprungen und hatte den Raum verlassen. Seine Schritte klapperten die metallene Treppe nach unten.

Sie eilte ihm nach und griff sich nebenbei den Schlüssel, mit dem sie das Schloss an der Scheune öffnen konnte. Direkt davor holte sie Fiete ein. Der stand schweratmend vor dem Tor und hatte eine Hand auf dem verwitterten Holz liegen. „Mein Urgroßvater hat die Scheune einst gebaut, zusammen mit meinem Opa." Er lächelte. „Sie sagten, sie bräuchten eine Lagermöglichkeit für das Heu und allerlei Gerätschaften, in Wirklichkeit aber wollten sie sich ein Boot bauen und damit auf den Bodden fahren. Mein Urgroßvater war Bootsbauer, hatte eine Ausbildung drüben in Rostock angefangen. Aber dann kam der Krieg und andere Dinge waren wichtiger, als Boote zu bauen. Er musste an die Front und hat die Lehre nie beendet. Boote konnte er trotzdem bauen und was er nicht wusste, hat er sich von anderen abgeschaut. Meine Urgroßmutter wusste natürlich genau, was die beiden Kerle hier trieben. Aber sie hat nie etwas gesagt, sondern war froh, dass ihre Männer noch am Leben waren."

Elsa hob den Schlüssel und sah Fiete fragend an. Der nickte und so öffnete sie das Schloss.

„Ich war lange nicht mehr hier", sagte Fiete leise und sah sich um.

„Dennoch ist alles sehr ordentlich."

„Das wird der Bauer sein, der sein Heu hier lagert. Er nutzt auch die Werkstatt dort drüben." Fiete schob sich durch die Öffnung und schaute hinein. „Ich hab ihm alles verpachtet, ich war froh, dass sich jemand darum kümmert und die ganze Bude nicht zusammenfällt." Gedankenverloren strich seine Hand über die Arbeitsfläche. „Also, wo hast du denn nun den Schlüssel gefunden, der die Tür von Marits Atelier öffnen soll?"

Elsa ging in die Hocke, zog den untersten Schieber nach draußen und begann zu suchen. Einen Moment befürchtete sie, ins Leere zu greifen und vor Fiete vollkommen blamiert dazustehen. Doch der Schlüssel lag genau dort, wo sie ihn nach ihrem Besuch mit Sophie hingelegt hatte.

Er ergriff ihn und sah ihn prüfend an. „Den kenne ich nicht", sagte er schließlich. „Hab ihn noch nie gesehen."

„Wer könnte ihn hier deponiert haben?"

Fiete hob die Schultern. „Keine Ahnung, vielleicht Marit. Aber wir sind ja nicht hier, um über Schlüssel zu sprechen. Also komm, lass uns ins Atelier gehen und die Sache hinter uns bringen."

Minuten später öffnete sich knarrend die Tür zu Marits Reich. Fiete riss zuerst alle Fenster auf. Dann lief er langsam durch den Raum. Er hob einige der weißen Tücher an, betrachtete die darunter verborgenen Gemälde und ging weiter. Er sagte kein Wort, warf ihr keinen Blick zu und schien ganz in seinen Gedanken und Erinnerungen gefangen zu sein.

Die Stille dehnte sich, doch Elsa ließ ihm alle Zeit der Welt. Sie setzte sich auf einen Hocker neben der Tür und legte die Hände um ihre Knie.

Schließlich trat er an die Tür, die zum Büro führte. Schweratmend strich er sich durch seine Haare und sah zu ihr. Sie verstand ihn auch ohne Worte. Es war die stumme Bitte, an seiner Seite zu sein. Elsa ging zu ihm und schob ihre Finger in seine. Fiete umklammerte sie, als würde er sich an ihr festhalten wollen und in gewisser Weise tat er das vermutlich auch.

„Es sieht anders aus", sagte er mit heiserer Stimme und räusperte sich.

„Wie meinst du das?"

„Irgendwas hat sich verändert, seit ich das letzte Mal hier war. Heute Morgen war ich nur im vorderen Raum. Dann verließ mich der Mut. Aber vielleicht spielen mir meine Sinne auch einen Streich." Fiete zog eines der im Regal stehenden Bilder heraus. Es zeigte unverkennbar Stefan Rudloff, der sinnierend im Sand saß und aufs Meer schaute.

Er lehnte das Gemälde behutsam an die gegenüberliegende Wand und ergriff das nächste. Es waren fünf Bilder, die Marit von Rudloff gefertigt hatte. Und obwohl Hintergrund, Position und Stimmung jedes Mal unterschiedlich waren, ähnelten sie sich auf wundersame Art und Weise.

„Er muss ihr viel Geld dafür geboten haben." Fiete trat einen Schritt nach hinten und begann zu lachen. „Sie hat sich kaufen lassen, ausgerechnet Marit. Es ist kaum zu fassen. Ich kann mich nicht erinnern, dass sie jemals einen Menschen so selbstverliebt porträtiert hat, ohne jegliche Ecke und Kanten."

Er hatte recht. Elsa verstand auf einmal, was sie auf diesen Bildern vom ersten Moment an, vermisst hatte. Es war die klare Sicht, auf das Aussehen von Stefan Rudloff. Sicher, er war ein attraktiver sportlicher Mann. Doch er war eben auch ein ganz normaler Mensch, an dem niemals alles perfekt sein konnte. In der Natur gab es keinen Perfektionismus, zumindest nicht in der Art, wie man ihn sich so vorstellte. Der porträtierte Hotelbesitzer wirkte alterslos schön, ohne den geringsten Makel. Ganz anders als die runzligen Fischer oder wettergegerbten Frauen auf Marits anderen Gemälden.

„Am liebsten würde ich ein Feuer machen draußen im Garten."

„Du willst die Bilder verbrennen?", fragte Elsa erschrocken.

„Ein Teil von mir würde das gern tun. Da ich aber weiß, wie viel Arbeit Marit hineingesteckt hat, werde ich kein Feuer entfachen." Fiete musterte das Regal. „Wo stand die Schachtel?"

Elsa deutete auf die entsprechende Stelle. Deutlich waren ihre Abdrücke im Staub erkennbar.

„Es wird Zeit, der Sache auf den Grund zu gehen. Hier werden wir keine Antworten finden. Wir müssen zu Grete. Lass uns gehen und endlich Licht ins Dunkel bringen."

***

Wie lange Kathi gefahren war, konnte sie später nicht mehr sagen. Doch irgendwann setzte ihr Tankinhalt eine natürliche Grenze. Die Benzinanzeige befand sich inzwischen im tiefroten Bereich. Zum Glück traf sie wenig später auf eine Tankstelle. Erst dort stellte sie fest, dass es sie bis hinter Rostock verschlagen hatte.

Die Gegend war idyllisch, nicht so belebt wie direkt an der Ostsee. Das Meer lag eine gute Autostunde entfernt, zu weit, für die meisten Gäste, die es bevorzugten, strandnah zu wohnen. In diesen Ortschaften konnten Kinder noch beruhigt auf Dorfstraßen spielen und alte Leute trafen sich rund um die Bushaltestelle, um einen Schwatz zu halten. Genauso, wie ihre Großeltern es einst gemacht hatten. Die Luft roch bäuerlich frisch. Auf einer Weide galoppierten Pferde, wieherten ungestüm und ließen eine leichte Staubwolke in den blauen Himmel steigen.

Mit der Zapfpistole in den Händen sah Kathi den Pferden nach und auf einmal wusste sie genau, zu welchem Platz sie jetzt musste. Sie bezahlte bei einem knurrigen Tankwart ihre Rechnung und wendete den Wagen. Dann fuhr sie zurück Richtung Darß.

Noch immer stellte sich kein Bedauern über die Absage ein, die sie vorhin Ingo Sartor erteilt hatte. Im Gegenteil, es überwog Erleichterung. Natürlich war da die Frage, wie es für sie nun weitergehen sollte. Die Chance weiterhin als Journalistin arbeiten zu können, hatte sie selbst vorerst vertan. Aber an diesem strahlendschönen Tag wollte Kathi keinen

Trübsinn zulassen. Sie fühlte sich gut und in genau diesem Zustand erreichte sie Dörtes Pferdehof.

Mal abgesehen von dem zerbeulten Jeep mit Rostflecken war der Parkplatz leer. Kathi schlenderte zuerst zu Lunas Koppel. Doch deren goldgelbe Mähne war heute inmitten der anderen Pferde nicht zu entdecken. Die Tiere hatten sich auf der anderen Seite unter einem Baum versammelt und nahmen keine Notiz von ihr. Suchend schaute sie sich um.

Der Pferdehof wirkte wie ausgestorben. Vermutlich wäre es das Beste, wieder zu fahren. Doch irgendetwas ließ Kathi bleiben. Suchend schlenderte sie zu den Ställen und warf einen Blick hinein. Überall herrschte Stille, mal abgesehen von einer Wasserleitung, aus der unregelmäßig Tropfen in einen metallenen Eimer fielen.

Auf einmal hörte sie eine Stimme. Lauschend blieb sie stehen und versuchte, die Richtung zu orten.

„Hören Sie mal, das können Sie doch nicht machen. Ich habe mich an alle Vereinbarungen gehalten und hatte von Ihnen eine feste Zusage ..."

Die Stimme schwieg.

„Aber das sind ja nur noch wenige Tage. Wie soll ich das denn machen? Soll das ein Witz sein?" Wieder herrschte Stille. „Arschloch", schrie jemand, dann erklang ein knallendes Geräusch.

Vorsichtig lief Kathi einen dunklen Gang entlang und entdeckte an dessen Ende Dörte, die vor einer Box stand und soeben den Fuß hob, um gegen das Holz zu treten.

„Dörte", rief sie und machte einen Schritt auf ihre ehemalige Klassenkameradin zu.

Die wischte sich über das Gesicht, ließ den Fuß sinken und sah ihr unsicher entgegen. „Kathi, ach du bist's."

„Oh, das klingt wenig begeistert. Komme ich ungelegen? Ich kann auch wieder ..."

„Ach Quatsch", widersprach Dörte energisch, zog ein Taschentuch hervor und putzte sich die Nase. „Ich freue mich, dass du da bist, vor allem so schnell wieder. Du hast doch den Pferdehof erst vor wenigen Stunden verlassen." Ein leichtes Lächeln trat auf ihr Gesicht.

„Es zog mich einfach hierher, keine Ahnung warum." Kathi trat noch einen Schritt näher und sah in die Box. Sie war leer. Irgendwie hatte sie erwartet, auf ein Pferd zu treffen.

„Lust auf einen Tee?", fragte Dörte und Kathi nickte zustimmend. „Vorher muss ich noch mein Handy suchen." Ihre ehemalige Klassenkameradin bückte sich und begann, in dem in der Box liegenden Heu mit beiden Händen herumzuwühlen.

Sie half ihr und fand schließlich das Telefon. „Ich hab es."

„Und, sieht es noch intakt aus?" Dörte betrachtete es und seufzte erleichtert. „Mein Handy zu schrotten, wäre so typisch für mich gewesen. Komm, lass uns gehen."

Sie verließen den Stall durch eine kleine Tür und fanden sich auf einem Hof zwischen den Ställen wieder. Auf der einen Seite lagen die Koppeln der Pferde, auf der anderen das Haus in dem Dörte wohnte.

„Setz dich dort drüben hin, Kissen sind in der Box neben der Bank. Ich hole nur schnell die Kanne und zwei Tassen."

Kathi nahm auf der rustikalen Sitzgruppe Platz, die von einem Dach beschirmt wurde. Neben einem hölzernen Pflanzentrog lag eine rot-weiß gemusterte Katze, die schläfrig ein Auge öffnete und es nach wenigen Sekunden wieder schloss. Obwohl ein gewisses Chaos herrschte, fühlte Kathi sich wohl. Man sah, dass jemand hier lebte. Jemand, der seine Prioritäten auf andere Dinge ausrichtete, wie penible Ordnung und Sauberkeit. An den Fenstern von Dörtes Zuhause hingen keine Gardinen. Stattdessen standen dahinter tönerne Krüge,

Kerzenleuchter, deren Metall über und über mit Wachs bekleckert war und Schnitzereien aus Strandholz.

„Ich hoffe, du brauchst keinen Kandis oder so", sagte Dörte und stellte einen Teepott vor ihr ab.

Kathi hob abwehrend die Hände. „Pur oder gar nicht. Nur bei meiner Mama gibt es Kandis, sonst nie."

„Na ja, bei Mama ist eben alles ein bisschen anders." Dörte umschlang die Tasse mit beiden Händen, als wollte sie sich daran wärmen. „Versteht ihr euch wieder? Ich meine, deine Mutter und du? Ich weiß, dass euer Verhältnis nicht immer einfach war."

„Mein letzter Besuch endete in einem Chaos. Sie hatte hinter meinem Rücken Grit eingeladen und erhoffte sich dadurch irgendwas."

Dörte nickte und schwieg.

„Und bei dir? Habt ihr ein gutes Verhältnis?"

„Wir reden gar nicht miteinander. Seit ich beschlossen habe, Schweden zu verlassen und dann auch noch diesen Hof zu kaufen, herrscht Funkstille. Die einzige Tochter und nun das." Dörte legte ihre Füße auf den Tisch und holte eine Schachtel Zigaretten aus der Tasche. „Willst du auch eine?"

„Danke, ich rauche nicht", erwiderte Kathi.

„Ich auch nicht, aber an Tagen wie diesen, muss ich mir eine anstecken."

„Du hast Sorgen? Ich meine, ich habe vorhin mitbekommen, wie du dein Handy an die Wand geworfen hast."

Dörte lachte auf. „Zum Glück nicht, es war nur ein Wurf ins Heu, aber dennoch. Es hätte kaputt gehen können." Sie blies den Rauch in den Himmel und lehnte ihren Kopf ans Holz des Stuhls. „Und was die Sorgen betrifft, die sind meine ständigen Begleiter. Seit ich die glorreiche Idee hatte, einen Pferdehof zu übernehmen und diesen vollkommen anders zu führen wie üblich. Norm und Standard waren noch nie meine Dinge."

„Kann ich dir irgendwie helfen?", fragte Kathi und nippte an ihrem Tee.

„Helfen? Du? Ich glaube, du musst dir erstmal selber helfen, ehe du anderen deine Hilfe anbietest."

Kathi ließ die Worte ihres Gegenübers eine Weile in sich klingen. Dann beugte sie sich nach vorn. „Wie meinst du das?"

„Ganz einfach, wenn du anderen Gutes tun willst, sollte es dir selbst gutgehen. So wie im Flieger, wo du dir zuerst die Sauerstoffmaske aufsetzt und dann deinem Kind. Wenn du versuchst, zunächst dein Kind zu retten, was durchaus verständlich ist, aber kollabierst, überlebt am Ende vielleicht keiner von euch beiden. Das ist eine durchaus logische Herangehensweise, aber extrem schwer umzusetzen. Ich spreche da aus eigener Erfahrung. Manchmal ertappe ich mich dabei, dass ich anderen coole Ratschläge erteile, die ich selbst erstmal beherzigen sollte."

In Kathis Kopf drehte sich alles. Verwirrt musterte sie die Zigarettenschachtel. „Darf ich mir doch eine nehmen?"

Dörte schnippte die Packung mit den Fingern zu ihr. „Bedien dich."

Ungeschickt entzündete Kathi sich eine Zigarette, nahm einen Zug und musste ein Husten unterdrücken. Sie kam sich vor, wie der Teenager, der heimlich mit seinen Freunden geraucht hatte und dann Pfefferminzbonbons lutschte, um den Geruch zu tarnen. „Du glaubst nicht, wann ich das letzte Mal geraucht habe."

„Es ist bestimmt lange her. Aber lass es lieber nicht zur Gewohnheit werden. Rauchen ist ein beschissenes Laster und im Endeffekt bringt es dich keinen Millimeter weiter. Es beruhigt die Nerven nur scheinbar und nicht wirklich. Und es lässt kein einziges deiner Probleme verschwinden."

Dennoch nahm Kathi weitere Züge, und der Hustenreiz in ihrem Hals verschwand allmählich. „Probleme, Sorgen, das klingt nicht gut."

„Nein, tut es nicht. Aber ich will im Moment nicht darüber reden. Die Sache ist ziemlich verfahren. Doch ich bin ein Stehaufmännchen. So schnell kriegt man mich nicht klein."

„Wenn du meinst." Sie drückte die Zigarette aus und spürte einen seltsamen Geschmack in ihrem Mund. Schnell trank sie einen Schluck Tee. „Wenn du trotzdem mal ein offenes Ohr brauchst, ich bin da."

„Danke", meinte Dörte schlicht. „Ich denke, es wäre jetzt an der Zeit, Luna noch einmal einen Besuch abstatten." Sie warf ihr einen Blick zu und grinste verschmitzt.

„Lass mich raten und dann soll ich vermutlich mit ihr reden."

„Du sagst das, als wäre es vollkommener Schwachsinn. Tu das nicht, denn es könnte dir einen Weg aufzeigen, der dir jetzt noch unmöglich scheint."

„Ich hab heute Morgen schon einen Weg eingeschlagen, der mir unmöglich schien und meinen Job gekündigt. Vorher hab ich eine Bekannte zu Unrecht verdächtigt, Dinge aus meinen Leben aufzuschreiben."

Dörte spitzte die Lippen. „Was für Dinge?"

„Vertrauliche Dinge."

„Und obwohl sie so vertraulich waren, hast du sie ihr anvertraut?"

Kathi verdrehte die Augen. „Ich musste mit jemanden reden."

„Ich nehme mal an, über die Sache mit Grit und die massiven Schuldgefühle, die du seitdem hast."

Kathi schnappte nach Luft. Noch nie hatte jemand in dieser Offenheit mit ihr über dieses Thema gesprochen. Dörtes Ehrlichkeit erwischte sie eiskalt.

Dörte nahm ihre Füße vom Tisch. „Komm mit." Sie stand auf und lief einfach los. „Du kannst übrigens auch hocken bleiben. Aber dadurch wird sich nichts ändern", warf sie nach einigen Schritten über ihre Schulter.

War es für heute nicht schon genug? Kathis Blick ging zur Uhr. Gleich zwei, bestimmt hatte Ramona sich schon bei ihr gemeldet wegen der Verabredung am Abend. Doch sie nahm das Handy nicht aus ihrer Tasche. Stattdessen folgte sie Dörte auf weichen Beinen bis zur Koppel.

Jetzt erspähte sie Lunas goldgelbe Mähne sofort. Dörte kletterte flink über den Koppelzaun und pfiff leise. Alle Pferde wendeten sofort ihre Köpfe und kamen zu ihr getrabt. Sie bildeten einen Kreis um sie herum, als wollten sie sie beschützen.

„Es sind diese Augenblicke, die alles vergessen lassen, die Sorgen, die schlaflosen Nächte, die Diskussionen, die unbezahlten Rechnungen." Dörte berührte einige der Tiere und deren pures Vertrauen zu ihr, war sehr berührend. „Schön oder? Komm rein."

Kathi wich einen Schritt nach hinten. „Ehrlich gesagt, hab ich ziemlichen Schiss vor Pferden", wehrte sie ab.

„Du hast keinen Schiss. Du hast Respekt und ein mulmiges Gefühl. Um das werden wir uns jetzt kümmern. Komm zu mir, hab keine Angst und keine Erwartungen."

Es vergingen noch einige Minuten, ehe Kathi sich traute, ebenfalls über den Zaun zu klettern. Zur Sicherheit hielt sie einen gewissen Abstand und ließ die Pferde keine Sekunde aus den Augen. Doch die ignorierten sie vollkommen und scharrten sich weiterhin um Dörte.

Alle Pferde, bis auf eines. Denn Luna verließ den Kreis der anderen und warf ihr einen kurzen Blick zu. Es kam Kathi vor, als lockte Luna sie zu sich. Denn das Pferd setzte sich in Bewegung und trabte einige Schritte.

Unsicher schaute sie Dörte an. Die lächelte und hob die Schultern. „Folge deinem ersten Impuls. Zerdenke ihn nicht, das ist der Fehler, den wir Menschen meist machen. Der erste Impuls ist der beste, vor allem aber der richtige."

Immer noch stand Luna still und schien auf sie zu warten. Kathi näherte sich ihr, zögernd, langsam, bis sie ihre Hand an Lunas Hals legen konnte.

Luna hob ihren Kopf, wackelte mit den Ohren und lief los. Sie folgte ihr. Gemeinsam drehten sie Runde um Runde und schon nach kurzer Zeit hatte sie alles um sich herum vergessen – Dörte, Ramona, Grit, ihren gekündigten Job, die ganzen Sorgen und Zweifel. Da waren nur sie und ein Pferd, das mit ihr sprach, ohne Worte und das damit einen Punkt, tief in ihrem Herzen erreichte.

Kapitel 20

Forschend schaute Elsa an der Fassade des Mehrfamilienhauses empor. Es gab insgesamt vier Wohneinheiten. Jede schmückte ein Balkon, der mit bunten Blumen bepflanzt war.

Fiete studierte inzwischen die Namensschilder an den Klingeln. Dann hob er den Daumen. „Sie wohnt noch hier." Ehe Elsa auch nur reagieren konnte, presste er seinen Zeigefinger auf den Knopf. Gleich darauf erklang ein leises Summen und Fiete drückte die Tür nach innen. Auffordernd sah er Elsa an. „Kommst du?"

Widerstrebend folgte sie ihm ins Innere des Hauses. Es ging einige Stufen nach oben. In einer der Wohnungstüren stand eine kleine zierliche Frau.

Beim ersten Blick wusste Elsa, dass sie diese Frau schon einmal gesehen hatte. Ihrem Gegenüber ging es genauso. Deutlich nahm sie ein kleines Zusammenzucken der wachen Augen wahr. Doch Sekunden später hatte Grete sich wieder unter Kontrolle.

„Sieh da, sieh da, Fiete. Wenn ich ehrlich bin, hatte ich nicht damit gerechnet, dass ich dich in diesem Leben noch einmal sehen würde." Ihre Stimme klang knarzend und stockend. Als würde sie selten mit anderen Menschen sprechen.

„Du hast recht, Grete. Ich hätte viel eher einmal vorbeikommen sollen. Ich bin froh, dass du uns dennoch die Tür geöffnet hast."

„Ich sah dich schon kommen vom Balkon aus und konnte mir in der Zwischenzeit Gedanken machen, ob ich dich hereinlasse oder nicht." Sie warf Elsa einen kurzen Blick zu und trat beiseite.

Im Flur lag ein weinroter Läufer mit Blumenmuster darauf. Automatisch zog Elsa ihre Schuhe aus. Fiete bemerkte dies und tat es ihr gleich.

Grete war in ihrer Küche verschwunden und hantierte mit einem Wasserkocher herum. „Einen Kaffee kann ich nicht anbieten. Mein Arzt hat mir verboten, welchen zu trinken. Deswegen gibt es nur Tee."

„Es ist nicht nötig ...", erwiderte Fiete.

Grete drehte sich um und deutete auf ihre Füße. „Ihr hättet die Schuhe nicht ausziehen müssen. Jede Woche kommt eine junge Frau, die für Ordnung sorgt. Und den Rest mache ich immer noch allein. Geht schon mal ins Wohnzimmer, ich komme gleich." Unbeirrt gab sie Tee in eine Kanne und stellte Geschirr auf ein Tablett.

Fiete hob die Schultern und zog Elsa in den gegenüberliegenden Raum. Gretes Wohnung war klein und penibel aufgeräumt. Überall standen Nippessachen herum, auf denen nicht die geringste Staubschicht zu erkennen war. Und es gab Bilder, sehr viele Bilder. Einen Moment blieb Elsa wie erstarrt stehen und betrachtete die zahlreichen Fotografien, die auf einem Sideboard standen. Alle zeigten Marit und wirkten wie eine Reise durch deren Leben. Da war Marit als Baby, als kleines Mädchen mit lustigen Zöpfen, bei ihrer Schuleinführung, als provozierend blickender Teenager und schließlich als junge Frau. Die letzte Aufnahme mussten kurz vor ihrem Tod entstanden sein. Sie zeigte eine melancholisch wirkende Marit, die sehnsuchtsvoll aufs Meer sah und dem Fotografen ihr Profil zuwandte. In dieser Pose ähnelte sie Stefan Rudloff.

Elsa drehte sich zu Fiete um. Der hatte bereits Platz genommen und sich so gesetzt, dass die Fotos in seinem

Rücken standen. „Alles in Ordnung?", fragte sie und beugte sich zu ihm hinab. Da betrat Grete den Raum und Elsa zuckte fast schon schuldbewusst zurück.

Grete schenkte ihnen ein und sank langsam in einen der Sessel. Es schien ihr Stammplatz zu sein. Elsa sah eine Handarbeit, ein Buch mit Lesezeichen und einen Gehstock, den sie heute wohl absichtlich nicht benutzt hatte. Grete saß sehr aufrecht und ihr Gesichtsausdruck hatte trotz der vielen Falten und Runzeln etwas Hochmütiges. Die weißgrauen Haare waren perfekt frisiert. Man hätte sie auch für eine Gräfin halten können, die Hof hielt.

„Du siehst gut aus", sagte sie an Fiete gewandt und verwob ihre knotigen Finger im Schoß.

„Danke, du auch. Ich habe das Gefühl, du hast dich seit unserem letzten Treffen kaum verändert."

Grete lachte heiser. „Wie charmant von dir. Ich bin eine alte Frau und das weißt du ganz genau. Wir haben uns das letzte Mal an Marits Grab gesehen bei ihrer Beerdigung."

Fiete nickte. „Ja, ich erinnere mich."

„Das ist also die neue Frau an deiner Seite?" Ihr Finger zeigte kurz auf Elsa. „Aber, was sollen die Spielchen, wir beide kennen uns bereits."

Fietes Kopf fuhr zu Elsa herum. Fragend schaute er sie an.

„Ja, wir kennen uns", erwiderte Elsa. „Wir haben uns einige Male auf dem Friedhof getroffen, nicht wahr?"

Grete schluckte, ergriff den zierlichen Henkel ihrer Tasse und nahm einen Schluck. „Richtig. Ich bin oft dort und kümmere mich um Marits Grab. Sonst tut es ja keiner. Natürlich außer Ihnen. Sie haben oft frische Blumen mitgebracht, obwohl Sie Marit gar nicht kannten."

„Sie war ein Teil von Fietes Leben. Ich fand es nur natürlich."

Gretes Hand zitterte leicht und sie verbarg sie neben ihrem Oberschenkel. „Ja, da haben Sie recht. Diese Ansicht muss ich Ihnen hoch anrechnen. Selbst wenn ich mich fragen muss, ob Marit am Ende wirklich noch ein Teil von Fietes Leben war?"

„Das ist eine sehr gute Frage, vor allem, wenn man sie auch in umgekehrter Richtung stellt." Fiete wirkte äußerlich ruhig, doch die Ader an seinem Hals begann zu pulsieren. „Aber lassen wir das, denn es wird zu keinem Ergebnis führen, sondern nur zu noch mehr Kummer und Vorwürfen." Er machte eine kleine Pause. „Warst du in Marits Atelier? Ich meine, nicht früher, sondern in letzter Zeit?"

Elsa rechnete damit, dass die alte Dame ihren Besuch abstreiten würde. Doch das tat sie nicht. Stattdessen nickte sie. „Ja, war ich."

„Warum?"

„Weil es der einzige Ort ist, vom Friedhof mal abgesehen, wo ich ihr nah sein kann. Wo ich glaube, ihren Geist und ihre Energie spüren zu können." Grete saß immer noch aufrecht, doch tiefer Schmerz lag auf ihrem Gesicht.

„Ich verstehe." Fiete warf Elsa einen kurzen Blick zu. „Aber dir ist nicht entgangen, dass in der oberen Wohnung wieder jemand lebt?"

„Ist es nicht. Deswegen habe ich meine Besuche auch eingestellt. Natürlich ist mir bewusst, dass es nicht korrekt war, was ich getan habe, aber ich konnte nicht anders. Ich habe mir ihre Bilder angesehen, mich an ihren Schreibtisch ..."

„Und hast Dinge an dich genommen, die dir nicht gehören."

Grete spitzte ihre Lippen. „Du meinst vermutlich die blaue Schachtel. Sie steht dort drüben im Schrank. Ich kann sie dir wiedergeben, wenn du magst. Es sind Fotos darin, einige Briefe und ich nahm an, dir liegt nichts an ihnen."

Fiete hob abwehrend die Hand. „Das wird nicht nötig sein. Ich würde dich dennoch bitten, zukünftig nicht mehr in Marits Räumen umherzugeistern. Ich werde eh eine Lösung für das Atelier finden müssen. Es sind noch viele Bilder vorhanden. Sie werden verkauft beziehungsweise an ihren rechtmäßigen Besitzer übergeben."

Grete lächelte. „Du meinst sicher Stefan Rudloff. Gut, dass du dieser unsäglichen Geschichte endlich ein Ende bereitest. Er wartet schon viel zu lange darauf und ich konnte mir immer wieder seine Vorwürfe anhören."

Elsa schnappte nach Luft und bemerkte, wie Fiete sich nach vorn beugte. „Du hast davon gewusst, also das Marit diesen unsäglichen Menschen gemalt hat?"

„Natürlich habe ich davon gewusst. Ich bin es doch gewesen, die die beiden miteinander bekannt gemacht hat."

Es wurde totenstill im Zimmer. Draußen vor dem Fenster schimpften Spatzen, der Motor eines Autos heulte auf, doch hier drin fühlte es sich an, wie in einem Grab.

„Das wusstest du nicht? Nein, du wusstest es wirklich nicht, im Gegenteil. Du hattest nicht die leiseste Ahnung davon. Meine Mutter hat einst als Zimmermädchen in Rudloffs Hotel gearbeitet. Also natürlich weit vor seiner Zeit. Dadurch besaß ich noch viele Fotografien vom alten *Muscheltraum*. So lernten Rudloff und ich uns kennen. Eines Tages kamen wir auch auf Marit zu sprechen und ihre künstlerischen Bemühungen. Sie war damals unzufrieden, unglücklich, trat auf der Stelle und du warst mehr mit dir beschäftigt. Sicher, sie verachtete Rudloff. Doch irgendwann begriff sie, dass er die Eintrittskarte zu mehr Erfolg und Sichtbarkeit war. Marit ergriff ihre Chance und ich habe sie darin bestärkt. Ab diesem Moment ging es aufwärts mit ihrer Malerei. Und nur weil es dir unmöglich war, zu akzeptieren, dass deine Frau erfolgreicher ist, als du, hast du alles torpediert."

Fiete zuckte zusammen. Am liebsten hätte Elsa seine Hand genommen und mit ihm gemeinsam die Flucht ergriffen.

„Hat sie dir das so gesagt?", fragte er leise.

Grete schüttelte den Kopf. „Das brauchte sie nicht. Ich hab es auch so begriffen. Ich kannte sie einfach besser als du. Sie war mein kleines Mädchen. Ich habe mehr Zeit mit ihr verbracht, als ihre eigenen Eltern. Rudloff wäre der richtige Mann für sie gewesen. Deswegen habe ich sie auch gedrängt, sich von dir scheiden zu lassen. Rudloff hätte sie berühmt gemacht. Das hat Marit sich immer gewünscht, schon als kleines Mädchen sagte sie: Eines Tages, werden viele Menschen meinen Namen kennen."

„Und so ist es dann auch gekommen." Grete presste die Hand auf ihre Brust und stöhnte leise. „Eigentlich kam ich heute her, um mich mit dir zu versöhnen. In Erinnerung an Marit und all die schönen Zeiten, die wir trotz allem hatten. Ich wollte dir meine neue Partnerin zeigen. Aber ich traf auf eine Frau, die sich in der Vergangenheit verloren hat und in einem Bild von Marit, dass nur eines von vielen war." Fiete sah Elsa an und nickte. Beide standen auf. „Ich werde das Schloss am Atelier tauschen lassen. Vorher darfst du noch einmal vorbeikommen und dir nehmen, was du als Erinnerung behalten möchtest. Egal, wie viel und was es ist. Ich händige Rudloff seine Gemälde aus und dann ..." Fiete legte den Arm um Elsas Schulter. „Ich wünsche dir alles Gute. Mögest du deinen Frieden finden. Such ihn aber nicht in der Vergangenheit, denn er liegt im Hier und Heute."

Fluchtartig verließen sie das Haus und traten ins Freie. Elsa holte tief Luft, doch die Schwere wollte nicht weichen. Fiete drückte ihr den Autoschlüssel in die Hand. „Fahr du."

„Wohin?"

„Wohin immer du magst."

Elsa brauchte nur wenige Sekunden zum Überlegen. Im rotgoldenen Licht der Nachmittagssonne, betraten sie den Steg, an dem sie sich vor einigen Monaten das erste Mal gesehen hatten. Sie setzten sich auf die Bank an seinem Ende, hielten ihre Hände und schwiegen.

Allmählich wich die Anspannung aus Elsas Körper. Fragend sah sie Fiete an. „Geht es dir besser? Es war furchtbar."

„Ja, ich weiß. Das Grete so drauf ist ..." Er seufzte. „Ich wusste, dass Marit ihr Ein und Alles war, dass sie sie immer in Schutz nahm. Aber ein solches Bild von ihr und unserer Ehe zu haben, macht mich traurig. Vielleicht war es wirklich falsch, dich mitzunehmen."

Elsa lächelte. „Nein, es war richtig. Denn zusammen schaffen wir alles."

„Das tun wir." Fiete gab ihr einen zarten Kuss auf die Wange. „Es klingt übrigens verrückt, aber ich fühle mich erleichtert. Trotz all der harten Worte, die gefallen sind. Ich glaube, sie mussten sein, damit ich endgültig einen Schlussstrich ziehen kann. Gleich morgen werde ich mich mit Rudloff in Verbindung setzen. Und dann suche ich einen Nachfolger für Marits Atelier."

***

„Kathi." Undeutlich hörte sie jemanden ihren Namen von der Ferne rufen. „Kathi." Und da, noch einmal. Sie erwachte wie aus einer Trance und schaute sich um. Am Rande der Koppel stand ein Mann, der die Hand erhoben hatte und ihr zuwinkte – Rene.

Unsicher stolperte sie zu ihm. Zunächst blieb Luna an ihrer Seite. Dann löste sie sich und trabte langsam davon, hin zu den anderen Pferden. Kathi trat an den Koppelzaun und umklammerte ihn mit beiden Händen. Sie fühlte sich seltsam erschöpft, wie als hätte sie gerade körperliche Schwerstarbeit geleistet. „Was machst du hier?", fragte sie mit lahmer Zunge.

„Dörte hat mich angerufen. Sie begann sich irgendwann Sorgen zu machen. Immerhin läufst du seit beinahe drei Stunden mit Luna im Kreis und hast vor dich hingebrabbelt."

„Ich hab nicht vor mich hingebrabbelt", protestierte Kathi entschieden.

„Hast du doch. Ich hab es selber gehört", erwiderte Rene.

Sie nahm das Handy aus ihrer Tasche. Es war kurz vor halb sechs. „Du meine Güte, tatsächlich schon so spät." Kathi erkannte auf dem Display drei Anrufe in Abwesenheit, die vermutlich von Ramona stammten.

„Hm, hier, trink einen Schluck." Rene reichte ihr eine Flasche Wasser. Kathi nahm sie an den Mund und leerte sie, ohne abzusetzen.

„Das tat gut", sagte sie und wischte sich mit dem Handrücken über die Lippen. „Ich hab nicht gemerkt, wie die Zeit vergangen ist."

„Das kann ich gut verstehen, ging mir damals genauso. Obwohl ich nur eine Stunde mit dem Pferd über die Koppel geirrt bin."

„Ich weiß nicht mal, was ich die ganze Zeit gemacht habe."

„Nachgedacht, geredet und im Idealfall einen Plan geschmiedet", erwiderte Rene trocken.

„Noch mehr Pläne?", fragte Kathi, wusste aber augenblicklich, was er meinte. Sie lehnte sich mit ihrem Rücken an den hölzernen Pfosten und musterte die Pferde, die am anderen Ende friedlich grasten. Sie schaute und schaute und auf einmal verschwamm das grüne Gras vor ihren Augen. Es versank hinter einem Tränenschleier.

„Heh." Rene kam zu ihr geklettert und nahm sie in den Arm. „Schon gut, alles gut." Er wiegte sie wie ein kleines Mädchen sanft hin und her.

„Nichts ist gut", stieß Kathi zornig aus. „Es wird erst gut, wenn ich ..." Mit nassen Wangen sah sie ihn an. „Würdest du mitkommen?"

Er fragte nicht wohin. Sie war sicher, er wusste es genau und nickte nur. „Ich glaube, deswegen bin ich hier." Aus seiner Jeans holte er ein Taschentuch und reichte es ihr. „Dort drüben ist eine Wasserpumpe, falls du dich frisch machen möchtest. Deine Tasche liegt schon bei mir im Auto. Dörte hat sie mir gegeben. Sie musste zu irgendeinem Banktermin."

Während Rene den Pumpenschwengel betätigte, bildete Kathi mit den Händen eine Mulde und wusch sich ihr Gesicht. Das kalte Wasser tat gut. Es vertrieb das Brennen in ihren Augen.

Minuten später fuhren sie los. Auf den ersten Metern klopfte ihr Herz und sie überlegte, wie es wohl werden würde. Dann drehte sie sich noch einmal und blickte zur Pferdekoppel. Luna stand am vorderen Zaun. Es war verrückt, aber es schien, als würde sie ihr Mut machen und die Daumen drücken. Kathi schüttelte den Kopf und presste ihre Finger an die Schläfen. „Es ist irre, das glaubt mir kein Mensch."

Rene hielt das Lenkrad fest in seinen Händen. „Nur jemand, der es selbst erlebt hat."

Sie passierten Ahrenshoop, die Abzweigung zum *Godewind* und das Restaurant *Namenlos*. Kathi schaute nach links, dahin, wo hinter Dünen und Wald die Ostsee lag. Als die ersten Häuser von Born auftauchten, wandte sie ihren Kopf nach rechts. Und da, am Ende eines schmalen Weges lag das kleine Haus, indem sie als Kind und junges Mädchen so oft zu Gast gewesen war.

Noch immer reihte sich auf der Zufahrt ein Schlagloch ans andere. Noch immer war da die dichte Hecke Richtung Nachbarhaus. Noch immer hing der Maschendrahtzaun von Wicken umrankt ein wenig windschief in den Verankerungen.

Doch das Haus hatte einen neuen Anstrich bekommen, der Hof war gepflastert und dort, wo einst Wäschepfähle gestanden hatten, blühten nun viele Blumen in einer Rabatte. Sogar einen Teich gab es und eine schmale Holzbrücke, die auf die andere Seite führte. Weiter hinten lag der Obstgarten. Die knorrigen Stämme waren verschwunden und durch neue Anpflanzungen ersetzt worden.

Rene stellte den Wagen ab und machte den Motor aus. „Soll ich mitkommen?", fragte er und deutete mit dem Kopf auf die Haustür.

Kathi schüttelte den Kopf. „Nein, das schaffe ich schon allein."

„Gut. Du hast meine Nummer. Ich warte nur, ob Grit daheim ist. Sobald ich dich abholen soll ..." Er machte das Zeichen des Telefonierens.

Kathi nickte verstehend, dann zögerte sie. „Apropos abholen, ich habe im Hotel ausgecheckt. Und gekündigt habe ich auch. Ich bin also wohnungs- und arbeitslos. Denn auf eigene Rechnung weiterhin im *Godewind* nächtigen, kann ich mir nicht leisten."

„Mein lieber Mann." Rene grinste und kratzte sich im Nacken. „Wenn du einmal durchziehst, dann richtig. Aber keine Angst, wir werden schon ein Bett für dich finden."

„Ich wollte eigentlich bei meinen Eltern fragen, aber dann war da die Sache mit Luna." Kathi seufzte.

„Nun, wir hätten zur Not die Scheune bei Dörte. Oder mein Gästezimmer", schlug er vor. „Geh erstmal, kommt Zeit, kommt Rat."

Sie öffnete die Beifahrertür und stieg die drei ausgetretenen Stufen zum Windfang hinauf. Das Namensschild hatte sich geändert – Grit Frahm stand dort. Sie drückte auf den Klingelknopf und eine melodische Tonfolge erklang.

Kathi wartete und lauschte, nichts war zu hören. Vermutlich hatte sie völlig umsonst ihren ganzen Mut zusammengenommen. Doch gerade als sie sich umdrehen wollte, wurde die Tür hinter ihr geöffnet.

Grit stand im Flur. Sie trug ein einfaches Baumwollkleid und darüber eine Schürze. Ihre Hände sahen rot aus, als hätte sie gerade frische Früchte verarbeitet. Einen Moment musterte sie Kathi stumm. Ihr Blick streifte Rene, der immer noch in seinem Wagen wartete. „Hast du dich allein nicht her getraut?"

Kathi suchte nach einem Hauch Sarkasmus, doch da war keiner. „Nein, so richtig nicht."

„Komm rein."

Als Kathi das Haus betrat, hörte sie noch, wie Rene hinter ihr den Wagen anließ und verschwand. Sie lief durch den langen Flur, der früher so düster gewirkt hatte. Nun war er mit weißer Wandfarbe und hellen Möbeln ein wenig freundlicher gestaltet worden. Auch die Küche hatte sich verändert. Der alte Schrank und das Spülbecken, sowie der schwere Herd waren verschwunden und durch eine moderne Küche mit knallroten Türen ersetzt worden. Die Terrassentür stand offen und gab den Blick auf eine gemütliche Sitzgruppe frei.

„Hab ich dich gestört?"

„Alles gut. Mein Nachbar hat mir Beeren gebracht, als ob mein Garten nicht groß genug wäre." Grit streifte ihre Schürze ab und hing sie über einen Stuhl. „Ich habe noch ein paar Flaschen selbstgemachten Rhabarbermost vom letzten Jahr da. Möchtest du ein Glas? Den mochtest du doch früher immer gern."

Kathi lächelte. „Dass du das noch weißt?"

„Natürlich weiß ich das noch. Wir haben ja zusammen regelmäßig den Vorrat meiner Mutter geplündert. Ich bin gleich zurück, setz dich doch." Grit verließ die Küche und erst jetzt bemerkte Kathi, dass sie ihr linkes Bein ein wenig nachzog.

Unschlüssig trat sie nach draußen und betrachtete den Garten. Es war schön hier, ruhig, obwohl die Hauptstraße nicht weit entfernt war. Das Rauschen des Verkehres klang nur undeutlich durch die zahlreichen Kiefern, die einen natürlichen Schutzwall bildeten.

„Willst du stehenbleiben?" Grit öffnete hinter ihr gerade die Flasche und schenkte zwei Gläser voll. Dann ließ sie sich in einen der bequemen Stühle fallen und schlug die Beine übereinander. An ihrem Unterschenkel erblickte Kathi wieder die feine Narbe, die wirkte, als hätte jemand mit einem Bleistift auf Grits Haut gezeichnet.

„Es tut mir leid, dass ich einfach so verschwunden bin. Also ich meine, bei meinen Eltern."

Grit hob die Schultern. „Na, es war von deiner Mutter wohl auch nicht die beste Idee, mich hinter deinem Rücken einzuladen."

„Sie hat es nur gutgemeint", erwiderte Kathi leise.

„Was aber nicht unbedingt zum Ziel geführt hat." Grit trank einen Schluck. Mit aufmerksamen Augen musterte sie Kathi. „Du siehst besser aus, nicht mehr so käsig wie vor einigen Tagen."

„Das liegt vermutlich an der guten Landluft. Ich war gerade bei Dörte."

„Auf dem Pferdehof?", fragte Grit überrascht. „Das hätte ich dir gar nicht zugetraut, immerhin warst du noch nie ein Pferdefreund. Und Rene, wie kommt es, dass ihr beide zusammen unterwegs seid?"

„Wir sind uns zufällig über den Weg gelaufen. Dann hat er mich eingeladen, an den Weststrand und so."

Grit lachte. „Und so, ich verstehe. Er war früher schon vollkommen in dich verschossen, weißt du noch."

„Quatsch, das war er nicht", protestierte Kathi. Dann seufzte sie ergeben. „Ach was soll´s. Anscheinend war er es doch, zumindest hat er es mir gestanden."

„Und?"

„Wir haben geknutscht und wir waren im Heu." Kathi entspannte sich immer mehr. Es war wie früher, als Grit und sie stundenlang über Jungs geredet und von ihrem Zukünftigen geschwärmt hatten.

„Du meine Güte, im Heu? Du verlierst ja keine Zeit."

„Es hat sich so ergeben." Kathi trank einen Schluck und schnalzte mit der Zunge. „Boah, das schmeckt wirklich wie früher."

„Rhabarber, ein wenig Zucker, ein paar Gewürze, so viel ist da nicht zu tun", meinte Grit.

„Und was hat sich bei dir ergeben?", fragte Kathi. Sie hatte die Frage einfach stellen müssen.

„Du meinst männertechnisch? Ich bin irgendwie schlecht kompatibel und komme am besten allein klar." Die Antwort klang sachlich und ließ keine Nachfrage zu.

Kathi hakte trotzdem nach. „Wirklich? Ich meine, hast du dich nie verliebt? Also, seitdem?"

„Doch schon, aber es passte nicht. Ich musste ja erstmal wieder auf die Beine kommen. Dann erkrankte mein Vater schwer und als er gestorben war, meine Mutter. Sie hat seinen Tod nicht verkraftet und wurde immer weniger. Ich hab mich um beide gekümmert und wollte sie nicht in ein Heim geben. Es war meine Entscheidung und es hatte nichts mit *damals* zu tun." Ruhig sah Grit Kathi an. Erst wich diese ihrem Blick aus, doch dann hielt sie ihr stand. Beide Frauen sahen sich lange in die Augen. Es war, als würden sie miteinander sprechen, ohne ein Wort zu sagen. „Ich hab auch noch Obstwein da. Fahren musst du ja nicht mehr, ich nehme an, Rene wird dich hier abholen."

„Obstwein klingt gut, noch besser als Rhabarbersaft."

„Na, dann, lass uns trinken und die Vergangenheit ersäufen. Sagt man so nicht?"

Kathi lachte. „Besser ersäufen, als begraben."

Kapitel 21

Es war fast drei, als Kathi ihren Kopf auf ein Kissen betten konnte. In den vergangenen Stunden hatten Grit und sie geredet, gelacht, gekichert, geweint und einige Male auch gestritten. Gegen neun hatte Kathi mit alkoholschwangerer Stimme Rene angerufen und ihm gesagt, dass Grit ihr angeboten hatte, die Nacht bei ihr zu verbringen, und irgendwie war es das Natürlichste von der Welt gewesen, dem zuzustimmen. Zwar würden sie nicht in einem Zimmer schlafen, wie damals auf der Matratze, die unter die schrägen Wände geschoben worden war, aber die beiden Frauen spürten dennoch den Hauch der Vergangenheit und wie wohlig warm sich dies anfühlte.

Kathi schloss die Augen. Sie lag in Grits Wohnzimmer auf der Couch. Eine Weile hörte sie die Schritte ihrer Jugendfreundin über sich, dann zog Stille ein. Sie fühlte sich wie erschlagen, todmüde, doch Kathi fand keine Ruhe. Schließlich stopfte sie das Kissen in ihren Rücken, schaltete die Stehlampe an und lehnte sich an die Seitenlehne der Couch.

An der Wand gegenüber befand sich ein großes Regal mit Büchern. Daneben standen ein zierlicher Sessel und eine gebogene Lampe. Sie drehte ihren Kopf und versuchte, die Aufschriften auf den Buchrücken zu lesen. Grit hatte eine breite Auswahl aller Genres. Da waren Krimis, Liebesromane und einige Biografien, die Kathi immer schon einmal hatte lesen wollen.

Am Ende blieb ihr Blick an einem Schreibblock hängen, der neben einem Bücherstapel lag. Sie stand auf, tappte auf nackten

Füßen über die alten Holzdielen und ergriff den Block. Unschuldig weiße Seiten sahen sie an. Suchend blickte sie sich um und entdeckte einen Behälter mit Stiften. Sie wählte einen Kugelschreiber und verkrümelte sich wieder ins Bett.

Dann schloss sie einen Moment die Augen und konzentrierte sich. Ihr Geist rotierte. Doch was hatte Rene gesagt, sie solle in ihren Bauch gehen, in ihr Inneres. Kathi legte eine Hand auf ihren Bauch, atmete tief und begann schließlich zu schreiben. Die Worte strömten scheinbar aus ihr heraus, als hätten sie schon lange darauf gewartet.

Gibt es eine entspannte, glückliche Zukunft, ohne einen Blick in die Vergangenheit werfen zu können? Gehören nicht eher Zukunft und Vergangenheit zusammen, weil es das eine ohne das andere nicht gibt? So wie Licht und Schatten oder Gut und Böse? Müssen wir uns nicht unserer Vergangenheit stellen, weil sie uns sowieso irgendwann einholt? Wirkt unsere Vergangenheit nicht wie ein Gummiseil, das sich eine Weile dehnen lässt, bis die maximale Länge erreicht ist. Dann katapultiert es uns zurück und wir können nichts tun. Dafür braucht es manchmal nur ein Wort, ein Lied, ein Bild, einen Duft oder eben einen Ort.

Ahrenshoop ist so ein Ort. Und genau weil ich wusste, was geschehen würde, vermied ich es, hierherzukommen. Obwohl ich nirgends glücklicher war, als hier zwischen Meer und Bodden. Ich habe so viele schöne Erinnerungen, doch sie wurden in den letzten Jahren mehr und mehr verdrängt, von einer, die schrecklich war und der ich mich nicht stellen wollte. Je älter ich wurde, umso mehr Platz nahm sie ein und schob am Ende alles beiseite.

Es ist also ein Glück, wenn die Vergangenheit uns einholt und wir uns ihr stellen müssen. Auch wenn wir dies anfangs vermutlich vollkommen anders sehen. In die Vergangenheit zu gehen, bedeutet Versöhnung und Vergebung, gegenüber anderen, aber vor allem sich selbst. Das scheint unnötig, ist es aber nicht. Denn hat man sich und anderen einmal vergeben, und zwar nicht einfach so, sondern aus tiefstem Herzen, kann sie gelingen, die glückliche entspannte Zukunft.

Genau das habe ich in den letzten Tagen begriffen. Ganz besonders gestern, als ich stundenlang mit einem Pferd über eine Koppel lief. Luna brachte mich dazu, noch einmal zurückzugehen und dann das zu tun, was überfällig war.

Jetzt sitze ich hier, bei meiner einstmals besten Freundin Grit. Wir haben geredet, wie in alten Zeiten. Es war so, als wäre ich nie weggewesen und doch sind viele Jahre vergangen, seit wir uns das letzte Mal sahen. Wir haben über vieles gesprochen, aber ein Thema haben wir gemieden. Es wäre mein Part gewesen, es anzusprechen. Aber weil ich es nicht konnte, schreibe ich es auf, als ersten Schritt. Schreiben kann ich, denn ich bin Journalistin. Außerdem habe ich meine Geschichte schon einmal erzählt, Ramona, einer stockfremden Frau. Aber dies hatte nichts mit Vergebung zu tun, sondern nur mit der Hoffnung, damit würde sich alles zum Guten wenden. Das tat es nicht, aber vielleicht tut es das jetzt.

Es war eine laue Sommernacht. Eine dieser Nächte, in denen die Sterne zum Greifen nah zu sein schienen. Die Luft war angenehm warm und das Meer plätscherte friedlich an den Strand. Nicht brausend oder tosend, sondern sanft und einschläfernd. Funken waren in die Luft gestoben, nun glühte das Lagerfeuer nur noch rot und zog alle Blicke magisch an.

Ich war siebzehn und konnte stundenlang in die Flammen blicken, genau wie auf die Ostsee. Das Meer und das Feuer veränderten sich permanent. Da waren so viele verschiedene Farben, Schatten und jede, stellte für mich eine andere

Emotion dar. Ich versuchte immer, Worte dafür zu finden, aber meist spürte ich sie nur tief in mir drin.

Es war der letzte Sommer, den ich in Ahrenshoop verbringen würde. Zumindest bildete ich es mir ein und betete darum, endlich diesem Dorf entfliehen zu können. Am Montag war es soweit, ich begann meine Ausbildung in Berlin. Berlin, das klang nach Großstadt, nach Abenteuern, nach vielen neuen Leuten, Chancen, Möglichkeiten. Anders als hier, wo man sich eine Stelle in der Gastronomie suchte oder in einem der Hotels, die sich entlang der Küste zogen wie Perlen an einer Schnur.

Und es waren meine letzten richtigen Ferien. Die Schule war beendet, die Zeugnisse waren geschrieben. Ich hatte diese letzten freien Tage richtig genutzt und der Sommer hatte es gut mit uns gemeint. Wir waren baden, sonnten uns am Strand und schleckten Eis von der Bude vorn an der Hauptstraße. Alle Mädchen waren in den Eisverkäufer verliebt, der einen süßen italienischen Akzent hatte. Wenn er sagte: „Noch ein Kügelchen Stracciatella oben drauf?", und einen mit seinen braunen Augen ansah, konnte kein Mädchen widerstehen. Später erfuhr ich, dass er aus Rostock stammte und Italien auch nur aus Reiseführern kannte.

Noch einmal hatten wir uns am Strand eingefunden. Wir, das war meine Clique, die Leute aus meiner Klasse, mit denen ich mich verstand, zumindest besser als mit manch anderen. Wir hatten einen bestimmten Platz am Weststrand. Die Steilküste bildete hier eine natürliche Bucht, die vor den Winden schützte, die an manchen Tagen selbst am Abend nicht nachließen. Zusammen hatten wir Baumstämme herangerollt, die das Meer dem Darßwald entrissen hatte. Darauf saßen wir, schauten in die Flammen der Feuerstelle oder aalten uns im Sand. Das war unser Platz.

Ich saß an diesem Abend neben irgendeinem Jungen, keine Ahnung, wer es war. Ich weiß nur, er hielt ein Mädchen in seinem Arm. Das war mir egal, ich suchte keine Freundschaft zu einem Jungen. Ich würde eh gehen und solche Liebeleien brachten nur unnötigen Kummer. Freundschaft hielt ich nur zu einem Menschen – meiner besten Freundin Grit.

Grit und ich kannten uns seit Kindergartentagen. Wir waren schon damals ein Dreamteam. Wann immer Grit von jemandem geärgert wurde, stand ich für sie ein. Notfalls auch mit meinen Fäusten. Und Grit verteidigte mich wiederum mit Worten. Das konnte sie gut, sie war da sehr gewandt, obwohl sie im Grunde unglaublich schüchtern war.

Grit war semmelblond und trug in ihrer ganzen Kindheit zwei lange Zöpfe. Ihre Haut war hell, fast schon ätherisch durchscheinend und sie musste die Sonne meiden. Grit bekam schnell einen Sonnenbrand und saß oft im Schatten. Manchmal leistete ich ihr Gesellschaft, manchmal nicht. Sie konnte gut allein sein. Ich eigentlich auch, aber zusammen war es doch schöner.

Es war eine tiefe Freundschaft, die uns verband und immer verbinden würde. Das hatten wir uns geschworen, mit Blutsschwesternschaft und in den Finger piken und so. Davon ging ich damals felsenfest aus.

Und doch war an diesem Abend alles anders. Ich war aufgeregt und das lag an dem, was in der kommenden Woche geschehen würde. Wie würde es werden, allein in einer fremden Stadt? Würde ich es bereuen, nicht die Lehrstelle im Hotel *Godewind* angenommen zu haben? Ich hatte dort Ferienarbeit gemacht und gleich am ersten Tag beschlossen, niemals in einem Hotel anzufangen. Berlin, Ausbildung in einer Werbeagentur, das war doch was. Anders, wie an einer Rezeption zu arbeiten oder als Zimmermädchen. Alle waren neidisch auf mich, doch ich verging innerlich fast vor Angst und Selbstzweifeln.

Keiner wusste davon, außer Grit. Ich hatte es ihr erzählt, so wie ich ihr eigentlich alles erzählte. Und Grit? Sie hatte zugehört und geschwiegen. Nur mit ihren großen blauen Augen hatte sie mir Mut gemacht. Sie blieb hier, sie zog es nicht in die Ferne. Sie konnte weiterhin in dem kleinen Häuschen am Rande von Born wohnen bleiben bei ihren Eltern. Grit machte eine Ausbildung als Hotelfachfrau und freute sich schon sehr. Nur einmal hatte sie mir gesagt, dass sie gerne tanzen würde. Sie ging zum Ballettunterricht seit vielen Jahren. Aber es war ein Hobby geblieben, obwohl sie durchaus Talent für die Bühne gezeigt hatte.

Unsere Clique teilte sich also bald in zwei Lager: Da waren diejenigen, die gingen und froh waren, endlich dem Mief des Dorfes zu entkommen. Und doch spürten sie jetzt schon den Kummer und die Angst, wie sehr sie vielleicht das alles hier vermissen würden.

Die anderen blieben hier, setzten auf dieses Heimatgefühl und wie genial es doch war, weiterhin an einem Sehnsuchtsort leben zu dürfen, hier etwas aufbauen zu können. Tief in ihnen nagte der Neid, etwas zu verpassen von der großen weiten Welt dort draußen und hier zu versauern, mit all dem Alten und so unendlich vertrauten Dingen.

Also hatte jeder mit seinen Gedanken zu tun, was an der Stimmung an diesem Abend deutlich zu spüren war. Als Auflockerung hatte einer der Jungen die Alkoholvorräte seines Vaters geplündert und zwei Flaschen Selbstgebrannten mitgebracht.

Obwohl ich eigentlich nichts vertrug, trank ich mit. Der Schnaps brannte in der Kehle und vertrieb gleichzeitig die furchtbare Anspannung im Magen. Tapfer ignorierte ich die Blicke von Grit. Sie wusste, dass ich nicht viel vertrug. Neben ihr saß Rene, ein schlaksiger Typ aus der Nachbarschaft. Auch er sah mich an. Eines der Mädchen hatte mir verraten, er wäre in mich verschossen. Ich vermied, in seine Richtung zu sehen, glaubte ich doch, auch bei ihm Missfallen erkennen zu können, weil ich trank.

Schon nach kurzer Zeit wurde mir übel und ich setzte einige Runden aus. Stattdessen starrte ich die nachtschwarze Ostsee an und versuchte, mir ihren Anblick so tief einzuprägen, dass ich ihn immer hervorholen konnte, bald in Berlin.

Als allmählich Kühle aus dem Sand unter uns kroch, schmiegten sich einige der Mädchen an die Jungen neben ihnen. Ich nahm eine Strickjacke aus meinem Beutel und ignorierte Renes Blick, der anscheinend auch gern mit mir gekuschelt hätte. Stattdessen bemerkte ich, dass Grit mich flehend ansah. Sie wollte gehen, bestimmt war ihr kalt und die deprimierende Stille setzte ihr zu.

Ich sah weg, ich wollte nicht gehen. Obwohl es saukalt war, hätte ich die ganze Nacht hier sitzen können. Es verschaffte mir noch ein wenig Zeit an meinem Heimatort.

Erneut kreiste die Schnapsflasche und wieder nahm ich einen Schluck. Inzwischen brannte es nicht mehr im Hals. Nur die Übelkeit war schrecklich. Einige der Mädchen kicherten und ein Pärchen verschwand sogar in der Dunkelheit.

Grit kam zu mir und hockte sich an meine Seite. „Wollen wir gehen?"

„Warum denn? Es ist doch schön hier."

„Ja schon, aber ..."

„Ich will noch bleiben."

Unschlüssig sah sie einigen hinterher, die die Steilküste hochkletterten und sich auf den Heimweg machten. Grit folgte ihnen nicht, sie blieb. Kein Wunder, diesen letzten Abend wollten wir zusammenverbringen und noch einmal in der kleinen Bodenkammer unter dem Dach schlafen. So, wie wir es als Kinder immer getan hatten, auf einer Matratze unter dem Fenster, durch das man die Sterne sehen konnte.

Nach einer Ewigkeit brachen dann alle auf, kletterten die Steilküste hoch und liefen zu den Fahrrädern, die im Darßwald standen. Mein Rad und das von Grit waren aneinandergebunden wie immer. Und wie immer hatte Grit den Schlüssel, weil ich die Gabe hatte, Schlüssel zu verlieren. Sie löste die Kette und dann machten wir uns auf den Weg und folgten den anderen.

Geisterhaft tanzten die Lampen der Fahrräder über die knorrigen Bäume. Die Anstrengung und die Konzentration nicht über eine Wurzel zu stürzen, ließ meine Übelkeit schlagartig schlimmer werden. Einen Moment hielt ich an. Hätte ich nur nicht diesen letzten Schluck aus der Schnapsflasche genommen.

„Alles gut?", fragte Grit besorgt.

„Nur ein bisschen übel."

„Wollen wir laufen", schlug sie vor.

Ich schüttelte den Kopf, vorsichtig, weil sich sonst alles um mich drehte. Dann atmete ich tief durch und die Übelkeit verflog. Inzwischen waren die anderen weit voraus und nur noch ihr Gelächter wehte von der Ferne zu uns. Doch wir kannten den Weg. Wir stiegen auf und fuhren weiter. Grit vorne weg, langsam, unsicher, dass es mich fast schon nervte. Einige Male war ich kurz davor, ihr Hinterrad zu streifen.

„Lass mich mal vor", sagte ich und quetschte mich an ihr vorbei. Ich fuhr zügig und merkte, dass sich eine Lücke zwischen uns bildete.

Schließlich erreichten wir die kleine Wegkreuzung, die ein bemooster Stein markierte. Als wir kleiner waren, hatte man uns immer erzählt, an dieser Stelle wäre jemand ermordet worden und unter schrecklichen Qualen gestorben. Dies war natürlich völliger Unsinn, doch ein leichter Schauer ließ sich nicht vermeiden.

Ich bremste und stieg ab. Mit pochenden Kopfschmerzen starrte ich die Bäume an. Auf einmal war ich unglaublich genervt von meiner Freundin. „Ich fahr nach Ahrenshoop. Ich will in mein Bett", rief ich ihr zu.

Grit, die bereits einige Meter in die andere Richtung gefahren war, hielt an und drehte sich um. „Was, du hast doch gesagt, du würdest ein letztes Mal mit bei mir schlafen?", fragte sie verwirrt. „So als Abschied, wie früher."

Ihr Tonfall machte es noch schlimmer. „Ach Quatsch, wir können uns doch morgen noch mal sehen."

„Aber du hast es ..."

„Nun hab ich es mir eben anders überlegt", stieß ich aus.

Grit kam näher. „Du weißt doch, das ich so ungern allein durch den Wald fahre."

Ich lachte. „Du lieber Gott. Was soll denn passieren hier im Darßwald? Da triffst du höchstens auf einen Hasen. In einer Viertelstunde bist du daheim."

„Ich weiß, aber ..." Grit holte tief Luft. „Bitte, kannst du nicht ein Stück mitkommen? Wenigstens bis zu der Abzweigung, du weißt schon."

Ich schüttelte den Kopf und die Übelkeit kehrte zurück. *Komm schon, du hast es versprochen*, sagte eine Stimme. *Lächerlich, du bist doch nicht ihr Babysitter. Lass sie fahren*, sagte die andere. „Bis zur Abzweigung? Da kann ich ja gleich mit zu dir fahren. Und überhaupt, bald bin ich weg. Da musst du auch allein klarkommen." Ohne, dass ich es eigentlich wollte, tat ich Grit weh, absichtlich. Ich wusste nicht mal, warum.

„Bitte." Noch einmal flehte Grit und brachte mich kurz zum Zögern.

Aber da war dieser Abschied, der vor uns lag und den ich vermeiden wollte. Lieber jetzt hier, auf dieser Kreuzung und mitten im Wald verabschieden. Lieber nicht noch einmal auf einer Matratze liegen und dann vielleicht weinen müssen, weil ich voller Angst war, vor dem, was kam.

Ich hob die Hand, stieg auf mein Rad und fuhr davon. Ich drehte mich nicht mehr um. Im Gegenteil, ich trat so fest in die Pedale, das meine Waden brannten. Am Ortseingang musste ich anhalten und übergab mich im Schatten der Dünen. Doch das miese Gefühl blieb. Ich überlegte sogar, umzukehren und nachzuschauen, ob Grit gut angekommen war. Doch sie war ebenfalls siebzehn, so alt wie ich und kein kleines Mädchen mehr.

Daheim schob ich das Fahrrad in den Schuppen und schlich in die Küche. Im Schrank neben dem Fenster lagen die Kopfschmerztabletten, die meine Mutter manchmal nahm. Ich schluckte eine und legte mich schlafen.

Ein Rütteln an meiner Schulter weckte mich. Da war das Gesicht meines Vaters, der mich besorgt anschaute. „Kathi, nun werd endlich wach, verdammt."

Mühsam versuchte ich, meine Augen zu öffnen. Bleigewichte hingen an den Lidern. „Wie spät ist es denn?", lallte ich. Die Mischung aus Alkohol und Tablette hatte mich fest im Griff.

„Gleich sechs."

„Gleich sechs? Soll das ein Witz sein? Das ist mitten in der Nacht." Ich wollte das Kissen wieder über meinen Kopf ziehen, doch der feste Griff meines Vaters hinderte mich daran. Es war die Art, wie er mich berührte, die etwas in mir auslöste.

„Kathi, mach die Augen auf. Wo ist Grit? Du wolltest doch eigentlich bei ihr schlafen."

Sein angsterfüllter Tonfall drang durch die Müdigkeit. Ich kämpfte mich nach oben und sah plötzlich die dunkle Waldkreuzung in meiner Erinnerung auftauchen, den Ort, wo ich Grit zurückgelassen hatte. Noch schlimmer war, dass ich glaubte, ihre bittende Stimme zu hören. „Wir haben uns getrennt. Ich wollte in meinem Bett schlafen", stotterte ich.

„Und Grit?"

„Sie ist allein nach Hause gefahren."

„Auf dem Waldweg?"

„Ich glaube schon", stammelte ich. Mittlerweile war ich hellwach und atmete keuchend.

„Hatte sie nicht immer Angst allein im Wald. Weil sie Probleme mit ihren Augen hatte?" Ja, da war diese Nachtblindheit, Grit hatte sie oft erwähnt. Mir war dieses Problem manchmal unbegreiflich gewesen. Denn ich sah wie eine Katze. Doch ich wusste genau, dass Grit wirklich darunter litt. Mir fiel ein, wie oft sie über irgendwelche Wurzeln gestürzt war, weil sie sie in der Dunkelheit nicht gesehen hatte.

„Ich, ich, ...", stammelte ich und versuchte aufzustehen.

Da waren die Augen meines Vaters, so voller Sorge und Angst. Auf einmal konnte ich die Panik kaum noch unterdrücken. „Was ist denn mit Grit?", flüsterte ich.

„Sie ist nicht nach Hause gekommen, ihr Vater hat gerade angerufen. Ihr Bett ist leer." Die Tür fiel hinter ihm zu und ich war allein.

Undeutlich hörte ich meinen Vater telefonieren. Dann erklang die Stimme meiner Mutter, die voller Angst war. Meine Eltern diskutierten miteinander, unterdrückt, ohne das ich etwas verstehen konnte. Aber ich glaubte, deutlich einen Vorwurf zu vernehmen.

Ich kauerte in meinem Bett und konnte mich nicht rühren. Wieder und wieder sah ich Grits helle Gestalt neben dem Rad stehen und hörte ihre Stimme.

Irgendwann öffnete sich die Tür und Vater trat ein. „Sie haben sie gefunden, am Waldweg. Wie ich gehört habe, muss Grit schwer gestürzt sein", sagte er knapp. „Sie hat wohl eine Kopfverletzung und einen schlimmen Beinbruch. Deswegen hat sie die halbe Nacht im Wald gelegen und kam allein nicht weiter. Nur, dass du weißt, wie es um sie steht." Die Tür schloss sich wieder.

Ich schluckte und schluckte und schluckte und konnte das pure Entsetzen in mir kaum noch aushalten. Ich war schuld, nur wegen mir, und meinem furchtbaren Verhalten war es dazu gekommen.

Irgendwann begann ich zu heulen. Doch niemand kam, um mich zu trösten. Während der wenigen noch verbleibenden Mahlzeiten schwiegen meine Eltern und ich wagte nicht, zu fragen, wie es Grit ging. Abends fuhr ich mit dem Fahrrad zum Bodden und suchte meinen Opa in seinem Bootsschuppen auf. Er hatte seine Pfeife im Mund und paffte Rauchschwaden in die Luft. Auch er war zurückhaltend, klopfte mir nur kurz auf die Schulter und nahm dann wieder einen Bogen Schmirgelpapier in die Hand. Ich hoffte, er würde mich in den Arm nehmen, doch das tat er nicht.

Am Montag fuhr ich nach Berlin. Während wir zur Haltestelle liefen, sagte meine Mutter, dass Grit lange operiert worden war und man nicht wusste, ob sie das Bein verlieren würde. Ich hätte mir am liebsten die Ohren zugehalten und hoffte, der Bus würde endlich kommen und mich von hier fortbringen. Es war ein kühler Abschied. Selbst mein Vater nahm mich nur kurz in den Arm und schob mich dann von sich.

Die Bustüren schlossen sich und mit jedem weiteren Kilometer, der zwischen mir und Ahrenshoop lag, fühlte ich mich elender, schrecklicher, schlechter. Und das Schuldgefühl wurde größer und größer, bis es schließlich alle schönen Erinnerungen an meine Jugend und Kindheit verdrängt hatte.

„Kathi, verdammt, wach endlich auf."

Oh Gott, ich befand mich in einem Déjà-vu. Ich war wieder siebzehn, lag in meinem Bett und mein Vater rüttelte mich.

„Kathi, hallo."

Das war nicht die Stimme meines Vaters. Ich öffnete die Augen und sah in Grits Gesicht. Besorgt sah sie mich an. „Du meine Güte. Ich dachte schon, mein selbstgemachter Obstwein wäre zu viel für dich gewesen. Du hast geschlafen wie eine Tote."

Kathi strich sich mit der Hand über die Stirn und kämpfte sich nach oben. Draußen vor dem Fenster schien die Sonne. Der Himmel war strahlendblau, Vögel zwitscherten. „Wie spät ist es denn?"

„Gleich zehn", meinte Grit.

„Wie bitte?" Kathi zuckte zusammen und sah die Blätter, die sie letzte Nacht beschrieben hatte, vor der Couch liegen. „Schon zehn, ich konnte ewig nicht einschlafen."

Grit nickte. „Das glaube ich auch. Hast du das etwa alles in den letzten Stunden geschrieben?"

Statt einer Antwort fragte sie: „Hast du es gelesen?"

Grit zögerte einen Augenblick. „Ja, hab ich", gestand sie schließlich.

Kathi ergriff ihre Hand und hielt sie fest. „Wir haben über alles Mögliche gesprochen gestern Abend. Aber nicht über das, was in dieser Nacht geschah."

„Richtig", sagte ihre Freundin. „Wie ich gelesen habe, fiel es dir leichter, zu schreiben, als zu sprechen."

„Verrückt, oder?"

Grit zuckte mit den Schultern. „Ich weiß nicht. Immerhin bist du ja Journalistin. Da kann man mit Buchstaben vermutlich besser umgehen als mit Worten."

Kathi drückte die Hand ihrer Freundin noch fester. Wenn Grit Schmerzen empfand, so ließ sie sich nichts anmerken. „Wie war es damals?"

„Was meinst du? Im Wald verlassen worden zu sein? Die halbe Nacht auf einem Weg zu liegen, im Dreck und mit Schmerzen? Endlos auf deinen Besuch zu warten? Oder zu erkennen, dass du nicht vorbeikommen wirst, nie mehr und so vieles zwischen uns unausgesprochen bleibt."

Sie schloss die Augen und schwieg.

„Alles war furchtbar", fuhr Grit fort. „Aber am schlimmsten war, dass du dich einfach nicht gemeldet hast. Selbst dann nicht, als du wieder einmal in Ahrenshoop warst. Nicht mal bei der Beerdigung deines Opas. Ich war sogar in der Kirche und auf dem Friedhof. Ich hab dich angesehen und war mir sicher, du würdest es spüren. Doch du hast nicht mal in meine Richtung geblickt."

„Es tut mir leid."

Grit lächelte und begann ihre Finger aus ihrer Umklammerung zu lösen. Dann streckte sie ihren Rücken. „Ich weiß, dass es dir leidtut. Als wir uns bei deinen Eltern gegenüberstanden, sah ich die ganze Qual der letzten Jahre in deinem Blick. Einen Moment fragte ich mich sogar, wem von uns beiden es schlimmer ergangen ist, dir oder mir."

„Was ist das denn für eine Frage", flüsterte Kathi. „Ich hatte nur mein schlechtes Gewissen. Aber du ..."

„Ein kaputtes Bein und eine Menge kaputter Träume. Doch im Endeffekt bin ich eine sehr erfolgreiche Therapeutin, bin gefragt und habe bei einigen Kongressen schon Vorträge über neue Behandlungsgriffe halten dürfen. Man hat mir sogar eine eigene Praxis angeboten. Aber ich wollte nicht."

„Warum nicht? Eine eigene Praxis klingt doch toll. Ich bin sicher, die Leute würden dir die Bude einrennen."

„Und wenn ich das gar nicht will", meinte Grit energisch. „Wenn ich es mag, angestellt zu sein, keine Verantwortung tragen zu müssen, außer für meine eigene Arbeit? Wenn ich es liebe, hier in meinem Garten zu sitzen, Obstwein herzustellen und manchmal mit alten Freunden ein Glas zu trinken? Was, wenn ich mit dem, so wie es ist, zufrieden bin, und zwar aus tiefstem Herzen?"

Kathi bewegte ihre Lider schneller, aber die Tränen ließen sich nicht zurückhalten. "Es tut mir dennoch so unendlich leid. Ich hab dich im Stich gelassen. Wäre ich mitgefahren dann ..."

"Was dann? Wer weiß schon, was geschehen wäre." Grit bückte sich und sammelte die losen Zettel zusammen. Dann hielt sie sie in ihren Händen und schien sie noch einmal zu überfliegen. "Das Beste wäre, wir würden sie verbrennen, jetzt gleich. Und dann ist es an dir, dir selbst zu vergeben. Denn wenn es wirklich etwas geben sollte, was ich dir vergeben müsste, habe ich das wohl schon lange getan." Grit stand auf und ging zur Tür. "Komm, lass es uns tun."

Hinter dem Haus befand sich eine Feuerstelle aus groben Steinen. Sie erinnerte sie einen Moment an ihren alten Platz am Strand. Grit holte ein Feuerzeug und reichte es Kathi. Dann nickte sie ihr zu.

Einige Sekunden schaute Kathi die beschriebenen Blätter an. Dann ließ sie das Feuerzeug schnippen und eine Flamme entstand. Grit hielt die Seiten und ließ sie erst los, als das Feuer fast schon ihre Fingerspitzen erreichte. Langsam segelte das Papier zu Boden, flackerte auf und verkohlte schließlich. Übrig blieb nichts als ein kleiner Haufen Asche.

"Den Rest musst du machen, und zwar da drin", sagte Grit und tippte Kathi auf die Brust.

"Ja, vermutlich hast du recht."

"Hab ich, glaub mir. Jetzt würde mir der Sinn übrigens nach einem guten Frühstück stehen. Ich hab da in der Küche schon mal was vorbereitet."

Wenig später, saßen die beiden Frauen sich am Tisch gegenüber. Kathi verspürte auf einmal einen unbändigen Appetit und Grit schien es ebenso zu gehen.

„Und, was hast du nun geplant?", fragte Grit, während sie von ihrem Brötchen abbiss.

„Keine Ahnung", erwiderte sie. „Vermutlich irgendwann wieder nach Berlin fahren. Was soll ich denn noch hier?"

„Hältst du das für eine gute Idee? Nun bist du schon mal in Ahrenshoop, solltest du da nicht noch ein bisschen bleiben."

„Keine Ahnung." Kathi griff nach einer Käsescheibe und belegte damit ihr Brot. „Dafür bräuchte ich erstmal eine Unterkunft."

„Na, daran wird es wohl nicht scheitern. Da wären deine Eltern und dein altes Kinderzimmer und Rene, der gleich ein ganzes Haus besitzt."

Einen Moment hoffte Kathi, Grit würde ihr auch weiterhin einen Schlafplatz anbieten, doch das tat sie nicht.

„Bei meinen Eltern, ja das stimmt natürlich. Bei Rene, ich weiß nicht."

„Was ist das denn zwischen euch beiden? Knutschen, zusammen im Heu herumturnen, das muss doch was bedeuten?"

„Muss es das?" Sie trank einen Schluck Kaffee. „Keine Ahnung. Ich hab ihn gesehen und auf einmal ist es passiert."

„Liebst du ihn?"

Grit stellte die Frage derart sachlich, dass Kathi lachen musste. „Ganz ehrlich? Ich mag ihn und er mich. Aber Liebe?" Sie nahm sich eine Scheibe Käse und ließ sie in ihrem Mund verschwinden. „Ich glaube, ich sollte Rene anrufen, damit er mich abholen kann. Oder hast du noch ein bisschen Zeit."

Grit schüttelte den Kopf. „Nein. Das Hotel ist voll belegt, die Wellnessabteilung brummt. Ich hab Spätschicht und fang erst gegen Mittag mit Arbeiten an. Bei diesem Wetter sind eh alle am Strand. Deswegen konnte ich dich ausschlafen lassen."

Kathi griff nach ihrem Handy und wählte Renes Nummer. Dabei fiel ihr Blick auf Ramonas unbeantwortete Anrufe. Darum musste sie sich heute auch noch kümmern. Nach einigem Klingeln ging Rene ran und versprach, sich gleich auf den Weg zu machen.

„Er kommt sofort. Also dann ..."

„Also dann", sagte Grit und brachte sie zur Tür. „Du bist jederzeit willkommen, solange du noch hier bist und auch sonst. Übrigens, wir haben in vier Wochen Klassentreffen. Das dürftest du nicht wissen, denn man schickt dir wohl seit einigen Jahren keine Einladungen mehr. Vielleicht ein Grund, doch nicht gleich abzureisen. Ich glaube, einige würden sich sehr freuen, dich zu sehen."

„Einige wahrscheinlich auch nicht", erwiderte Kathi trocken.

„Ist das nicht immer so?"

In diesem Moment erklang das Brummen eines Motors.

„Das wird Rene sein", sagte Kathi.

Grit hob ihre Arme und legte sie um ihren Hals. „Schön, dass du dich überwunden hast. Und hör auf, dich fertigzumachen wegen damals. Ich bin noch am Leben."

„Ja, schon, aber ohne mich ..." Sie verstummte. „Ich sehe dich immer wieder dort auf der Kreuzung stehen, in deiner hellen Hose und dem weißen Shirt und glaube, dich rufen zu hören."

Grit strich ihr über das Haar. „Es wird weniger werden, glaub mir. Am Anfang bin ich so oft aufgewacht und glaubte, mitten im Wald zu liegen, ganz allein. Dann hab ich Lieder gesungen, irgendwas, Hauptsache laut und schrill. Das hilft, probier es aus." Sie sah an ihr vorbei, hob die Hand und winkte Rene von der Ferne zu. „Und tu mir einen Gefallen, mach ihm keine Hoffnungen. Er ist zwar inzwischen alt genug, um die Situation realistisch einschätzen zu können, aber dennoch." Grit drückte sie noch einmal an sich und schob Kathi dann die Treppe nach unten. „Ab mit dir."

Rene sah ihr neugierig entgegen. Sie ließ sich auf den Sitz fallen und atmete tief durch. Er wendete das Fahrzeug und verließ Grits Hof.

Kathi schaute in den Rückspiegel. Ihre Freundin sah ihnen nicht hinterher, die Haustür war bereits wieder geschlossen.

Die ersten Kilometer legten sie schweigend zurück. Erst als sie das Ortseingangsschild von Ahrenshoop passierten, wandte Rene sich an sie. „Darf ich fragen, wie es war?"

Kathi überlegte einen Moment. „Es war gut, heilsam und ein bisschen wie früher."

„Was wirst du jetzt tun?"

„Das hat Grit mich auch gerade gefragt. Zuerst hole ich mein Auto bei Dörte ab und dann suche ich vielleicht noch ein paar Tage Unterschlupf bei meinen Eltern, mal schauen. Wie ich erfahren habe, ist in vier Wochen Klassentreffen. Das sollte ich mir diesmal vermutlich nicht entgehen lassen."

Rene grinste sie von der Seite an. „Du wärest die Sensation, glaub mir. Vor allem, wenn Grit auch kommt und ihr euch nicht gegenseitig die Haare ausreißt. Wobei Grit so etwas niemand zutrauen würde."

„Ach, und mir wohl schon?", sagte Kathi erstaunt.

„Hm, ich bin sicher, einige aus der Klasse trauen dir alles zu."

Als sie den Parkplatz von Dörtes Pferdehof erreichten, schien alles wie gestern zu sein. Nur in Kathis Innerem hatte sich etwas verändert. Eine Last war gewichen und damit, galt es umzugehen. Suchend schaute sie sich um und sah ihre ehemalige Klassenkameradin mit einer großen Schubkarre den

Hof überqueren. Dörte legte die Hand über die Augen und winkte ihr zu.

Kathi lief zu ihr und auf einmal war da eine Idee. Es war ein plötzlicher Impuls, der sie wie ein Blitz aus heiterem Himmel traf. „Sag mal, brauchst du eigentlich Hilfe hier auf deinem Hof?"

„Soll das jetzt eine Scherzfrage sein, oder wie?"

„Eigentlich nicht."

Dörte verschränkte die Arme vor ihrer Brust und warf Rene, der neben sie getreten war, einen kurzen Blick zu. „Wenn ich eines immerzu und ständig gebrauchen kann, dann ist es Hilfe und natürlich Geld."

„Na ja, mit Letzterem könnte ich nicht dienen. Aber mit Ersterem. Was hältst du davon, wenn ich dir die kommenden Wochen ein bisschen unter die Arme greife? Ich bräuchte nur ein Bett für die Nacht, aber da finden wir eine Lösung."

Dörte plusterte ihre Wangen auf. „Wach ich oder träum ich? Du, willst mir helfen? Warum?"

„Warum, warum? Was ist das denn für eine Frage? Ich könnte noch hierbleiben und müsste nicht wieder nach Hause. Dort würde ich nämlich nur deprimiert nach einem neuen Job suchen. Ich hab Ahrenshoop lange genug den Rücken gekehrt, es wird Zeit, das zu ändern."

„Hört, hört", meinte Rene. „Also, wenn ich du wäre, würde ich das Angebot annehmen. Ich befürchte, du wirst sobald kein vergleichbares bekommen."

Kathi fühlte sich noch immer von Dörte gemustert. „Okay, warum nicht. Du bekommst freie Kost und Logis und hilfst mir bei der täglichen Arbeit. Aber ich warne dich, du wirst dich dreckig machen und nach Pferdemist stinken, du wirst Rückenschmerzen haben. Doch du wirst auch unvergessliche Momente erleben."

Sie streckte ihre Hand aus und Dörte schlug ein. In der Ferne wieherte ein Pferd und als Kathi ihren Kopf drehte, sah sie Luna am vorderen Zaun der Koppel stehen.

Kapitel 22

„Das war das Letzte", sagte Elsa und wickelte einen Streifen Klebeband um die vor ihr liegende Verpackung. Behutsam ergriff sie das eingepackte Gemälde und reichte es an Fiete weiter.

„Ich bringe es gleich nach draußen." Er verstaute es neben den anderen Bildern und schloss die Kofferraumklappe seines Wagens. „Gleich drei, Zeit für meinen Termin. Ich nehme an, du möchtest nicht mitkommen."

Abwehrend hob sie die Hände. „Bloß nicht. Mir genügt es vollkommen, dass ich während unseres Balls auf Herrn Rudloff treffe."

Fiete gab ihr einen Kuss auf den Mund. „Natürlich kommst du nicht mit. Das war ein Scherz. Und ich wünschte wirklich, Veronika und Ferdinand hätten die Einladung für Rudloff zurückgenommen."

„Egal. Du übergibst ihm die Bilder und zeigst damit wahre Größe", sagte Elsa bestimmend.

Fiete seufzte. „Glaubst du wirklich?"

„Was wollen wir sonst damit machen?"

„Ja, du hast recht." Fiete gab ihr einen Klaps auf den Hintern. „Drück mir die Daumen, dass die ganze Sache schnell über die Bühne geht."

„Du triffst Rudloff in seinem Hotel mitten in der Hochsaison. Er wird kaum mit gewetztem Messer hinter der Tür auf dich warten."

„Ich hoffe nicht", erwiderte er.

„Bis gleich." Elsa hob die Hand und betrat dann das Atelier. Sie stopfte den übriggebliebenen Verpackungsmüll in einen Sack, wischte die geleerten Regale mit einem Tuch aus und sah sich zufrieden um. In den letzten Wochen war viel geschehen. Sie hatten gemeinsam für Ordnung gesorgt und sich einen ersten Überblick über die vorhandenen Bilder verschafft. Dann hatte Fiete Kontakt zu einigen Galerien in Ahrenshoop aufgenommen. Alle waren natürlich an Marits letzten Gemälden interessiert. An einem Abend hatte er sogar Marits Eltern angerufen und lange mit ihnen telefoniert. Sie besaßen bereits Bilder ihrer Tochter und mehr Gemälde wollten sie nicht haben. Dennoch fühlte Fiete sich nach dem Gespräch sichtlich erleichtert. Es war, als würde er nach und nach alle offenen Punkte abhaken, die ihm bisher das Leben schwergemacht hatten. Nur die alte Grete hatte sich nicht gemeldet.

„Sie hat vermutlich bereits genug Erinnerungsstücke", hatte Fiete gemeint und im Stillen gab sie ihm recht.

Bald würde das Atelier leer sein. Und eventuell auch die obere Etage des kleinen Häuschens. Fiete und Elsa hatten beschlossen, sich nach einem größeren Haus umzuschauen und gemeinsam unter einem Dach zu leben. Nägel mit Köpfen machen, so hatte er es genannt. Bis dahin wurden die Möbel, die sie aus Stuttgart holen wollten, in einem Lager untergestellt. Alles ging plötzlich wie von allein und die dunklen Wolken, die kürzlich noch geherrscht hatten, lösten sich auf.

Elsa wollte gerade das Büro betreten, um auch dort Ordnung zu machen, als ein Schatten im Türrahmen hinter ihr auftauchte.

„Na, was hast du jetzt wieder ..." Die Worte erstarben auf ihren Lippen. Denn dort stand nicht Fiete, wie sie eigentlich gedacht hatte, sondern Grete. Sie trug ein schwarzes Kleid und stützte sich schwer auf ihren Stock. Einen Moment wirkte sie wie ein uralter Vogel, der aus seinem Nest gefallen war und nicht mehr zurückkehren konnte.

„Komme ich ungelegen?", fragte sie.

Elsa biss sich auf die Lippen. Sie fühle sich unwohl und konnte dies nur schlecht verbergen. Anscheinend hatte Grete nur darauf gewartet, das Fiete mit seinem Auto verschwunden war. „Aber nein", sagte sie stattdessen und machte einige Schritte auf die alte Frau zu. „Sie sind bestimmt gekommen, um sich noch einige Stücke auszusuchen."

„Nein, deswegen bin ich nicht hier." Grete schaute sich dennoch neugierig um und deutete auf einige leere Staffeleien. „Sie haben Bilder verkauft?"

„Wir haben einige Galerien kontaktiert. Es wäre schade …"

„Gut", fiel Grete ihr ins Wort. „Das ist gut. Es ist nicht richtig, die Bilder hier versauern zu lassen."

„Das finde ich auch. Marits Bilder sollten würdige Plätze finden, dort, wo man sie sehen kann und ihnen die Wertschätzung entgegengebracht wird, die sie verdient haben."

Grete drehte sich erstaunlich flink um und sah Elsa prüfend ins Gesicht. „Ich freue mich, dass Sie das auch so sehen. Was ist mit den Bildern von Stefan geschehen?"

„Fiete bringt sie ihm gerade."

„Tatsächlich? Das hätte ich ihm gar nicht zugetraut. Sie scheinen einen sehr guten Einfluss auf ihn zu haben." Grete stützte sich auf ihren Stock und holte Luft. „Ich bin gekommen, weil ich mich bei Ihnen entschuldigen möchte. Das, was ich gesagt habe, war nicht richtig, weder Ihnen, noch Fiete gegenüber."

Unsicher musterte Elsa die alte Frau. Meinte Grete ihre Worte ernst? „Wollen Sie einen Tee?", fragte sie.

Erneut traf sie ein erstaunter Blick. „Ja, warum nicht."

„Am besten, Sie nehmen draußen unter dem Kirschbaum Platz. Ich flitze nur schnell nach oben und bin gleich wieder bei Ihnen."

Als Elsa mit dem beladenen Tablett zurückkam, saß Grete versonnen auf einem der Stühle und schaute in den Garten. „Es ist friedlich hier, eigentlich wie früher." Dann schüttelte sie den Kopf. „Nein, das ist falsch. Früher war es selten friedlich hier. Marit war ein unsteter Geist. Sie hat es Fiete nicht leicht gemacht." Dankbar nickend nahm sie ihre gefüllte Teetasse entgegen. „Ich wollte noch einmal herkommen, um mich zu verabschieden."

„Oh, das müssen Sie nicht. Sie sind jederzeit willkommen, auch wenn ich nicht weiß, was mit dem Atelier geschehen wird."

Grete lachte kurz. „Danke für Ihre Freundlichkeit, aber sie ist nicht nötig. Ich werde nicht mehr herkommen, weil ich den Darß verlasse. Hier sind an jeder Ecke zu viele Erinnerungen. Je älter man wird, umso schlechter kann man damit umgehen. Ich habe eine Wohnung in einer Seniorenwohnanlage in Stralsund gefunden. Sie wissen schon, einmal die Woche Tanztee, jeden Morgen Gymnastikgruppe und ab und zu kommt der Pfarrer vorbei und singt mit uns erbauliche Lieder."

Elsa musste lächeln. „Das klingt nicht schlecht."

„Nein, das tut es nicht. Mir graut dennoch davor, aber ich muss diesen Schritt gehen." Dann schwieg sie und schien nach den nächsten Worten zu suchen. „Ich bin außerdem gekommen, weil ich Sie um etwas bitten möchte. Und Sie können mir glauben, dies fällt mir nicht leicht." Grete sammelte sich und sah Elsa dann mit ihren blassen Augen an. „Würden Sie sich ein wenig um Marits Grab kümmern? Ich habe eine Pflege in Auftrag gegeben. Aber eine bezahlte Pflege ist nicht dasselbe, wie wenn ein Mensch sie übernimmt, dem an dem Grab etwas liegt." Sie geriet ins Stocken. „Ich glaube, Sie wissen, was ich meine. Ich weiß, ich verlange viel von Ihnen und das, wo Sie Marit nicht einmal gekannt haben. Doch ich ..."

Elsa langte über den Tisch und ergriff Gretes Hand, die neben der Teetasse ruhte. Ihre Finger waren eiskalt und Elsa musste sich beherrschen, nicht zurückzuzucken. „Ich kümmere mich um das Grab", sagte sie leise. „Machen Sie sich keine Sorgen. Ich bringe ab und zu Blumen vorbei und werde es im Winter abdecken, wie daheim das Grab meiner Mutter."

Grete rang nach Luft. Dann zog sie ein Tuch aus ihrer Handtasche und tupfte sich über die Augen. „Ich danke Ihnen. Vergeben Sie einer alten Frau, jedes einzelne Wort, das Sie bei Ihrem Besuch gehört haben." Sie stand auf und verließ den Garten, aufrecht und mit festem Schritt. Elsa sah ihre Gestalt um die nächste Ecke verschwinden und hörte, wie der Motor eines Kleinwagens angelassen wurde.

Als Fiete zurückkam, werkelte sie bereits wieder im Atelier herum.

Er schlang von hinten die Arme um ihren Körper. „Alles erledigt?", fragte Elsa.

Fiete drehte sie zu sich. „Alles erledigt. Rudloff hat kein Wort gesagt und die Bilder schweigend entgegengenommen."

Sie atmete auf.

„Ist sonst noch etwas passiert?", fragte Fiete und sah sich um. „Du hast Ordnung gemacht."

„Ja, ein bisschen. Ach, und es ist nichts passiert, was auch." Dass Grete hier gewesen war, würde sie ihm später erzählen, irgendwann, aber nicht heute.

„Schön, weißt du, worauf ich heute Abend Lust hätte?" Seine Hände wanderten unter ihr Shirt, streiften ihre nackte Haut.

„Heute Abend erst?", fragte Elsa neckend.

„Ich würde gern mit dem Boot rausfahren, in einer Bucht baden gehen, etwas Leckeres essen und dich dann lieben, bis uns beiden ganz schwindlig wird."

Elsa legte die Arme um seinen Nacken und zog ihn zu sich. „Einverstanden", flüsterte sie und presste ihre Lippen auf seinen Mund.

Wenige Kilometer weiter schlüpfte Kathi in eine frische Jeans und streifte ein Shirt über. Dann gab sie aus ihrem Parfümflakon einige Stöße auf Dekolleté und Haare. Seit sie bei Dörte lebte und arbeitete, hatte sie das Gefühl, der Geruch nach Pferden und deren Mist hätte sich tief in ihre Haut gegraben. Obwohl Rene ihr bei jeden Treffen versichert hatte, dass dem nicht so wäre, war sie dazu übergegangen, regelmäßig Parfüm zu benutzen. Und wenn auch nur, um selbst einen anderen Duft in ihre Nase zu bekommen.

Sie eilte die schmale Holzstiege nach unten und traf in der Küche auf Dörte, die sich gerade ein Butterbrot schmierte. „Hm, du siehst schick aus", stellte ihre ehemalige Klassenkameradin fest. „Lass mich raten, es steht ein Date mit Rene an."

„Falsch, ich habe eine Verabredung mit Ramona."

„Mit der Drehbuchautorin? Ihr seht euch relativ häufig in letzter Zeit, oder?"

„Ja, stimmt, ich genieße es, mit ihr zu sprechen. Außerdem hatte sie mir noch mal ein paar ihrer Entwürfe gegeben. So zum Durchsehen, wie vor einigen Tagen schon. Ich hab sie ein bisschen überarbeitet und hatte super viel Freude dabei. Mal schauen, was sie diesmal zu meinen Vorschlägen sagt." Kathi raffte Autoschlüssel, Handy und Kalender zusammen und steckte alles in ihre Tasche. „Es ist sowieso das letzte Treffen. Morgen reist Ramona ab."

„Ich verstehe." Dörte nickte, biss von ihrem Butterbrot ab und kaute. Dabei musterte sie Kathi aufmerksam. „Und das bedauerst du."

„Was?"

„Na, dass Ramona abreist." Sie schwieg kurz, während Kathi immer noch über den Sinn derer letzten Worte nachgrübelte. „Apropos abreist."

Kathi schaute ihre Freundin an. „Oh, du brauchst das Zimmer zum Vermieten, nicht wahr?"

Dörte legte ihre Stulle ab und seufzte. „So ein Quatsch. Ich hab hier nun wirklich genug Räume, die ich vermieten kann. Und so groß ist der Andrang auf meine Zimmervermietung ja nun auch nicht. Nein, es geht mir eher um dich. Ich frage mich, was deine Pläne sind? Wie geht es weiter, Kathi? Wegen mir kannst du bis zum Jahresende bleiben. Das würde mich riesig freuen. Doch die Frage ist, was du willst? Ich habe das Gefühl, du befindest dich hier in einer Blase aus alten Erinnerungen und Meeresrauschen. Dazu kommen gewisse Schmetterlinge, ausgelöst durch Rene. Also, was sind deine Pläne? Hast du überhaupt Pläne?"

Kathi ließ ihre Tasche sinken. „Wie meinst du das?"

„Ich glaube, das weißt du ganz genau. Dieser Zustand ist nicht echt. Dein Job ist weg und korrigiere mich bitte, ein neuer ist nicht in Aussicht, oder?"

„Nicht direkt", gab Kathi widerwillig zu.

Dörte trat vor sie und ergriff ihre Schultern. „Also, was willst du tun? Denn dieses dämliche Klassentreffen ist in einer Woche. Was passiert danach?"

„Ich bin doch nicht wegen des Klassentreffens hiergeblieben!"

„Und weswegen dann? Ach, im Grunde ist das vollkommen egal. Entscheidend ist, was deine nächsten Schritte sind. Was denkst du über Rene und dich, eure Zukunft?"

Kathi lachte unsicher. „Du meine Güte, das klingt jetzt ein bisschen nach Traualtar. Ich war der Meinung, wir beide haben einfach ein bisschen Spaß."

Spaß, den hatten sie tatsächlich gehabt, und zwar mehr als genug. Wann immer es ging, hatten Kathi und Rene sich getroffen und viel Zeit miteinander verbracht. Einige Male hatte sie ihn sogar zu Verkaufsgesprächen bei Interessenten für eines seiner Holzhäuser begleitet. Kathi genoss seine Gesellschaft. Er war ein toller Mann, attraktiv, aufmerksam, es flirrte in ihrem Bauch, wenn sie ihn sah. Doch jeglichen Gedanken an die Zukunft hatte sie tapfer ignoriert. Und das galt nicht nur für ihr Liebesleben. Einige Male hatte Kathi Stellenangebote bei Zeitungen studiert. Meist wurden Praktikanten gesucht und wie deren Arbeit aussah, wusste sie selbst zur Genüge.

„Ein bisschen Spaß also", wiederholte Dörte nachdenklich. „Sieht Rene das genauso?"

„Er hat mir zumindest nie vermittelt, dass er irgendwelche Erwartungen an mich hat", erwiderte Kathi leicht gereizt. Sie ergriff ihre Tasche. „Aber nun muss ich wirklich los."

Dörte hielt sie noch einmal kurz am Arm zurück. „Ich hab dich das nicht gefragt, um dich zu ärgern. Im Gegenteil, ich mach mir nur Sorgen. Vermutlich, weil ich diesen Zustand selbst kenne, und schon erlebt habe dieses Treibenlassen und auf irgendetwas warten, was von außen kommt und dir eine Entscheidung abnimmt. In den meisten Fällen passiert nämlich nichts. Verstehst du? Du selbst musst etwas tun, niemand sonst. Keiner kann dich retten, nur du dich."

Kathi verließ das Haus und marschierte, so schnell es ging zu ihrem Auto. Dort saß sie noch eine kleine Weile hinter dem Lenkrad und schaute zu, wie Spatzen in einer Pfütze badeten. Vogel müsste man sein, da war vieles bestimmt einfacher. Doch dann bemerkte sie, wie Dörtes Kater Murkel sich anschlich und ihr wurde bewusst, dass jedes Lebewesen wohl seine ganz eigenen Probleme zu schultern hatte.

Mit einer winzigen Verspätung erreichte sie das Foyer des *Godewinds* und winkte Rezeptionist Peter freundlich zu, der sie wie immer mit einem leicht blasierten Blick musterte. Er nahm ihr vermutlich ewig übel, dass sie einfach so und von einer Minute auf die andere ausgecheckt hatte. Anscheinend machte man das hier nicht, im *Godewind*.

„Frau Ahlenburg erwartet Sie bereits in der Bibliothek", rief er ihr zu.

Kathi stoppte kurz. „In der Bibliothek?", fragte sie und drehte sich um. Normalerweise hatten sie und Ramona sich immer auf der Terrasse getroffen.

Tatsächlich saß Ramona auf einer der bequemen Sitzgruppen und las in einem Buch. Bei Kathis Eintreten schaute sie nach oben und winkte ihr zu. Ramona trug heute einen blassblauen Turban und ein tief nachtblau schimmerndes Gewand. Eine dicke goldene Kette hing über ihrem Busen.

„Da bist du ja endlich", sagte sie leicht tadelnd und warf das Buch auf den Tisch neben zwei dünne Mappen. „Ich dachte schon, dir wäre wieder einer deiner Gäule dazwischengekommen."

„Entschuldige, ich musste noch kurz etwas klären."

„Na Hauptsache, du bist da. Auch einen Kaffee für dich?"

„Gerne", meinte Kathi etwas irritiert. Ramona wirkte irgendwie verändert, was vielleicht an der ungewöhnlichen Location, vielleicht aber auch an einer gewissen Anspannung lag.

Ramona nickte dem Rezeptionisten von der Ferne zu. Der griff auf der Stelle zum Hörer und schien den gewünschten Kaffee zu ordern.

„Schön, ich freue mich, dass du da bist."

„Ist alles in Ordnung?", fragte Kathi.

„Natürlich, was sollte denn nicht in Ordnung sein."
„Keine Ahnung. Aber du wirkst angespannt und ich frage mich, warum wir uns in der Bibliothek treffen?"

Ramona legte ihre Zeigefinger einen Moment an den Mund und sammelte sich. „Du bist eine gute Beobachterin und hast dieses gewisse Gespür."

Peter betrat den Raum, servierte die Tasse Kaffee und verschwand dann wieder.

„Wo war ich stehengeblieben?"
„Bei meinem Gespür", erwiderte Kathi.
„Richtig. Es ist so, ich habe ein Anliegen oder einen Vorschlag, wie immer du möchtest. Du musst dich auch nicht sofort entscheiden, sondern hast ein bisschen Bedenkzeit, nicht lange, aber ich denke genug, also ..."

„Ramona, was ist los?", unterbrach Kathi den Redeschwall der Frau, die ihr inzwischen fast zu einer Freundin geworden war.

„Es ist gar nichts los. Ich hatte dir doch meinen Drehbuchentwurf zukommen lassen, damit du einen Blick darauf wirfst und eventuell ein paar Änderungen einbaust, die die Sache jünger machen, flippiger, spannender."

Kathi nickte zustimmend. „Genau, und, waren ein paar Tipps dabei, die du umsetzen kannst?"

„Ich hab mir deine Überarbeitungen angeschaut. Kurz gesagt, deine Änderungen sind grandios." Ramona griff nach ihrer Tasse und trank.

„Wirklich, wie schön."

„Nein, nicht wie schön, sondern super. Ich habe mit der Agentur gesprochen, mit der ich seit vielen Jahren zusammenarbeite. Und sie würden dir gern eine Chance geben. Deine Textpassagen, die kleinen Wendungen in der Handlung haben ihnen sehr gefallen. Sie haben ihnen vor allem mehr gefallen als mein Geschreibsel." Ramona lehnte sich zurück und wippte mit ihrem Fuß. „Mit anderen Worten, dir tut sich eine unglaubliche Möglichkeit auf."

„Ich soll Drehbücher schreiben?" Verblüfft schaute Kathi auf ihr Gegenüber. „Aber das kann ich nicht. Ich habe lediglich ein paar winzige Änderungen an deinem Text vorgenommen, nicht mehr."

„Es waren keine winzigen Änderungen. Es waren die gewissen Stellschrauben, die ein normales Drehbuch zu einem besonderen Drehbuch machen. Verstehst du? Du hast Talent Kathi, zum Schreiben, zum Erfinden von Geschichten. Du kannst viel mehr leisten, als irgendwelche Artikel über die Ostsee zu schreiben oder die Jubiläumsfeier im Kleingartenverein. Du kannst Geschichten zum Leben erwecken. Das ist eine Gabe, die nur wenige haben."

„Soll das jetzt ein Scherz sein?" Kathi umklammerte die Lehne ihres Sessels.

„Kein Scherz." Ramona ergriff eine der Mappen und reichte sie ihr. „Hier findest du einen ersten Vertragsentwurf. Du brauchst eine gute Geschichte und wenn sie gefällt, bist du an Bord."

„Dafür muss mir erstmal eine Geschichte einfallen."

„Du hast bereits eine Geschichte." Ramona nahm den zweiten Hefter und ließ ihn dem Ersten folgen.

Kathi schlug ihn auf. „Aber das ist dein Drehbuch."

„Dein Drehbuch. Paah, von wegen. Ich habe alle deine Änderungen rot markiert, blättere und sieh selbst. Es wäre unfair gewesen, die Story als meine auszugeben."

„Du schenkst mir deine Geschichte?"

Ramona hob die Hände. „Sieh sie als ein Gemeinschaftsprojekt an oder eine Übergabe. Sozusagen ein fliegender Wechsel. Unter Umständen könnten im Abspann ja auch zwei Namen genannt werden."

Kathi starrte die roten Markierungen an. Beim Durcharbeiten war ihr gar nicht aufgefallen, wie viele Anmerkungen sie gemacht hatte. Da war so viel Freude gewesen, Text und Story ihren letzten Schliff zu verpassen. Erst nach und nach sickerten Ramonas Worte in ihren Geist.
„Fliegender Wechsel? Du hörst auf?"
„Man muss erkennen, wenn es Zeit ist, die Segel zu streichen oder das Ruder einem anderen zu überlassen." Ramona verschlang ihre Finger.
„Sie haben dich rausgeschmissen?"
„Na ja, wenn einem Drehbuchautor einige Monate lang nichts einfällt und er dann ein Buch vorlegt, dass erst durch jemand anderen richtig gut wird, blieb ihnen wohl nichts anderes übrig."
„Das geht auf keinen Fall. Dann würde ich dir deine Stelle wegnehmen."
Ramona legte ihren Kopf nach hinten und lachte. „Du meine Güte, Kindchen, du nimmst mir nichts weg. Es ist keine feste Stelle. Es ist die Möglichkeit, mit jemanden zusammenzuarbeiten und all die Ideen, die man in sich trägt auf Papier zu bringen und zu verkaufen. Keine Idee, bedeutet kein Verkauf. Du hast also nichts zu verlieren. Aber wenn du eine Idee hast und sie ist gut, bringt sie dir Geld, viel Geld. So viel Geld, dass du gut davon leben kannst, wo auch immer und wie auch immer du willst."
Kathi schwieg, in ihrem Kopf drehte sich alles.
„Meine Vertragspartner wissen Bescheid. Dir bleiben zwei Tage, um eine Entscheidung zu treffen. Hier ist ihre Visitenkarte." Ramona strich ihr Kleid glatt. „Ich geh mal meine Koffer packen. Meine Nummer hast du ja." Sie stand auf, trat vor Kathi und stützte sich auf die Armlehnen ihres Sessels. Beschwörend sah sie ihr in die Augen. „Entscheide gut, so eine Chance kommt vermutlich nie mehr zurück. Glaub mir.

Du könntest damit diesen unsäglichen Zustand beenden, diese ruhelose Suche nach irgendetwas Ungreifbarem. Du musst nur Ja sagen."

Ramona verschwand und Kathi blieb allein zurück. Irgendwann griff sie sich die Mappen vom Tisch und verließ das Hotel. Vor dem Eingang fiel ihr Blick auf den alten Mann, der während ihrer Schulzeit hier schon gearbeitet hatte. Er harkte in einer Rabatte herum und richtete sich kurz auf, um die Hand an sein Kreuz zu pressen. Dabei fiel sein Blick auf Kathi.

„Schau da, die Kleine von Detlef und Monika. Wieder hier eingezogen?"

„Ich hab nur jemanden getroffen." Kathi suchte einen Moment nach dem Namen des Alten. Dann fiel er ihr ein – Hans.

„Ach so" , grummelte Hans. „Und, wann geht`s wieder nach Berlin?" Er schob seine Schiebermütze in den Nacken.

„Mal schauen, in ein paar Tagen ist Klassentreffen. Das wollt ich noch abwarten."

„Verstehe, bei uns is nächste Woche Sommernachtsball. Das is immer eine große Geschichte, überall Lampions, Musik und jede Menge gutes Essen. Die neue Chefin plant schon seit Tagen." Er deutete mit dem Daumen hinter sich, als würde Elsa Torberg dort stehen. „Bin schon gespannt, was da wieder alles schief geht. Einmal waren alle Salate versalzen, weil die Köchin Liebeskummer hatte. Und im nächsten Jahr hat es geregnet und geregnet. Es hörte erst auf, als der Ball vorüber war. Die besten Geschichten schreibt eben immer noch das pure Leben. So, Frollein, ich muss dann mal wieder."

Da war auf einmal eine Idee, schlagartig, wie aus dem Nichts. Bilder stiegen in ihr auf, verbanden sich zu einem Ganzen, zu einer Geschichte. Kathi blieb wie angewurzelt stehen und schaute Hans beim Harken zu.

„Alles in Ordnung, Frollein?"
Zerstreut nickte sie. Dann betrat Kathi noch einmal das Foyer. Ein wenig atemlos betätigte sie die Klingel auf dem Rezeptionstresen. Peter kam nach vorn geeilt.
„Entschuldigung, hätten Sie eventuell einen Schreibblock für mich und falls nicht, tun es auch ein paar weiße Blätter. Und wenn es dann noch einen Stift gäbe ..."
Peter zögerte kurz, verschwand dann aber im kleinen Büro hinter der Rezeption. Sekunden später war er mit einem Schreibblock zurück und legte einen Kugelschreiber daneben.
Kathi strahlte glücklich. „Danke, das ist supernett von Ihnen." Sie begann in ihrer Tasche zu suchen und holte das Portemonnaie heraus.
„Lassen Sie mal, das geht schon in Ordnung."
„Wirklich?"
„Wirklich. Ihr ehemaliger Chef oder Auftraggeber oder wie auch immer, hat die Hotelrechnung sehr großzügig bezahlt."
„Tatsächlich?" Erst jetzt fiel Kathi auf, dass sie von Ingo noch keine Mail erhalten hatte. Und ihre Berliner Wohnungsmieter, hielten sie über ihre eingehende Post auf dem Laufenden. „Dennoch danke."
Sie lief zu ihrem Auto und wählte Ingos Nummer. „Sartor", meldete er sich knapp.
„Hier ist Kathi."
„Ich weiß, ich hab deine Nummer immer noch eingespeichert. Da war ein winziges Fünkchen Hoffnung, dass du dir die Sache doch noch überlegst. Aber nun."
„Was meinst du mit, und nun?"
„Dein ehemaliger Chef rief an. Wie ich hörte, hast du ein Angebot bekommen, von einer Drehbuchagentur. Sie haben sich bei Jo Berger nach dir erkundigt." Ingo seufzte. „Hast du schon unterschrieben?"

Kathi sank in ihren Sitz und legte die Papiere neben sich.
„Ich hab das Angebot gerade erst erhalten."
„Sag bloß, du überlegst, ob du es machen sollst?"
„Ein wenig schon. Was mache ich, wenn mir nichts einfällt?"
Ingos Lachen klang durchs Handy. „Kathi, Kathi, ich schmeiß mich weg. Lies dir deine alten Artikel mal durch. Das waren nicht einfach nur Ratgeber für eine schöne Gartengestaltung, das waren Liebeserklärungen ans Gärtnern. Frag dich doch mal, warum ich dich unbedingt wollte? Du weckst beim Leser Emotionen, Bilder und wo wird das mehr gebraucht, als beim Film. Also unterschreib, verdammt noch mal."
„Ich denk drüber nach." Kathi legte schnell auf, startete den Motor und fuhr los. Unterwegs fiel ihr ein, dass sie Ingo Sartor eigentlich wegen der bisher fehlenden Rechnung angerufen hatte. Also kam sie um ein weiteres Telefonat nicht herum. Aber das musste warten.
Gegenüber vom Prerower Hafen ergatterte sie einen Parkplatz und schlenderte Richtung Kai. Eine der Bänke war frei und sie legte ihre Tasche darauf. Dann holte sie sich wenige Meter weiter an einer Imbissbude einen Becher Kaffee, klappte den Block auf und beobachtete, wie eines der Ausflugsschiffe festmachte. Zahlreiche Urlauber standen an Land und warteten ungeduldig. Kathi sah ihnen zu und die Idee, die vor dem *Godewind* zunächst hauchzart in ihr aufgestiegen war, verfestigte sich immer mehr, wurde greifbar und schließlich zu einer Geschichte.

Kapitel 23

„Du bist so still", sagte Rene, der an Kathis Seite an der langen Tafel saß. Um sie herum lachten und scherzten ihre ehemaligen Klassenkameraden. Hatte Kathi anfangs, die Gespräche noch genossen, war sie ihnen irgendwann überdrüssig geworden.

Es ging um die immer gleichen Themen, wer mit wem und wieso und warum nicht mehr. Früher war es genauso gewesen. Eigentlich hatte sich nichts geändert, obwohl Jahre vergangen waren. Der Horizont mancher Anwesenden schien am Ortsausgangsschild von Ahrenshoop zu enden. Ihr Kopf begann zu schmerzen, dennoch bestellte Kathi sich noch einen Schoppen Wein. Sie warf Dörte einen Blick zu, die am anderen Ende des Tisches saß und ähnlich gelangweilt wirkte wie sie.

Natürlich hatten anfangs alle wissen wollen, wie es ihr ergangen war, in Berlin, in der Fremde. Kathi ahnte, dass alle bereits Bescheid wussten über das, was in den letzten Tagen und Wochen geschehen war Sie hatte dennoch berichtet, einiges ein wenig aufgebauscht, anderes weggelassen. Kathi war sicher, dass jeder Einzelne hier, seine kleinen Geheimnisse hatte.

Sie schaute in die Runde und betrachtete die einzelnen Gesichter. Bei der Begrüßung hatte sie einige ihrer ehemaligen Schulkameraden nicht mal zuordnen können. Andere dagegen wirkten immer noch so, als hätten sie gestern die Schule verlassen. Wie zum Beispiel Grit, die heute erstaunlich aufgekratzt war. Sie hatten sich in den letzten Tagen ein paar Mal getroffen, waren im Kino gewesen und in einer

Ausstellung. Doch die innige Stimmung, wie bei ihrem Besuch in Born, hatte sich nicht mehr einstellen wollen.

Je länger Kathi den monotonen Gesprächen lauschte, umso tiefer wurde ihr Wunsch zu gehen. Einfach weg hier, raus, durchatmen. Sie blieb dennoch sitzen und hoffte, all dies hier würde sie zu einer Entscheidung bringen. Denn die musste dringend getroffen werden. Obwohl dies so nicht stimmte, denn Kathi hatte eines schon entschieden. Sie hatte ein Geheimnis, eine Sache, von der niemand etwas wusste, nicht mal Rene.

Kathi war gestern zu einem Treffen in Rostock gewesen. Dort hatte sie mit ganz viel Herzflattern und schweißnassen Händen die erste Idee für ein eigenes Drehbuch präsentiert. Im Vorfeld waren diverse Gespräche mit ihren Vertragspartnern geführt worden, in denen sie ihnen ihren Standpunkt klargemacht hatte. Die Überarbeitungen an Ramonas Text waren eine Sache gewesen. Sich eine vollkommen neue Geschichte auszudenken war eine andere Nummer. Die Story musste sich dann auch noch in einen Filmstoff verwandeln lassen. Kathi zweifelte, ob sie das wirklich konnte. Deswegen brauchte sie Bestätigung. Und das ging nur, wenn sie einen eigenen Entwurf präsentierte. Die Gegenseite hatte ihr zusätzlich zur vereinbarten Bedenkzeit drei weitere Tage eingeräumt.

Drei Tage, das klang nicht viel. Doch Kathi hatte sie genutzt und nebenbei noch Dörte auf dem Hof geholfen.

Es war eine Sommergeschichte entstanden, die viele Erinnerungen an ihre eigene Jugend, die unvermeidliche Liebe und natürlich Meeresrauschen enthielt. Seit ihrer spontanen Eingebung im Gespräch mit Hans hatte Kathi geschrieben und geschrieben, oft bis spät in die Nacht. Sie hatte verworfen, gestrichen, neu geschrieben und wieder verworfen. Am Ende war es ihr vorgekommen, als ob es nie perfekt werden würde.

Genau vor diesem Zustand hatte Ramona sie schon gewarnt und dagegen gab es nur eine Lösung - zum Hörer zu greifen und ein Treffen zu vereinbaren.

Kathi hatte ihren Entwurf übergeben und dann eine nicht enden wollende Zeit vor der Tür des Besprechungsraumes warten müssen. Zum Glück befand sich gleich daneben ein Kaffeeautomat. Sie hatte so viele Becher gezogen, dass sie irgendwann dringend auf die Toilette musste. So schnell es ging, hatte Kathi ihr Geschäft erledigt und sich dabei vorgestellt, dass man schon nach ihr suchen würde. Doch als sie zurückkehrte, war die Tür noch immer geschlossen.

Als sie sich dann endlich öffnete und sie in lächelnde Gesichter sah, hätte sie beinahe zu heulen begonnen. Sie hatte überzeugt, auf ganzer Linie. Sogar mehr als das, ihre neuen Vertragspartner waren begeistert. Natürlich gab es noch einige Änderungswünsche. Ein Drehbuch zu entwickeln, war etwas anderes, als einen Artikel zu verfassen. Doch man glaubte an sie und ihr Talent.

So hatte Kathi den Vertrag unterzeichnet mit zitternden Fingern und schweißnasser Stirn. Das war ein neuer Abschnitt, etwas, was sie sich nie hätte träumen lassen, einfach weil es vollkommen unmöglich erschien.

Sie war anschließend lange durch die Rostocker Innenstadt gebummelt. Kathi hatte sich einen freien Tag bei Dörte erbeten und genoss ihn in vollen Zügen. Bei einem italienischen Eiscafé orderte sie einen enorm großen Becher und beobachtete die Passanten, die vorbeiliefen. Überall sah sie plötzlich Ideen für neue Geschichten, wie als wäre ein Schleier nach oben gegangen.

Mit dem unterschriebenen Vertrag in der Tasche war sie am Abend zurück nach Ahrenshoop gefahren. Der Drang, jemand davon zu erzählen, war groß gewesen. Beinahe hätte sie sich Dörte anvertraut, die sie und ihr Outfit neugierig musterte, aber sie schwieg. Dann war Kathi bewusst geworden, dass es einen Menschen gab, der es zuerst erfahren musste – Rene.

Sie hatte so viel Zeit mit ihm verbracht, geredet, gelacht, geflirtet, mit ihm geschlafen. Einige Male waren sie sogar auf das Thema Zukunft zu sprechen gekommen. Rene hatte sie angesehen und ihr war bewusst geworden, dass er beim Nachvornschauen wohl auch sie sah. Wie damals am Weststrand, als er sie von der anderen Seite des Feuers sehnsüchtig betrachtet hatte.

Kathi dagegen konnte ihre Zukunft nicht greifen. In Gedanken war sie alle Optionen durchgegangen, die ihr blieben und das waren so einige – Berlin, Ahrenshoop oder ein ganz anderer Ort. Alle Varianten boten Vor- und Nachteile. Sie wusste nur eins, sie wollte schreiben, sie musste schreiben und das ging momentan nur, wenn sie allein war. Kathi brauchte Unabhängigkeit. Zumindest bildete sie sich das ein.

Und genau das musste sie Rene sagen, ehe er sich noch mehr Hoffnungen machte. Vielleicht war es dafür sogar schon zu spät und die Hoffnungen waren bereits da.

Also hatte Kathi auf den passenden Moment gewartet. Doch wie das nun einmal so war, wenn man auf passende Momente wartete, je mehr man dies tat, umso seltener ließen sie sich blicken.

Vorhin, vor dem Spiegel in Dörtes Badezimmer, hatte Kathi sich geschworen, heute Abend mit ihm zu reden. Aber nun, nach mehreren Gläsern Wein, hatte sie das Gefühl, keinen geraden Satz mehr rauszukriegen. Mut antrinken, das hatte ihr Vater früher immer als gute Strategie empfohlen. Bei ihr schien das nicht zu funktionieren.

„Ist wirklich alles in Ordnung?", fragte Rene in diesem Moment und entwand ihr mit sanftem Druck das Glas. „Wollen wir vielleicht mal kurz an die frische Luft gehen?"

War das die Chance, auf die Kathi die letzten Tage gewartet hatte? Der Wink des Himmels? Sie nickte.

Gemeinsam traten sie auf die Terrasse des ehemaligen Jugendclubs am Rande von Wustrow. Besorgt legte Rene ihr seine Jacke über die Schultern und Kathi kuschelte sich ein.

„Paar Schritte laufen?", schlug er vor und sie nickte erneut.

Sie schlenderten über den Weg, der nach vorn zur Hauptstraße führte. Trotz der späten Stunde waren immer noch Autos unterwegs.

„Komisch, erinnerst du dich, früher haben um Mitternacht alle in ihren Betten gelegen." Kathis Zunge war schwer und die Worte ließen sich schlecht formen.

„Nicht alle, aber die meisten, genau wie heute", sagte Rene. Dann blieb er stehen, griff ihr Kinn und drehte Kathis Gesicht in seine Richtung. „Was ist los? Du bist so verändert, seit gestern schon. Eigentlich schon die ganzen letzten Tage."

Kathi schluckte. Unsicher lief sie zu einem Baum und lehnte sich an den Stamm. „Nur zur Sicherheit, falls ich umkippe."

„Du hättest weniger trinken sollen."

„Jetzt klingst du wie meine Mutter."

„Stimmt", entgegnete Rene grinsend. „Du hast recht. Wann fährst du wieder nach Berlin?"

„Was?" Überrascht sah sie ihn an. „Wie meinst du das?"

Er stopfte die Hände in die Taschen seiner Hose und seufzte. „Ach Kathi, ich weiß, dass du nicht hierbleiben wirst. Das wusste ich von Anfang an. Ich gebe zu, ich hatte gehofft, es würde funktionieren mit dir und mir hier in Ahrenshoop. Aber das wird es nicht."

Kathi starrte Renes Gestalt an und glaubte, sich verhört zu haben. Warum sagte er das? Oder träumte sie vielleicht gerade?

„Und weißt du auch warum?"

Sie schüttelte leicht den Kopf. „Nein, sag es mir."

„Weil du hier nicht mehr hingehörst. Es ist vorbei. Ahrenshoop wird immer unsere Basis bleiben, aber nicht mehr der Nabel der Welt. Ich liebe diesen Ort, über alles, aber ich würde am liebsten heute noch fortgehen und die Firma verkaufen. Ich habe sogar schon versucht, einen Käufer zu finden und mir woanders eine neue Existenz aufzubauen. Aber ich schaffe es einfach nicht. Da sind meine Eltern, all die Freunde und ..."

Kathi legte ihm einen Finger auf die Lippen. „Pscht", sagte sie energisch und schwankte leicht. „Sei still, ich wollte dir doch etwas gestehen, das war mein Part." Sie schwieg einen Moment und begann dann zu kichern. „Es gibt eine vollkommen verrückte Neuigkeit, weißt du? Ich hab einen Vertrag unterschrieben mit einer Agentur für Drehbücher. Sie haben meinen ersten Entwurf abgesegnet, heißt, ich bin im Geschäft, ich hab einen Job und werde gutes Geld verdienen. Und das Beste ist, ich kann schreiben, wo immer ich will. Mir steht die ganze Welt offen. Aber ich denk immer nur an Ahrenshoop oder Berlin. Dabei gibt es so viele Orte: Dortmund, Hamburg, Castrop-Rauxel ..."

„Castrop-Rauxel?" Rene lachte laut auf. „Katharina Siegel, du bist hoffnungslos betrunken, aber ich glaube, ich weiß, was du mir sagen willst."

„Ach ja, wirklich? Was denn?"

„Nun, du würdest gern fortgehen, aber du weißt nicht wohin. Die Welt ist einfach zu groß, wenn man überall arbeiten kann. Unter Umständen hätte ich eine Lösung für dich. Erinnerst du dich noch an meine letzten Worte?"

Kathi schaute nach oben und kramte in ihrem Kopf. „Du meinst das, mit dem Nichtfunktionieren in Ahrenshoop und so."

„Genau das. Ich habe das Gefühl, dass es nicht mehr funktioniert mit mir und Ahrenshoop, und dass sich daran nichts ändern wird. Das Verrückte ist, dass ich befürchte, dass es mit weggehen auch nicht funktionieren würde. Verstehst du?"

„Nein", nuschelte Kathi.

„Ich kann es nicht allein tun oder sagen wir, ich schaffe es nicht allein. Wenn da aber jemand wäre, der mich einfach mitnehmen würde, dann wäre es leichter. Was wäre, wenn wir beide fortgehen, zusammen und vorher in aller Ruhe überlegen, wo wir leben und arbeiten wollen", sagte Rene beschwörend. Er wirkte seltsam euphorisch und ergriff Kathis Hände. Doch sie entwand sich seinem Griff.

„Du meine Güte, entschuldige, das ist jetzt ein wenig schnell und viel und so." Sie sah sich um und entdeckte am Rande der Wiese einen Wasserhahn mit einem Schlauch daran, der anscheinend der Bewässerung des Rasens diente. Kathi stakste unsicher über den Weg. Sie schraubte den Schlauch ab, drehte den Hahn auf und steckte ihren Kopf darunter. Eiskaltes Wasser prasselte auf sie ein. Die mühsam gezauberte Frisur war dahin. Aber das war egal.

„Jetzt geht es besser", meinte sie, strich sich einige Wassertropfen aus dem Gesicht und versuchte Renes fragenden Gesichtsausdruck zu übersehen. „Sag es noch mal, also wiederhole deinen Vorschlag."

„Nun, wie wäre es, wenn wir zusammen fortgingen und einen Ort finden würden, wo du schreiben kannst und ich meine Holzhäuser vertickern könnte? Nicht heute und morgen, sondern ganz in Ruhe ohne Stress. In der Zwischenzeit könntest du hier bleiben in Ahrenshoop. Was hältst du von der Idee, dass wir beide zusammenleben?"

Inzwischen war Kathis Kopf vollkommen klar. Der Nebel hatte sich gelichtet. Sie sah die Sterne über sich blinken, erkannte die Positionslichter eines Fliegers, der sich dem Flughafen Rostock näherte. Sie hörte sogar ihre alten

Klassenkameraden im Raum hinter sich reden, lachen, die Gläser klirren.

Kathi musste zugeben, Renes Vorschlag war verlockend. Jemand zu haben, mit dem man einen Neuanfang wagen konnte. War das nicht besser, als es allein tun zu müssen? Und dennoch ... Je mehr sie darüber nachdachte, umso intensiver grummelte ihr Bauch.

„Sag doch was?", bat Rene.

Sie starrte ihn an. War sie sein Rettungsanker oder die Seilwinde, die ihn endlich aus Ahrenshoop lösen konnte? Wollte sie das überhaupt? Fast augenblicklich wusste sie ihre Antwort.

„Ich glaube, das wäre keine gute Idee." Verdammt, hätte sie das nicht ein bisschen behutsamer formulieren können. Doch es war einfach nur die pure Wahrheit. Rene zuckte zurück. „Es wäre besser, wenn du allein eine Entscheidung treffen würdest, ohne mich. Wenn du Ahrenshoop endlich verlassen willst, dann geht das auch ohne mich. Tu es nicht, wegen mir. Tu es für dich. Sonst würdest du es vielleicht eines Tages bereuen."

„Was sagst du?" Beschwörend sah er sie an. „Aber ich will doch gehen. Und ist es nicht Schicksal, dass uns beide zusammengeführt hat, mit vollkommen ähnlichen Geschichten?"

Kathi hob die Schultern. „Vielleicht ist das so, vielleicht auch nicht."

„Das heißt, du gibst uns beiden keine Chance? Auch nicht nach den letzten Wochen, in denen wir eine so schöne Zeit hatten? Oder hattest du keine schöne Zeit?", fragte Rene.

„Natürlich hatte ich eine schöne Zeit. Ich habe jede Minute mit dir genossen, du bist ein guter Freund und ein toller Mann und tief in meinem Herzen. Doch das eine hat mit dem anderen nichts zu tun."

„Findest du?"

Auf einmal glaubte Kathi, ein Geräusch zu vernehmen, seitlich, neben dem Gebäude. Sie schaute genauer hin und sah Dörte, die dort eine Zigarette rauchte. Ohne Zweifel hatte sie ihr Gespräch belauscht.

„Ich werde erstmal wieder nach Berlin gehen und dann sehe ich weiter, für mich, allein. Das solltest du auch tun. Wenn du soweit bist, hast du ja meine Nummer." Das klang schrecklich unverbindlich, vage, ungreifbar. Kathi beugte sich nach vorn und drückte einen Kuss auf Renes Wange.

Dann ließ sie ihn stehen und holte ihre Tasche von drinnen. Die erstaunten Blicke der anderen, wegen ihres durchnässten Aussehens, ignorierte sie tapfer. „Bis zum nächsten Mal", meinte sie lahm und hörte deutlich, wie hinter ihr ein Geraune und Getuschel aufflammte. Es war ihr egal. Kathi war sicher, dass dies ihr letztes Klassentreffen gewesen war.

Rene stand immer noch am gleichen Fleck. Sie gab ihm seine Jacke zurück und lief die Einfahrt nach vorn.

„Gegenvorschlag", erklang plötzlich seine Stimme hinter ihr. Kathi blieb stehen, sah sich aber nicht um. „Machen wir einen Plan. Treffen wir uns in Ahrenshoop am Weststrand, sagen wir in drei Monaten, am 30. Oktober, 18 Uhr. Du weißt, an welcher Stelle. Bis dahin habe ich Nägel mit Köpfen gemacht und meine Firma verkauft. Und zwar egal, ob aus uns beiden etwas wird, oder nicht." Sie hörte, wie Rene sich näherte. Seine Schritte knirschten auf dem Kies. „Dann können wir noch einmal reden und in den nächsten Wochen halten wir Funkstille. Jeder überlegt für sich, ob er ohne den anderen leben kann oder nicht, wie stark die Gefühle sind und ob es wirklich nur ein Flirt für einen Sommer war. Obwohl ich meine Antwort schon weiß."

Schließlich drehte Kathi sich doch um und musterte Renes Gesicht. „Ist das dein Ernst?", flüsterte sie leise.

„Mein voller Ernst."

Da waren sie wieder, die zwei Stimmen in ihr. Die kühle Klarheit ihres Kopfes und das weiche Flüstern ihres Bauches. Doch mit einem schnellen „Nein" brachte Kathi sie zum Verstummen. Dörte stand auf einmal in Renes Rücken und sah sie beschwörend an.

Es war eine verrückte Idee und dennoch ... Warum sich nicht auf diesen Vorschlag einlassen? Warum nicht Abstand halten, um zu erkennen, was einem der andere wirklich bedeutete, zu verstehen, was man selbst wollte? Kathis Herz raste.

„Also gut", stimmte sie Rene atemlos zu. „Machen wir es genau so, am 30. Oktober, 18 Uhr, an unserem Platz. Egal, ob es stürmt, schneit oder regnet."

„Vollkommen egal", sagte Rene und näherte sich ihren Lippen. Dann küsste er sie, hauchzart, sanft. „Komm gut nach Berlin."

„Grüß mir das Meer."

„Mach ich."

Kathi lief los, doch nach einigen Schritten blieb sie stehen und sah sich noch einmal um. „Warum eigentlich der 30. Oktober und nicht irgendwann im Dezember?"

Rene begann zu grinsen. „Am 31. Oktober hat deine Mutter ihren fünfundsechzigsten Geburtstag. Ich weiß das, weil meine Eltern ihre Einladung bereits erhalten haben. Es gibt einen Frühschoppen und ein Kaffeetrinken und Abendessen sowieso. Ich denke, die Chancen stehen gut, dass du diesmal wegen dieser runden Feier nach Ahrenshoop kommen wirst, einfach, weil du es musst. Sonst spricht deine Mutter nie mehr ein Wort mit dir."

Sie begann zu lachen und hob den Daumen. „Du bist ziemlich raffiniert, mein Lieber."

„Um eine Frau wie dich zu bekommen, sind alle Tricks erlaubt."

Vorn an der Straße sah Kathi sich nach beiden Seiten um. Die Lichter eines Fahrzeuges näherten sich. Sie war kurz davor, ihren Daumen zu heben. Doch dann bezweifelte sie, ob es wirklich eine gute Idee war, als Anhalterin zu reisen. So suchte sie nach ihrem Handy, um sich ein Taxi zu rufen.

Hinter ihr brummte ein Motor auf und Scheinwerfer streiften sie. Dörte tuckerte in ihrem Kleinwagen heran. „Soll ich dich mitnehmen?", fragte sie.

„Du willst fahren, in deinem Zustand?"

„Ich hatte kein Glas Alkohol, ich schwöre. Alkohol lockert immer meine Zunge und angesichts einiger Anwesender am heutigen Abend, hatte ich Angst, etwas Falsches zu sagen. Du kannst also beruhigt einsteigen."

Schweigend fuhren sie zum Pferdehof. Wie in stiller Verabredung liefen sie nicht zum Wohnhaus, sondern zu den Pferdeställen. Würziger Geruch stieg in Kathis Nase, während sie in die Boxen schauten und ab und zu ein Tier streichelten.

Ganz am Ende war Lunas kleines Reich. Kathi trat an die hölzerne Tür und streckte ihre Hand aus. Das Pferd näherte sich, holte sich ein paar Berührungen ab und verschwand dann wieder in einer Ecke.

„Ich werd dich vermissen."

„Du kannst jederzeit kommen."

„Ja, ich weiß. Und dann wird es nicht mehr so schwer sein, wie beim letzten Mal."

„Ich bin jedenfalls unglaublich erleichtert", sagte Dörte trocken. „Einen Moment hab ich echt befürchtet, ihr beide würdet es versauen. Speziell du. Wie kann man nur so blöd sein, aber nun gut. Zum Glück hat Rene dann doch noch die Kurve gekriegt."

„Findest du nicht, dass diese Sache ein vollkommen bescheuerter Plan ist?"

Dörte zuckte mit den Schultern. „Lieber bescheuert, als immer nur das Gleiche, wie so viele andere, die niemals über den eigenen Tellerrand schauen. Ich reservier dir jedenfalls schon mal dein Zimmer für Oktober. Ich bin sicher, wir sehen uns." Dörte legte ihr kurz den Arm um die Schulter. „Lass es einfach geschehen, denn was passiert, passiert nun mal. Und denk immer dran, so ein Herbst am Meer ist traumhaft schön."

Kapitel 24

„Da kommt Rudloff", flüsterte Sophie und stieß Elsa sanft in die Seite.

„Ich sehe es. Immer schön lächeln."

„Am liebsten würde ich ihm Abführmittel in sein Glas schütten", stieß das Zimmermädchen leise aus.

Deren Mann Lars, der für diesen Abend als Hilfskellner agierte, schüttelte grinsend den Kopf. „Tztztz, was in einem so hübschen Köpfchen manchmal vorgeht."

„Na, ist doch wahr", sagte Sophie. „Diesen Arsch hätten wir wirklich ausladen können."

„Haben wir aber nicht", meinte Elsa, schnappte sich das Tablett und ging mit einem strahlenden Lächeln auf Stefan Rudloff zu. „Herzlich willkommen, schön, dass Sie es einrichten konnten."

Rudloff warf einen kurzen Blick, auf das hinter Elsa versammelte Personal und lächelte ebenfalls. „Noch einmal danke für die Einladung. Ich hatte wirklich nicht damit gerechnet."

„Aber wieso denn nicht?" Einige der Umstehenden spitzten ihre Ohren. „Ein Glas Sekt oder lieber etwas Alkoholfreies?"

„Ich nehme einen Sekt."

„Wunderbar, genießen Sie den Abend."

„Das werde ich, ganz sicher", erwiderte Rudloff und trat zur Seite.

Elsa atmete tief durch und strich eine Haarsträhne hinter ihr Ohr. Ihre Finger zitterten ganz leicht und sie hoffte, es würde niemand bemerken.

„Gut gemacht", raunte eine männliche Stimme. Da war ein warmer Hauch, der über die Haut ihres Nackens strich. Überrascht drehte sie sich um. Fiete stand hinter ihr. „Fiete, ich dachte, du wolltest nicht kommen."

„Ich kann dich doch hier nicht allein lassen. Vor allem nicht, da Rudloff auf der Gästeliste steht. Ich bin der Mann an deiner Seite und gemeinsam bewältigen wir alles, auch den Sommernachtsball im *Godewind*. Du siehst übrigens traumhaft aus, in deinem roten Kleid." Er griff nach einem Glas Saft und deutete Richtung Garten. „Ganz schön voll die Bude, oder?"

Elsa warf einen Blick auf die Teilnehmerliste, die Sophie in ihren Händen hielt. Beinahe alle Namen waren abgehakt. „Ich hoffe, es ist alles in Veronikas Sinne."

Noch immer befürchtete sie irgendeine Katastrophe. Doch bisher verlief alles perfekt, auch das Eintreffen von Stefan Rudloff hatte sie gemeistert.

Der Garten des *Godewinds* sah wunderschön aus. Überall hingen Laternen und waren Lichterketten gezogen worden. An einigen speziellen Stellen brannten Feuerkörbe und warfen einen warmen Schein in die Umgebung. Zusätzliche Sitzgelegenheiten und Loungeecken sorgten für reichlich Rückzugsmöglichkeiten und das Buffet war so prächtig anzusehen, dass die Gäste vor der Eröffnung reichlich Fotos schossen. Dezente Musik erfüllte den Garten und untermalte die Gespräche der Gäste.

Gegen acht nahm Elsa sich ein Glas, erklomm die kleine Bühne, die Hans und Ralf errichtet hatten, und klopfte dreimal auf das Mikrofon. Stille zog ein und erwartungsvolle Gesichter wandten sich ihr zu. Stefan Rudloff stand praktisch in der vordersten Reihe. Sein Blick war stechend, als wollte er sie aus dem Konzept bringen. Einige Sekunden hielt er sie in seinem Bann, dann riss sie sich los. Rudloff in gelben Badeshorts, da waren sie wieder, die Fantasiebilder, die alles leichter machten.

Elsa räusperte sich. Reden halten, noch dazu vor so vielen Menschen, das war nicht ihr Ding. Doch ab sofort musste es ihr Ding sein. Mit Sophie war sie die wenigen Sätze immer wieder durchgegangen. Zur Sicherheit hatte Elsa sich einige Notizen gemacht, doch die Worte auf ihrem Zettel verschwammen vor ihren Augen. Also steckte sie ihn in ihre Tasche. Es galt zu improvisieren.

Kurz sah sie zu Fiete, der ihr Mut machend zunickte.

„Ich danke Ihnen allen für Ihr Kommen. Es ist mir und uns allen eine große Freude, dass der Sommernachtsball im *Godewind* auch dieses Jahr wieder stattfinden kann. Dieser Ball hat Tradition und bei allen Modernisierungen ist es schön, dass einige Dinge gleichbleiben und eine feste Konstante bilden. Ich soll Ihnen liebe Grüße bestellen von Veronika Gutter und ihrem Mann Ferdinand. Sie können nicht bei uns sein, fühlen sich aber in Gedanken mit uns verbunden. Genießen Sie das Essen, lauschen Sie der Musik und lassen Sie Ihre Sinne für einen Abend auf Reise gehen, raus aus dem Alltag, in die Zauberwelt, die meine Mitarbeiter und ich geschaffen haben. Ich danke dem gesamten Team, ohne euch ..." Elsa brach ab und versuchte zu schlucken. Doch da war ein dicker Kloß in ihrer Kehle, der schmerzte. So hob sie einfach ihr Glas und alle Anwesenden taten es ihr gleich.

„Auf das *Godewind*", riefen sie von allen Seiten.

Peter war es schließlich, der die Bühne erklomm und „Das Buffet ist eröffnet" ins Mikrofon sagte. Dann nahm er sie kurz in den Arm.

Elsa fühlte sich berührt und einmal mehr angekommen, hier in diesem Haus und bei diesen Menschen.

Dann wurde sie zur perfekten Gastgeberin. Sie schlenderte umher, wechselte da und dort ein Wort, drehte mit einigen Gästen Runden auf der Tanzfläche und nahm immer wieder ganz viel Lob für den gelungenen Abend entgegen. Irgendwann fiel ihr auf, dass Stefan Rudloff verschwunden war. Auch die anderen hatten ihn nicht mehr gesehen. Sein heimliches Gehen ohne Verabschiedung war für sie das Zeichen eines kleinen Triumphes. Als wäre die durch ihn vorhandene Bedrohung mit einem Schlag verschwunden.

Die letzten Gäste brachen gegen zwei Uhr auf. Da hatte Elsa den Teil der Belegschaft, der am nächsten Morgen Dienst schieben musste, schon lange nach Hause geschickt.

Ihr drehte sich der Kopf und sie war unendlich erschöpft und gleichzeitig überglücklich. Gemeinsam mit Sophie, Lars und Fiete räumte sie die Tische ab, schaffte Geschirr und Gläser nach drinnen und sah sich schließlich zufrieden um.

„Den Rest machen wir morgen oder heute", sagte Elsa und streifte die High Heels von ihren Füßen. „Ich danke euch allen so sehr." Stöhnend lief sie einige Schritte auf dem inzwischen feuchten Gras.

„Ach, genug der Dankesworte. Wie wäre es mit einem letzten Absacker." Fiete griff hinter einen Strauch und zauberte eine Flasche Sekt hervor. Elsa wollte eigentlich protestieren, doch dann schnappte sie einen Blick von Lars auf und schwieg. Der sah sie seltsam beschwörend an und deutete mit seinem Finger unauffällig auf Sophie.

„Warum nicht. Immerhin haben wir heute Abend von allen hier, vermutlich am wenigsten getrunken", erwiderte sie beschwingt.

„Da sagst du was", meinte Sophie trocken und massierte ihre Waden. „Zum Glück können wir heute ausschlafen."

„Und weil das so ist, finde ich, wir sollten unseren Schlummertrunk an einem besonderen Ort einnehmen, zum Beispiel unten auf dem Steg", schlug Fiete vor und grinste.

„Muss das sein?", fragte Sophie. „Ich habe das Gefühl, keinen Schritt mehr laufen zu können."

„Es muss sein", erwiderte Elsa, ergriff ihre Hand und zog das Zimmermädchen einfach mit sich mit.

Barfuß liefen sie über den Rasen und hüpften über den Kieselsteinweg, bis sie schließlich das Holz des Steges erreichten. Mit einigem Abstand folgten ihnen die Männer.

Elsa und Sophie traten an die vordere Kante und sahen auf den Bodden. Die vorhin noch zahlreich zu sehenden Sterne wurden inzwischen von Wolken bedeckt.

„Der alte Hans hatte mal wieder recht. Der Wettergott war uns hold und später wird es wohl regnen", sagte Sophie leise und bemerkte nicht, dass Lars direkt hinter sie getreten war. Sanft ergriff er ihre Hand, drehte sie zu sich und ging dann auf die Knie.

Mit großen Augen sah Sophie erst Elsa und dann Fiete an. Am Ende aber wandte sie ihren Blick wieder Lars zu.

„Liebe Sophie, erinnerst du dich noch an unsere allererste Begegnung, damals unten am Strand? Manchmal denke ich, dass es erst gestern war und manchmal, dass wir uns schon viele Jahren kennen. Doch egal, wie ich es betrachte, ich weiß eins: Ich will mit dir leben, für immer und bis ans Ende. Und natürlich weiß ich, dass deine Scheidung noch nicht durch ist. Dennoch muss ich dich schon jetzt einfach fragen: Willst du mich heiraten?"

Lars ließ Sophies Hand kurz los und zog eine kleine Schachtel aus seiner Tasche. Im perfekten Moment leuchtete die Lampe von Fietes Handy auf und beleuchtete das Schmuckstück. Es war ein schmaler Ring mit einem blauen Stein, der an die Farbe des Meeres erinnerte.

„Ich will", sagte Sophie und Elsa bemerkte, dass ihr vor lauter Rührung, Tränen die Wangen hinunterliefen.

„Herzlichen Glückwunsch", rief Fiete und ließ den Korken knallen. Dann reichte er Sophie die Flasche. „Auf die Liebe."

Sophie ergriff die Flasche, trank einen Schluck und reichte sie an ihren Liebsten weiter. Eng umschlungen standen die beiden auf dem Steg und schienen Elsa und Fiete für einen Augenblick vollkommen vergessen zu haben.

Auch Fiete drückte Elsa an sich. „Schön, dass es dich gibt und du es mit mir Stiesel immer noch aushältst. Es gibt übrigens gute Nachrichten für uns beide. Ich glaube, ich habe ein Haus gefunden", flüsterte Fiete ihr ins Ohr.

„Ein Haus? Und wo?", fragte Elsa überrascht.

„Hier in Ahrenshoop, in direkter Strandlage, hinter den Dünen. Ein guter Bekannter von mir möchte Ahrenshoop den Rücken kehren. Wir trafen uns gestern zufällig auf einer Baustelle. Das Beste ist, es kann ihm nicht schnell genug gehen. In spätestens drei Monaten will er ausgezogen sein."

„In drei Monaten?", meinte Elsa aufgeregt. „Das wäre ja Ende Oktober."

„Richtig, Weihnachten könnten wir schon im eigenen Heim verbringen. Ich habe gleich für morgen einen Besichtigungstermin vereinbart. Bin aber absolut sicher, das Haus wird dir gefallen."

„Und falls ihr Hilfe beim Umzug braucht", sagte Lars. „Wir beide stehen zur Verfügung."

Sophie legte Elsa den Arm um die Schulter. „Ein Haus hinter den Dünen. Hab ich nicht immer gesagt, dass du eines Tages ein richtiges Küstenkind wirst."

Danke

Was wäre ein Buch ohne die Menschen, die verborgen im Hintergrund ihren Teil dazu beitragen.

Da wäre mein Mann, der sich verschiedene Passagen wieder und wieder anhören darf und viele gute Verbesserungsvorschläge mit eingebracht hat. Ich danke dir für deine Geduld, die aufbauenden Worte und das du mir immer den Rücken freihältst.

Ich danke meiner Lektorin Thalea Klein, die meinen Worten den letzten Schliff gegeben und viele Fehlerteufelchen ausgemerzt hat. Ich danke Constanze Kramer, die mir ein wunderschönes Cover kreiert hat. Ich danke Kerstin Fiedler, für kleine Zuarbeiten.

Ganz besonders danke ich Euch, meinen lieben Lesern, für Eure Treue und Euer Feedback. Ich sage danke für Eure Briefe und Mails und die vielen Bewertungen. Schreibt mir bitte auch weiterhin, wie Euch mein Buch gefallen hat. Eure Meinung und Eure Rezensionen sind mir sehr wichtig.

Wie immer in meinen Büchern gilt: Nicht jede Straße, nicht jeder beschriebene Ort existiert in der Wirklichkeit oder ist genau dort zu finden, wo ich ihn beschrieben habe. Das ist die künstlerische Freiheit, die sich Autoren nehmen dürfen.

Herzlichst
Eure, Ihre Evelyn
www.evelyn-kuehne.de

Bisher erschienene Bücher

Viertel Kraft voraus
Neuanfang auf Italienisch
Dünengeflüster
Dünenrauschen
Dünenzauber
Inselküsse
Rügenträume und Meeresrauschen
Rügenträume und Strandgeflüster
Rügenträume und Bernsteinfunkeln
Das Geheimnis des Kameliengartens
Winter im kleinen Fördehaus
Riss im Nebel
Mord mit Elbblick
Tödliche Trauben
Eine Bühne für den Mörder
Sieben Tage Ostseeblau
Willkommen im kleinen Ostseehotel – Winterstürme
Willkommen im kleinen Ostseehotel – Frühlingsgefühle
Willkommen im kleinen Ostseehotel – Sommerträume
Die kühne Marie

Willkommen im kleinen Ostseehotel – Winterstürme

Wenn dir der Ostseewind an einem eiskalten Wintertag einen attraktiven Mann an den einsamen Strand weht, das kann doch eigentlich nur... Ja, was eigentlich, Schicksal oder Zufall sein?

Sophie scheint ihren Platz im Leben gefunden zu haben. Zimmermädchen im Ostseehotel Godewind in Ahrenshoop, zwei Kinder, alleinerziehend und resignierte Besitzerin eines Hauses mit reichlich Modernisierungsstau. Für die große Liebe bleibt da keine Zeit. Bis Lars Ziegler, der Regisseur der alljährlichen Ostseeweihnachtsshow ausgerechnet in ihrem Hotel absteigt und Sophies Gefühle kräftig durcheinander wirbelt. Als dann auch noch ihre Chefin einen Unfall erleidet und deren hochnäsige Tochter Denise das Ruder im Godewind übernimmt, ist plötzlich nicht nur Weihnachten, sondern Sophies gesamte kleine Welt in Gefahr.

Willkommen im Hotel Godewind in Ahrenshoop, auf dem Darß.

Willkommen im kleinen Ostseehotel – Frühlingsgefühle

Wenn dir daheim immer häufiger die Luft wegbleibt, solltest du dem Rat deines Arztes folgen und ans Meer ziehen. Blöd nur, dass du dort auf zwei Typen triffst, die dir erneut den Atem rauben.

Elsa, Chefrezeptionistin aus Stuttgart, braucht dringend eine Luftveränderung. Da kommt das Jobangebot des Hotels Godewind in Ahrenshoop gerade recht. Aber die Konkurrenz ist hart, es gibt einen weiteren Bewerber - den ehrgeizigen Manuel. Für ganz viel Ostseeflair sorgt dagegen der sympathische Fiete, der Elsa voller Charme den Darß zeigt und damit ihr Herz endgültig durcheinander bringt. Doch auf einmal geschehen seltsame Dinge im Hotel und alle Zukunftspläne scheinen sich ganz von allein aufzulösen ...

Die Frage ist: Kann Elsa sich den Job schnappen und einen Umzugswagen Richtung Ostsee bestellen?

Willkommen im kleinen Ostseehotel –
Herbstzauber
erscheint im September 2023

Impressum

© 2023 Evelyn Kühne

Elbweg 3
01612 Nünchritz

Mail: evelyn-kuehne@mail.de

Lektorat/Korrektorat: Thalea Klein

Covergestaltung: Constanze Kramer, www.coverboutique.de

Bildnachweise: ©reichdernatur, ©Galyna,
©OLIVER stockphoto – stock.adobe.com
©Pawel Kazmierczak – shutterstock.com
envatoelements.com, unsplash.com